HEYNE

Das Buch

Ein geheimnisvoller Mann und eine neugierige Frau, die sich ihm ausliefert: Laura hätte nie gedacht, wie aufregend E-Mails sein können, bis sie jeden Tag gewagtere Aufforderungen, die fast schon Befehle sind, in ihrem Postfach findet. Sie allein entscheidet, wie weit sie gehen will. Aber gibt es noch einen Willen, wenn es einen Menschen gibt, der jede ihrer Fantasien besser kennt als sie selbst?

Die Autorin

Monica Belle gehört zu den international bekanntesten Autorinnen in der Erotik. In *Beherrsche mich* beschreibt sie ein aufregendes Spiel, das uns an das Innerste des Begehrens führt.

Monica Belle

Beherrsche mich

Erotischer Roman

Deutsch von Ulrich Georg

WILHELM HEYNE VERLAG
MÜNCHEN

Die Originalausgabe TO SEEK A MASTER
erschien bei Black Lace, London.

FSC
Mix
Produktgruppe aus vorbildlich
bewirtschafteten Wäldern und
anderen kontrollierten Herkünften

Zert.-Nr. SGS-COC-001940
www.fsc.org

Verlagsgruppe Random House FSC-DEU-0100
Das für dieses Buch verwendete
FSC-zertifizierte Papier *Holmen Book Cream*
liefert Holmen Paper, Hallstavik, Schweden.

Vollständige deutsche Erstausgabe 11/2010

Printed in Germany 2010
Umschlagillustration: Nele Schütz Design, München
Umschlagfoto: © Bob Thomas/GettyImages
Satz: KompetenzCenter, Mönchengladbach
Druck und Bindung: GGP Media GmbH, Pößneck
ISBN: 978-3-453-54536-6

www.heyne.de

1

Laura konnte sich gerade noch rechtzeitig auf den Fensterplatz setzen, bevor der Teufel ihn sich schnappen konnte. Er gehörte zu den regelmäßigen Pendlern und hatte sich seinen Spitznamen wegen des akkurat getrimmten Bartes, der weißen Strähnen im Haar, des adlerähnlichen Gesichts und des schicken, dunklen Anzugs eingehandelt – alles Attribute, die ihm ein ausgesprochen diabolisches Aussehen verliehen. Zu den anderen regelmäßigen Pendlern gehörten Darcy, Mr. Brown, der Graue Mann, Miss Scarlett, der Milchschokoladen-Junge und der Vagabund. Diese sieben Menschen saßen jeden Tag im selben Zug 7.55 Uhr nach Cambridge rein und 17.40 Uhr wieder raus. All diese Menschen boten allerdings auch jede Menge Stoff für die Fantasie, um die Langeweile der langen Fahrten zu überstehen.

Laura hatte keine Ahnung, wo diese Leute lebten oder was sie taten. Sie wusste nur, auf welcher Station sie dazu und wieder ausstiegen, und kannte einige persönliche Gewohnheiten, die es erlaubten, für jeden einzelnen von ihnen eine Fantasie-Existenz zu kreieren. Darcy war der attraktive: groß, athletisch gebaut und von einer Lässigkeit, die eine anziehende Mischung aus Humor und Männlichkeit versprach. Vielleicht sogar anziehend genug, um einen Annäherungsversuch zu starten – würde der goldene Ring an seinem Finger nicht darauf hindeuten, dass bereits eine andere ihn sich geschnappt hatte.

In ihrer Fantasie existierte aber kein Ring, und sie würden eines Tages ganz allein im Abteil sitzen. Es würde keinerlei Notwendigkeit für irgendwelche höflichen Umgangsformen bestehen, und auch das vorsichtige Austesten der gegenseitigen Abwehrmechanismen, die im echten Leben so wichtig sind, würde wegfallen. Er würde wissen, dass sie willig war, und würde sie einfach nehmen. Ruhig und selbstbewusst würde er vorgehen, wenn er sie auszog, sie auf die Knie zwang, damit sie seinen Schwanz in den Mund nahm, und sie schließlich auf seine Erektion pflanzte. Kühl und beherrscht würde er ihr in seinem perfekt sitzenden Business-Anzug wieder und wieder himmlische Freuden bereiten.

Von den anderen besaß niemand die Anziehungskraft von Darcy. Der Teufel hatte zwar etwas Strenges, das sie durchaus interessant fand, wirkte aber auf eine Weise, die sie nicht ganz durchschaute, auch ein bisschen gestört. Außerdem war der Mann mindestens doppelt so alt wie sie, sodass sie ihn eigentlich lieber in der Rolle des Bösewichts sah, den sie aus diversen altmodischen Krimis kannte und liebte – also genau die Art Mann, vor der Darcy sie retten würde, bevor er als Belohnung dafür über sie herfiel.

Mr. Brown und der Graue Mann traten in ihrem Kopf nur als Paar auf. Beide waren mittleren Alters, mittlerer Größe und wahrscheinlich im mittleren Management beschäftigt. Irgendwie sah an ihnen alles nach »mittel« aus. Die Männer unterschieden sich eigentlich nur in der Art ihrer Kleidung. Der eine trug einen knittrigen braunen Anzug, der ausgesprochen gut zu seinem feinen braunen Haar passte, und der andere war ganz schlicht in Grau gekleidet. Laura stellte sich gerne vor, dass Mr. Brown ein anrüchiges Privatleben führte und vielleicht sogar Frauentauschpartys besuchte, wo er Damenunterwäsche in den grellsten Farben trug und anderen

Paaren beim Sex zuschaute. Der Graue Mann hingegen wirkte auf sie wie ein Roboter oder vielleicht auch ein Androide, der von einer der Forschungseinrichtungen in Cambridge entwickelt war und jetzt darauf getestet wurde, ob ihn jemand enttarnen könnte.

Miss Scarlett war entweder eine Spionin oder, je nach Lauras Stimmung, auch die hinterhältige Geliebte irgendeines steinreichen Industriellen. Der Vagabund war ein exzentrischer Multimillionär, der eines Tages tot umfallen und ihr sein gesamtes Vermögen vermachen würde, weil sie ihn seit vier Jahren jeden Tag zweimal angelächelt hatte. Und der Milchschokoladen-Junge war einfach nur der Milchschokoladen-Junge – ein pickliger Jüngling mit Kindergesicht, dessen einzig erkennbare Eigenschaft darin bestand, dass er immer belegte Brote in einer Plastikdose bei sich trug.

Laura machte es sich auf ihrem Platz bequem und verbrachte einen kurzen Moment damit, die Reihen der dunklen Häuser zu betrachten, die an dem immer schneller werdenden Zug vorbeizogen. Als sie genug davon hatte, zog sie ein Buch aus ihrer Tasche. Sie hatte das Taschenbuch in einem der Wohltätigkeitsläden in der Nähe ihres Arbeitsplatzes gekauft. Es stammte aus den Fünfzigerjahren und strotzte nur so vor den unverhohlen heißblütigen Helden und den gefügigen Heldinnen, die sie so liebte. Das Werk hieß *Verschleppt in die Türkei.* Laura hatte erst heute Morgen angefangen es zu lesen und hatte auf den ersten Seiten bereits die Bekanntschaft mit der wunderschönen Evangeline Tarrington, dem unglaublich attraktiven Mark Frobisher und dem fiesen Lord Jasper Mauleverer gemacht. Erst zwanzig Seiten und Evangeline war bereits von Lord Jasper entführt worden. Auf der Strecke nach Istanbul geriet er allerdings mit seinem Wagen in einen Hinterhalt bulgarischer Banditen – eine höchst vielversprechende Situation.

Die bulgarischen Banditen waren alles, was Laura sich nur wünschen konnte, und sie hielten sie die ganze Strecke nach King's Lynn in Atem. Und auch noch lange nachdem sie den Bahnsteig hinter sich gelassen hatte, war sie in einem Tagtraum gefangen, in der sie Evangeline war. Allerdings wurde sie nicht in letzter Minute von dem galanten Mark Frobisher gerettet, sondern wurde zum Spielzeug des bulgarischen Bandenchefs. Oder noch besser, der Bandenchef würde gerade dabei sein, sich von ihr zu nehmen, was er wollte, und plötzlich würde Frobisher hereinplatzen. Die beiden Männer würden kämpfen, während sie nackt und zitternd auf irgendwelchen Tierfellen lag und zuschauen musste. Doch wenn der Engländer schließlich triumphierte, würde er sich einfach nicht beherrschen können und sich – statt sie in Sicherheit zu bringen – ebenfalls auf Laura stürzen. Oder noch besser, Frobisher und der Bandenchef könnten alte Freunde von irgendeinem früheren Abenteuer sein, würden sich mit Reisbranntwein betrinken und sich den Körper der Entführten dann teilen. Sie würde auf dem Fell knien, ihren Po den Stößen des Bandenchefs entgegenstrecken und dabei an dem harten Schwanz ihres mutmaßlichen Retters saugen. Doch nicht nur das! Während die beiden Männer sie voller Begeisterung benutzten, würden sie sich über ihren Kopf hinweg darüber unterhalten, wie sie zuvor auch schon anderen Mädchen dieselbe entwürdigende Behandlung hatten zuteilwerden lassen.

Laura lächelte und dachte an nichts anderes als ebendiese lebendigen Fantasien in ihrem Kopf. So bemerkte sie auch erst zu Hause, dass sie ihr schickes Lederlesezeichen im Zug liegen gelassen hatte. Es war allerdings nur ein Firmengeschenk gewesen, das alle Junior-Angestellten im Jahr zuvor zu Weihnachten bekommen hatten, sodass sie den Ärger über den Verlust schnell wieder vergessen konnte. Genau wie ihre Fantasie, die jetzt den profanen Aufgaben des Abends weichen musste. Smudge musste Gassi geführt werden, sie musste etwas essen – auch wenn es nur Bohnen auf Toast waren – und auch noch eine Bluse bügeln für den nächsten Tag im Büro.

Diese letzte Aufgabe ließ Laura wieder an die Arbeit denken. Und das pflegte sie eigentlich tunlichst zu vermeiden, wenn sie nicht wirklich an ihrem Schreibtisch saß. Wenn man bedachte, was *EAS* ihr bezahlte, konnte man doch wohl kaum erwarten, dass sie sich neben der normalen Arbeitszeit auch noch in ihrer Freizeit mit dem Job beschäftigte. Doch genau das schien man zu tun. Besonders seitens Mr. Henderson. »Schick sollen Sie aussehen«, war eine seiner vielen Parolen, die bei jeder sich bietenden Gelegenheit wiederholt und mit diversen Bemerkungen über ihre Erscheinung und einem Kleidungszuschuss betont wurde, den sie schließlich zusätzlich zu ihrem Gehalt als persönliche Assistentin erhielt. Zumindest der Kleidungszuschuss war ihr sehr willkommen – auch wenn sie das Geld manchmal lieber für etwas anderes ausgegeben hätte als für Designerkostüme und teure Blusen.

Laura biss sich auf die Unterlippe, als sie an ihren Boss dachte. Seine Kommentare waren zwar immer noch weit von Belästigung entfernt, aber es war klar, dass es eine große Rolle für ihn spielte, wie sie aussah. Die kleinen anerkennenden Kopfbewegungen, wenn sie sich besondere Mühe gegeben hatte. Die Art, wie er sie den Kunden vorstellte und dabei mit ihr angab. Und auch die Tatsache, dass er die Schreibtische so hatte stellen lassen, dass sie wegen jeder Kleinigkeit grundsätzlich das gesamte Büro durchqueren musste – all das deutete darauf hin, dass es anscheinend einfach zu ihrer Arbeit dazugehörte, möglichst sexy auszusehen.

Am schlimmsten jedoch war, dass sie unter anderen Umständen gar nichts dagegen einzuwenden gehabt hätte. Mr.

Henderson war groß, kräftig gebaut und recht bestimmend. Also alles Eigenschaften, die sie an einem Mann mochte. Und zwar so sehr mochte, dass sie sich in ihrer ersten Zeit bei *EAS* öfter vorgestellt hatte, über seinen Schreibtisch gebeugt von ihm genommen zu werden. Das war allerdings, bevor sie erfahren hatte, dass Mr. Henderson verheiratet war. Andererseits hatte Laura aber auch festgestellt, dass der Mann etwas durchaus Verdorbenes an sich hatte. Was aber genau, darauf konnte sie einfach nicht den Finger legen.

Während sie ihre Bluse bügelte, dachte sie an ihr festes Vorhaben, sich die Freizeit nicht durch Gedanken an den Job vermiesen zu lassen. Am nächsten Morgen standen Kundenbesuche an. Und zwar bei einer Firma in Peterborough, die ihre uralten, ölisolierten Schaltanlagen auf SF6-Gas umstellen wollten. Mr. Henderson hatte mehrfach betont, wie wichtig eine sorgfältige Vorbereitung dieses Besuchs sei. Aber das tat er schließlich immer, und die Geschichte um Evangeline war weitaus interessanter als eine ganze Batterie von Schaltanlagen.

Laura war mittlerweile ein bisschen müde, fühlte sich gleichzeitig auf angenehme Weise faul. Also ließ sie sich ein Bad ein und goss einen großzügigen Schwall Badeöl in den Strahl des heißen Wassers, sodass sie den Jasminduft noch riechen konnte, als sie in ihr Schlafzimmer ging, um sich umzuziehen. Das Ritual des Kleiderzusammenlegens war schnell erledigt und sie wandte sich wieder ihrem Buch zu. Wie würde Mark seine Evangeline wohl aus den Fängen der Banditen befreien? Dass es ihm gelingen würde, stand dabei völlig außer Frage.

Er tat es, indem er die Wachen mit dem Zünden einer alten Handgranate auf der anderen Seite des Camps ablenkte, dann das Zelt des Bandenchefs an der Rückseite aufschlitzte, Evangeline herauszog und mit ihr flüchtete, noch bevor irgendjemand etwas merkte. Mark hatte sie wie einen Sack über die

Schulter geworfen, während er mit ihr floh. Eine durch und durch unbequeme Position, die ein Lächeln auf Lauras Lippen zauberte, als sie sich in die Rolle der Heldin hineinversetzte. Es war an dieser Stelle zwar viel zu früh, dass das Paar mehr als nur einen unsicheren Kuss austauschte, aber Laura las trotzdem weiter. Sie wartete eigentlich nur darauf, dass ihr der leicht veränderte Klang des einlaufenden Badewassers verriet, wann die Wanne voll wäre. Zu ihrer Überraschung gab Mark Frobisher keinerlei galanten Komplimente von sich, sondern schien recht streng zu sein.

»Du dummes Ding!«, tobte Frobisher wütend. »Du hättest uns umbringen können!«

Evangeline war so schockiert von seinem plötzlichen Zorn, dass sie ihn nur fassungslos anblicken konnte. Frobisher schüttelte den Kopf und sein entschlossener, mürrischer Gesichtsausdruck verriet, dass er zu einer Entscheidung gekommen war. Er setzte sich auf das Trittbrett des großen Bentleys.

»Komm her«, herrschte er sie an.

Evangeline konnte nicht anders, sie musste einfach gehorchen. Frobisher griff nach ihr und packte sie behutsam, aber mit festem Griff beim Handgelenk, um sie zu sich heranzuziehen. Und auch wenn Evangeline ihm am liebsten nachgegeben hätte, wehrte sie sich doch mit tugendhafter Sittsamkeit. Außerdem war er ohnehin zu stark für sie. Stark genug, um sie mit großer Leichtigkeit zu sich zu ziehen – wenn auch nicht zu dem intimen Akt eines Kusses. Stattdessen musste Evangeline es sich gefallen lassen, kurzerhand von ihm übers Knie gelegt zu werden. Als er dann auch noch ihre Kleidung entsprechend richtete, öffnete ihr Mund sich in erstauntem Empören. Er würde ihr den Hintern versohlen.

Auch Laura hatte den Mund erstaunt und empört geöffnet. Damit hatte sie nun gar nicht gerechnet. Normalerweise küssten Held und Heldin sich niemals vorm vierten oder fünften Kapitel, und die saftigen Details dazwischen musste man sich in diesen Büchern eigentlich auch immer selbst ausdenken. Doch dieses Mal nicht.

Sie las die Passage noch ein zweites und schließlich auch ein drittes Mal und genoss den leichten Kitzel der Entrüstung, den die Worte ihr bescherten. So verhielten sich Helden einfach nicht. Jedenfalls nicht normalerweise. Sie sollten schneidig und galant sein und höchstens ein wenig schroff. Stark und still, aber eben nicht die Art von Perversling, der darauf abfährt, einer Frau das Hinterteil zu versohlen. Andererseits gab es keinerlei Hinweise, dass er es zu seinem eigenen Vergnügen tat. Im Gegenteil. Evangeline war ihrem Aufpasser mit Absicht weggelaufen und hatte es Lord Jasper so überhaupt erst möglich gemacht, sie zu entführen. Und die Flucht war ihr auf der mehrere hundert Meilen langen Fahrt auch nicht gelungen – obwohl sie dabei durchaus Gelegenheit gehabt hätte, die Behörden zu verständigen.

Auf all das wurde Evangeline hingewiesen, während man ihr den Hintern versohlte. Mark legte also – völlig außer Frage – lediglich aus dem Grund Hand an, dass die verwöhnte, kleine Göre dringend einer Disziplinierung bedurfte. Außerdem war an seinen Handlungen rein gar nichts Sexuelles – höchstens vielleicht die Tatsache, dass er Evangelines nacktes Hinterteil sah. Aber das war ja nun wirklich nichts Perverses. Ganz im Gegensatz zu der fast stechenden Erregung, die Laura beim Lesen der Szene durchfuhr.

Sie versuchte noch, die Gedanken daran zu verdrängen, als sie ins Badezimmer lief, um das schon fast überlaufende Badewasser abzustellen. Maskuline, selbstsichere Männer, die wussten, was sie wollten, waren eine Sache. Aber von einem Mann übers Knie gelegt zu werden und sich auf den Hintern schlagen zu lassen, ging so weit über die Grenzen akzeptablen Benehmens hinaus – schon das Lesen allein sorgte dafür, dass Laura sich wie eine Verräterin des eigenen Geschlechts fühlte. Einfach undenkbar, sich der warmen Gier zwischen ihren Schenkeln hinzugeben.

Aber es war so verlockend. Von dem Moment an, in dem sie in das heiße, wohlriechende Wasser glitt, wusste sie, dass sie einfach an sich herumspielen musste. Die Fantasien, deren Erblühen sie mit voller Absicht zugelassen hatte, die sanfte Müdigkeit und das Wissen, dass niemand sie erwischen, niemals jemand davon erfahren würde, ließen ihre Lust fast ins Unermessliche wachsen. Doch selbst als eine Hand zwischen die Schenkel und die andere zu ihrer Brust wanderte, war sie wild entschlossen, im Moment des Höhepunktes nicht daran zu denken, wie ihr der nackte Hintern versohlt wurde, während sie auf den Knien eines Mannes lag.

Auch Evangelines Po war nackt gewesen. Da war Laura sich ganz sicher. Die Wortwahl in *Verschleppt in die Türkei* war zwar nicht unbedingt eindeutig, aber die Erwähnung der »entsprechend gerichteten Kleidung« ließ keine Fragen offen. Mark Frobisher hatte Evangeline Tarringtons Hinterteil entblößt. Laura schauderte leicht, und ihre Finger pressten sich zwischen die Schamlippen. Sie stellte sich vor, wie hilflos und beschämt sie sich wohl fühlen würde, wenn man ihr einfach so den Rock über die Hüfte nach oben schob, und so einen überaus guten Blick auf ihr Höschen hatte. Dieser Mistkerl! Nein, das war eigentlich unfair. Schließlich würde sie es verdient haben – genau wie Evangeline es verdient hatte.

Doch dieser Gedanke hätte die schrecklichen Gefühle kaum gemildert. Und wenn es an der Zeit wäre, das Höschen ganz herunterzuziehen, wären sie sicher zehnmal, ach, hundertmal schlimmer geworden. Unerträglich wäre es. Und doch würde Laura nicht fliehen können. Hilflos würde sie auf den Knien des starken Mannes liegen. Nackt, zappelnd und wie von Sinnen würde sie darauf warten, auf die letzte, abstoßende Schandtat vorbereitet zu werden: sich den Hintern versohlen zu lassen.

Lauras Rücken krümmte sich, und ihre Lippen hatten sich in wachsender Erregung bereits weit geöffnet. Sie schüttelte den Kopf und versuchte so, die verstörenden Gedanken zu vertreiben. Es war einfach nicht richtig, sich vorzustellen, auf diese Art und Weise behandelt zu werden. Dieses Buch war vor fünfzig Jahren geschrieben worden. Fünfzig Jahre, in denen Frauen gekämpft hatten, um sich von dem muffigen Macho-Mist zu befreien, den dieses Werk repräsentierte. Doch während sie sich noch abmühte, an etwas zu denken, das eher mit ihren persönlichen Werten übereinstimmte, meldete sich eine hinterhältige, leise Stimme in ihrem Kopf. Immer wieder sagte die Stimme, dass es sich schließlich nur um eine Fantasie handelte und dass die Wunschvorstellung, im Pendlerzug von hinten genommen zu werden, auch nicht unbedingt viel würdevoller wäre. Und schließlich musste ja auch niemand davon erfahren.

Laura begann erneut, ihre Muschi zu streicheln und sich dabei vorzustellen, wie Darcy vielleicht mit ihr umspringen würde, wenn sie allein im Wagon wären. Das war eine ihrer Lieblingsfantasien, die eigentlich fast immer gleich aussah. Seine Stimme, die ihr unmissverständlich befahl, sich auszuziehen. Seine Hände auf ihrem Körper, während er ihr die Kleider vom Leib riss; das Gefühl und der Geschmack seines Riemens in ihrem Mund; die strenge Anweisung, sich auf einen Sitz zu knien und den Po anzuheben. Nein, nicht, um draufzuschlagen, sondern damit er von hinten in sie eindringen konnte. Nein, nicht um draufzuschlagen … nicht, um draufzuschlagen!

Laura gab auf. Ein tiefes Stöhnen drang aus ihrer Kehle, als sie endlich den Bildern nachgab, die sie eigentlich die ganze Zeit im Kopf hatte. Es spielte jetzt nicht mal mehr eine Rolle, wer ihren Hintern bearbeitete, solange dieser jemand nur groß und männlich war und keinerlei Widerrede duldete, wenn er erstmal ihren Po entblößt hatte, um ihn mit seinen Hieben zu verwöhnen. Sie schrie auf, als es ihr kam. Wieder und wieder raste dieselbe Szene durch ihren Kopf, wie sie nach vorn gebeugt da kniete und er ihr Hinterteil mit immer neuen Schlägen malträtierte. Laura lag jetzt mit weit gespreizten Beinen in der Wanne und hatte eine Hand fest auf ihre Brust gepresst. Sie bearbeitete ihre fleischigen Bälle so hart, dass ihre Nägel sich tief ins eigene Fleisch bohrten, doch aufhören konnte sie einfach nicht. Ihre Finger rieben wie wild an der empfindlichen Knospe zwischen ihren Schamlippen, und ihr Körper wurde von einem Höhepunkt nach dem anderen erschüttert.

Schließlich sackte sie erschöpft in der Badewanne nach hinten und gab einen langen Seufzer absoluter Befriedigung von sich. Einer Befriedigung, der allerdings sofort das unausweichliche Gefühl der Scham folgte. Sie wusste, dass dies ganz bestimmt nicht das letzte Mal gewesen war, dass sie diese Fantasie bemühte. Schließlich war der Orgasmus, den sie soeben erlebt hatte, der bisher intensivste ihres ganzen Lebens gewesen.

2

Am nächsten Morgen fühlte sich Laura zwar immer noch schuldig, aber das war der tiefen Erregung über das, was sie da entdeckt hatte, nicht wirklich abträglich. Zur Abwechslung beeilte sie sich sogar mal und vollzog ihr morgendliches Ritual mit weitaus weniger Sorgfalt, als Mr. Henderson es an solch einem wichtigen Tag von ihr erwartet hätte. Aber sein Eingriff in ihre Gedanken löste heute nichts weiter als Groll in ihr aus. Von neun Uhr morgens bis fünf Uhr nachmittags, inklusive einer Stunde Mittagspause, gehörte sie zwar ihm, doch er hatte kein Recht, das bisschen kostbare Zeit, das ihr blieb, auch noch in Anspruch zu nehmen. Nein, diese Zeit – oder zumindest so viel wie möglich davon – wollte sie *Verschleppt in die Türkei* widmen. Und das alles in der Hoffnung, es würde in der Geschichte zu einer weiteren Spanking-Szene kommen. Diesmal vielleicht sogar etwas detaillierter beschrieben.

Aber sie wurde enttäuscht – wenn auch nicht ganz. Gerade nachdem Mark Frobisher sich Evangelines Hinterteil vorgenommen hatte, bekam er von hinten einen Schlag auf den Kopf. Wie sich herausstellte, hatte Lord Jasper Mauleverer das Geschehen beobachtet und hatte daraufhin zu dieser etwas groben Reaktion gegriffen. Die zusätzliche Demütigung durch einen Zuschauer war im Nachhinein zwar recht aufregend für Laura, aber Lord Jasper erwies sich als erbärmlicher Bösewicht. Zwar machte er ein paar intime Bemerkungen und sorgte damit für eine dunkle Röte in Evangelines Gesicht, aber darüber hinaus nutzte er ihren verwirrten Zustand leider nicht aus.

Er zwang sie, auf dem Rückweg zum Auto an einem Seil und mit nach hinten gebundenen Händen hinter ihm herzulaufen, aber das geschah aus einer schlichten Notwendigkeit heraus, denn er hatte sie auch schon bei seinem ersten Entführungsversuch gefesselt. Beide Szenen waren gut, konnten es aber nicht mit der Spanking-Session aufnehmen. Und auch die Verfolgungsjagd durch das Sredna-Gora-Gebirge bot nicht mehr als einen recht gewöhnlichen Nervenkitzel. Erst als Mark Frobishers Bentley zu heiß lief, wurde es wieder vielversprechend. Lord Jasper erklärte, es wäre an der Zeit, dass Evangeline für all die Probleme, die sie verursacht hätte, bezahlte, und stieß dann ein unaussprechlich niederträchtiges Lachen aus.

Während Laura in dem Buch las, hatte der Zug sich mehr und mehr gefüllt. Zu der typischen Mischung aus völlig Fremden gesellten sich in King's Lynn Darcy, Mr. Brown und der Milchschokoladen-Jungen dazu, in Downham Market stiegen der Graue Mann und der Vagabund zu, und in Ely schließlich auch Miss Scarlet und der Teufel. Jetzt waren nur noch ein paar Plätze frei, und der Teufel entschuldigte sich höflich, als er mit seiner Hüfte gegen Laura stieß. Sie murmelte etwas und schlug ihr Buch zu. Der Gedanke, dass er aus den Augenwinkeln mitbekam, wie sie sich an den schrecklichen Dingen ergötzte, die Lord Jasper für Evangeline vorgesehen hatte, war einfach zu peinlich.

Stattdessen ließ Laura ihre Gedanken schweifen und sinnierte darüber, wie sehr der Teufel in ihrer Vorstellung doch Lord Jasper ähnelte – was wahrscheinlich hieß, dass sie die beiden unbewusst miteinander in Verbindung brachte. Es war ein Leichtes, diesen Gedanken weiterzuspinnen, Darcy war die perfekte Vorlage für Mark Frobisher, und Miss Scarlett konnte man sich durchaus als mögliche Anstandsdame vorstellen, die vielleicht bestochen worden war, um Evangeline durchbrennen zu lassen. Der Einzige, der auch nur entfernt an den bulgarischen Bandenchef erinnerte, war Mr. Brown. Allerdings hätte es für diese Rolle eines etwas dunkleren Teints mit sehr viel mehr Behaarung sowie eines großen, buschigen Oberlippenbarts bedurft. Und in Wirklichkeit war der Mann einfach zu langweilig, um in Lauras Fantasie hineinzupassen.

Auch nachdem der Zug in Cambridge gehalten und sie sich auf den Fußweg zur Arbeit gemacht hatte, war Laura noch immer völlig in Gedanken versunken. Erst als sie Mr. Henderson auf dem Parkplatz von *EAS* neben dem Firmenwagen stehen sah, erwachte sie aus ihrem Tagtraum. Sie beugte sich blitzschnell zu einem praktischerweise in der Nähe stehenden Geländewagen, um im Seitenspiegel ihre Erscheinung zu prüfen, musste aber schnell mit hochrotem Kopf feststellen, dass eine ältere Dame in dem Fahrzeug saß, die sie mit voller Missbilligung anstarrte. Als Laura schließlich auf Mr. Henderson zuging, wünschte sie sich, etwas mehr Sorgfalt auf ihre Frisur verwendet zu haben. Auch ein anderes Outfit mit höheren Schuhen wäre nicht schlecht gewesen. Und die Strümpfe mit sichtbarer Naht, die ihr eigentlich immer ein wohlwollendes Nicken von ihm einbrachten, aber unglaublich teuer und mühsam anzuziehen waren, schienen allein vom Hinsehen schon eine Laufmasche bekommen zu haben. So fiel denn der Blick ihres Chefs auch entsprechend aus.

»Nicht ganz der Stil, mit dem ich heute gerechnet hatte, Laura. Schick sollen Sie aussehen – das ist mein Motto.«

»Ja, Sir. Tut mir leid, Sir.«

»Nun, wir werden eben einfach unser Bestes geben müssen. Dies ist ein überaus wichtiges Geschäft, Laura. Nicht nur für die Firma, sondern auch für mich persönlich. Wenn ich den Vertrag unter Dach und Fach kriege, könnte ich nächstes Jahr um diese Zeit schon Chef der Marketingabteilung sein. Ich erwarte von Ihnen, dass sie zu hundertfünfzig Prozent hinter mir stehen.«

»Ja, Sir.«

Laura stieg in den Firmenwagen und fragte sich, wie man zu hundertfünfzig Prozent hinter jemandem stehen könnte, außer man hätte über dem Kopf oder an einer Seite eine Körpererweiterung, die hervorlugte. Aber das schien ihr im Falle von Mr. Henderson für sich und die meisten anderen Menschen unmöglich zu sein. Da sie zumindest die relevanten Papiere auf Stand haben wollte, fing sie sofort an, die Unterlagen durchzusehen, als der Wagen den Parkplatz in Richtung Osten über die Newmarket Road verließ.

Mr. Henderson war mittlerweile dazu übergegangen, sich einer weiteren seiner Lieblingsbeschäftigungen zu widmen – dem Beschweren über andere Verkehrsteilnehmer, von denen er annahm, sie wären alle nur unterwegs, um sich die Zeit zu vertreiben, und nur er hätte Wichtiges zu tun. Laura kannte die Litanei und gab die passenden Kommentare an den passenden Stellen ab, während sie gleichzeitig versuchte, sich die Reihenfolge einzuprägen, in der die Vorteile ihres 24000-Volt-SF6-Schaltanlagensystems am besten zu präsentieren waren. Mr. Henderson kannte diese Reihenfolge natürlich in- und auswendig, erwartete aber von ihr, dass sie ihm die jeweiligen Unterlagen genau im richtigen Moment und in genau der richtigen Abfolge zureichte, um die Effizienz der Firma auch hier unter Beweis zu stellen. Erst als er auf der zweispurigen Schnellstraße eine gewisse Geschwindigkeit erreicht hatte, widmete er sich selbst der bevorstehenden Aufgabe.

»Das Meeting findet in Setchal Manor statt.«

Der Name sagte Laura gar nichts, aber sie reagierte höflich. Im Moment fuhr ihr Chef Richtung Norden in die *Fens*, wo er irgendwann anhand der Anweisungen seines Navis in eine enge Straße einbog, die ein wenig erhöht an weiten Feldern vorbeiführte. Nach einer Weile veränderte sich die Landschaft, und der Blick fiel auf geschwungene Hügelkuppen und Senken mit Baumgrüppchen, kleinen Seen, Sandkuhlen und sorgfältig manikürten Rasenflächen. Mr. Henderson nickte zufrieden.

»Ein Golfclub.«

»Ja.«

»Und zwar ein recht nobler, wenn ich mich nicht irre. Dieser Mr. Drake hat Geschmack.«

»Er wird doch wohl hoffentlich nicht von uns erwarten, dass wir eine Runde mit ihm spielen?!«

»Gesagt hat er nichts davon, aber wenn er es wünscht, werden wir wohl spielen müssen. Man muss stets auf alle unvorhergesehenen Dinge vorbereitet sein, Laura.«

Dieser Satz war ein weiterer seiner Lieblingssprüche. Und zwar einer, den Laura immer als besonders dumm empfunden hatte. Wenn man sich auf etwas vorbereitete, war es schließlich nichts Unerwartetes mehr. Und sich auf alles vorzubereiten, war schlichtweg unmöglich – es sei denn, man schleppte für jede Eventualität Unmengen von Zeug mit sich herum, wozu in diesem Fall eine komplette Golfausrüstung gehört hätte. Und auch das hätte ihr nichts gebracht, denn Lauras einzige Erfahrung mit Golf beschränkte sich auf eine Standpauke von einem Mann, der wie ein Armee-Offizier ausgesehen und ihr die Leviten gelesen hatte, als er sie auf einem Golfplatz in Cromer bei einer ungestümen Fummelei mit einem Ex-Freund erwischt hatte.

Setchal Manor war ein großes Haus aus rotem Backstein. Die Auffahrt wurde von einer Reihe uralter Zedern gesäumt, die in verwitterte Kolonnaden aus Stein mündeten. Das Gebäude strahlte eine solche Vornehmheit aus, dass Laura sich ganz klein fühlte und auch etwas nervös wurde. Der Eingang bestand aus einer eindrucksvollen Doppeltür, die offen stand, und so den Blick auf eine etwas kleinere Glastür und den Empfangsbereich dahinter erlaubte. Nachdem Mr. Henderson ihren Besuch angemeldet hatte, führte man die beiden Gäste in den Barbereich – einen großen, getäfelten Raum, dessen Wände mit Trophäen und Plaketten geschmückt waren, auf denen die Berühmtheiten des Clubs verewigt waren und von denen einige schon aus dem 19. Jahrhundert stammten.

Mr. Drake war bereits anwesend. Er wirkte größer und jünger als Mr. Henderson und hatte eine offene, aber doch entschlossene Art, die Laura sowohl anziehend als auch etwas einschüchternd fand. Seine persönliche Assistentin wirkte unsympathisch. Der Privatschul-Akzent, die maßgeschneiderte Kleidung und die freundlich herablassende Art dieser Miss Manston-Jones, ließ vermuten, dass sie nur hier stand, weil ihr Daddy der Meinung war, es würde ihr sicher guttun, sich mal eine Zeit lang unter den Pöbel zu mischen.

Obgleich Laura sich eindeutig überfordert fühlte, tat sie doch ihr Bestes, professionell und effizient zu sein – oder zumindest professionell und effizient zu wirken. Das hieß, sich an Mr. Hendersons Regeln zu halten, die unter anderem vorsahen, niemals einen Drink von einem Kunden abzulehnen. Nach zwei großen Gin Tonic fühlte sie sich mental zwar schon weitaus sicherer, auf den Beinen aber umso unsicherer. Keines der beiden Gefühle half, als Mr. Drake schließlich das vorschlug, wovor ihr schon den ganzen Morgen gegraut hatte.

»Ich glaube, das reicht, was das Geschäftliche angeht. Wie wäre es jetzt, wenn wir vor dem Mittagessen noch ein paar Bälle einlochen?«

»Eine ausgezeichnete Idee«, erwiderte Mr. Henderson ohne auch nur mit der Wimper zu zucken.

Laura wusste, dass sie nicht widersprechen durfte, hegte insgeheim aber die Hoffnung, man würde nicht erwarten, dass sie und Miss Manston-Jones sich dem Spiel anschlossen. Schließlich waren sie beide mit ihren engen Röcken und den hohen Schuhen nicht gerade passend angezogen – wobei Miss Manston-Jones' Rock noch ein wenig enger und die Schuhe noch ein bisschen höher waren als die von Laura. Doch die Hoffnung war nur von kurzer Dauer. Nachdem Mr. Drake seinen Scotch ausgetrunken hatte, zerstörte er jede Zuversicht und verschlimmerte ihre Befürchtungen sogar noch.

»Wie wär's mit fünfzig Pfund je Loch? Nur um es ein bisschen interessanter zu machen. Kein Handicap. Und das gilt auch für die Mädchen.«

Mr. Henderson antwortete mit einem weiteren seiner Lieblingssprüche.

»Eine interessante Wette habe ich noch nie ausgeschlagen.«

»Das höre ich gern. Dann ziehen wir uns jetzt alle um und treffen uns am ersten Tee. Ich nehme an, Sie haben entsprechende Kleidung mitgebracht?«

»Aber immer doch.«

In diesem Moment traf Laura eine Entscheidung. Lieber sofort vom Chef gemaßregelt werden, als eine komplette Närrin aus sich zu machen. Sonst würde sie dafür sorgen, dass er mehrere hundert Pfund verlor, um dann von ihm runtergeputzt zu werden.

»Ich fürchte, ich habe keine passende Kleidung dabei. Ich wusste nicht, dass wir auch spielen würden.«

»Man muss stets auf alle unvorhergesehenen Dinge vorbereitet sein, Laura.«

Miss Manston-Jones war mittlerweile bereits aufgestanden.

»Keine Sorge, ich bin sicher, wir finden schon das Passende für Sie.«

Während dieser Worte waren ihre Augen von oben nach unten über Lauras Figur gewandert – eine Untersuchung, die sie scheinbar äußerst amüsant fand, wenn man von ihrem dezenten Lächeln ausging. Laura verstand sehr schnell den Grund für dieses Lächeln. Eigentlich hatte sie sich gesagt, dass ihre Figur durchaus mit der von Miss Manston-Jones vergleichbar war. Doch die weiße Hose, die sie ihr ausgeliehen hatte, war mindestens eine Nummer zu klein und machte ihr auf fast schmerzhafte Weise bewusst, welchen Anblick ihr Hinterteil bot, als man gemeinsam zum Golfplatz marschierte. So dauerte es auch nicht lange, bis Mr. Henderson eine seiner leicht zweideutigen Bemerkungen von sich gab.

»Schön, dass Sie etwas gefunden haben, Laura. Ich bin sicher, darin können Sie sich von Ihrer besten Seite zeigen.«

Er hielt ihr einen Golfschläger entgegen und ließ dabei offen, was genau er mit seinen Worten meinte. Wollte er sagen, dass sie sich in dem Outfit von ihrer besten Seite als Golfspielerin zeigen, oder dass sie darin für visuelle Unterhaltung sorgen konnte? Wie immer wusste Laura nicht genau, ob sie sich diese Zweideutigkeit nicht doch nur einbildete. So oder so, sie stimmte nicht mit ihm überein und rechnete auch nicht damit, in irgendeiner Weise zu glänzen – egal, was sie nun anhatte.

Beide Männer trugen Golf-Bags bei sich, und als Miss Manston-Jones sich mit sicherem Auge einen Schläger davon aussuchte, rutschte Lauras Herz noch ein bisschen weiter in die zu enge Hose. Die Assistentin hatte offensichtlich schon häufiger gespielt, und als sie den Ball schlug, flog er kerzengerade über die Hälfte des Fairway. Laura tat ihr Bestes, um ebenso sicher wie ihre Kollegin zu wirken. Sie wählte einen Ball aus, notierte sich die Nummer auf ihrer Spielstandkarte und versuchte, ihn auf dem Tee zu positionieren, wo er nach drei Versuchen schließlich auch liegen blieb. Laura trat einen Schritt zurück und ließ den Schläger zunächst versuchsweise hin- und herpendeln. Die Bewegung fühlte sich erstaunlich gut an. Sie war sich spontan sicher, dass sie den Ball zumindest eine gewisse Strecke weit und auch ungefähr in die richtige Richtung schlagen konnte. Sie spannte ihren Körper an und schlug so fest es ging mit dem Schläger auf den Ball ein. Dieser flog prompt ungefähr einen Meter nach hinten. Miss Manston-Jones musste sich alle Mühe geben, nicht zu kichern.

»Ich zeige Ihnen mal, wie Sie stehen müssen.«

Laura trat beiseite und kam sich völlig hilflos vor, als die andere Frau den Ball ohne jedes Problem auf dem Tee platzierte und ihr dann den richtigen Stand demonstrierte.

»Die Füße müssen ungefähr schulterbreit auseinanderstehen. Und die Knie müssen leicht gebeugt sein, damit Ihr Gewicht gleichmäßig zwischen Fersen und Fußballen verteilt ist. Sie müssen weit genug Abstand halten, damit Sie die Schlagfläche bequem genau hinter dem Ball positionieren können. Versuchen Sie's mal.«

Laura nickte voller Zweifel und gab sich alle Mühe, die richtige Haltung einzunehmen. Doch gleich der erste Versuch brachte ihr einen missbilligenden Kommentar von Miss Manston-Jones ein.

»Nein, nein. Sie müssen genau mittig vor dem Tee stehen.«

Laura versuchte es erneut und war sich dabei schmerzhaft bewusst, dass beide Männer sie mit offensichtlichem Amüsement beobachteten. Und wieder war Miss Manston-Jones nicht zufrieden.

»Nein. Warten Sie, ich zeige es Ihnen.«

Die Assistentin trat dichter hinter Laura und presste sich gegen sie, während sie demonstrierte, wie man den Schläger am besten hielt. Laura gab sich alle Mühe, sich auf das zu konzentrieren, was ihr gerade erklärt wurde. Bloß nicht daran denken, wie es wohl wäre, wenn einer der Männer an Miss Manston-Jones' Stelle gewesen wäre. Dann wäre es nämlich der jeweilige Hoseninhalt gewesen, der sich da gegen ihren strammen Hosenboden presste. Irgendwann war die Assistentin schließlich zufrieden und trat einen Schritt zurück.

»Und jetzt noch mal versuchen.«

Laura schwang den Schläger erneut und gab sich dabei alle Mühe, sich an die Anweisungen zu halten. Diesmal traf der Schläger auch tatsächlich den Ball, und der blieb schließlich am Rand des Fairway liegen. Sie hatte ihn immerhin ungefähr halb so weit geschlagen wie die anderen. Miss Manston-Jones nickte überzeugt.

»Gar nicht schlecht für eine Anfängerin.«

Lauras Gesicht verzog sich unwillkürlich zu einem dankbaren Lächeln, das im völligen Gegensatz zu dem Bedürfnis stand, Miss Manston-Jones mit einem ihrer schmutzigen Schuhe in den Hintern zu treten.

Das Spiel begann und erwies sich für Laura als eine einzige Abfolge von Demütigungen. Nicht nur, dass Miss Manston-Jones sie bei jeder sich bietenden Gelegenheit mit praktischen Tipps korrigierte, auch schien ein ausgesprochen gemeiner Kobold von ihrem Ball Besitz ergriffen zu haben, der eine Vorliebe für Sand, Wasser, Bäume und hohes Gras hatte. So verloren sie trotz Mr. Hendersons heftiger Bemühungen Loch um Loch, bis Mr. Drake schließlich den Gipfel der Schande zelebrierte und vorschlug, die Wette fallen zu lassen.

Laura lehnte das entschieden ab und stellte sich mit neu gefundener Entschlossenheit für das siebte Loch in Position. Ihre Muskeln waren angespannt und ihre Beine fest aufgestellt. So holte sie geradezu aggressiv aus und schlug so hart zu, dass der Ball in einer perfekten Linie den Fairway hinunterflog, zwei Mal aufkam und nur ein paar Zentimeter vom Loch entfernt liegen blieb. Durch und durch zufrieden mit sich, drehte sie sich um, auf dass sie den wohlverdienten Beifall entgegennehmen konnte, den sie erwartete. Doch die drei Spieler starrten nur auf ihren Hosenboden. Miss Manston-Jones hob sogar einen mahnenden Finger.

»Ich glaube, Sie sollten besser Ihren Po bedecken, Laura. Ihre Hose ist gerade gerissen.«

Laura verbrachte den Rest des Meetings damit, bei jedem Blick von Mr. Henderson oder Mr. Drake rot anzulaufen. Trotz oberflächlicher Mitleidsbekundungen hatten beide ihr kleines Missgeschick offensichtlich als äußerst amüsant empfunden. Und Miss Manston-Jones war auch nicht viel besser gewesen. Zwar hatte sie Laura nach Kräften geholfen, aber selbst nachdem man sich erneut umgezogen hatte, war immer noch ein leichtes Lachen in ihrer Stimme hörbar. Doch am bittersten war die Entdeckung, dass sich zwischen den beiden Männern beim nachfolgenden Treffen im Esszimmer eine gewisse Kameradschaft auf ihre Kosten entwickelt hatte. Und genau diese Fraternisierung sorgte dafür, dass Mr. Henderson das Treffen mit einem unterschriebenen Vertrag in der Tasche und einem Schmunzeln beendete, das Laura nur als dümmlich bezeichnen konnte.

Auf der Rückfahrt sprach er praktisch ausschließlich von

seiner Beförderung, die er jetzt als gemachte Sache betrachtete, und deutete an, dass sie als persönliche Assistentin des Leiters der Marketingabteilung auch mit einer Erhöhung ihres eigenen Gehalts rechnen konnte. Laura bedankte sich etwas abwesend und fragte sich gleichzeitig, ob sie überhaupt den Nerv hatte, in der Firma zu bleiben, wenn sich die Ereignisse des heutigen Morgens binnen Tagen oder vermutlich weniger Stunden in der Firma herumsprechen würden. Mr. Henderson war bekannt für sein Arsenal an lustigen Geschichten, die nur allzu oft auf Kosten seiner Kollegen und Mitstreiter gingen. Es müsste doch irgendwie möglich sein, ihn davon zu überzeugen, in dieser Angelegenheit Stillschweigen zu bewahren. Fragen kostete schließlich nichts.

»Äh … Mr. Henderson. Ich wäre Ihnen sehr dankbar, wenn Sie niemandem von meinem Missgeschick heute Morgen erzählen würden.«

Er lachte.

»Das kann ich mir vorstellen. Keine Sorge, Sie können sich auf meine Diskretion verlassen.«

Er streckte während seiner Worte den Arm aus, und Laura dachte für einen kurzen Moment, er wollte ihr die Hand aufs Knie legen. Doch er wechselte nur den Gang. Sie atmete erleichtert aus, um die plötzliche Anspannung zu vertreiben, und fragte sich gleichzeitig, ob diese Geste wohl unschuldig gemeint oder ob ein kleiner Gefallen ihrerseits vonnöten wäre, um sich seines Schweigens zu versichern. Er sagte nichts weiter und erklärte ihr stattdessen, was sie jetzt zu tun hatte, um den Auftrag abzuarbeiten, den sie gerade an Land gezogen hatten. Laura entspannte sich nach und nach. Ihr Verdacht war sicher unbegründet gewesen, und sowohl seine leicht zweideutigen Bemerkungen als auch die Geste von eben waren bestimmt nichts weiter als Produkte ihrer übersteigerten Fantasie.

Zurück bei *EAS* hatte sie genug damit zu tun, sich mit anderen Abteilungen zusammenzutun, um die anfallenden Arbeiten bezüglich des Auftrags zu organisieren und Mr. Hendersons Bericht an seinen Abteilungsleiter abzuschreiben. Als sie alles erledigt hatte, war es fast fünf Uhr. Laura öffnete ihr Mail-Programm in der Hoffnung, dass nicht noch mehr Arbeit auf sie wartete. Alles in allem waren es nur vier E-Mails. Eine von Brian, dem Komiker der Firma, der ihr einige Witze über verschiedene Tiere geschickt hatte, bei denen es um den Austausch von Glühbirnen ging, zwei Anfragen von Kollegen, die sie sofort und ohne jede Schwierigkeit beantworten konnte, und eine vierte von jemandem, der sich einfach *Controller* nannte. Fast hätte sie die Mail als Spam gelöscht, aber dann siegte doch die Neugierde. Als sie die Nachricht anklickte, zeigte das Fenster nur eine einzige Zeile: *Trag morgen Strümpfe.*

Während Laura auf die Nachricht starrte, schossen ihr mehrere Möglichkeiten durch den Kopf, worum es sich dabei handeln konnte. Die erste Möglichkeit war, dass es doch einfach nur Spam-Mail war. Die zweite, dass sich jemand einen Scherz mit ihr erlaubte, was allerdings voraussetzte, dass Mr. Henderson sein Versprechen gebrochen hatte. Und die letzte Möglichkeit war, dass die Mail von Mr. Henderson selbst stammte und als Eröffnungszug in einem Spiel zu verstehen war, bei dem es um Erpressung und Verführung ging. Zornig rief sie den Quelltext der Nachricht auf und vertiefte sich in die Daten, um irgendwie Licht in die Sache zu bringen.

Von Mr. Hendersons normaler Adresse stammte die Nachricht schon mal nicht. Und auch nicht von irgendjemand sonst, der bei *EAS* arbeitete. Aber das hieß noch nichts. Er oder auch sie hätte durchaus einen anonymen Server verwenden können, um die Spuren zu verwischen, für den Fall, dass sie sich beschwerte. Das wiederum deutete auf Mr. Henderson hin und würde ihren anfänglichen Verdacht bestätigen, dass er nur auf den richtigen Zeitpunkt wartete, um sich an sie heranzumachen. Sie stand voller Entschlossenheit auf, um ihn sofort mit ihren Vermutungen zu konfrontieren, setzte sich aber schnell wieder hin. Er würde garantiert einfach alles abstreiten, und sie hatte nicht einen einzigen Beweis. Ob er die Mail nun geschickt hatte oder nicht, die Anschuldigung würde ihn ärgern, und bestimmt würde er dann erst recht in der Firma herumlaufen, allen von ihrer geplatzten Hose erzählen, um sie damit im gesamten Büro zur Lachnummer zu machen. Laura konnte sich schon vorstellen, wie amüsiert Brian sein würde. Mit dem hatte sie sich noch nie verstanden.

Nach kurzem Zögern löschte sie die Mail schließlich und verbannte sie damit ins Reich des Vergessens. Dabei sagte sie sich, dass derjenige, der sie geschickt hatte, unmöglich wissen konnte, ob sie die Nachricht vorm Löschen tatsächlich gelesen hatte. Doch selbst nachdem sie den Computer heruntergefahren und ihre Sachen zusammengepackt hatte, konnte sie die obszöne Nachricht einfach nicht vergessen. Auf dem Weg zum Bahnhof fragte sie sich immer noch, wer die E-Mail geschickt haben konnte, wieso er sie geschickt hatte und was sie jetzt tun sollte. Es schien drei Möglichkeiten zu geben.

Die Nachricht stammte einfach nur von einem Scherzkeks, einem beliebigen Perversling, der sie nicht einmal kannte, oder von irgendeinem windigen Typen in ihrer Umgebung. Im letzteren Fall war es wohl das Beste, die Mail einfach zu ignorieren, um sich nicht mit irgendwelchen Konsequenzen herumschlagen zu müssen.

Falls diese Aufforderung tatsächlich ernst gemeint war, könnte Laura einfach darüber hinweggehen und hoffen, dass der Absender aufhörte, ihr derartige Dinge zu schreiben. Das wäre die vernünftigste Lösung, die aber leider beinhaltete, dass sie den Absender niemals erwischen würde.

Sie könnte aber auch vermeintlich befolgen, was er von ihr verlangte, um den Mistkerl so irgendwie zu erwischen. Das wäre höchst zufriedenstellend und käme auch ihrer unbestreitbaren Neugierde entgegen. Doch die Vorstellung, auf Geheiß von irgendeinem Unbekannten hin Strümpfe zu tragen, bescherte ihr eine Hitzewallung, die aus Empörung, Scham und noch einem anderen Gefühl bestand, das sie sich unter gar keinen Umständen eingestehen wollte.

3

Auf der Rückfahrt nach King's Lynn stellte Laura fest, dass sie sich unmöglich auf ihr Buch konzentrieren konnte. Dabei klang der Anfang des neuen Kapitels so vielversprechend. Darin fesselte Lord Jasper Evangeline mit ihren Händen über dem Kopf an einen Baum, um irgendwelche nicht näher beschriebenen Schandtaten an ihr zu begehen. Doch die Heldin wurde mal wieder in letzter Sekunde gerettet. Normalerweise wäre es Laura mit ihrer überbordenden Vorstellungskraft nicht schwergefallen, sich ein Dutzend Möglichkeiten zu überlegen, worin diese Schandtaten genau bestanden hatten, um sich genau den Zustand herrlich gespannter Erregung zu bescheren, den sie sehr schätzte, wenn sie abends allein zu Hause war. Doch jetzt, da die Realität sich dazwischenmogelte, war es ihr einfach unmöglich, sich ihrer Fantasie hinzugeben – so sehr sie sich auch bemühte.

Die Nachricht hatte zwar nichts Bedrohliches an sich gehabt, aber als Laura sich aufmachte, um mit ihrem Hund Smudge noch ein wenig am Flussufer spazieren zu gehen, überprüfte sie doch zweimal, ob sie ihre Haustür auch richtig abgeschlossen hatte. Mittlerweile war sie zu dem Schluss gekommen, dass es nicht infrage kam, die Mail einfach zu ignorieren. Und als sie sich über das chinesische Imbissgericht hermachte, das sie sich als Wiedergutmachung für einen wirklich üblen Tag gegönnt hatte, dachte sie immer noch über die Sache nach. Diesmal sah sie das Ganze allerdings als eine Art

Verbrechen, zu dessen Aufklärung man vielleicht einen ihrer Lieblings-Fernsehdetektive hätte zurate ziehen können.

Mr. Henderson war auf jeden Fall Lauras Hauptverdächtiger. Er bevorzugte Strümpfe und schien durchaus auf sie zu stehen. Damit hatte der Mann schon mal ein Motiv. Hinzu kam, dass er ihre E-Mail-Adresse vom Büro kannte und vielleicht glaubte, dass er sie als ihr Chef irgendwie in der Hand hätte. Die Mittel hatte er also auch. Der einzige Gegenbeweis, der zu seinen Gunsten ausfiel, war die Tatsache, dass er sie in den vier Jahren, in denen er jetzt schon ihr Boss war, nicht einmal angemacht hatte.

Ihre E-Mail-Adresse kannte auch jeder andere im Büro, ein paar Freunde und viele Kunden. Diese Fährte war also nicht sehr erfolgversprechend. Wer immer die Nachricht geschickt hatte, wusste allerdings, dass sie an jenem Tag keine Strümpfe getragen hatte. Mr. Henderson wusste es, denn es war auf dem Golfplatz so kalt gewesen, dass sie ihre Strumpfhose unbedingt anbehalten wollte. Und das hatte er gesehen, als ihre Hose gerissen war. Es war allerdings nur gut gewesen, dass sie eine Strumpfhose getragen hatte, denn ansonsten hätten er und Mr. Drake einen Blick auf das Motiv ihres Höschens werfen können. Auf der Rückseite von Lauras Slip war nämlich ein großer, rosafarbener Teddybär in Unterhose zu sehen, auf der »Vorsicht – Bär von hinten!« geschrieben stand.

Soweit Laura wusste, waren Mr. Drake und Miss Manston-Jones die einzigen anderen Menschen, die bemerkt haben konnten, dass sie eine Strumpfhose trug. Beide hatten es gesehen und beide hätten ihre E-Mail-Adresse aus den Informationsunterlagen entnehmen können, die sie ihnen an jenem Morgen gegeben hatte. Miss Manston-Jones schien nicht unbedingt infrage zu kommen – auch wenn sie bei dem Versuch, Laura das Golfspielen beizubringen, sehr scharf darauf gewesen war, ihr möglichst nahe zu kommen. Es fiel nicht weiter schwer, sie sich als Lesbe vorzustellen. Eine ziemlich kerlige Lesbe sogar. Doch es war durchaus schwer, sich vorzustellen, sie oder auch eine andere Frau würde sich für eine derartige Vorgehensweise entscheiden.

Da war Mr. Drake schon ein weitaus ernsthafterer Kandidat. Und dazu einer, den Laura nicht gerade abstoßend fand. Im Gegenteil. Er war so ziemlich genau ihr Typ: groß, selbstbewusst und auch ein kleines bisschen streng. Die Vorstellung, unter seiner Fuchtel zu stehen, hätte ihr tatsächlich gefallen können. Und zwar so sehr, dass sie durchaus bereit wäre, ihm das zu verzeihen, was sie bei jedem anderen Mann verstörend, ja sogar gruselig gefunden hätte. Doch leider würde sie ihn am folgenden Tag nicht sehen, sodass er nicht die Möglichkeit haben würde herauszufinden, ob sie der Anweisung nachgekommen war. Und da dasselbe auch auf Miss Manston-Jones zutraf, deutete alles auf Mr. Henderson hin.

Aber sicher konnte sie sich dessen nicht sein. Es hätte ihr auch irgendein anderer *EAS*-Mitarbeiter weit genug unter den Rock schauen können, um zu merken, dass sie Strumpfhosen trug. Selbst Brian, der ihr die Mail vielleicht nur als kindischen, anrüchigen Scherz geschickt hatte. In den Umkleideräumen von Setchal Manor waren auch noch andere Frauen gewesen, die aber ohne weiteres von der Liste der Verdächtigen gestrichen werden konnten. Genauso wie die Mitreisenden im Zug zur Arbeit. Schließlich wusste keiner von denen, wer sie war.

Wenn einer der Pendler aber ihr verlorenes Lesezeichen gefunden hätte, kannte er auch ihre E-Mail-Adresse. Laura überlegte hin und her, war sich aber sicher, dass sie das Lesezeichen entweder beim Aussteigen in King's Lynn, im Zug selbst oder auf dem Bahnsteig verloren hatte. Da Darcy und

Mr. Brown vor ihr ausgestiegen waren, kamen die beiden schon mal nicht infrage. Der Milchschokoladen-Junge hingegen war ebenfalls auf dem Bahnsteig gewesen. Er hatte sich ziemlich mit seinem Rucksack abgemüht, und es war ein Leichtes, sich den Kerl als kleinen Perversling vorzustellen, der Frauen unter den Rock schaute. Er kam also durchaus infrage. Diese Schlussfolgerung war eine ziemliche Erleichterung, denn bei ihm hätte sie nicht die geringsten Schwierigkeiten, ihn direkt darauf anzusprechen.

Um genau zu sein, wäre es vielleicht sogar möglich, ein kleines Experiment an ihm vorzunehmen.

Als sie am nächsten Morgen die Strümpfe über ihre Beine zog, sagte Laura sich mit strenger Stimme, dass sie das nicht tat, um irgendeinem Mann zu gefallen. Und schon gar nicht dem Mann, der ihr diese Nachricht geschickt hatte. Nein, sie tat es nur, um die Reaktion auf dem Gesicht des Milchschokoladen-Jungen im Zug zu sehen. Wenn er tatsächlich irgendwie an ihre Mail-Adresse gekommen war und tatsächlich die Nachricht geschickt hatte, würde er auf jeden Fall hinsehen. Aber das reichte noch nicht. Nur wenn sie wirklich Strümpfe trug, würde er verwegen genug sein, sie anzumachen, was wiederum hieß, dass sie den kleinen Perversling der Polizei melden konnte. Das bedeutete allerdings, dass sie ihm die Strümpfe auch irgendwie zeigen musste. Und vielleicht auch noch anderen Mitreisenden. Vielleicht sogar Darcy. Eine höchst peinliche Aussicht und definitiv nicht der Grund für die Erregung, die sie seit ihrem Entschluss nicht mehr verlassen hatte.

Laura lief wie immer schnellen Schrittes zum Bahnhof, traf aber ein paar Minuten früher als gewöhnlich dort ein. Der Milchschokoladen-Junge gehörte normalerweise zu denjenigen, die auf den letzten Drücker eintrafen, und hatte schon oft kurz vorm Schließen der Türen in den letzten Waggon springen müssen. Manchmal hatte er es auch nicht mehr rechtzeitig geschafft. Wenn er die Nachricht also wirklich geschickt hatte, wäre er sicher so aufgeregt, dass er heute früher auftauchen würde. Doch es war nichts von ihm zu sehen. Lauras Zug fuhr kurz nach ihrer Ankunft auf dem Bahnsteig ein. Sie stieg ein und setzte sich auf ihren bevorzugten Platz am Fenster.

Es kostete sie schon ein wenig Mut, den Rock weit genug hochzuziehen, damit man den spitzenbesetzten Rand ihrer Strümpfe sehen konnte, wenn sie die Beine übereinanderschlug. Laura fühlte sich geradezu entblößt und war ganz zittrig. Sie nahm ihr Buch aus der Tasche und tat ganz nonchalant so, als würde sie darin lesen. Dabei beobachtete sie immer wieder aus den Augenwinkeln, wer noch alles den Bahnsteig entlangkam. Darcy traf als Erster ein, warf ihr sein übliches gleichgültiges Lächeln zu und setzte sich einige Plätze von ihr entfernt hin. Als Nächster kam Mr. Brown, der sie allerdings völlig links liegen ließ. Mit jedem weiteren eintreffenden Fahrgast wurde es schwerer, ihre Pose zu halten. Nicht, dass sie allzu viel zeigte. Aber da sie es nun mal mit voller Absicht tat, fiel es ihr überaus schwer, das Gefühl zu verdrängen, jede Frau im Zug würde sie als Flittchen im althergebrachten Sinne und jeder Mann als Flittchen im modernen Sinn betrachten.

Endlich tauchte auch der Milchschokoladen-Junge auf. Er rannte mit einem Sandwich in der Hand über den Bahnsteig und schaffte es gerade noch, in den Zug zu springen. Im Abteil angekommen warf er sich japsend auf einen der letzten freien Plätze, direkt gegenüber von Laura. Sie fragte sich sofort, ob er vielleicht mit Absicht so spät gekommen sei, weil er wusste, wo sie gern saß, um dann geradezu zwangsläufig auf einem der letzten freien Plätze gegenüber zu landen – wenn der Zufall es denn so wollte.

Der Platz ihr gegenüber bot auf jeden Fall eine gute Aussicht. Er saß in leichtem Winkel zu ihr, sodass er besonders weit unter ihren Rock schauen konnte. Wahrscheinlich sah er mehr vom oberen Rand ihrer Strümpfe, als vorgesehen – vielleicht sogar etwas nackte Haut. Aber er sah gar nicht hin. Als der Zug sich in Bewegung setzte, war sein Gesichtsausdruck so leer wie der eines Fisches im Aquarium, aber das konnte auch nur ein Trick sein. In *Kalter Stahl* hatte Rick Cane den bösen Magnus Abner auch von New York nach Chicago verfolgt, indem er so tat, als wäre er ein Dummkopf. Möglicherweise wandte der Milchschokoladen-Junge ja dieselbe List an.

Andererseits war er vielleicht wirklich ein Dummkopf. Er schien sich nie auch nur für irgendwas zu interessieren. Und jetzt, da er ihr tatsächlich gegenübersaß, fiel es durchaus schwer, sich ihn als den raffinierten, kleinen Perversling vorzustellen, den sie noch vor kurzem in ihm gesehen hatte. Laura kam sich ziemlich albern vor und stellte die Beine wieder nebeneinander. Und genau in diesem Moment wanderte sein Blick zu ihr. Er schaute zwar nur kurz in Lauras Richtung, aber lange genug, um unter ihren Rock zu schauen und zu sehen, was sie darunter trug.

Laura erstarrte. Ihr Herz schlug bis zum Hals, und sie musste sich sehr zusammenreißen, um weiter so zu tun, als würde sie lesen. Er hatte hingeschaut. Er wusste es. Er war es. Oder vielleicht doch nicht? Er war ein Teenager. Ein dürrer, verpickelter Teenager, der garantiert jede Frau in einem kurzen Rock anstarren würde, wenn sie so die Beine öffnete. Aber wenn er glaubte, sie wäre seinen Anweisungen gefolgt, hätte er ihr doch sicher einen wissenden Blick oder vielleicht sogar ein anzügliches, schmutziges Grinsen zugeworfen.

Stattdessen kehrte er sofort zu seiner Imitation eines toten Fisches zurück.

Laura veränderte ihre Position ein wenig und fragte sich dabei, ob sie nicht vielleicht Nägel mit breiteren Köpfen machen sollte. Vielleicht sollte sie den Rock noch ein klein wenig höher schieben, um ganz sicherzugehen, dass er auch sehen konnte, was sie darunter trug. Sollte die E-Mail von ihm gewesen sein, würde er reagieren müssen. Und dann hätte sie ihn. Sie tat es auch fast, doch im letzten Moment verließ sie der Mut. Schließlich wäre sie so Gefahr gelaufen, nicht nur dem Milchschokoladen-Jungen ihre Schenkel und vielleicht sogar ihr Höschen zu zeigen, sondern auch noch einem halben Dutzend anderer Männer.

Laura schlug die Idee also in den Wind und zog ihren Rock in eine etwas weniger freizügige Position. Während dieser Aktion strich sie mit dem Handgelenk gegen etwas, das aus der Ritze ihres Sitzes herausragte und das sie bisher mit ihrem Gewicht plattgedrückt hatte. Es war blau und mit einem eingeprägten *EAS*-Logo versehen. Ihr Lesezeichen. Mit Name und E-Mail-Adresse darauf.

Mit einem erleichterten Seufzer, weil sie sich doch nicht lächerlich gemacht hatte, zog sie das Lesezeichen zwischen Sitz und Rückenlehne hervor. Der Milchschokoladen-Junge konnte also ebenso wie die anderen Pendler getrost von der Liste der Verdächtigen gestrichen werden. Was wiederum hieß, dass Mr. Henderson jetzt erneut ganz oben stand.

Doch ihre Erleichterung hielt nur so lange vor, bis ihr klar wurde, dass sie in einer weitaus stärkeren Position gewesen wäre, wenn der Milchschokoladen-Junge sich als der Übeltäter erwiesen hätte. Jetzt würde sie tatsächlich in Strümpfen ins Büro kommen, genau wie ihr Chef es vermeintlich verlangt hatte. Und er würde garantiert reagieren. Laura sah die

Szene schon deutlich vor sich. Er würde es wissen, sobald er die Nähte auf ihren Waden erblickte. Nur würde es diesmal kein herablassendes Nicken geben, sondern eine klare Anweisung.

»Braves Mädchen. Und jetzt zeig sie mir.«

Vielleicht würde er aber auch ganz formell bleiben und seine Autorität als ihr Chef ausspielen.

»Sehr schön, Laura. Und jetzt schließen Sie die Tür und ziehen Ihren Rock hoch.«

Vielleicht würde er sogar ihren Nachnamen verwenden, wie er es manchmal tat, wenn er mit ihrer Arbeit nicht zufrieden war.

»Ich bin froh, dass wir uns verstehen, Miss Irving. Und jetzt ziehen Sie Ihren Rock aus.«

Oder noch schlimmer:

»Gut. Und jetzt ziehen Sie Ihren Rock aus, Miss Irving. Ich will Ihnen den Hintern versohlen.«

Diese Formulierung ließ einen mächtigen, erotischen Schock durch ihren Körper gehen, dem schuldvolle Scham ob ihrer Reaktion folgte. So sollte es nicht ablaufen. Ihr Chef sollte nicht versuchen, sie zu manipulieren und auszunutzen. Außerdem stand er vielleicht gar nicht auf Spanking.

Laura schüttelte den Kopf. Sie schämte sich für ihre Gefühle, war aber nicht in der Lage, sich des Kitzels oder der Erinnerung an die köstliche Fantasie zu entziehen, in der ihr als Bestrafung heftig auf den Hintern geschlagen wurde. Ihr Chef war auch genau der Richtige dafür. Zumindest ihr Fantasie-Chef – nicht Mr. Henderson. Der war ein erpresserischer Mistkerl und zudem noch verheiratet. Und genau das war auch die Antwort auf ihr Problem.

Nein, sie würde ihre Strümpfe nicht zur Schau stellen und auch nicht den nackten Po in die Luft recken, um verhauen zu werden. Falls der Kerl auch nur andeuten sollte, einen Blick auf den Rand ihrer Strümpfe werfen zu wollen, würde sie ihm sofort damit drohen, alles seiner Frau zu erzählen. Mrs. Henderson war ab und zu auf Betriebsfesten dabei und bestimmt nicht die Art Frau, die sich von ihrem Mann irgendwelche Frechheiten bieten ließ. Sie war groß, recht stark gebaut und Anwältin in einer hiesigen Kanzlei. Die Taktik würde also ohne jede Frage funktionieren.

Jetzt, da die Situation wenigstens teilweise entschärft war, erlaubte sich Laura ein bisschen Entspannung. Einfach war es nicht. Sie hatte *Verschleppt in die Türkei* die ganze Strecke von King's Lynn offen vor sich liegen gehabt, aber nicht ein Wort gelesen. Das wirkliche Leben war dazwischengekommen. Und zwar nicht aus irgendeiner langweiligen Notwendigkeit heraus. Sie war zwar verärgert und sogar ein bisschen ängstlich, hatte sich aber seit Jahren auch nicht mehr so lebendig gefühlt. Nicht mehr, seit sie die Universität verlassen und ihr sorgloses Leben gegen die tägliche Routine der Arbeitswelt eingetauscht hatte.

Ihr Blick wanderte von dem aufgeschlagenen Buch zu der Landschaft vor dem Zugfenster. Doch eigentlich sah sie nichts von den schwarzen und grünen Flächen der Felder, die an ihr vorbeirauschten. Stattdessen dachte sie an Freunde und an Plätze, die sie von früher kannte. Sie dachte daran, wie sie ganz in der Nähe des Ortes, den sie immer noch als ihr Zuhause bezeichnete, in den Wäldern gespielt hatte. Sie dachte an die Schulzeit und die komplizierten Verstrickungen, wer wen mochte. An den Kitzel männlicher Aufmerksamkeit und wie Tommy Fuller sie damals langsam dazu gebracht hatte, sich auszuziehen. Bis in die frühen Morgenstunden hatten sie damals Tequila getrunken, bis Laura schließlich irgendwann in den Armen eines Mannes erwachte, den sie kaum kannte.

Sie ließ ihren Gedanken freien Lauf und erinnerte sich, wie Tommy ihr eine Erregung beschert hatte, von deren Existenz sie bis dahin nichts gewusst hatte. Die Jungs vor ihm waren alle überaus vorsichtig, respektvoll und schüchtern gewesen. Höchstens einen Abschiedskuss und eine Umarmung vor der Haustür hatte es mit ihnen gegeben. Doch bei Tommy war das anders gewesen. Er hatte sie mit Bier betrunken gemacht und sie überredet, Strip Poker mit ihm zu spielen. Irgendwann war sie nackt, geil und bereit gewesen, während er breit grinsend und nur noch mit rotem Karohemd und Unterhose bekleidet vor ihr saß. Sein Schwanz zeichnete sich durch die Baumwolle wie eine lange, harte Stange ab. Er holte ihn raus. Und er brachte sie dazu, ihn zu lutschen …

Die Erinnerung jagte einen Schauer durch Lauras Körper. Sie war damals sehr willig gewesen. Mehr als willig, um genau zu sein. Oder auch verzweifelt geil, um es auf den Punkt zu bringen. Und doch war es ihr wichtig gewesen, so zu tun, als hätte er sie dazu gezwungen. Na ja, vielleicht hatte er sie nicht unbedingt gezwungen, sondern ihr vielmehr keine andere Möglichkeit gelassen, als splitternackt auf die Knie zu gehen und seinen herrlich großen Schwanz in den Mund zu nehmen. Laura wusste noch sehr genau, wie es sich damals anfühlte, das harte, männliche Fleisch in ihrem Mund zu spüren. Sie dachte an den Geschmack, und wie sein Schwanz sie dazu gebracht hatte, sich vor Verlangen ganz schwach und so weiblich zu fühlen, wie sie es zuvor noch nie erlebt hatte.

Damals war sie recht wagemutig gewesen und hatte später auf der Universität so ziemlich alles getan, wonach es sie verlangte. Und das mit so ziemlich jedem, nach dem es sie verlangte. Hätte sie die E-Mail seinerzeit bekommen, hätte sie die Anweisung vielleicht aus reinem Amüsement umgesetzt. Zumindest so lange, bis sie dahintergekommen wäre, von wem sie stammte. Dann hätte sie demjenigen entweder unmissverständlich klargemacht, dass er sich vom Acker machen solle, oder sie hätte sich jedwedem Schmutz hingegeben, der dem Übeltäter vorschwebte. Auf jeden Fall wäre sie nicht sofort zur Polizei gelaufen.

Vielleicht könnte sie Mr. Hendersons Spiel ja mitspielen? Auch wenn es nur für eine kurze Weile war. Nichts Ernsthaftes natürlich. Was war schon Schlimmes dabei, wenn sie ihm ihre Strümpfe zeigte? Es musste ja niemand davon erfahren. Und schließlich war es ja nicht so, dass die beiden damit eine echte Affäre hatten. Er würde sicher weitergehen wollen. Ja, das war klar. Aber schließlich war es nicht schwer, die Situation unter Kontrolle zu halten. Vielleicht könnte sie ihn ja sogar dazu bringen, die Fantasien auszuleben, die *Verschleppt in die Türkei* in ihr ausgelöst hatten. Wäre es nicht wundervoll, ins Büro zu kommen, ohne dass sie Marketingberichte schreiben oder Präsentationen zusammenstellen musste, und stattdessen von einem starken Mann übers Knie gelegt zu werden, um sich den nackten Hintern versohlen zu lassen? Danach würde sie ihm auch den Schwanz lutschen. Das wäre schließlich nur fair.

Lauras erotischer Tagtraum wurde von einem plötzlichen, heftigen Ruckeln des Zuges unterbrochen. Sie fuhren in Cambridge ein, ohne dass ihr die anderen Haltestellen weiter aufgefallen wären. Die Realität hatte sie schnell wieder im Griff, und als sie sich in Richtung des *EAS*-Gebäudes aufmachte, war sie nervös und fühlte sich äußerst unsicher. Ob sie die Sache wirklich durchziehen konnte? In ihre Erregung mischte sich mittlerweile ein immer größerer Ärger darüber, manipuliert zu werden. Außerdem machte sie sich Gedanken um ihren Job, um ihren Ruf in der Firma und hatte durchaus auch ein wenig Angst vor dem Respekt einflößenden Mr. Henderson.

Als Laura schließlich vor dem Gebäude stand, hatte sie sich einen Plan zurechtgelegt. Wenn sie das Büro betrat, würde sie zu den Aktenschränken gegenüber von Mr. Hendersons Schreibtisch gehen und sich mit voller Absicht ganz tief hinunterbeugen, um etwas aus der untersten Schublade zu holen. So würde er ihre Strumpfnähte und vielleicht sogar etwas vom spitzenbesetzten Rand sehen. Er würde wissen, dass sie ein braves, gehorsames Mädchen war. Er würde etwas sagen und dann erst würde sie reagieren.

Nachdem sie die Entscheidung einmal getroffen hatte, ging Laura auf Autopilot. Sie dachte nicht mehr länger, sondern handelte nur noch. Diese Methode hatte ihr schon oft in schwierigen Situationen geholfen. Angefangen von ihrem einzigen Bewerbungsgespräch, bis hin zu ihrem einzigen öffentlichen Striptease. Sie stieß die große Doppeltür zu dem Gebäude auf, begrüßte ein paar Kollegen mit höflichem Kopfnicken und sprach nur, um dem Liftboy ihre Etage zu nennen. Danach betrat sie ohne zu zögern das Büro und begrüßte Mr. Henderson mit einem beherzten »Guten Morgen«. Er sah auf, erwiderte den Gruß und beobachtete sie dabei, wie sie ihre Sachen auf den Schreibtisch legte. Lauras Herz schlug jetzt wie wild, als sie mit drei schnellen Schritten zu dem Aktenschrank hinüberging, ihrem Chef den Rücken zudrehte und sich dann tief hinabbeugte, um ihm das zu zeigen, was er sehen wollte: den Umriss ihres Hinterteils und ihrer Hüften unter dem Rock, die schicken schwarzen High Heels und die strumpfbedeckten Beine mit der verräterischen Naht, die bis zum spitzenbesetzten Rand führte, der unter dem Saum ihres Rockes sichtbar sein würde.

»Gut. Hören Sie, Laura, wir müssen gleich eine Offerte zusammenstellen. Drehschalter für eine Firma in Birmingham.«

4

Die Zeit zog sich den gesamten Rest des Arbeitstages so lange hin wie noch nie zuvor, und Mr. Hendersons Verhalten Laura gegenüber hatte sich in keiner Weise geändert. Zwar schien ihm ihre Aufmachung schon zu gefallen, aber er machte diesbezüglich weder irgendwelche offenen, geschweige denn anzüglichen Bemerkungen. Stattdessen gab er sich durch und durch professionell und nur auf die Arbeit konzentriert. Und dasselbe erwartete er auch von ihr. Das ging so weit, dass Laura sich irgendwann fragte, ob sein Interesse an ihrem Aussehen lediglich aus dem Wunsch heraus entstand, *EAS* im bestmöglichen Licht erscheinen zu lassen.

Sollte tatsächlich Mr. Henderson hinter der E-Mail stecken, dann hatte ihn entweder der Mut zum entscheidenden nächsten Schritt verlassen, oder er spielte ein ausgesprochen subtiles Spiel mit ihr. Doch keine dieser beiden Möglichkeiten schien zu dem zu passen, was sie bisher mit ihrem Chef erlebt hatte. Denn wäre die Anweisung ohne jeden erotischen Unterton gemeint, hätte er ihr einfach ins Gesicht gesagt, welche Kleidung er von ihr erwartete.

Ihre Gedanken wanderten also wieder zu Brian und der Option, dass das Ganze nur ein Scherz gewesen sein könnte. Doch das schien ebenso unwahrscheinlich. Bei seinem jugendlich versauten Sinn für Humor hätte er sich höchstwahrscheinlich etwas noch Schmutzigeres einfallen lassen. Vielleicht die Anordnung, ohne BH und Höschen ins Büro zu kommen. Oder auch sich mit dem Hintern auf den Fotokopierer zu setzen, um zu prüfen, wie die Kopie aussehen würde – so wie er es vor zwei Jahren bei einer Betriebsfeier mit Tina gemacht hatte. Zumindest war der Junge recht leicht zu testen. Mr. Henderson mochte ja noch in der Lage sein, so zu tun, als wäre nichts gewesen, aber Brian schaffte das ganz sicher nicht. Er würde kichern. Und er würde ganz sicher irgendeine schmutzige Bemerkung hervorsprudeln.

Unglücklicherweise kicherte Brian eigentlich fast immer, und auch schmutzige Bemerkungen gehörten zu seinem Standardrepertoire. Auf ihn schien schon die Anwesenheit einer Frau provozierend zu wirken. Entweder sexuell provozierend, wenn sie auch nur ansatzweise attraktiv war, oder aber als Zielscheibe für einen Witz, wenn sie auch nur ein paar Pfund von seiner Idealvorstellung der weiblichen Figur abwich. Und doch bestand durchaus die Chance, dass er sich verraten würde.

Welch ein Glück, dass die Buchhaltung für die Gewinnspanne der Offerte zuständig war, die sie und Mr. Henderson erarbeitet hatten. So hatte Laura eine perfekte Ausrede, Brians Abteilung einen Besuch abzustatten. Nicht, dass es irgendeinen Grund für sie gab, mit ihm zu sprechen, aber immerhin würde sie an seinem Schreibtisch vorbeikommen. Vielleicht würde ja schon ein Lächeln ausreichen, um ihm eine Reaktion zu entlocken – oder auch eine absichtlich an den Tag gelegte Distanziertheit.

Laura entschied sich für die Distanziertheit und marschierte hoch erhobenen Hauptes und mit starr geradeaus gerichteten Augen auf seinen Arbeitsplatz zu. Schon als sie den Raum betrat, richtete sich Brians Blick sofort auf sie. Aber das war noch nichts Ungewöhnliches, sondern genauso typisch wie die Bemerkung zu seinem Kumpel Dave.

»Wird's hier drin gerade ziemlich heiß, oder bilde ich mir das nur ein?«

Daves Erwiderung war ziemlich vorhersehbar.

»Und ob es hier drin heiß wird, Brian. Und zwar mit jeder Sekunde heißer.«

Brians nächste Bemerkung war jedenfalls nicht besonders heiß.

»Heiß genug, dass die Mädchen ihre Strumpfhosen im Schrank lassen sollten, meinst du nicht auch?«

»Ja!«

Laura blieb stehen und reagierte sofort, indem sie Brian an seinem knalligen pinkfarbenen Seidenschlips packte. Sie zog ihn ein wenig daran nach oben und beugte sich so weit zu ihm, dass ihr Gesicht nur ein paar Zentimeter von dem seinen entfernt war.

»Mach das nicht noch mal. Hast du verstanden?«

Dann ging sie unter allgemeinem Gejohle und Gejubel weiter. Brian und Dave taten ihr Bestes, um ihre gekränkte Männlichkeit vor den anderen zu verbergen, doch Laura ignorierte sie einfach und genoss lächelnd die Zustimmung zweier Kolleginnen, die tatsächlich angefangen hatten zu klatschen. Als sie schließlich im Büro von Mr. Bannerjee angekommen war, erklärte sie ihm kurz die Gewinnspanne und weshalb sie so niedrig sein musste. Nach einigen Fragen und ein paar grummeligen Bemerkungen wurden ihre Argumente akzeptiert. Auf dem Rückweg in ihre Abteilung wagte Brian noch einen Scherz über ihre vorherige Reaktion. Er tat so, als würde er sich vor ihr schützen müssen, und rief ihr im Hinausgehen irgendwas über KGB-Methoden zu. Das Letzte, was Laura hörte, war Daves quietschendes Lachen über die Bemerkung seines Kollegen.

Wieder in Mr. Hendersons Büro, legte sie ihrem Chef die

Einwände von Mr. Bannerjee dar und kehrte dann an ihren Schreibtisch zurück. Sie war verwirrt. Einerseits empfand Laura eine geradezu teuflische Befriedigung über ihr Verhalten. Andererseits aber hatte sie das Gefühl, jeden Moment in Tränen ausbrechen zu müssen und von einer tiefen Enttäuschung überwältigt zu werden. Das Ganze war also nichts weiter als ein alberner Bürostreich gewesen. Und obendrein von Brian initiiert, der noch weniger Potenzial für eine Rolle in ihren Fantasien hatte als der Milchschokoladen-Junge!

Sie schluckte ein Seufzen hinunter, als sie ihren Computer aus dem Ruhezustand weckte. Erst jetzt, da die Lösung des Rätsels sich als so profan erwies, wurde ihr klar, wie sehr sie sich etwas anderes gewünscht hatte. Jedes positive Gefühl, das sie in die Geschichte investiert hatte, war verschwunden, und sie spürte nur noch die Angst und die Wut, die Brian in ihr ausgelöst hatte. Dabei war ihr eigentlicher Wunsch doch gewesen, dass die E-Mail von irgendeinem attraktiven Mann stammte.

Als Laura ihren Mail-Account aufrief, fragte sie sich, ob sie vielleicht noch eine weitere Nachricht von Brian vorfinden würde. Vielleicht irgendeine selbstgerechte Stichelei oder einen seiner blöden Scherze. Von ihm direkt ließ sich zwar nichts finden, aber sie hatte eine Nachricht von derselben Adresse wie zuvor – vom *Controller.* Laura spürte plötzlich eine gewisse Enge in ihrer Kehle, als sie die Mail öffnete. Sie rechnete zwar eigentlich mit einem weiteren vorhersehbaren Witz von Brian, betete aber insgeheim, dass es doch etwas anderes war. Und das war es. *Sehr hübsch. Aber halterlose Strümpfe sind so unweiblich. Morgen wirst du Strapse tragen.*

Laura erstarrte zu Eis. Ihre Hand lag noch immer auf der Maus, während sie die Mail ein zweites, ein drittes und auch noch ein viertes Mal las und die Bedeutung jedes einzelnen

Wortes in sich aufzunehmen versuchte. Er hatte sie gesehen. Er wusste es. Und wer immer *er* auch war, es konnte sich bei dem Absender unmöglich um Brian handeln. Die Nachricht war nämlich so ziemlich genau zu dem Zeitpunkt geschickt worden, in dem sie ihn an seinem Schlips vom Schreibtisch hochgezogen hatte. Die junge Frau blickte rüber zu Mr. Henderson. Er saß mit zusammengezogenen Augenbrauen an seinem Schreibtisch und ging mit einem Stift irgendeine Zahlenkolonne durch. Sollte er doch für die Mail verantwortlich sein, war er wirklich ein ausgezeichneter Schauspieler.

Laura hatte einen richtigen Kloß im Hals, der sie zum Schlucken zwang, bevor sie die Nachricht erneut lesen konnte. Die Art der Formulierung hatte etwas schrecklich Fesselndes an sich, das sie mit Zorn, aber auch mit einem Gefühl von Schwäche und Bedürftigkeit erfüllte. Es hieß nicht »du solltest Strapse tragen«, ja nicht mal »du musst Strapse tragen«, sondern einfach nur »du wirst Strapse tragen«. Die Wortwahl ging über schlichtes Selbstbewusstsein hinaus und war mit der arroganten Sicherheit geschrieben, dass sie der Aufforderung ganz bestimmt Folge leisten würde.

Ihr erster Impuls bestand darin, ihn einfach abblitzen und ihm vielleicht ein kurze Mitteilung zukommen zu lassen, dass er ein schmutziger Perversling sei und sie seinen Anweisungen niemals Folge leisten würde. Doch das wäre eine Lüge gewesen. Sie wollte seinen Anweisungen unbedingt Folge leisten. Und zwar trotz ihres Ärgers und trotz ihres Wissens, dass es für sie eigentlich überhaupt nicht infrage kam, sich dem Willen eines Mannes zu unterwerfen. Doch in Wahrheit spielten all diese Dinge keine Rolle. Oder zumindest keine Rolle, die groß genug war, um sich ihren Gelüsten zu unterwerfen. Wichtig war jetzt nur, wer die Mail geschickt hatte. Käme sie von Mr. Drake, vielleicht von Darcy oder vielleicht sogar von Mr. Henderson, würde sie Strapse und alles andere tragen, was er verlangte. Aber sollte es Brian doch irgendwie gelungen sein, sie reinzulegen oder stammte die Nachricht sogar vom Milchschokoladen-Jungen, dann würde einer von ihnen noch heute eine Ohrfeige kriegen.

Mr. Henderson war noch immer in seine Arbeit vertieft und schenkte ihr nicht das kleinste bisschen Aufmerksamkeit. Laura tat so, als wäre sie beschäftigt, während sie die ganze Zeit verzweifelt versuchte, sich zu überlegen, um wen es sich denn nun bei ihrem Verehrer – oder auch bei ihrem Peiniger – handelte. Es musste jemand sein, der wusste, dass sie heute Strümpfe trug. Halterlose Strümpfe. Wie konnte er das nur so genau gemerkt haben? Weil er damit gerechnet hatte, die Umrisse des Strapsgürtels unter dem Stoff zu sehen? Oder weil er ihr einfach nur weit genug unter den Rock geguckt hatte?

So oder so, Mr. Drake konnte es nicht gewesen sein. Und sie war so gut wie sicher, dass es auch niemand aus dem Büro war. Vielleicht irgendjemand anders, dem sie heute begegnet war? Laura überlegte, wo sie heute schon überall gewesen war – In der Buchhaltung, in der Kantine, auf der Damentoilette und in der Produktion. Und auf dem Weg durch die Produktion hatte sie außerdem die Galerie über der Fabrikhalle passiert. Dieser Gang war ihr schon immer unangenehm gewesen. Einige der etwas grobschlächtigeren Arbeiter begafften die Mädchen dabei grundsätzlich. Einige ganz offen, einige nur verstohlen. Manche gaben auch laute Pfiffe von sich oder machten anzügliche Bemerkungen. Und wenn sie zu dicht an der Balustrade entlangging, konnten die Männer ihr auch unter den engsten Rock schauen – das hatte Laura schnell gemerkt. Deshalb war sie grundsätzlich so dicht wie möglich an der Wand entlanggegangen. Und doch könnte jemand ihre

Strümpfe gesehen haben. Und wenn ja, dann höchstwahrscheinlich einer der Maschinisten.

Bisher hatte sie noch nie allzu viel mit den Männern in der Fabrik zu tun gehabt. Ein paar von ihnen waren durchaus attraktiv, aber sie konnte sich keinen der Männer als den ruhigen, arroganten Chef im Ring vorstellen, den sie in dem Absender der E-Mails sah. Sicher, einige von ihnen waren durchaus Alphamännchen. Aber eben auf eine weitaus gröbere, rauere und selbstgefälligere Art. Diese Eigenschaften hatten natürlich auch etwas Anziehendes, waren aber weit von dem entfernt, was sie wirklich an einem Mann mochte.

Und doch konnte man die Arbeiter nicht völlig ausschließen. Das machte die Situation noch verzwickter, als sie es ohnehin schon war. Wieder wurde Laura von einer gewissen Angst gepackt, die sich so steigerte, dass ihre Gefühle einem heillosen Chaos glichen, während sie ihre Arbeit für diesen Tag beendete. Mr. Henderson benahm sich immer noch wie gewöhnlich, und als Laura zum Bahnhof aufbrach, war sie noch nervöser und unruhiger als am Morgen. Doch auf halbem Weg zu ihrem Zug traf sie eine Entscheidung. Sie würde auf die Mail antworten und dem Absender gehorchen, wenn er im Gegenzug seine Identität preisgäbe.

Doch diese Entscheidung bescherte ihr sofort ein gewisses Gefühl der Enttäuschung. So vernünftig ihre Überlegungen auch sein mochten, sie waren völlig sinnlos. Wenn sie versuchte, die Kontrolle über die Situation zu übernehmen, würde sie ihn damit nur vertreiben. Oder aber – wenn er denn wirklich der Typ Mann war, den sie wollte – ihn dazu bringen, seine Autorität noch entschlossener einzusetzen. Sollte er tatsächlich tun, was sie von ihm verlangte, dann wäre er jedenfalls nicht der geeignete Kandidat für die Erfüllung ihrer Fantasien, und der ganze Kitzel wäre verflogen.

Laura sagte sich zwar immer noch, dass sie am nächsten Tag auf keinen Fall mit Strapsen zur Arbeit gehen würde, aber ein kleiner Umweg über *Pretty Things* konnte sicher nicht schaden. Warum sollte sie nicht einen Blick in das Schaufenster des Wäschegeschäftes werfen und vielleicht sogar hineingehen? Wenn sie von nun an regelmäßig Strümpfe tragen würde, dann brauchte sie sowieso ein neues Paar. Das Geschäft hatte ein paar wunderschöne Stücke, und außerdem gab es dort immer auch einige Sonderangebote. Es war also nur vernünftig, zwei, drei ganz einfache Höschen zu kaufen. Und auch ein paar schickere Slips – nur für den Fall. Und nachdem sie nun schon mal da war und so viel ausgegeben hatte, schien es doch einfach albern, nicht auch einen der verführerischen Strapsgürtel zu nehmen, die in der Auslage hingen. Vielleicht auch zwei. Natürlich würde sie die auf keinen Fall am nächsten Tag tragen. Und wenn doch, dann unter gar keinen Umständen für ihn!

Zu Hause in King's Lynn war Laura während ihrer gewöhnlichen Abendbeschäftigungen noch nervöser als nach der ersten Mail. Es war ein langer, schwerer Tag gewesen und auf dem Rückweg von Smudges Gassirunde hatte sie sich eine Flasche Wein gekauft. Ein Glas würde schon nicht schaden, sagte sie sich. Und der Rest der Flasche würde sich bis Freitagabend halten – dem Abend, an dem sie sich ohnehin immer ein paar Gläschen erlaubte.

Der Wein war weich und stark, sehr leicht zu trinken und sehr beruhigend. Nachdem sie mit dem ersten Glas ihr Essen runtergespült hatte, beschloss Laura, dass sie unbedingt noch ein zweites brauchte. Nur damit sie besser einschlief und die Zweifel in ihrem Kopf etwas leichter vertreiben konnte. Das wollte zunächst zwar nicht recht funktionieren, aber nach dem dritten Glas fühlte sie sich angenehm schwer und müde. Sie zog ihre Schuhe aus und legte die Füße auf das Sofa.

Als Laura sich das vierte Glas einschenkte, keimte die Frage in ihr auf, weshalb Männer eigentlich so ein Gewese um die Unterwäsche von Frauen machten. Wäsche war etwas Schönes, sicher. Und hinzu kam der Kitzel etwas Geheimes oder Verbotenes zu sehen. Aber das erklärte noch lange nicht die Besessenheit, mit der einige von ihnen auf Details achteten. Tommy Fuller hatte es besonders gemocht, wenn sie Höschen trug, die an den Seiten von Schleifen zusammengehalten wurden – eine Vorliebe, die immerhin einen gewissen Sinn machte. Er hatte es immer genossen, die Schleifen aufzuziehen, sodass ihr Höschen zu Boden fiel und er so leicht an die entscheidenden Stellen herankam. Aber Tommy war sowieso sehr praktisch veranlagt gewesen. Ein schamloser Perversling eben.

Irgendwo hatte Laura gelesen, dass alle Männer auf die sexuellen Bilder ihrer Jugend fixiert seien. Ein junger Mann, der es gewohnt war, Mädchen mit Strumpfbandhaltern zu sehen, würde diesen Anblick also für den Rest seines Lebens mit Sex assoziieren. Daraus ergab sich allerdings eine unangenehme Erkenntnis: Strumpfbandhalter gehörten erst seit den Sechzigerjahren, frühestens seit den Fünfzigerjahren, zu den weit verbreiteten Kleidungsstücken. Das hieß, ihr Mann war mit Chance nicht sogar älter als sie – ein klarer Pluspunkt –, sondern vielleicht sogar uralt. Und das wäre alles andere als gut gewesen.

Da keiner ihrer Verdächtigen über fünfzig war, verwarf Laura den Gedanken und konzentrierte sich lieber auf die Vorstellung, dass er stattdessen auf ihren Kleidungsstil fixiert war. Eine Vorstellung, die zugleich ebenso merkwürdig wie auch sehr erregend war. Sie sah sich sofort als Puppe, die er so anziehen konnte, wie er wollte, und die er genauso ausziehen konnte, wie er wollte. Vielleicht würde er sogar das mit ihr machen, was sie in ihrer Kindheit mit ihren Puppen gemacht hatte. Keine von ihnen hatte ihre Kleider damals lange anbehalten. Lauras jugendliche Modedesign- und Frisier-Versuche hatten allerdings immer dazu geführt, dass ihre Spielgefährten aussahen, als wären sie gerade bei einem rabiaten Sommerschlussverkauf gewesen.

Ihr Mann würde hoffentlich sanfter mit ihr umgehen, wäre gleichzeitig aber auch auf Sex fixiert. Er würde mit einer Schere ihren Rock kürzen – vorzugsweise, wenn sie ihn noch anhatte –, sodass ihr Höschen und auch die Strümpfe und der Strumpfbandhalter, in die er sie gesteckt hatte, zu sehen waren. Dasselbe mit ihrem Oberteil. Er würde ihr die Knöpfe von der Bluse abschneiden, sodass sie sie nicht mehr richtig schließen konnte, und durch das Fehlen eines BHs gezwungen war, ihre Brüste zu zeigen. Ihre T-Shirts würde er auch entsprechend kürzen. Und zwar so weit, dass der untere Rand ihrer Rundungen zu sehen war und die kleinste Bewegung ausreichte, um sie völlig bloßzulegen.

Laura stellte sich vor, wie sie als seine Puppe mit den ruinierten Kleidungsstücken durch die Wohnung lief. Ihr Körper wäre allein zu seiner Unterhaltung entblößt, und er würde lässig an einem Drink nippen, den sie ihm servieren musste. Der Gedanke brachte ihren Körper zum Beben, und es war nur dem neugierigen Blick aus Smudges großen, braunen Augen zu verdanken, dass sie ihren Rock nicht hochschob und sich eine Hand ins Höschen steckte. Stattdessen goss sie den Rest der Weinflasche in ihr Glas, bis es randvoll war, und ging nach oben.

Ihre Einkäufe lagen noch immer auf dem Bett, wo sie die Tüte beim Reinkommen zunächst achtlos hingeworfen hatte.

Laura war mittlerweile viel zu betrunken für irgendwelche weiteren Bedenken und riss mit einer schnellen Bewegung eine der Strapsgürtel-Packungen auf. Ihre Finger zitterten, als sie ihren Rock hochschob, doch die leise mahnende, schockierte Stimme, die sie in ihrem Kopf hörte, sorgte lediglich dafür, dass ihre Erregung immer größer wurde. Sie blickte in den großen Spiegel an der Innentür ihres Kleiderschranks. Der bloßgelegte Rand ihrer Strümpfe und das Höschen bildeten einen überaus starken und herrlich anrüchigen Kontrast zu ihrem etwas strengen Büro-Outfit.

Aus einem Impuls heraus legte Laura die Hand auf den Kopf und drehte sich langsam. Dabei stellte sie sich vor, wie ihr Mann sie anwies, sich zur Schau zu stellen. Wer dieser Mann war, spielte jetzt keine Rolle mehr. In ihrem Kopf war er sehr männlich, groß, attraktiv und bestimmend. Er würde ganz ruhig dasitzen, während sie ihren Rock hochzog, um Strümpfe und Höschen zu zeigen. Von vorne und von hinten. Beides würde sich so eng an ihre Haut schmiegen, dass sie nur noch ein Minimum an Sittsamkeit bewahren könnte.

Dann würde er sie anweisen, den Strapsgürtel umzulegen. Laura tat das, was er ihr in ihrer Fantasie befahl, schloss den Gürtel hinten und befestigte jeden der vier Strapse an den Strümpfen. Er passte perfekt um ihre Hüften, und sie konnte die Spannung in den Strapsen spüren. Als sie erneut in den Spiegel blickte, schienen das V zwischen ihren Beinen und auch der Po irgendwie voller. Vielleicht wollte er ja genau das. Vielleicht sollte sie sich so ausladend präsentieren und sich durch und durch sinnlich fühlen – für ihn.

Schon jetzt hätte Laura sich am liebsten aufs Bett geworfen und sich mit den Fingern zum Höhepunkt gerieben. Doch sie riss sich zusammen und zögerte diesen Schritt zu ihrem eigenen Vergnügen noch weiter hinaus. Wenn ihr Rock erstmal hochgeschoben war, würde er bestimmt mehr wollen. Da gab es gar keine Frage. Er würde sie zwingen, keinen BH zu tragen, um die Umrisse ihrer Brüste unter der dünnen Seidenbluse zu sehen und zu erahnen wie steif ihre Nippel waren. Dann würde er sie anweisen, einen Knopf nach dem anderen aufzumachen. Je weiter sich ihre Bluse öffnen würde und je mehr von ihren Brüsten zu sehen sein würde, desto größer würden ihre Erregung und das Gefühl der Zurschaustellung werden. Irgendwann würde sie ihm alles zeigen müssen, während sein kühler, wissender Blick über die Konturen ihres Körpers wanderte.

Während Laura ihrer Fantasie freien Lauf ließ, hatte sie dem Denken Taten folgen lassen und sich mit langsamen Bewegungen vor ihrem Spiegel ausgezogen. Mit nackten Brüsten kam sie dem Bild der zerzausten Puppe schon recht nahe, und ihr Bedürfnis, sich selbst zu befriedigen, bekam etwas fast Verzweifeltes. Doch noch immer hielt sie sich zurück, denn sie wollte sich selbst die letzte, köstliche Demütigung verschaffen, auch noch ihr Höschen auszuziehen. Tommy Fuller hatte ihr seinerzeit beigebracht, wie das am effektvollsten anzustellen war. Sie war sich dabei mit ihm immer herrlich schmutzig vorgekommen. Als Erstes steckte sie einen Daumen so weit in die Vorderseite ihres Slips, dass man den Schlitz ihrer Möse sehen konnte. Dann war die Rückseite dran, die sie mit ausgestrecktem Po runterschob, um ihre Pobacken so voll und rund wie möglich erscheinen zu lassen.

Tommy hatte bei dieser Vorführung niemals auch nur die geringste Zurückhaltung gezeigt, er hatte grundsätzlich sofort seinen Schwanz ausgepackt, ihn gewichst und dabei irgendwelche Obszönitäten gemurmelt. *Geiles Fötzchen* hatte er ihre Muschi genannt und ihr gesagt, dass er ihr Poloch sehen könne. Ihr Mann würde zwar weniger unflätig sein, würde aber den Anblick genauso genießen und sie sowohl ihrer Kleidung als auch ihrer Tugendhaftigkeit entledigen.

Jetzt, da Laura an allen entscheidenden Stellen nackt war, kletterte sie auf das Bett, kniete sich auf die Decke und drehte den Kopf, um im Spiegel den Anblick zu genießen, wie sie endlich von hinten eine Hand zwischen ihre Schenkel legte. Sie hatte sich so weit ihres strengen Büro-Outfits entledigt, dass jedes intime Detail ihres Körpers zu erkennen war. Und die eigenen Finger zwischen den Schamlippen waren ein noch weitaus erregenderer Anblick als jede einfache Entblößung es je hätte sein können.

In ihrer Fantasie sah ihr Mann dabei zu. Er würde sie zwingen, sich auszuziehen und den Anblick und ihre hilflose Erregung über die eigene Verkommenheit genießen. Ganz so, als wäre sie seine Puppe. Seine schmutzige kleine Sex-Puppe, die er positionieren konnte, wie er wollte. Die er anziehen konnte, wie er wollte. Und die er zu guter Letzt benutzen konnte, wie er wollte. Mit diesen Gedanken kam es ihr. Aufgeheizt wie sie war, stellte sie sich vor, wie er von hinten auf sie steigen, sich tief in ihrer Körpermitte versenken und sie so lange festhalten würde, bis er sich in ihr Befriedigung verschafft hatte.

5

Am nächsten Morgen wurde Lauras Enthusiasmus von leichten Kopfschmerzen getrübt, die den Gedanken, sich sexy anzuziehen, nicht gerade verlockend wirken ließen. Wo am vergangenen Abend ihre Erregung das vorherrschende Gefühl gewesen war, empfand sie heute nur noch Ärger. Also ließ sie nicht nur den Strapsgürtel links liegen, sondern auch die Strümpfe und zog stattdessen eine Strumpfhose unter ihr zurückhaltendes Büro-Outfit und wählte statt der normalen High Heels bequeme Schuhe.

Der Wind kam heute aus Nordosten und brachte eine kühle Brise vom Meer mit sich. Das machte den Gang zum Bahnhof ausgesprochen unangenehm. Laura war immer noch unsicher, ob es sich bei ihrem Mann nicht doch um einen der anderen Pendler handelte und brach daher mit ihrer vier Jahre alten Gewohnheit, in den vordersten Waggon einzusteigen. Heute wählte sie den hintersten. Die frische Luft hatte ihr einen klaren Kopf verschafft, und der Anblick der vorbeirauschenden, regennassen Felder vom warmen, trockenen Inneren des Zuges sorgte dafür, dass sie langsam wieder ruhiger wurde.

Sie dachte nun darüber nach, ob sie auf die letzte Mail reagieren sollte. Und wenn nicht mit einer Forderung, wie dann? Vielleicht könnte sie ja durch eine Frage herausfinden, um wen es sich handelte, ohne den Täter direkt zu konfrontieren? Ungefähr so wie Dr. Faulkner die Zahl der Verdächtigen in

Die stählerne Falle minimierte. Und zwar indem er eine Reihe sorgfältig geplanter Situationen initiierte, die nur dazu gedacht waren, einen nach dem anderen auszuschließen. Eigentlich hatte sie sogar schon mit ihren Nachforschungen angefangen, indem sie den Anweisungen nicht gehorcht und ihre übliche Gruppe von Mitreisenden gemieden hatte. Wenn sie jetzt also doch so bei der Arbeit auftauchte, wie es in der Mail verlangt worden war, würde die nächste Nachricht ihr wahrscheinlich ermöglichen, die eine oder die andere Gruppe auszuschließen.

Sehr zufrieden mit ihrem Plan legte Laura noch einen kurzen Zwischenstopp bei *Pretty Things* ein, um einen weiteren Strapsgürtel und ein paar Strümpfe mit gut sichtbarer Naht zu kaufen. Sie schlüpfte schon im Laden in ihre Neuerwerbungen und kam so nur ein paar Minuten zu spät im Büro an. Mr. Henderson war nicht sonderlich überrascht, als Laura sich mit einer Verspätung des Zugs herausredete. Und er zeigte auch sonst kein außergewöhnliches Interesse an ihr, sondern begann sofort, geschäftlich zu werden.

»Wir stehen da vor einer etwas heiklen Sache, Laura. Drake von *Maxwell-Boyce* überlegt, die Order um fünf zusätzliche 36000-Volt-Einheiten aufzustocken. Eigentlich nicht weiter kompliziert, aber er ist einer von den Kunden, die einen gewissen Wert auf die persönliche Note legen. Ich kann heute Mittag, wie Sie wissen, nicht weg, und deshalb wäre es sehr schön, wenn Sie Drake zum Mittagessen ausführen könnten. Natürlich auf Firmenkosten und nur, wenn es Ihnen nichts ausmacht.«

»Ist gut, Sir.«

»Braves Mädchen.«

Seine Entgegnung hatte genau die Art von herablassender Zuneigung, die sie sich mittlerweile von ihrem Mann vorstellte und bescherte ihr daher das mittlerweile bekannte Prickeln aus Zorn und Erregung. Doch Laura zwang sich, professionell zu bleiben, und stellte blitzschnell die Unterlagen zusammen, die sie brauchte, während Mr. Henderson ihr erklärte, was sie zu tun hätte und wo sie sich mit Mr. Drake treffen würde. Ihr Meeting würde im *Horsehoes* in Abbots Ripton stattfinden. Als sie sich einen Wagen aus dem Firmen-Fuhrpark besorgt hatte, klarte das Wetter sichtlich auf. Hinter den schnell vorbeiziehenden Wolken blitzten immer wieder blaue Flecken auf, und die Luft fühlte sich herrlich frisch an.

Das Ganze war wirklich eine sehr willkommene Überraschung – und das nicht nur, weil sie draußen war und nicht den ganzen Tag im Büro hocken musste. Hinzu kam nämlich durchaus die Freude, dass Mr. Henderson ihr heute das erste Mal zutraute, sich allein mit einem Kunden zu treffen. Und dass es sich bei diesem Kunden ausgerechnet um Mr. Drake handelte, spielte zugegebenermaßen ebenfalls eine Rolle.

Auch wenn Mr. Drake vielleicht nicht *der* Mann war, so war er doch definitiv *ein* Mann – und zwar genau die Sorte, die sie gerne dahinschmelzen ließ. Es war sogar möglich, dass er Miss Manston-Jones diesmal in Peterborough ließ, und das eröffnete eine ganze Reihe neuer Möglichkeiten. Sie würden allein in einem Pub auf dem Lande sein. Und das an diesem immer schöner werdenden Frühlingstag. Ein Gläschen Wein, und sie würde vielleicht einen kleinen Spaziergang vorschlagen, damit sie die Rückfahrt in die Stadt auch wirklich sicher antreten könnten. Ein Spaziergang, auf dem er die Situation sehr wohl ausnutzen könnte.

Er würde sie dazu bewegen, sich in einem einsamen Wäldchen hinzuhocken, um seinen Schwanz in den Mund zu nehmen – und das trotz der steten Gefahr, von einem anderen Spaziergänger oder einem Bauern entdeckt zu werden. Ihre

Bluse würde weit offen stehen, sodass ihre Titten zu sehen wären, während sie an seinem Riemen lutschte. Vielleicht würde er sie auch richtig nehmen. Im Gras kniend und mit hochgeschobenem Rock, um sich genauso versaut zu präsentieren, wie sie es gestern Abend vor dem Spiegel getan hatte. Oder auch splitternackt, ohne auch nur das winzigste Stückchen Stoff, um ihre Scham zu bedecken.

Andererseits war es draußen immer noch ziemlich kühl. Außerdem würde das Gras voller Spinnen, Ameisen und anderer kleiner Kreaturen sein, die auf ihre Leidenschaft dieselbe Wirkung hätten wie ein Eimer kaltes Wasser. Es wäre also praktischer – wenn auch weniger romantisch –, sich nach dem Pub-Besuch irgendwo ein Zimmer zu nehmen. Dort könnten sie ihren Gelüsten freien Lauf lassen. Und mit etwas Glück würde Mr. Drake sich als stark und offen genug erweisen, sie ans Bett fesseln zu wollen oder noch besser, ihr den Hintern zu versohlen.

Aufgrund einer roten Ampel drosselte der Wagen vor ihr plötzlich sein Tempo, und Laura musste scharf auf die Bremse treten, um nicht aufzufahren. Doch selbst dieses Ereignis baute sie sofort in ihre Geschichte ein und sagte sich, dass sie die Schläge auf jeden Fall verdienen würde, weil sie nicht mehr auf die Straße achtete. Laura riss sich zusammen und versuchte, sich besser zu konzentrieren. Es herrschte nicht viel Verkehr, und ihr wurde schnell klar, dass es ein Fehler gewesen war, so früh loszufahren. Sie traf schon am vereinbarten Treffpunkt ein, als der Pub gerade erst öffnete, und hatte noch über eine Stunde Zeit, bis Mr. Drake auftauchen würde.

Sie holte sich einen Orangensaft vom Tresen und ging wieder hinaus, um ihr Getränk in der noch schwachen Frühlingssonne zu trinken und ihre Gedanken schweifen zu lassen. Die Ereignisse der letzten Tage hatten Perspektiven eröffnet, ihre Sexualität auf überaus aufregende Weise zu erforschen und sich wieder so zu fühlen, wie einst mit Tommy Fuller: unanständig, manchmal sogar schmutzig, ab und zu ein wenig ängstlich, aber immer ganz Frau. Und Mr. Drake hatte durchaus das Potenzial, diese Emotionen ebenfalls in ihr zu wecken.

Nach einem kurzen, prüfenden Blick, ob auch niemand sie beobachtete, öffnete Laura blitzschnell den zweiten Knopf ihrer Bluse und dann auch den dritten. Den dritten schloss sie allerdings gleich wieder, aber nur, um ihn erneut zu öffnen und dann noch einmal zu schließen. Sie wusste aus eigener, bitterer Erfahrung, dass viele Männer nicht allzu gut auf zu große Freizügigkeit reagierten. Außerdem war es sehr wahrscheinlich, dass Miss Manston-Jones eventuell doch dabei sein würde. Und Laura war sicher, dass die es ganz bestimmt nicht nötig hatte, irgendwie durchblicken zu lassen, dass sie zu haben war.

Als ein silberner Mercedes auf den Parkplatz fuhr, hörte Laura auf, an ihrer Bluse herumzufummeln, und beobachtete stattdessen, wie der Fahrer einparkte. Als er ausstieg, sah sie, dass es sich um einen typischen jungen Geschäftsmann handelte. Er war allein und warf aus irgendeinem Grund einen recht schuldbewussten Blick in Lauras Richtung, bevor er den Pub betrat. Nur ein paar Minuten später tauchte ein zweites Auto auf. Es war klein und rot und aus seinem Inneren stieg eine Frau aus. Sie war sehr zierlich, hatte blond gefärbtes Haar, das zu einem Bob geschnitten war, und eine Oberweite, die die Männer zum Tuscheln brachte. Genau wie der junge Mann zuvor verschwand auch sie sofort im Pub.

Laura konnte durch ein kleines Fenster beobachten, dass die beiden sich mit einem Kuss begrüßten. Dann prosteten sie sich mit ihren Gläsern zu und stürzten den Wein in auffälliger Eile hinunter. Fünf Minuten und die beiden waren fertig. Dann kam der Mann wieder raus und setzte seinen Wagen ein Stückchen zurück, sodass die Frau recht unauffällig auf dem Beifahrersitz Platz nehmen konnte. Laura lächelte.

Die beiden hatten offensichtlich eine Affäre – eine geheime Affäre. Es fiel Laura schwer, dieses Verhalten zu missbilligen, ohne zu wissen, wer sonst noch involviert war. Stattdessen spürte sie eine geradezu stechende Erregung, als sie sich vorstellte, wie das Pärchen zu einer hastigen, verbotenen Sex-Session aufbrach. Da die beiden sich wahrscheinlich nur in ihrer Mittagspause treffen konnten, würde nicht viel Zeit für irgendwelche ausschweifenden Nummern bleiben. Sie würden sich küssen und mit gieriger, durch die Vorfreude noch heißer brennende Leidenschaft übereinander herfallen. Der Mann sah ganz danach aus, als übernähme er gern die Führung. Wahrscheinlich würde er einfach den Reißverschluss öffnen, seinen Schwanz und die Eier aus dem Hosenstall seiner Anzughose holen und ihre Hand darauf legen. Während sie ihn steif wichste, würde er dann ihre Brüste aus der Bluse heben, ihre Größe und das Gewicht genießen und mit den Daumen so lange über ihre Nippel streichen, bis sie steinhart waren. Und wenn er schließlich selbst hart war, würde sie mit hochgeschobenem Rock und runtergezogenen Strümpfen und Höschen auf seinen Schoß klettern und seine Erektion in sich aufnehmen. Ja, so würden sie es treiben. Es würde nur Minuten dauern, bis sie den Höhepunkt ihrer Lust erreicht hätten – sie auf seinem Schwanz auf- und abhopsend, er mit seinen Händen ihre großen Brüste knetend.

Laura lächelte in sich hinein, als sie sich die Szene vorstellte, und hoffte mittlerweile ernsthaft, dass Mr. Drake allein kommen und sich irgendwie an sie heranmachen würde. Plötzlich fuhr ein drittes Auto vor. Es war schwarz und hätte sehr gut zu ihrer Verabredung gepasst. Während ihr langsam klar wurde, dass es sich tatsächlich um Mr. Drake handelte, begann ihr Herz ein wenig schneller zu schlagen. Doch sie riss sich schnell zusammen und gab die Überraschte, als er mit ausgestreckter Hand auf sie zukam. Miss Manston-Jones war weit und breit nicht zu sehen.

»Noch jemand, der gerne zu früh kommt, wie ich sehe.«

Laura stand auf und gab ihm die Hand. Sie war so gut wie sicher, dass ihr erregter Zustand ihm nicht entgangen war.

»Guten Morgen, Mr. Drake.«

»Nennen Sie mich doch bitte Chris. Sind alle Mitarbeiter von *EAS* so formell?«

»Mr. Henderson hat mir beigebracht, Männer in Führungspositionen respektvoll zu behandeln.«

Er lachte.

»Meine Assistentin ist genauso. Vielleicht sollten wir tauschen? Aber wollen wir nicht reingehen? Es ist ein bisschen windig hier draußen.«

»Ja, natürlich.«

»Was möchten Sie?«

Die Worte *schmutzigen Sex* formten sich bereits in Lauras Mund, und sie musste sich auf die Zunge beißen, um sie nicht tatsächlich auszusprechen. Doch er nahm ihr die Entscheidung ohnehin ab.

»Einen Gin Tonic. Waren Sie schon mal hier?«

»Nein.«

»Der Laden ist sehr gut. Allerdings wirklich sehr abgelegen.«

Laura nickte lächelnd. Ob einer seiner früheren Besuche wohl einer ähnlichen Liaison gegolten hatte wie der des Pärchens von eben? Im Inneren des Pubs bestellte Mr. Drake sofort zwei Drinks und lehnte es strikt ab, dass sie irgendetwas auf eigene Rechnung orderte. Mit Speise- und Weinkarte in der Hand, führte er sie zu einem der Tische am Fenster. Laura setzte sich. Seine völlig selbstverständliche Art, Entscheidungen zu treffen und die Kontrolle zu übernehmen, faszinierte sie immens. Während Mr. Drake aufmerksam die Speisekarte studierte, nahm sie sich einen Moment Zeit, ihn einer genaueren Betrachtung zu unterziehen. Sein Oberkörper wirkte sehr fest und trainiert, aber den größten Eindruck hinterließ sein Gesicht. Er hatte etwas Aristokratisches, gleichzeitig aber auch sehr Jungenhaftes an sich. Es war also nicht weiter schwer, sich ihn nicht als Geschäftsmann vorzustellen, sondern vielleicht als reichen Nichtstuer aus den Zwanzigerjahren oder vielleicht sogar als Kampfflieger. Auf jeden Fall hätte er einen guten Romanhelden abgegeben. Und zwar einen mit einer dunklen Seite. Eine, der einem Mädchen gern ein wenig notwendige Disziplin beibrachte, indem er es übers Knie legte.

»Mögen Sie Spatchcock?«

»Wie bitte?«

»Spatchcock. Das ist ein flach geklopftes, gegrilltes Federwild.«

»Oh … Äh, ja, natürlich, sehr gern.«

»Also ich werde es nehmen.«

»Ja, ich auch.«

»Und eine Flasche Chablis, würde ich sagen. Oder bevorzugen Sie Sancerre?«

»Äh … Was immer Sie für richtig halten … Nein, nehmen wir doch den Chablis.«

Diese Entscheidung musste Laura sich regelrecht aufzwingen. Und sie tat es nur, weil sie das eindeutige Gefühl hatte, bisher nicht gerade die beste Vorstellung abzuliefern. Doch er achtete nicht weiter auf sie, sondern ging an den Tresen, gab schnell die Bestellung auf und richtete erneut das Wort an sie, als er an den Tisch zurückkehrte.

»Und jetzt zum Geschäftlichen. Ich will ganz offen zu Ihnen sein. Ich konnte meine Chefs davon überzeugen, unser 36000-Volt-System zusammen mit unserem normalen System zu erneuern, um langfristig hoffentlich Geld zu sparen. Das Ganze ist meine Idee, und es hängt eine Menge davon ab, ob ich sie entsprechend vertreten kann. Ich brauche also einen guten Preis. Der alte Henderson hat Ihnen ja wahrscheinlich ein wenig Spielraum gegeben.«

»Ein bisschen schon, ja.«

»Gut. Dann ersparen wir uns doch die lästigen Verhandlungen und kommen gleich auf den Punkt. Ich akzeptiere, unterschreibe den Vertrag und dann können wir ganz in Ruhe unser Essen genießen. Was halten Sie davon?«

Laura lachte in sich hinein. Sie hatte schon genug Kunden erlebt, die versucht hatten, Mr. Henderson auf diese Art zu überrumpeln. In der Hoffnung, dass Mr. Drake so von sich überzeugt war, dass er annahm, sie würde sein Angebot ohne große Widerrede akzeptieren, nannte sie ihm einen Preis, der zehn Prozent über dem lag, den Mr. Henderson vorgeschlagen hatte. Mr. Drake warf ihr einen strengen Blick zu.

»Merlin Gerins Angebot ist besser.«

»Aber dann hätten Sie zwei Firmen, die gleichzeitig versuchen würden, Schaltanlagen bei Ihnen zu installieren. Bitte, Mr. Drake, ich kriege sicher Ärger, wenn ich zu keiner Einigung mit Ihnen komme.«

Er lachte.

»Okay, ich akzeptiere das Angebot. Und wenn es nur wegen ihrer fantastischen Imitation eines ungezogenen Schulmädchens ist.«

Laura wurde rot. Es fühlte sich an, als hätte er ihre Gedanken gelesen, und sie lenkte ihre Aufmerksamkeit sofort auf den Papierkram. Dabei gab es ihr ein überaus gutes Gefühl, ohne große Diskussion zu einer Entscheidung gekommen zu sein und ihren Auftrag zu voller Zufriedenheit erledigt zu haben. Außerdem wurde durch seine letzte Bemerkung klar, dass er mit ihr flirten wollte. Vielleicht sogar mehr. Er plauderte unbeschwert, stellte Fragen und brachte sie mit seinem trockenen, recht selbstironischen Humor immer wieder zum Lachen. Als sie das Essen schließlich beendet hatten, war jeder innere Widerstand, den sie zuvor vielleicht noch empfunden hatte, endgültig gebrochen. Es fiel nicht schwer, in seiner Gegenwart locker zu werden, und als das Paar von vorhin in den Pub zurückkehrte, zögerte Laura nicht lange und beugte sich über den Tisch hinweg zu ihm hinüber.

»Sehen Sie den Mann mit dem grünen Schlips und die blonde Frau da?«

»Ja.«

»Die beiden sind kurz vor Ihnen in unterschiedlichen Autos gekommen und dann zusammen in seinem Wagen weggefahren. Das war vor fast einer Stunde.«

Er lachte.

»*The Horsehoes* ist bekannt dafür, dass hier viele Rendezvous stattfinden. Ein paar Kilometer von hier liegt ein kleiner Wald, der – sagen wir mal – ebenso bekannt ist. Ich schätze, dass die beiden dort gewesen sind.«

»Das glaube ich auch.«

Laura zögerte. Sie drehte ihr Glas mit Daumen und Zeigefinger am Stiel und fragte sich dabei, ob sie wohl den Mut hatte, ihm vorzuschlagen, diesem Wäldchen einen Besuch abzustatten. Er schmunzelte wieder, als könne er ihre Gedanken lesen, streckte seine Hand aus und strich sanft über ihre Finger.

»Würden Sie gerne dorthin fahren?«

Laura nickte. Es war eine plötzliche, fast unwillkürliche Geste, und sie machte sich nicht mehr die Mühe, ihre Leidenschaft zu verbergen. Sein Schmunzeln wurde noch etwas breiter. Er drückte ihre Hand und stand dann auf, um die Rechnung zu bezahlen. In diesem kurzen Moment des Alleinseins war sie sicher, dass alle anderen Besucher des Pubs genau wussten, was hier vor sich ging – auch wenn keiner der Gäste ihr die geringste Aufmerksamkeit zu schenken schien. Nicht, dass sie das irgendwie gestört hätte. Sie war bereit. Und ihr letzter Sex war schon viel zu lange her, um sich Gedanken darüber zu machen, was die Leute hier von ihr dachten.

Er kam zurück und nahm erneut ihre Hand. Laura folgte Chris wie in Trance und ließ sich von ihm zu seinem Auto führen. Der Wagen war neu und roch im Inneren noch intensiv nach Leder. Warm und still war es, und jetzt, da sie sich seines absoluten Interesses sicher war, entspannte Laura sich langsam. Sie fühlte sich sicher. Sicher und unanständig. Als ihr Begleiter den Wagen in Gang setzte, drehte sie sich lächelnd zu ihm und öffnete langsam die Knöpfe ihrer Bluse. Sie wollte ihm von Anfang an klarmachen, dass sie zu haben war und keiner weiteren Überredungskünste bedurfte. Seine Reaktion bestand aus einem wissenden, amüsierten Lachen.

Ihr Ziel lag nur ein paar Minuten vom Pub entfernt. Es war ein kleines Waldgebiet aus Pappeln und Kiefern, das von breiten Kieswegen durchzogen war. Die Wege verliefen schnurgerade, doch es gingen einige Wendeplätze davon ab, die speziell für sexhungrige Paare angelegt zu sein schienen. Chris wählte einen der abgelegeneren Plätze aus, aber statt Laura in seine Arme zu nehmen, wie sie gehofft hatte, stieg er aus und hieß sie, ihm zu folgen. Sie wollte das Erlebnis nicht kaputtmachen und gehorchte. Als er sie im Freien allerdings sofort gegen das Auto drückte und seine Hand unter der offenen Bluse ihre Hüfte umkreiste, gab sie einen kleinen, erschrockenen Schrei von sich.

»Kann uns hier nicht jeder sehen?«

»Höchstens ein anderes Paar.«

Während seiner Worte hatte er bereits ihren BH geöffnet, sodass ihre Brüste der kühlen Waldluft ausgesetzt waren. Laura wollte gerade Einwände erheben, denn sie war alles andere als überzeugt, ob sie hier eine Show für irgendwelche Fremden abziehen wollte. Aber da er bereits eine ihrer Brustwarzen in den Mund genommen hatte, entwich ihren Lippen nur noch ein Stöhnen. Er würde sie nehmen. Hier im Freien. Genauso, wie er es wollte. Und dieser Akt entsprach ihren Fantasien so sehr, dass sie schnell jeden weiteren Widerstand aufgab.

»Ja, tu es. Mach mit mir, was du willst.«

»Genau das habe ich vor.«

Sein Mund hatte während dieser Worte zwar von ihren Brüsten abgelassen, aber er blieb nach vorne gebeugt stehen, um sie so weit auszuziehen, dass er möglichst viel nackte Haut küssen konnte. Es schien völlig selbstverständlich für ihn zu sein, dass er mit ihr tun konnte, was er wollte. Laura schloss die Augen und hielt ihn sanft umfasst, während er sie immer weiter entkleidete. Ihre Bluse stand jetzt so weit offen, dass ihre vollen, nackten Brüste ganz frei waren. Der Rock war hochgeschoben und gewährte einen Blick auf ihre Strümpfe, die Strapse und das Höschen. Er drückte ihr einen einzelnen Kuss auf den Hügel ihrer Möse.

»Strümpfe und Strapsgürtel, wie ich sehe. Also ein altmodisches Mädchen. Gefällt mir.«

Laura versuchte, etwas zu erwidern, aber erneut drang nur ein Keuchen aus ihrer Kehle. Plötzlich zerrte er ihren Slip mit einem Ruck hinunter und legte sie so für die Liebkosungen seines Mundes frei. Ihre Knie zitterten während er sie leckte. Ihr Atem wurde immer schwerer, bis sie sicher war, jeden Moment zu kommen.

»Nicht aufhören! Bitte!«

Er zog seinen Kopf ein kleines Stückchen zurück.

»Du gieriges, kleines Ding.«

Der sanft ermahnende Klang seiner Stimme war genau das, was sie brauchte. Ein paar weitere, mit derselben natürlichen Autorität gesprochene Worte wären nicht schlecht gewesen, aber ihre Fantasie hatte auch so keinerlei Probleme, am Ball zu bleiben. Er stellte köstliche Dinge mit seiner Zunge an, während sie sich vorstellte, wie es hätte sein können. Er würde sie noch einmal als gieriges, kleines Ding bezeichnen, so wie er es eben getan hatte. Nur wäre er in ihrer Fantasiewelt nicht dem Wunsch nachgekommen, sie weiter zu bedienen, sondern er hätte ihr gesagt, was mit gierigen, kleinen Dingern passiert: dass ihnen der Hintern versohlt gehörte, bevor man sie dazu zwingt, Schwänze zu lutschen.

Laura schrie auf, als ihr Orgasmus einsetzte. Doch während sich ihre Finger voller Wollust in seine Haare krallten, schnellte er zurück. Einen schrecklichen Moment lang dachte sie, man hätte sie erwischt, doch Chris packte sie bei den Armen, drehte sie um und beugte sie mit runtergezogenem Höschen über die Motorhaube seines Autos. Das Nächste, was sie spürte, war sein steinharter Schwanz, der mit aller Macht von hinten in sie eindrang. Sie konnte nur noch keuchen und sich genau in der Art hilfloser Ekstase an das kalte Blech klammern, die sie sich immer gewünscht hatte.

6

Auf dem Rückweg nach Cambridge sang Laura laut vor sich hin. Die Begegnung mit Chris hatte so ziemlich alles erfüllt, was sie sich erhofft hatte. Und im Gegensatz zu so vielen anderen Männern hatte ihr Gespiele genau gewusst, wie er sie nach der Entladung ihrer Lust behandeln musste. Er hatte sie in den Arm genommen und ihr mehrfach versichert, dass dies keine einmalige Sache gewesen sei. Doch trotz seiner Begeisterung nahm Laura sich vor, ihn nicht zu sehr zu drängen und dadurch vielleicht zu verscheuchen. Glücklicherweise war es Chris gewesen, der vorgeschlagen hatte, sich gleich am nächsten Sonntag wieder zu treffen. Und er wollte zu diesem Zweck unbedingt nach King's Lynn kommen.

Laura hatte schon jetzt das Gefühl, mehr als nur ein kleines bisschen in ihn verliebt zu sein, und alles andere schien ihr jetzt völlig trivial – einschließlich der geheimnisvollen E-Mails. Als sie in die Stadt zurückkam, musste sie ihre Übereinkunft noch mit Mr. Henderson besprechen, den neuen Auftrag weitergeben und die notwendigen Änderungen an der alten Order vornehmen. Die letztere Aufgabe erwies sich als unerwartet kompliziert, und es dauerte bis zum späten Nachmittag, bis sie die Produktionsabteilung verlassen konnte. Sie hatte die ganze Zeit ausschließlich an Chris und die Begegnung mit ihm gedacht, sodass das Abrufen ihrer E-Mails völlig automatisch geschah. Erst als sie den mittlerweile bekannten Absender in der Liste mit neuen

Mails entdeckte, wurde sie mit einem Ruck aus ihrer Gedankenwelt gerissen.

Sie hatten zwar nicht darüber gesprochen, aber jetzt, nachdem sie Chris kennengelernt hatte, war sie völlig sicher, dass er nicht der *Controller* sein konnte – auch wenn ihm ihr Aufzug offensichtlich sehr gefallen hatte. Er war zwar auch sehr direkt und durchsetzungsfähig, aber letzten Endes viel zu leidenschaftlich. Die ruhige, reservierte Autorität des *Controllers* war etwas völlig anderes. Und auch wenn diese Autorität ebenfalls etwas sehr Anziehendes hatte, so war sie doch jetzt nichts weiter als eine Ablenkung. Und zwar eine potenziell lästige Ablenkung.

Die Nachricht war kurz und bestand nur aus zwei Worten: *Braves Mädchen.* Laura hielt kurz inne, bevor sie die Nachricht löschte, und biss sich auf die Unterlippe. Um wen es sich bei dem Absender auch handelte, es wäre jetzt sicher am besten, ihn sanft in seine Schranken zu weisen. Sie würde ihm einfach sagen, dass sie mit einem anderen zusammen war, und so hoffentlich weitere Komplikationen vermeiden. Ihre Antwort musste knapp und präzise, aber höflich sein. Und sie musste jedwede Möglichkeit einer Fehlinterpretation oder gar weiterer Hoffnungen seinerseits ausschließen. Sie konnte sich nur wünschen, dass er wirklich so kontrolliert war, wie er in den Mails wirkte, und sein Schicksal akzeptieren würde.

Laura tippte ihre Antwort in den Computer ein – *Tut mir leid, aber ich habe einen Freund* – und wollte sie gerade abschicken, als ihr klar wurde, dass die Nachricht etwas ausgesprochen Seltsames an sich hatte. Schließlich war sie in letzter Zeit nur bei einem Mann ein braves Mädchen gewesen, und das war Chris Drake. Zugegeben, sie hatte ihren Strumpfhalter schon angelegt, bevor sie ins Büro gekommen war, aber der einzige Mensch, der das hätte mitkriegen können, war

Mr. Henderson. Und der war wie immer der blasse Geschäftsmann. Sie versuchte sich zu sagen, dass das alles ohnehin keine Rolle mehr spielte, aber ihre Neugier war einfach zu groß. Ob es jemand aus dem Fuhrpark gewesen war? Oder vielleicht sogar eine der Verkäuferinnen bei *Pretty Things*? Doch diese beiden Vermutungen waren einfach lächerlich. Es musste Mr. Henderson sein.

Laura drehte ihren Stuhl in seine Richtung. Sie war wild entschlossen, die Sache ein für alle Mal zu klären, bekam aber kein Wort heraus. Sein ruhiges, ernstes Gesicht ließ es ihr unmöglich erscheinen, ihn unsittlicher Annäherungsversuche zu beschuldigen. Außerdem würde er den Vorwurf sowieso abstreiten, und sie würde sich letzten Endes einfach nur dumm vorkommen. Mr. Henderson war bereits aufgefallen, dass sie ihn aufmerksam betrachtete, und er sah von seinem Schreibtisch auf.

»Wenn Sie nichts Besonderes mehr zu tun haben, können Sie auch nach Hause fahren, Laura. Sie haben sich einen frühen Start ins Wochenende redlich verdient.«

»Danke, Mr. Henderson.«

Sie löschte die Nachricht, die sie beinahe abgeschickt hätte, denn mittlerweile war sie sicher, dass es noch Monate oder gar Jahre an ihr nagen würde, wenn sie dieses Geheimnis nicht irgendwie aufklärte.

Ihr Chef hatte sie nur ungefähr eine halbe Stunde früher gehen lassen, aber sie nutzte diese Zeit so gut sie konnte und stattete dem Dessousladen einen erneuten Besuch ab. Doch statt weiterer Strümpfe kaufte sie diesmal ein Spitzenhöschen mit passendem BH. Die Neuerwerbung war sowohl für ihr eigenes als auch für Chris' Vergnügen gedacht. Ihr Gespiele hatte ihr nämlich recht deutlich zu verstehen gegeben, dass er ihre Kleidung zunächst gerne nur beiseiteschob, statt sie ihr gleich vom Leib zu reißen. Er hatte außerdem sehr klargemacht, dass ihm die Vorstellung, beim Sex gesehen zu werden, überaus gut gefiel. Laura fand die Idee beängstigend, gleichzeitig aber auch erregend. Nicht, dass sie wirklich von jemandem erwischt worden wären, aber immerhin wäre es dort im Freien möglich gewesen. Dort hätte jederzeit ein anderes Paar oder vielleicht sogar ein paar Holzfäller vorbeikommen können. Und das wäre nun wirklich peinlich gewesen. In der Realität sowieso, aber durchaus auch in der Fantasie.

Auf der Heimfahrt konzentrierte Laura sich ganz auf ihr Buch. Da sie nun sicher war, dass keiner ihrer Mitreisenden sie ausspionierte, konnte sie die Geschichte umso mehr genießen. Es gab sogar eine weitere Spanking-Szene. Diesmal wurde ein vollbusiges türkisches Mädchen übers Knie gelegt. Und zwar von Mustafa bin Yunus, dem bösen weißen Sklavenhändler, der sich einverstanden erklärt hatte, Lord Jasper Evangeline abzukaufen. Die Szene war sehr detailliert ausformuliert und beschrieb, wie das bedauernswerte Mädchen mit dem Pfirsich-Po sich in einem Kampf der Verzweiflung wand. Die Formulierung ließ Laura erst kichern, und dann entstand ein nachdenkliches Grinsen auf ihrem Gesicht. Sie hatte eine Idee.

Laura verbrachte den Samstag damit, ihre Wohnung zu putzen und sie gleich wieder ein bisschen schmutzig zu machen, damit er sie nicht für zu penibel hielt. Sie versuchte sich auch mit ein wenig Feng-Shui, um den Eindruck eines lässigen Boheme-Lifestyles zu erwecken. Ihrer Meinung nach passte das perfekt zu einem Mädchen, das sich gerne über Motorhauben werfen und von hinten ficken, oder noch besser, den Hintern versohlen ließ.

Das Ganze war allerdings aus mehreren Gründen auch eine beunruhigende Aussicht. Wenn es ihr endlich gelungen war, ihm den entscheidenen Hinweis zu geben, könnte er im schlimmsten Fall anfangen, ihr einen Vortrag über menschliche Würde und unpassendes Benehmen zu halten. Doch nach seinem Verhalten in dem kleinen Wäldchen zu urteilen, schien das nicht sehr wahrscheinlich. Sie könnte also durchaus Erfolg haben. Das hieß aber wiederum, dass sie mit dem Schmerz und der Demütigung würde umgehen müssen. In ihren Fantasien turnte sie das zwar mächtig an, aber es könnte durchaus sein, dass sie in der Realität völlig anders darauf reagieren würde.

Am Sonntagmorgen war sie dann so weit, Entschuldigungen vor sich selbst zu finden, ihren Plan nicht durchzuziehen. Sie stand sogar kurz davor, die Verabredung ganz abzusagen, denn sie war überzeugt, dass ihre Wohnung ihn gründlich enttäuschen würde – entweder weil sie zu sauber und aufgeräumt oder aber zu unordentlich wäre. Und dann war da ja auch noch Smudge. Er könnte in den unpassendsten Momenten nach Aufmerksamkeit winseln – ein weiteres Problem, das einfach zu groß war, um ignoriert zu werden. Letzten Endes brachte sie ihn einfach in den kleinen Hinterhof des Hauses und beschwichtigte ihre Schuldgefühle, indem sie versprach, ihm den Knochen des Roastbeefs zu geben, das sie auf dem Markt gekauft hatte. Damit war die Wohnung jetzt zwar hundefrei, konnte aber immer noch als Saustall oder eben nicht als Saustall betrachtet werden – je nach Chris' Perspektive.

Als es dann schließlich so weit war, schien er nicht die geringste Notiz von ihrer Wohnung zu nehmen. Er kam eine halbe Stunde früher als angekündigt, warf sich sofort auf ihr Sofa und erkundigte sich, ob sie Wein im Kühlschrank hätte.

Laura kam ihren Pflichten als Gastgeberin sofort nach und holte eine der vier Weinflaschen, die sie zusammen mit drei verschiedenen Biersorten, einem hiesigen, naturbelassenen Cider und diversen Mixgetränken besorgt hatte. Sie füllte sein Glas vor dem ihren. Chris nippte ein paar Mal bedächtig daran und fing dann so locker an zu reden, als würden die beiden sich schon jahrelang kennen. Keine Spur von der Anspannung, die sie seit dem Intermezzo im Wald gespürt hatte.

Sie war überaus dankbar für seine lässige Art, die dafür sorgte, dass sie sich nach und nach auch entspannte. Es würde ein Leichtes sein, ihn dazu zu bringen, sie ins Bett kriegen zu wollen. Laura dachte kurz darüber nach, ihren Versuch, ihn noch ein bisschen weiterzutreiben, zu verschieben. Doch dieser Gedanke bescherte ihr ein derart stechendes Gefühl der Enttäuschung, dass sie ihn sofort wieder verwarf.

Das Mittagessen war sorgfältig vorbereitet und sehr früh angesetzt, sodass danach viel Zeit bleiben würde und sie den Nachmittag halbnackt und sie hoffentlich mit rotem Hinterteil im Schlafzimmer verbringen konnten. Seine frühe Ankunft hieß allerdings, dass sie den Braten in den Ofen schieben musste, noch bevor sie ihr erstes Glas Wein ausgetrunken hatten. Während sie in der Küche noch damit beschäftigt war, die Kartoffeln in einer möglichst geringen Menge Butter zu schwenken, tönte aus dem Wohnzimmer seine Stimme.

»Was gibt es denn?«

»Roastbeef.«

»Köstlich. Bist du jetzt die ganze Zeit in der Küche beschäftigt, oder hast du auch ein paar Minuten Zeit für mich?«

Die Frage schien seltsam, aber Laura antwortete trotzdem darauf.

»Lass mich nur kurz das Fleisch reinschieben.«

»Das kann arrangiert werden.«

Sie wurde rot, als sie begriff, was sie da gerade eben gesagt hatte, und erwiderte nichts auf seinen Kommentar. Dafür beeilte sie sich umso mehr und kam schließlich zurück ins Wohnzimmer. Chris saß immer noch in derselben lässigen Haltung auf dem Sofa. Nur dass er mittlerweile seine Jeans aufgeknöpft und Schwanz und Eier aus dem Hosenstall geholt hatte. Laura blieb in einer Mischung aus Empörung und Erregung stehen. Der vernünftige Teil von ihr war fassungslos, dass er so versaut sein konnte, aber ihr Bauchgefühl sagte Laura etwas völlig anderes. Diese Zurschaustellung hätte auch zu Tommy Fuller gepasst. Auch er hatte ohne die geringsten Verführungsversuche Sex von ihr erwartet, hatte seinen Schwanz rausgeholt und verlangt, dass sie sich ihm auf eine Art widmete, die ein schwacher Mann niemals einzufordern gewagt hätte.

Chris Drake war ganz genauso. Er grinste und wartete, dass sie nun den nächsten Schritt tun würde. Dabei war er sich seiner Sache völlig sicher. Und das zu recht. Laura schluckte, nickte schwach und ging dann auf die Knie. Sie trug noch immer ihre Schürze, als sie auf allen vieren auf ihn zukroch. Chris gab ein wissendes Lachen von sich, rutschte etwas tiefer und spreizte die langen Beinen, damit ihr Mund besser an seine männliche Pracht gelangen konnte. Ihre Erregung wurde immer größer, während sie direkt vor ihm kniete und den schwachen, aber berauschenden Geruch seines Riemens einatmete, der sich mit dem Duft irgendeines Duschgels vermischte. Er sah sie amüsiert, aber auch durchaus anerkennend an.

»Ich will deine Brüste sehen.«

»Natürlich.«

Lauras Hände griffen hinter ihrem Rücken zur Schleife der Schürze. Doch gerade als sie sie aufziehen wollte, hob er spielerisch drohend einen Finger.

»Nein. Lass die Schürze an. Eigentlich kannst du alles ausziehen, außer der Schürze. Und so kannst du auch bleiben.«

Als Laura sich vorstellte, wie sie nur mit ihrer Schürze bekleidet für ihn kochte und sich mit nacktem Po am Herd und an seinem Schwanz zu schaffen machte, lief ein Schauer über ihren Rücken. Sie stand auf und begann sich auszuziehen. Sie war so erregt und viel zu gierig, um einen langsamen Strip für ihn hinzulegen, aber das schien ihm nichts weiter auszumachen. Er beobachtete sie mit seinem üblichen, jungenhaften Grinsen, während er leicht abwesend seinen Schwanz und seine Eier streichelte.

Einen Augenblick später hatte Laura Oberteil und BH ausgezogen und war aus ihren Schuhen und dem Rock geschlüpft. Als ihr schwarzes Spitzenhemdhöschen sichtbar wurde, verbreiterte sich sein Grinsen noch. Sie zögerte kurz, weil sie nicht genau wusste, ob sie das Höschen nicht vielleicht doch anbehalten sollte. Doch ihr fragender Blick wurde mit einem Kopfschütteln ihres Gespielen erwidert.

»Nein, nein, weg damit. Aber deine Strümpfe kannst du anbehalten.«

Laura nickte und zog ein wenig umständlich ihr Höschen runter, sodass sie für jedwedes Vorhaben nackt und bereit war. Nichts blieb jetzt mehr seinem Blick oder seiner Berührung verborgen. Ein wenig peinlich war es ihr dennoch, so entblößt vor ihm zu stehen, und Laura war froh, ihre Schürze wieder umbinden zu können, um zwar nicht allzu anständig auszusehen, aber doch wenigstens vorne etwas bedeckt zu sein. Ihr Hinterteil blieb natürlich nackt. Chris kicherte.

»Wirklich ein wunderschöner Anblick. Und jetzt wieder auf die Knie!«

Sie gehorchte ohne zu zögern und ging auf alle viere. Ihre Brüste schwangen unter der Schürze nach vorne, und sie wusste genau, dass er sowohl sie, als auch ihr entblößtes Hinterteil sehen konnte. Laura schmiegte ihr Gesicht gegen seinen Schwanz und seine Eier, genoss einen Moment die Wärme seines männlichen Fleisches, um es dann schließlich in den Mund zu nehmen. Chris stöhnte auf, und seine Hand krallte sich in ihre Haare, um den Rhythmus ihrer Blasbewegungen besser kontrollieren zu können.

Sein Schwanz schwoll in ihrem Mund sofort – ein Gefühl, das sie schon immer geliebt hatte und das durch die langsam in ihrem Kopf wachsende Fantasie noch gesteigert wurde. In nichts weiter als Strümpfen und einer Kochschürze zu seinen Füßen zu knien, war zwar schon gut, aber es wäre noch viel besser gewesen, wenn ihr vorher der Hintern versohlt worden wäre. Und zwar nicht in Form eines sexuellen Spiels, sondern als genuine Bestrafung für irgendeinen kleinen Fehler.

Laura rutschte ein Stückchen vor und machte es sich zwischen seinen Beinen bequem, um seine Eier streicheln zu können, während sie seinen Prügel lutschte. Chris wurde immer härter und stieß ihr seinen Schwanz in wachsender Erregung immer tiefer in den Mund. Dabei wurde der Griff in ihre Haare noch fester, um sie in der richtigen Position zu halten. Laura ließ ihrer Fantasie jetzt freien Lauf und stellte sich wieder und wieder vor, wie er ihr erst wegen irgendeines Vergehens die Leviten gelesen und ihr dann mit runtergezogenem Höschen so richtig fest den Hintern versohlt hätte. Wenn er dann schließlich mit ihr fertig wäre, würde er sie anweisen, sich bis auf Schürze und Strümpfe auszuziehen. Und wenn dann klar würde, dass ihre Bestrafung ihn überaus angemacht hätte, würde er sie zwingen, seinen Schwanz zu lutschen, während er sie bei den Haaren festhielt.

Chris war viel zu schnell so weit. Sein Stöhnen wurde immer lauter und die Stöße in ihren Mund immer dringlicher.

Dabei hatte Laura gehofft, ihn bis zu dem Punkt treiben zu können, wo sie nicht mehr anders konnte, als eine Hand zwischen ihre Beine wandern zu lassen. Sie versuchte noch, die Sache etwas langsamer anzugehen und von seinem Schaft abzulassen, um seine Eier zu streicheln und mit der Zunge nur über die Unterseite seines Schwanzes zu lecken, aber er verlor schnell die Geduld.

»Komm schon, Laura, nimm ihn wieder in den Mund.«

Es war einfach köstlich, ihm zu gehorchen, so widersetzte sie sich seiner Aufforderung nicht und nahm seinen Riemen erneut zwischen die Lippen. Noch immer versuchte sie, den unvermeidlichen Höhepunkt weiter hinauszuzögern. Doch Chris wollte nichts davon wissen, hielt sie weiter fest bei den Haaren und fickte sie unbeirrt in den Mund. Laura entließ seine Eier aus ihrer Hand und kam sich mehr als nur ein bisschen benutzt vor. Aber sie war nicht sicher, ob sie sauer darüber sein sollte oder ob seine egoistische Ungeduld nicht doch das perfekte Szenario war, um darüber zu kommen. Wenn er ihr den Hintern versohlt und sie zum Blasen gezwungen hätte, wäre ihr eigenes Vergnügen ihm schließlich auch egal gewesen.

Der Gedanke ließ ein mächtiges Zittern durch ihren Körper gehen. Doch noch bevor sie sich auf ihre Fantasie konzentrieren konnte, begann sein Schwanz in ihrem Mund zu zucken. Sie tat ihr Bestes, um seinen Saft zu schlucken und rieb sich die Möse mit dem Gedanken, dass er als letzte strafende Demütigung in ihrem Mund abspritzte, doch er zog blitzschnell ihren Kopf nach oben.

»Hör auf, stopp! Ich kann nicht mehr, Laura. Mein Schwanz ist jetzt zu empfindlich. Aber du bist wirklich unglaublich gut«, keuchte er.

Sie nickte und setzte sich auf ihre Fersen, um ihm zu zeigen, wie sehr er sie aufgegeilt hatte. Doch als er weitersprach, waren seine Augen geschlossen.

»Verdammt gut, sogar. Wie wär's denn jetzt mit noch einem Gläschen Wein, Süße?«

Laura hielt inne. Ihre Gefühle waren jetzt völlig durcheinander. Es fühlte sich zwar gut an, von ihm kontrolliert zu werden, aber ein bisschen Aufmerksamkeit für sich selbst brauchte sie schon. Gleichzeitig wusste sie, je länger sie sich beherrschte, desto besser würde es später sein. Also gehorchte sie zögernd, ging in die Küche, um sich zu säubern, und holte die angefangene Flasche Wein aus dem Kühlschrank.

Eine Stunde später war Laura durchaus zufrieden mit ihrer Entscheidung. Die Tatsache, dass sie nur eine Schürze und ihre Strümpfe trug, hatte ihre Erregung die ganze Zeit wach gehalten – besonders nachdem er in die Küche gekommen war, um sich mit ihr zu unterhalten, während sie das Gemüse kochte und seine Augen dabei permanent ihren Po begutachteten. Sie aß schließlich in nichts weiter als ihren Strümpfen und war sich dabei permanent ihrer entblößten Brüste bewusst. Und je niedriger der Pegel der zweiten Weinflasche sank, desto mehr stieg der Level ihrer Lust. Als sie den guten Tropfen schließlich endgültig geleert hatten, war Laura betrunken, und all ihre Hemmungen waren völlig verschwunden.

Das Paar kuschelte sich auf das Sofa – Chris immer noch komplett angezogen und Laura immer noch so gut wie nackt. Er fing irgendwann an, mit ihren Brüsten zu spielen. Mit langsamen Bewegungen strich er über ihre Haut und zwirbelte an ihren Nippeln, bis ihr Rücken sich aufbäumte. Doch gerade als ihre Beine sich in der Hoffnung auf noch intimere Streicheleinheiten spreizten, wurde ihr klar, dass dies ihre letzte Chance war, wenn sie ihren eigentlichen Plan wirklich noch in die Tat umsetzen wollte. Und wenn sie das nicht schaffte, würde die kommende Woche eine einzige Aneinanderreihung schmerzhafter, frustrierter Tage werden. Also drehte sie sich um und griff nach dem Buch, das sie mit voller Absicht auf der unteren Ablage ihres Beistelltischchens gelegt hatte.

»Magst du schmutzige Geschichten?«

Chris gab ein leises Schnurren von sich, das Laura sofort als Zustimmung interpretierte. Sie öffnete *Verschleppt in die Türkei* dort, wo das Lesezeichen steckte, und begann zu lesen.

Als Evangeline sah, was sich da vor ihren Augen im Harem abspielte, entwich ein entsetztes Stöhnen aus ihrem herrlich roten Mund. Der quadratische Raum war riesig und die Einrichtung zeugte von der ganzen Pracht des Orients. Die Decke war von einem hinreißenden Mosaik in Türkis-, Zimt- und Goldtönen geschmückt, und die Wände waren mit üppigen Samtvorhängen in mehreren Schichten verdeckt. Vor den Wänden standen riesengroße schwarze Sklaven, deren muskulöse Körper bis auf weite weiße Pantalons nackt waren. Ihre Ebenholzhaut glänzte ölig, und ein jeder von ihnen stand mit seinem Krummsäbel aus feinstem arabischem Stahl wie eine Statue da. Auf dem gesamten Boden waren große Kissen in den buntesten Farben verteilt, auf denen es sich einige Mädchen bequem gemacht hatten. Einige von ihnen hatten einen dunklen, andere einen olivfarbenen und ein paar auch einen sehr blassen Teint. Jung und schön wie die Morgenröte jedoch waren sie alle.

Am anderen Ende des Raumes lag Mustafa bin Yunus selbst. Der Mann ließ sich nur als veritabler Riese beschreiben. Sein großes, rundes Gesicht war zur Hälfte von einem nach dem letzten Schrei der Mode geölten und gelockten Bart bedeckt. Er trug einen Turban aus viridiangrüner Seide, von dessen Mitte ein Rubin von der Größe eines Straußeneis einem entgegenstrahlte, als handele es sich dabei um das Auge eines niederträchtigen Dämonen. Seine eigenen Augen wirkten fast ebenso wild und seine gewaltige, stark behaarte Brust und der monströse Bauch schauten aus einer roten Samtweste hervor, die so grotesk gearbeitet war, dass Evangeline bei dem Anblick fast in Ohnmacht fiel. Doch keines dieser Details konnte ihre Aufmerksamkeit fesseln, als sie das Mädchen erblickte, das auf Mustafas Knien lag: eine dunkelhäutige, bemalte Huri, die bis auf ein Stückchen zerknüllter Seide auf Knöchelhöhe völlig nackt war. Ihre Handgelenke waren mit Armreifen und kleinen Glöckchen geschmückt und ihr hochgereckter Po glich einem wundervoll samtig-glatten Pfirsich. Das Mädchen wand sich in einem Kampf der Verzweiflung, während er ihren wild hüpfenden Pobacken einen entschlossenen Schlag nach dem anderen verpasste.

»Hört sich das nicht heiß an? So würde ich gerne mal von einem Mann behandelt werden. Hättest du vielleicht mal Lust darauf, Chris? Würdest du mir gern den Hintern versohlen, Chris? Chris?«

Chris war eingeschlafen.

7

Am nächsten Tag verbrachte Laura den größten Teil ihrer Zugfahrt zur Arbeit damit, sich Selbstvorwürfe zu machen. Chris arbeitete schwer, und es war daher sein gutes Recht, am Wochenende müde zu sein – besonders wenn es nach dem Sonntagsbraten Sex zum Nachtisch gab. Hätte Laura auch nur ein Quäntchen Vernunft in sich gehabt, hätte sie sich neben ihn gesetzt, nachdem er seinen Schwanz herausgeholt hatte, um damit zu spielen, während sie ihm die Szene aus *Verschleppt in die Türkei* vorlas. Oder sie hätte den ganzen, komplizierten Plan verworfen und sich einfach nur mit ausgestrecktem Po auf seine Knie gelegt – eine Einladung, die er ganz sicher nicht ausgeschlagen hätte. Die zwei Flaschen Wein und das enorm üppige Essen waren ein weiterer Fehler gewesen. Doch trotz all ihrer Bemühungen kam sie nicht umhin, sich ein bisschen über ihren Gast zu ärgern. Sie hatte schließlich alles getan, was er wollte. Und so sehr Laura auch darauf stand, von einem Mann sexuell kontrolliert zu werden, ein bisschen aufmerksam sollte er schon auch sein.

Den Höhepunkt ihrer Frustration hatte sie erreicht, als er gestern nach zwei Stunden aufgewacht war und sofort nach einem Kaffee verlangt hatte. Kurz darauf war er gegangen. Aber nicht ohne ihr beim Abschied an der Tür einen kleinen Klaps auf den Po zu verabreichen, als wollte er sie necken oder vielleicht sogar verspotten. Laura war viel zu aufgeregt gewesen, um danach an sich selbst rumzuspielen – weder an jenem Abend noch am folgenden Morgen. So stand sie immer noch wie unter Strom, als sie in Cambridge aus dem Zug stieg. Es waren mal wieder alle üblichen Verdächtigen mitgereist. Darcy hatte sogar einen Schritt beiseite getan, um ihr den Vortritt an der Tür zu lassen. Das hatte eine sofortige Fantasie bei Laura ausgelöst, in der sie sich dem Mann hingab, nur um sich an Chris zu rächen.

Bei der Arbeit lag ausnahmsweise nichts Dringendes an, denn die Produktion würde schließlich die nächsten Monate mit voller Auslastung laufen. Mr. Henderson hatte Laura lediglich aufgetragen, Recherchen über potenzielle Neukunden anzustellen. Eine Routineaufgabe, die viele Tagträumereien, Gekritzel und selbst den einen oder anderen Blick in ihr Buch erlaubte, wenn ihr Chef gerade nicht im Raum war. Außerdem checkte sie ihren E-Mail-Account mit einer Häufigkeit, die ganz sicher sehr übertrieben war. Die Vorstellung, jetzt mit Chris zusammen zu sein, bescherte ihr dabei zwar ein ziemliches Schuldgefühl, aber das hielt sie dennoch nicht davon ab.

Die E-Mail kam viel früher als die letzte, nämlich kurz vor der Mittagspause. Laura öffnete die Nachricht sofort und sagte sich, dass ein kurzer Blick darauf ganz sicher nicht schaden könnte. Ihre Augen weiteten sich, als sie las, was auf dem Bildschirm stand. *Du willst also bestraft werden, Laura?*

Sie kannte die Antwort, aber sie konnte diese beiden Buchstaben weder eintippen, noch konnte sie ihren Blick von dem Bildschirm wenden. Wer immer die Mail geschrieben hatte, schien ihre Gedanken lesen zu können. Er kannte offenbar auch ihren Namen, und dieser Hinweis grenzte den Kreis der Verdächtigen erheblich ein, machte die Frage gleichzeitig aber noch brisanter. Laura versuchte sich einzureden, dass es sich bei dem Absender doch von Anfang an um Chris gehandelt hatte. Dass er nur so getan hätte, als schliefe er, ihren Vortrag aber stattdessen ganz klar mitbekommen hatte. Doch sie verwarf diese Annahme instinktiv.

Chris unterschied sich wirklich kaum von Tommy Fuller. Seine Männlichkeit und seine Sicherheit hatten etwas sehr Attraktives. Aber das war nur eine Maske, hinter der sich ein schmutziger, kleiner Junge verbarg, der Mädchen gern aus ihren Kleidern schwatzte, um sie dann auf seinem Schwanz Platz nehmen zu lassen. Der Mann, der *Controller*, war ganz anders. Er war weitaus ruhiger und hatte mehr natürliche Autorität. Ungefähr so wie Mr. Henderson in einer Fantasiewelt hätte sein können, wo Firmenchefs ihren Sekretärinnen regelmäßig den Hintern versohlten und niemand etwas Falsches oder gar Ungewöhnliches dabei fand.

Ihr Blick wanderte zu Mr. Hendersons Schreibtisch, aber der beugte sich gerade vor, um seinen Terminkalender in eine Schublade zu legen und schien sie nicht einmal zu bemerken. Laura fasste einen Entschluss: Chris oder nicht Chris, sie würde herausfinden, wer der *Controller* war. Das hieß natürlich, dass sie ihm antworten und sein Spiel mitspielen musste. Doch schon als sie anfing, über eine mögliche Reaktion nachzudenken, packten sie Zweifel, ob sie clever genug war, den Absender irgendwie austricksen zu können.

Einfach nur seine Frage zu beantworten, schien sinnlos. Besonders da Laura ziemlich sicher war, dass er die Antwort ohnehin kannte, oder zumindest einen starken Verdacht hatte, wie sie ausfallen würde. Ihr Verlangen zuzugeben, würde ihr auch nicht helfen, den Absender zu identifizieren, und es abzustreiten, wäre ebenfalls Unsinn. Laura zog kurz in Erwägung, das Experiment so durchzuführen, wie sie es eigentlich geplant hatte. Sie könnte das anziehen, was er verlangt hatte, um zu sehen, ob irgendeiner der Verdächtigen darauf reagierte, und so einen nach dem anderen ausschließen. Doch auch diesen Plan verwarf sie schnell wieder. Es war nicht nur wahrscheinlich, dass er dahinterkommen würde, sondern er hatte ihr in der letzten Mail ja nicht einmal genaue Instruktionen erteilt.

Was seine Frage allerdings nahelegte, war die Annahme, sie wäre ungehorsam gewesen. Wahrscheinlich weil sie an jenem Morgen Strumpfhosen getragen hatte, was wiederum darauf hinwies, dass sie ihn mit voller Absicht provozieren wollte. Aber andererseits hatte er ihr nicht gedroht, sondern nur eine Frage gestellt. Also wollte er vermutlich einfach nur Bestätigung. Wenn sie ihm die geben würde, käme er vielleicht aus seiner Deckung heraus. Aber die Vorstellung, in Erwartung einer Spanking-Session an irgendeinem Treffpunkt aufzutauchen und dann den Milchschokoladen-Jungen oder Brian und Dave vorzufinden, war einfach zu abstoßend, um weiter darüber nachzudenken. Und nicht nur das. Es wäre außerdem alles andere als vernünftig, sich ganz allein mit einem fremden Mann zu treffen. Eine Begleitung konnte sie schlecht mitnehmen, denn die würde dann vielleicht Zeuge werden, wie der Mann sie mit heruntergezogenem Höschen übers Knie legte.

Laura saß lange Zeit einfach nur da und starrte auf den Bildschirm ihres Rechners. Plötzlich fiel ihr ein, wie Hugo de Montvilliers das »Menschliche Chamäleon« in *Der Marquis von Montauch* aus seinem Versteck gejagt hatte, indem er ihm das Dach über dem Kopf anzündete. Sie würde also einfach den *Controller* in Brand stecken – natürlich nur im übertragenen Sinne. Er war schließlich ein Mann. Und ganz offensichtlich einer, der sehr scharf auf sie war. Also musste es doch irgendwie möglich sein, seine Unerschütterlichkeit ins Wanken zu bringen. Sie nickte selbstvergessen und tippte ihre Antwort ein. *Es tut mir sehr leid, Sir. Morgen werde ich*

Strümpfe mit Strumpfbandhalter tragen. Und als Bestrafung werde ich das Höschen weglassen.

Als Laura die Nachricht zu Ende getippt hatte, zögerte sie noch kurz, schickte sie dann aber doch ab, bevor sie erneut von Zweifeln übermannt werden konnte. Das Ganze war ein guter Plan und schließlich musste sie das Höschen ja nicht wirklich weglassen. Es reichte auch, wenn er nur dachte, dass sie unter ihrem Rock nichts trug. Der Mann, der einem Mädchen nicht unter den Rock schaute, wenn er darunter nacktes Fleisch vermutete, musste erst noch geboren werden.

Als ihr bewusst wurde, dass der Absender jetzt annehmen musste, sie wäre an ihm interessiert, wurde Laura von einer gewissen Nervosität gepackt. Sie war so gut wie sicher, dass er jeden Moment auf sie zukommen würde und stellte sich schon vor, wie ein lechzender Brian sie ungeschickt anmachte. Doch nichts passierte. Nicht einer der Mitarbeiter verhielt sich auch nur ansatzweise auffällig. Es war ein paar Minuten vor Feierabend, und gerade als sie gehen wollte, traf eine weitere Nachricht ein. *Zieh es jetzt schon aus.*

Die Worte versetzten ihr einen emotionalen Schlag, der auch der hypersensibelsten ihrer literarischen Heldinnen zur Ehre gereicht hätte. Der Satz war ein Befehl, und der Impuls, diesem Befehl zu gehorchen, war so groß, dass sie ihre Hände am liebsten schon in das Bündchen ihres Slips gesteckt hätte. Sie schloss die Augen. Sie sagte sich, dass sie jetzt eine Beziehung hatte. Und selbst wenn sie ungebunden gewesen wäre, war es ganz sicher nicht richtig, vor einem Fremden ihr Höschen auszuziehen. Doch da war auch noch eine andere Stimme in ihrem Kopf, die sagte, dass es schon nicht schaden konnte und sicher großen Spaß machen würde. Außerdem würde es aus der langweiligen Routine der Heimfahrt eine aufregende Reise machen.

Die Mail wies indirekt auch darauf hin, dass er wissen würde, ob sie ihm gehorcht hatte. Und das hieß, dass er sie beobachtete oder zumindest damit rechnete, sie heute noch zu sehen. Vor Mr. Henderson konnte sie ihr Höschen schlecht ausziehen. Also musste Laura auf die Toilette gehen. Sehr wahrscheinlich würde er das beobachten wollen und gab ihr damit eine Chance, ihn auf frischer Tat zu ertappen – was genau die Entschuldigung darstellte, derer sie bedurfte, um es tatsächlich zu tun. Es sei denn natürlich, er beobachtete sie ohnehin schon. Wenn ja, dann genoss er ganz bestimmt den verwirrten Zustand, in dem sie sich jetzt befand. Laura warf einen weiteren forschenden Blick hinüber zu Mr. Henderson, doch der saß noch immer total unverdächtig an seinem Schreibtisch.

Sie stand auf und gab sich auf dem Weg zur Tür alle Mühe, ihre Nervosität zu verbergen. Doch kurz bevor sie das Büro verlassen konnte, hörte sie die Stimme ihres Chefs hinter sich – kühl, ruhig und auch ein bisschen trocken.

»Wo soll's denn hingehen, Laura?«

Sie schnellte herum und stammelte eine kaum verständliche Antwort. Jetzt war sie so gut wie sicher, dass er es war.

»Ich, äh … Also, ich … Ich meine, ich muss …«

»Ist alles in Ordnung, Laura?«

»Ich … ich muss nur mal kurz in den Waschraum. Es sei denn, Sie möchten …«

»Oh, ich verstehe. Verzeihung. Ich dachte schon, Sie wollten heute früher los. Gehen Sie nur.«

»Ja, Sir.«

Laura drehte sich wieder zur Tür, um ihr knallrotes, verlegenes Gesicht zu verbergen. Sie war kurz davor gewesen, etwas Schreckliches vorzuschlagen, als er sie unterbrochen hatte – nämlich vor seinen Augen ihr Höschen auszuziehen.

Sie wäre nicht in der Lage gewesen, sich zusammenzureißen. Der Schock über das, was sie als Eingeständnis von ihm betrachtete, der Absender der E-Mails zu sein, hatte sie zu sehr geschwächt, um klar denken zu können. Erst in letzter Sekunde hatte sein nächster Satz sie davon abgehalten.

Und doch kam er immer noch als Verdächtiger infrage. Vielleicht spielte er ja mit ihr und war entschlossen, ihre Gefühle völlig auf den Kopf zu stellen und ein totales Wrack aus ihr zu machen, bevor er sich endlich zu erkennen gab? Vielleicht würde es ja passieren, wenn sie von der Toilette zurückkam? Ein knapper Befehl, ihren Rock hochzuziehen und ihm ihre nackte Möse zu zeigen. Laura wusste, dass sie es tun würde. Ihre Gefühle waren einfach zu stark, um sie zu verdrängen. Sie verfluchte ihren Chef, als sie mit schnellen Schritten über den Flur eilte, doch der Gedanke an ihre bevorstehende Zurschaustellung ließ ihren Körper vor Verlangen geradezu glühen.

Erst in der ruhigen Abgeschiedenheit der Damentoilette gelang es Laura nach und nach, sich zusammenzureißen. Sie setzte sich in einer der Kabinen auf den Toilettendeckel und atmete tief durch. Bisher war ihr gar nicht klar gewesen, welch starke Emotionen Mr. Henderson in ihr wecken konnte – wenn er es denn überhaupt war. Wenn man die Sache vernünftig betrachtete, war an seinen Worten rein gar nichts Ungewöhnliches gewesen. Doch sie war so voller Spannung, dass so gut wie alles provozierend auf sie wirken konnte.

Es gab nur einen Weg, die Wahrheit herauszufinden. Sie musste die Sache forcieren. Denn wenn sie das nicht tat, würde sie durchdrehen. Das Gesicht zu einer Maske der Sturheit verzogen, schlüpfte Laura aus ihren Schuhen, schob den Rock hoch, entledigte sich der Strumpfhose und des Slips und stopfte beides in ihre Tasche. Sie war jetzt von der Hüfte abwärts nackt. So entblößt hatte sie sich noch nie gefühlt. Vor keinem Mann. Selbst damals nicht, als man sie vor Jahren mal überredet hatte, einen Striptease hinzulegen. Und doch wusste sie, das Gefühl war nicht mal im Ansatz mit dem zu vergleichen, was sie empfinden würde, wenn Mr. Henderson sie dazu aufforderte, sich ihm so zu präsentieren.

Es dauerte geschlagene fünf Minuten bis Laura den Mut hatte, die Kabine zu verlassen. Fünf Minuten, in denen sie immer wieder schwankte, ob sie ihren Plan nun durchziehen sollte oder nicht. Zu ihrem Entsetzen standen Brian und Dave auf dem Flur neben dem Kaffeeautomaten. Beide drehten sich um, als sie an ihnen vorbeiging und machten ihr auf schmerzhafte Weise bewusst, dass ihre Beine unbedeckt waren und dass nur eine dünne Schicht Wolle ihren nackten Po vor den lüsternen, stechenden Blicken der beiden Männer verbarg. Dave pfiff ihr sogar nach. Doch es war schließlich Brian, der das Wort an sie richtete.

»Scharfe Beine. Ich wette, die gehen ganz bis oben rauf.«

Dave kicherte, und Laura wurde knallrot. Die beiden hatten mit Sicherheit bemerkt, dass sie kein Höschen trug, und schon morgen früh würde es die gesamte Belegschaft von *EAS* auch wissen. Es sei denn, der *Controller* war irgendeine groteske Cyberfigur, die sie sich ausgedacht hatten. Vielleicht war seine strenge, autoritäre Art nichts weiter als eine Verhöhnung jenes Typ Mannes, dem sie gehorchen wollte und dessen Rolle diese beiden Kindsköpfe niemals ausfüllen könnten. Schließlich standen die beiden jetzt auf dem Flur. Und wenn sie es wirklich waren, dann wussten sie, dass Laura unter ihrem Rock nackt war. Andererseits war nur schwer vorstellbar, dass gleich beide sich die Gelegenheit auf irgendeine schmutzige Bemerkung bezüglich ihres nackten Geschlechts entgehen ließen.

Doch schon bald war sie um die nächste Ecke gebogen und befand sich außer Sichtweite. War Laura vorher schon nervös gewesen, so ließ sich ihr jetziger Zustand nur noch als völlig aus dem Gleichgewicht beschreiben. Der Gedanke, sich von den beiden so beeinflussen zu lassen, erfüllte sie mit einer unglaublichen Verlegenheit, und als sie die Tür zu Mr. Hendersons Büro öffnete, betete sie insgeheim, dass er sich als der Absender der E-Mails zu erkennen geben möge. Mit allen Konsequenzen.

Doch ihr Chef war nicht einmal mehr da. Als Laura auf die Uhr sah, bemerkte sie, dass es schon sieben nach fünf war. Mr. Henderson hatte ausnahmsweise mal pünktlich Feierabend gemacht, und sie fluchte frustriert. In der Überzeugung, mit voller Absicht und äußerst geschickt manipuliert worden zu sein, checkte sie ihren Mail-Account. Eigentlich hatte sie insgeheim mit einer neuen und noch extremeren Nachricht gerechnet, doch ihr Postfach war leer.

Ihr blieb keine andere Wahl, als ihrem normalen Tagesrhythmus zu folgen. Also fuhr sie ihren Rechner runter und machte sich auf den Weg zum Bahnhof. Sie war ein bisschen später als sonst, und der 18-Uhr-Zug stand bereits auf dem Bahnsteig. Irgendwo schien eine Art Studenten-Veranstaltung zu sein, denn der Zug war voller junger Männer und Frauen von der Universität und jeder Platz in ihrem üblichen Waggon war besetzt. Lauras Laune verschlechterte sich immer mehr.

Einige der üblichen Fahrgäste saßen auch im Zug. Miss Scarlett hatte den Platz direkt vor ihr eingenommen. Darcy hatte sein Gesicht in tiefgründige Falten gelegt, während er *Finnegans Wake* las. Der Milchschokoladen-Junge kratzte sich an der linken Pobacke. Und der Teufel hatte Laura ihren Lieblingsplatz am Fenster weggeschnappt. Also blieb ihr nicht anderes übrig, als sich in einen anderen Waggon zu begeben und zu hoffen, dass einige der Studenten in *Waterbeach* oder *Ely* ausstiegen. Sie blickte im Vorbeigehen kurz auf den Teufel hinab. Vielleicht würde er sich ja als der Gentleman erweisen, den sein Äußeres nahelegte. Allerdings war die Hälfte der anderen Passagiere ebenfalls weiblich und ihre Hoffnung daher recht aussichtslos.

Doch zu ihrer großen Überraschung sprang der Teufel sofort auf und gab ihr mit einer höflichen Geste zu verstehen, dass sie sich gerne auf seinen Platz setzen könnte. Laura zögerte keinen Moment und setzte sich, bevor noch irgendjemand anders auf die Idee kam, seine Großzügigkeit auszunutzen. Als sie sich am Teufel vorbeidrückte, spürte Laura wie das Futter ihres Rockes sich gegen ihre nackte Haut schmiegte. Sie war sofort sicher, dass er gemerkt haben musste, dass sie kein Höschen trug, und als sie sich seine Missbilligung vorstellte, wurde sie erneut knallrot. Dennoch blickte sie beim Hinsetzen dankbar zu ihm auf. Ihre Blicke trafen sich, und der Mund des Teufels verzog sich zu einem Lächeln, das ihr sowohl süffisant als auch irgendwie durchtrieben erschien.

Laura drehte sich zum Fenster. Als Nächstes würde sie sich noch sagen, dass die Studentengruppe auf dem Bahnsteig sich zusammengetan hatte, um sie irgendwie zu quälen. Aussehen taten sie jedenfalls so. Und die Art, wie Miss Scarlett sie anschaute, wollte ihr auch nicht recht gefallen. Aber die guckte sie wahrscheinlich nur deshalb so schräg an, weil Laura den Platz bekommen hatte und nicht sie. Es war sicher am besten, ihre Paranoia in Grenzen zu weisen. Doch als Laura das Buch aus der Tasche genommen und es sich bequem gemacht hatte, passte sie doch auf, dass ihre Knie fest zusammengepresst waren.

Verschleppt in die Türkei wurde immer spannender und ermöglichte es der nervösen Frau, sich wenigstens ein bisschen abzulenken. Evangeline war mit der Garantie ihrer Reinheit an Mustafa bin Yunus verkauft worden, und vor Lauras geistigem Auge erstand sofort das Bild einer intimen und äußerst demütigenden Inspektion. Doch das Buch gab ihrer Fantasie keine weiteren Details. Zufrieden mit seiner Neuerwerbung hatte Mustafa Evangeline der Obhut zweier großer, herrschsüchtiger Aufseherinnen überlassen, die sie ausgezogen, abgeschrubbt und ihr nach einer Beschwerde über die grobe Behandlung den Hintern versohlt hatten.

Dies war nun schon die dritte Spanking-Szene des Buches und in vielerlei Hinsicht auch die beste – auch wenn die Hiebe von zwei Frauen und nicht von einem Mann verabreicht wurden. Es wurde beschrieben, wie die zwei Aufseherinnen sich in einer Dampfsauna gegenübersaßen und die unglückselige Evangeline unter den Augen und dem Gelächter anderer anwesender Frauen erst aus ihren Kleidern schälten und sie dann kreischend übers Knie legten. Die Vorstellung, dass ein ganzer Haufen Frauen über ihre Notlage lachte, während sie splitternackt daliegend Schläge auf den Hintern bekam, gefiel Laura überraschend gut. Aus Angst, dass einer ihrer Mitreisenden vielleicht etwas mitbekommen könnte, las sie die entsprechende Szene mit nur halb aufgeschlagenem Buch – fast so, als könnte einer von ihnen Gedanken lesen.

Endlich in King's Lynn angekommen, war sie voll von den widersprüchlichsten Gefühlen. Einige waren erotischer Natur, andere äußerst beängstigend und die meisten eine Mischung aus beidem. Sie freute sich allerdings schon darauf, mit Smudge seine Abendrunde zu machen. Das Gassigehen würde ihr sicher helfen, mit ihrer mittlerweile verzweifelten Erregung klarzukommen. Zumindest würde der Spaziergang ausreichen, sich auf etwas weniger Schändliches zu konzentrieren als die Tagträume, sich entweder vor einem völlig Fremden ohne Höschen zu zeigen, oder aber ausgelacht zu werden, während sie eine öffentliche Spanking-Session über sich ergehen lassen musste.

Als Laura die Tür zu ihrer Wohnung öffnete, sprang Smudge sofort an ihr hoch und leckte ihr trotz Gegenwehr voll bedingungsloser Zuneigung das Gesicht ab. So glänzte ihre Nase und der größte Teil einer Wange von Hundesabber, als sie plötzlich jemanden hörte, der in knappem Ton ihren Namen sagte.

»Miss Irving?«

Laura schnellte herum. Dabei rutschte sie mit dem Absatz vom Rand der Türschwelle ab und fiel zusammen mit Smudge auf den Bürgersteig. Als sie aufsah, rechnete sie eigentlich fest damit, dass der Mann auf sie hinabblickte. Sie wusste sehr gut, dass sie ihm ihre Gehorsamkeit gerade mehr als offenkundig demonstriert hatte, denn sie war mit gespreizten Beinen auf den Rücken gefallen. Die Gestalt, die da vor ihr stand, war mittleren Alters, hatte fast eine Glatze und war bis auf ein paar Accessoires in grellem Orange ganz in Schwarz gekleidet. Der Mann musste sich schwer zusammenreißen, bei ihrem Anblick nicht zu grinsen. Er hatte einen riesigen Strauß Rosen in der Hand.

»Eine Lieferung für Sie, Miss Irving. Mit besten Empfehlungen vom *Blumen-Blitzkurier*«.

8

Statt sich wie geplant ihren lüsternen Gedanken hinzugeben, verbrachte Laura praktisch den gesamten Abend damit, über die Möglichkeiten nachzugrübeln, die der kleine Brief von Chris eröffnen könnte. Er lud sie mit kurzen und sehr direkten Worten ein, sich am nächsten Sonntag mit ihm in der Hotelbar des *Esplanade* in Sheringham zu treffen. Als PS fügte er in winzigen, sauber geschriebenen Buchstaben die Aufforderung hinzu, doch eine Zahnbürste mitzubringen.

Es gab keinen Zweifel, was er damit meinte. Sie wurde zu einem schmutzigen Wochenende in ein schickes Hotel eingeladen. Das bestätigte sein Interesse an ihr und ließ den *Controller* einmal mehr ziemlich alt aussehen. Nicht, dass sich ihre Neugier bezüglich des anonymen Verehrers gelegt hätte, denn während einer ausgiebigen Dusche überlegte sie hin und her, ob ihre Pläne als Untreue Chris gegenüber auszulegen wären.

Mit oder ohne Höschen – das war hier die Frage. Sollte sie das Höschen weglassen und sich an dem starken und unbestreitbar erotischen Kitzel erfreuen, keine Unterwäsche zu tragen, um die Identität ihres geheimen Verehrers aufzudecken? Oder sollte sie doch eins anziehen und trotzdem nach Männern Ausschau halten, die versuchten, ihr unter den Rock zu schauen? Die zweite Möglichkeit war zwar eindeutig die vernünftigere Entscheidung, aber die erste war weitaus befriedigender. Wenn sie den Mann enttarnte, würde er zweifellos glauben, dass sie jetzt ihm gehörte. Und das wiederum würde ihr das Vergnügen verschaffen, ihn höflich, aber bestimmt abzuweisen und sich so dafür zu rächen, wie er bisher mit ihr umgesprungen war. Angefangen von dem leichten Schock beim Lesen der ersten Mail, bis zu der schrecklichen Peinlichkeit, mit gespreizten Beinen vor einem Blumenlieferanten zu liegen.

So sehr würde sie sich ja gar nicht entblößen müssen. Jedenfalls auch nicht mehr, als sie es normalerweise am Strand tat. Laura musste ihren Rock an einer Seite nur so hochziehen, dass der Rand ihrer Strümpfe und der Strapshalter darunter hervorblitzt und eindeutig zu erkennen wäre, dass sie kein Höschen trug. Am Ende würde er vor unbefriedigter Lust kochen – genau wie sie selbst am Abend zuvor. Und das wäre eine überaus angemessene Rache.

Doch schon als sie anfing, sich anzuziehen, wurde sie von Zweifeln übermannt. Wenn es sich bei dem geheimnisvollen Mann nun doch um Brian handelte – mit oder ohne Dave? Oder Mr. Henderson, der ihr das Leben zur Hölle machen konnte? Oder vielleicht doch irgendein Psychopath? Laura ging trotzdem ohne Unterwäsche los, steckte sich aber vorsichtshalber einen Slip in ihre Handtasche. So konnte sie die spannende Erregung auskosten, unten rum nackt zu sein, war aber jederzeit in der Lage, diesen Zustand auch wieder zu ändern.

Auf halbem Weg zum Bahnhof war sie bereits überzeugt, die richtige Entscheidung getroffen zu haben. Es war ein wunderschöner, klarer und sonniger Tag, und eine leichte Brise erinnerte sie mit jedem Schritt daran, dass sie keinen Slip trug. Der leichte Wind sorgte dafür, dass die Haut ihrer Pobacken und auch ihre Möse angenehm kühl und äußerst empfindlich gegenüber den leichten Berührungen des Rockes waren. Es dauerte nicht lange und sie wünschte sich, Chris wäre hier und würde um ihr schmutziges, kleines Geheimnis wissen. Wenn sie dann später allein mit ihm wäre, würde er ihr dieselbe grobe Behandlung zuteilwerden lassen, die sie schon auf seiner Motorhaube erlebt hatte. Vielleicht würde er ja sogar etwas mit ihr tun, was noch ein wenig riskanter war.

Selbst wenn es ihr nicht gelingen sollte, den *Controller* zu enttarnen, wusste sie, dass sie den ganzen Tag unter Strom stehen würde, während sie sich an das Risiko immer mehr gewöhnte. Im Zug wurde es noch besser, denn dort kam die Erregung hinzu, die Mitreisenden zu beobachten und weiter darüber nachzudenken, wer von ihnen wohl der Briefschreiber sein konnte. In King's Lynn stiegen die üblichen Passagiere zu. Als Erstes kam Darcy, der sie kaum ansah, sondern sich sofort einen Platz ganz am Ende des Wagens suchte. Dieses Verhalten löste tatsächlich eine gewisse Enttäuschung in ihr aus – trotz der Ergebenheit Chris gegenüber.

Mr. Brown war sogar noch distanzierter als Darcy, aber der Milchschokoladen-Junge saß ihr schräg gegenüber und starrte sofort auf ihre Beine. Bei dem Gedanken, er könnte der Mann sein, über den sie so außer sich geraten war, überkam sie nicht nur eine gewisse Enttäuschung, sondern sie spürte auch, wie sich eine verlegene Röte um ihren Hals legte. Doch als zwei Mädchen von einem der hiesigen Colleges einstiegen, wandte er seine Aufmerksamkeit sofort diesen beiden neuen Fahrgästen zu. Sein Kinn klappte beim Anblick ihrer schlanken Beine in den knappen Miniröcken runter, sodass sein Gesichtsausdruck wieder mal mit dem eines toten Fisches vergleichbar war.

Als der Zug sich langsam in Bewegung setzte, holte Laura sofort ihr Buch heraus und las mit Begeisterung von Evangelines Empörung, als der Heldin die Kleidung überreicht wurde, die sie im Harem zu tragen hatte. Es handelte sich um ein Paar hauchdünne, smaragdgrüne Pantalons und ein mit ihrer

Oberweite hoffnungslos überfordertes Haltertop aus demselben durchsichtigen Material. Erst in Downham Market schaute sie einmal kurz auf, aber der Graue Mann zeigte nicht mehr Interesse an ihr als die ersten zwei, und der Vagabund tauchte gar nicht erst auf. In Ely war das schon etwas anderes. Miss Scarlet betrat als Erste das Abteil und setzte sich auf einen der letzten freien Plätze. Dann kam der Teufel, der Laura mit einem wissenden Grinsen, wie es ihr schien, begrüßte. Er setzte sich zwar neben einen anderen Fahrgast, hatte aber von dort immer noch einen ausgezeichneten Blick auf ihre Beine.

Die Möglichkeit, dass dieser kühle, makellos gepflegte Mann, der nur ein paar Meter von ihr entfernt saß, wusste, dass sie seine Anweisungen befolgt hatte und unter ihrem Rock nichts weiter als Strümpfe und Strapsgürtel trug, ließ sie erzittern. Plötzlich schien es ihr unmöglich, ihn abzulehnen. Bei ihrem koketten, aufreizenden Benehmen wäre es ihr wie eine Schandtat vorgekommen, ihm einen Korb zu geben.

Er würde wütend sein. Und er würde jedes Recht haben, wütend zu sein. Er würde auch jedes Recht haben, sie übers Knie zu legen und ihr vor den Augen sämtlicher Mitreisender den nackten Hintern zu versohlen. Die Männer würden über ihre Nacktheit grinsen und die Frauen würden sich an ihrer Demütigung ergötzen. Miss Scarlett müsste beim Anblick von Lauras hüpfenden Pobacken laut anfangen zu lachen und der Milchschokoladen-Junge bekäme einen lechzenden, starren Blick auf ihr entblößtes Geschlecht und das kleine, winzige Loch darüber.

Laura gab sich einen innerlichen Ruck und versuchte verzweifelt, den Strom erotischer Gedanken und Wünsche einzudämmen, der sie wegen ihrer allzu lebendigen und schmutzigen Fantasie fortzureißen drohte. Der Teufel hatte sie nur angelächelt. Das war völlig angemessen, wenn man bedachte, dass sie sich jeden Tag sahen und er ihr am Abend zuvor seinen Platz angeboten hatte. Und doch raste ihr Herz wie wild und zwischen ihren Beinen wurde es heiß und feucht. Schandhafte Erregung wegen nichts – und das, nachdem ein junger, attraktiver und erfolgreicher Mann ihr gerade erst am Abend zuvor seine Liebe gestanden hatte.

Laura schämte sich und beschloss, dem *Controller* eine E-Mail zu schicken, sobald sie im Büro war. Sie würde ihm einfach schreiben, dass sie in einer Beziehung stecke und es ihr leidtue, wenn sie falsche Hoffnungen in ihm geweckt hätte. Mit etwas Glück würde er ihre Entscheidung akzeptieren. Und falls er sie nicht akzeptierte, würde sie sich eben etwas anderes einfallen lassen müssen, um ihn zu überzeugen. Und wenn es bedeutete, sich für ihr schreckliches Verhalten mit runtergezogenem Höschen ein paar Hiebe auf den nackten Po verabreichen zu lassen.

Und wieder schüttelte Laura sich, um ihre Gedanken irgendwie in der Spur zu halten. Aber ihre Gier war einfach zu groß. Sie musste wissen, wer er war. Sie musste eine Lösung erzwingen. Das Beste wäre, wenn es sich bei ihrem geheimnisvollen Briefschreiber um Brian oder Dave handelte. Oder den Milchschokoladen-Jungen. Das wäre zwar schrecklich peinlich, aber wenigstens könnte ihr so jede Art von Reue erspart bleiben. Mit etwas Glück würde Laura am Ende des Tages Bescheid wissen. Als erste Amtshandlung musste sie heute jedenfalls Mr. Henderson mit der Sache konfrontieren. Oder besser gesagt als zweite Amtshandlung, denn bevor sie sich nicht ein wenig beruhigt hatte, war sie nicht sicher, ob sie heute irgendetwas zustande bringen würde.

Als sie im Büro ankam, ging Laura sofort auf die Toilette. Sie brannte vor Scham über das, was sie jetzt vorhatte, sagte sich aber auch, dass ihr keine andere Wahl blieb. Ein nettes, wohlerzogenes Mädchen würde so etwas niemals tun. Aber vielleicht war sie ja gar keines von diesen netten, wohlerzogenen Mädchen? Vielleicht war sie ein schmutziges Mädchen mit schlechtem Benehmen? Die Art Mädchen, der ein paar Schläge auf den Hintern definitiv guttun würden – besonders wenn sie in aller Öffentlichkeit verabreicht wurden.

Da sie den Weg vom Bahnhof sehr schnell zurückgelegt hatte, war Laura überpünktlich und fand die Damentoilette völlig leer vor. Sie setzte sich in eine der Kabinen, schloss die Augen und fragte sich, wieso in ihrem Kopf ein derartiges Durcheinander herrschte. Sie ermahnte sich ein letztes Mal, nicht so albern und schmutzig zu sein, aber wenn sie sich ihr schlechtes Benehmen in Erinnerung rief, dachte sie sofort wieder an die Hiebe, die sie ihrer Meinung nach verdiente – ein Teufelskreis der Erregung, aus dem es nur einen Ausweg gab.

Nachdem Lauras überwältigende Emotionen sich durch ein ersticktes Schluchzen Bahn gebrochen hatten, gab sie schließlich nach und ließ ihre Gedanken schweifen. Still dastehend und noch immer mit geschlossenen Augen übernahm ihre Fantasie das Steuer und führte sie zurück in den Zug zu dem, was dort vielleicht hätte passieren können. Sie stellte sich vor, dass alle Mitreisenden unter einer Decke steckten und vorhatten, sich auf ihre Kosten zu amüsieren. Sie hätten gewusst, dass das Objekt ihrer Begierde ohne Höschen unterwegs ist und dass sie genau das tun würde, was man ihr sagte.

Vor ihrem geistigen Auge war der Wagen bis auf die sechs altbekannten Mitreisenden leer. Der Teufel hätte, ganz seiner Natur entsprechend, das Sagen. Er würde Laura anweisen, sich zu erheben und sich in die Tür zwischen den Wagen zu stellen, während die anderen sich versammelten. Einige würden stehen, andere würden sitzen, aber alle würden einen guten Blick auf ihren Körper haben. Genau wie sie würde

Laura wissen, was jetzt käme, aber der Teufel würde sie warten lassen und ihre Anspannung genießen, bis der richtige Moment schließlich da war. Erst dann würde er ihr seinen Befehl geben.

»Heb den Rock hoch!«

Sie würde gehorchen und trotz der quälenden Peinlichkeit, sich so zur Schau stellen zu müssen, ihren Rock heben. Alles würde sie zeigen müssen: den Rand ihrer Strümpfe, die nackte, weiße Haut darüber, die stramm sitzenden Strapse, erst die Unterseite ihrer Pobacken, dann das gesamte entblößte Hinterteil und schließlich auch ihr Geschlecht. Miss Scarlett würde lachen und ein paar gemeine Kommentare über die Größe von Lauras Hintern abgeben. Der Milchschokoladen-Junge würde einen ganz genauen Blick auf ihren Körper werfen und sich kein Detail davon entgehen lassen, wie eine Frau sich zum ersten Mal in aller Öffentlichkeit entblößte.

Während Laura sich die schreckliche Szene durch den Kopf gehen ließ, hatte sie ihren Rock hochgezogen und sich in der kleinen Kabine genauso entblößt, wie sie es in ihrer Fantasie im Zug getan hatte. Das fühlte sich gut an. Viel zu gut, um jetzt damit aufzuhören oder sich gar zu hetzen. Ihre Finger wanderten zum obersten Knopf ihrer Bluse, während sie sich vorstellte, wie der Milchschokoladen-Junge mit hoher, lüsterner Stimme eine weitere, unnötige Erniedrigung einforderte.

»Ich will ihre Titten sehen! Sie soll ihre Titten rausholen!«

Darcy würde zustimmen.

»Gut, wieso nicht? Sie sieht aus, als hätte sie schöne Brüste.«

Den endgültigen Befehl aber würde der Teufel geben.

»Zeig deine Brüste, Laura.«

Sie öffnete ihre Knöpfe und stellte sich dabei vor, wie alle sechs Anwesenden sie stumm dabei beobachteten. Sie zog den Stoff der Bluse auseinander und holte ihre Brüste aus den

Körbchen des BHs, sodass die üppigen Bälle völlig frei waren. Ihre Nippel waren vor unfreiwilliger Erregung mittlerweile steinhart. Ihre Brüste zu zeigen, wäre schon schlimm genug, aber es würde noch schlimmer kommen. Plötzlich würde die kühle, amüsierte Stimme des Teufels ertönen, um ihr den nächsten Befehl zu erteilen.

»Und jetzt spiel ein bisschen daran herum!«

Lauras Hände lagen bereits auf ihren Brüsten, wo sie die Daumen wieder und wieder über ihre Nippel gleiten ließ, um ihre Erregung noch weiter nach oben schnellen zu lassen. Sie würde es tun. Als sie eine Hand zwischen ihre Beine gleiten ließ, waren all ihre Hemmungen verschwunden und sie musste sich schon jetzt auf die Lippen beißen, um ihre Lust nicht laut hinauszuschreien. Dabei war die Szenerie in ihrem Kopf wieder zum Anfang zurückgekehrt.

Erst war sie gezwungen worden, sich aufrecht hinzustellen, und dann ihren Rock anzuheben, um zu zeigen, dass sie dem Befehl des Teufels gehorcht und kein Höschen angezogen hatte. Jetzt war sie einzig und allein dazu da, für das Amüsement der Sechsergruppe zu sorgen. Die Männer würden verlangen, ihre Brüste zu sehen, und dieser Befehl würde sie schließlich endgültig nackt dastehen lassen. Und wieder würde die Stimme des Teufels erklingen.

»Leg dich auf meinen Schoß, Laura. Ich werde dir jetzt den Hintern versohlen.«

Allein der Gedanke ließ sie fast kommen. Immer wilder rieb sie an ihrer Möse und ihren Brüsten, während sie sich vorstellte, wie sie mit nacktem, hochgerecktem Po auf dem Schoß des Teufels lag. Ihre Pobacken wären ein wenig auseinandergezogen, sodass man einen guten Blick auf die kleine Rosette und die Falte ihrer Möse haben würde. Miss Scarlett würde zu Beginn der Bestrafung wieder lachen. Laura hingegen würde kreischen und sich auf den Knien des Teufels winden, während ihre Pobacken im Rhythmus mit den Hieben hüpften, ihre Beine immer wieder in die Luft traten und ihre Brüste am Bein ihres Züchtigers plattgedrückt wurden. Mr. Brown und der Graue Mann würden jeweils einen ihrer Fußknöchel packen und sie so unten halten, damit sie den Rest des Spankings ohne jede Gegenwehr über sich ergehen lassen musste. Der Milchschokoladen-Junge würde schrecklich intime Fotos machen. Eines würde ihr Gesicht und gleichzeitig ihren nackten Hintern zeigen – inklusive Möse und Rosette. Und Darcy! Darcy würde warten, bis ihr blanker Po von den Schlägen dunkelrot war und sie dann ficken.

Laura biss sich fest auf die Unterlippe, als es ihr kam. Ihr Kopf loderte förmlich vor schmutzigen Gedanken, während sie sich zum Höhepunkt rieb: ihr heißer, malträtierter Hintern, hochgereckt und offen zur Penetration; Miss Scarletts schrilles und grausames Lachen; die Kamera des Milchschokoladen-Jungen, die wieder und wieder klickte, während Darcy seine Erektion tief in ihrer feuchten, willigen Muschi versenkte; und die Scham, dass sie ihn anbettelte, sie so hart und tief zu ficken, wie er nur konnte.

Laura wurde ganz schwach in den Knien, als ihr Orgasmus sie überwältigte. Erst als die heftigen Gefühle sich langsam legten, sackte sie gegen die Wand der Kabine. Sie konnte nur noch darüber staunen, was sie da gerade getan hatte und wie stark ihre Lust offensichtlich gewesen war. Noch vor ein paar Tagen wäre die Vorstellung, so unglaublich erregt zu sein, dass sie auf dem Klo an sich rumspielen musste, ebenso lächerlich wie schockierend für sie gewesen. Doch gerade hatte sie genau das getan. Und obwohl sie sich gar nicht erst einreden musste, etwas anderes als Befriedigung gesucht zu haben, so hatte die kleine Wichserei ihr auf jeden Fall geholfen, sich etwas zu beruhigen.

Laura war zwar immer noch nervös und voller Scham über ihr Tun, aber das bestärkte sie nur in ihrer Absicht, dem *Controller* ein für alle Mal das Handwerk zu legen. Mr. Henderson war als Erster dran. Sie würde ihn zu einem Eingeständnis zwingen. Und das mittels sorgfältig überlegter Fragen, die so gewählt waren, dass sie immer noch unbeschadet aus der Sache herauskommen würde, wenn er nicht der Absender der E-Mails war. Ihr Chef saß bereits an seinem Schreibtisch und schaute kurz von seinen Papieren auf, als sie den Raum betrat. Seine Begrüßung fiel aus wie immer.

»Guten Morgen, Laura. Sie sehen heute ja wirklich sehr schick aus.«

Laura nahm allen Mut zusammen, ihm eine entsprechende Antwort zu geben.

»Danke, Sir. Ich habe getan, worum Sie mich gebeten hatten. Möchten Sie es gerne sehen?«

Sein Gesichtsausdruck veränderte sich zwar, aber er sah jetzt lediglich verwirrter aus als zuvor. Laura wechselte sofort zu Plan B und ließ eilig die Rockfalte los, nach der sie bereits gegriffen hatte.

»Ich meine den Bericht über *Orwell B*. Ich habe die Zahlen zusammengestellt.«

»Ach ja. Alles zu seiner Zeit, Laura.«

Mr. Henderson war unschuldig. Kein Mann – so sehr er sich auch unter Kontrolle hatte – würde bei dem Vorschlag einer Frau, ihren Rock für ihn zu lüften, so völlig ausdruckslos dreinschauen. Laura entspannte sich ein wenig, doch als ihr einfiel, dass Brian der nächste Verdächtige war, kehrte ihre Nervosität sofort wieder zurück. Sie setzte sich auf ihren Platz und tat so, als würde sie sich ihrer Arbeit widmen, dachte aber eigentlich nur darüber nach, wie sie ihren Kollegen am besten enttarnen könnte. Im Gegensatz zu Mr. Henderson konnte Brian unmöglich erwarten, dass sie auf ihn zukam und wollte sie daher wahrscheinlich glauben lassen, dass es sich bei dem Unbekannten um einen anderen, einen attraktiveren Mann handelte. Das machte Lauras Aufgabe deutlich schwieriger, denn was sie auch tat, er würde sich auf keinen Fall etwas anmerken lassen. Und wenn sie den ersten Schritt tat, würde er sofort durchschauen, dass es sich um einen Trick handelte. Und außerdem wurde ihr schon allein bei dem Gedanken daran leicht übel.

Es gab zwei Dinge, derer sie sich absolut sicher war: Erstens würde er bei dem Gedanken, dass sie auf sein Geheiß hin ohne Höschen zur Arbeit erschien, lauthals loslachen. Und zweitens würde er jede noch so kleine Gelegenheit beim Schopf packen, ihr unter den Rock zu schauen. Laura dachte kurz darüber nach, ihm irgendeine schmutzige Mail zu schicken und dann in die Buchhaltung zu rennen, um seine Reaktion zu beobachten, verwarf die Idee aber sofort wieder als undurchführbar. Die einzige Möglichkeit, einen Blick auf seinen Arbeitsplatz zu erhaschen, ohne dabei gesehen zu werden, bestand darin, sich auf den Tisch im Kopierraum zu stellen und durch die verglaste Abtrennung in sein Büro zu schauen. Das würde allerdings sicher einige Kommentare anderer Kollegen nach sich ziehen.

Außerdem gab es eine weitaus bessere Methode. Sie rief ihren E-Mail-Account auf und antwortete auf die letzte Nachricht, die der *Controller* geschickt hatte. *Ich will es dir zeigen. Ich stehe um zehn nach eins hinter dem Schuppen der Abzugsanlage. Komm dorthin oder sieh einfach nur zu.*

Er würde zusehen. Und zwar von dort, wo man ihn nicht sehen konnte. Dafür kam nur ein Ort infrage: das Fenster der Brandschutztür in der obersten Etage. Es bestand zwar die unwahrscheinliche Möglichkeit, dass er versuchen würde, sie vor Ort zu erwischen, aber das spielte keine Rolle, denn sie würde nicht dort sein. Nein, Laura würde in der Kantine sitzen, wo sie ihn entweder dabei beobachten konnte, wie er die Treppe ins oberste Stockwerk hinaufging oder den Hof überquerte, um zu dem Schuppen zu gelangen. Und abgesehen von dem Wunsch, sie bei der Ausführung eines unanständigen Befehls zu beobachten, hätte er keinerlei Grund, einen dieser Orte aufzusuchen.

Die Antwort auf ihre Mail kam unglaublich schnell. *Tu es! Ich werde dich beobachten!*

Der Rest des Vormittags verging quälend langsam, bis es endlich so weit war. Laura verließ um Punkt ein Uhr ihren Schreibtisch und machte sich auf den Weg in die Kantine. Dort waren Brian und Dave gerade dabei, sich die Teller mit Curryhühnchen und Reis vollzuladen, während sie über die Fußballspiele des Wochenendes sprachen. Der Anblick der beiden verwirrte sie so sehr, dass sie auf dem Absatz kehrtmachte und mit schnellen Schritten die Treppe hinauflief.

Von den Feuerübungen wusste sie, dass die Brandschutztür auf eine dreieckige, überwucherte Wiese zwischen der Rückseite des Schuppens und der Fabrikmauer fügte. Es war also tatsächlich möglich, sie von hier oben zu beobachten. Sicher, der Winkel war vielleicht nicht ganz so befriedigend, aber schließlich saßen Brian und Dave ja ohnehin in der Kantine und stopften sich mit Hühnchen auf indische Art voll.

Laura rannte zurück ins Erdgeschoss, verließ das Hauptgebäude und marschierte in Richtung Schuppen. Es war niemand dort, und sie hatte sich schnell durch die Büsche gezwängt, die den Bereich umstanden, den sie eben noch von oben gesehen hatte. Von hier unten war die Brandschutztür zwar nur schwer einzusehen, aber sie war ziemlich sicher, dass dort oben niemand stand. Und die einzigen anderen Orte, von denen man sie hätte sehen können, waren das Dach und eventuell noch das oberste Deck des städtischen Parkhauses – und das auch nur, wenn man ein starkes Fernglas bei sich hatte.

Sie zögerte. Sie wollte zwar unbedingt irgendeine Reaktion provozieren, hatte aber auch ein wenig Angst. Nach ihr hatte niemand mehr den Innenhof überquert und bis auf das entfernte Brummen des Verkehrs und das Zischen und Pumpen aus dem Schuppen der Abzugsanlage war alles still. Plötzlich traf sie eine schnelle Entscheidung und zog ihren Rock hoch. Das Ergebnis war der sofort einsetzende, zutiefst geile Kitzel der Entblößung. Laura drehte sich und sorgte so dafür, dass jeder etwaige Beobachter einen genauen Blick auf ihren Po und ihre Möse hatte. Nichts passierte.

Als Laura sich wieder bedeckte, war sie verwirrter denn je. Jetzt überaus darauf bedacht, nicht erwischt zu werden, machte sie sich auf den Weg in die Kantine. Brian und Dave saßen mit einigen Kumpels am Tisch und beendeten gerade ihr Essen. Sie wandte sich an Mrs. Davies, die dabei war, das Hühnchencurry durchzurühren.

»Entschuldigen Sie, waren Brian und Dave die ganze Zeit hier, seit Sie gekommen sind?«

»Die beiden da? Die waren fast die Ersten. Und seitdem haben sie die Kantine nicht verlassen. Wieso?«

»Ach, nur so. Ich dachte … Vergessen Sie's. Ich nehme den Fisch, bitte.«

Als Mrs. Davies ihren Teller füllte, blickte Laura sich erneut in der Kantine um. Jetzt war sie völlig ratlos.

9

Am nächsten Tag bekam Laura ihre Tage. Das war durchaus eine Erleichterung, denn sie hatte mit Chris nicht verhütet. Außerdem setzte ihre Periode zwei Tage zu früh ein, und das hieß, dass sie am Wochenende freie Bahn mit ihm haben würde. Laura ging sogar so weit, ihre schwankende Gefühlswelt mit dem zu frühen Einsetzen ihrer Tage zu erklären. Dabei wusste sie nur zu genau, dass sie sich damit nur für ihr Benehmen herausreden wollte.

Zu ihrer Erleichterung – oder zumindest zu ihrer Beruhigung – waren bisher keine neuen Mails vom *Controller* eingegangen. Ein wenig konsterniert war sie darüber allerdings auch, denn sein Schweigen schien darauf hinzudeuten, dass er von ihrer Vorführung nicht unbedingt beeindruckt gewesen war. Dabei hatte sie immer noch nicht die geringste Ahnung, um wen es sich bei ihrem geheimen Verehrer handeln konnte, wusste nur, wer auf keinen Fall infrage kam. Durchaus möglich, dass sie für den Geschmack des geheimen Absenders zu kühn und wagemutig gewesen war und ihn so verscheucht hatte. Vielleicht hatte er im Moment aber auch einfach nur keinen Internetzugang.

Am Freitagabend schließlich hatte die Vorfreude auf das kommende Wochenende so gut wie jeden Gedanken an den *Controller* verscheucht. Als Laura nach Hause kam, fand sie zu ihrer großen Freude einen zweiten Strauß Rosen und ein Paket mit einem winzigen Bikini in ihrer Wohnung vor. Im

Oberteil des Bikinis war ein Designer-Etikett eingenäht, das dieses Kleidungsstück zehnmal wertvoller machte als jedes andere Teil ihrer Garderobe. Das leuchtende Dunkelrot des Zweiteilers wies eindeutig darauf hin, dass ihn nur ein Mann ausgesucht haben konnte. Der Stoff des Oberteils bedeckte kaum ihre Nippel und das Höschen glich eher einem Tanga – also mehr etwas fürs Schlafzimmer als für den Strand.

Laura zog den Bikini am nächsten Morgen statt der Unterwäsche an. So konnte sie Chris gleich bei der Ankunft im Hotel mit etwas Freizügigem überraschen und ihn vielleicht sogar dazu bringen, ihr das zu geben, wonach sie sich mittlerweile fast genauso sehr sehnte wie nach richtigem Sex: ein paar feste Schläge auf den Po. *Verschleppt in die Türkei* hatte nicht gerade geholfen, ihre Gelüste im Zaum zu halten. Auf den Seiten, die Laura im Laufe der Woche gelesen hatte, war Evangeline Opfer von drei saftigen Strafaktionen geworden. Bei einer der Bestrafungen musste sie sich mit vier von Mustafas anderen Mädchen in einer Reihe hinknien und die Hiebe vor dem ganzen Harem über sich ergehen lassen. Die Szene ereignete sich so ziemlich zum Schluss des Buches, und es blieben nur noch ein paar Seiten übrig. Für den eher unwahrscheinlichen Fall, dass sie Zeit haben würde, es zu Ende zu lesen, warf Laura das Buch in ihre Reisetasche. Vielleicht würde es ihr ja auch gelingen, Chris mit einer kleinen Lesung in die richtige Richtung zu lotsen.

Das Licht war klar und hell. Und obwohl es morgens noch recht kühl gewesen war, kurbelte Laura schon bald die Seitenscheiben des Wagens herunter und fuhr ausgelassen die Küstenstraße entlang, die nach Sheringham führte. Alles lief bestens und die junge Frau verlor sich in einem Tagtraum, in dem sie sich nicht mehr um jede Kleinigkeit selbst kümmern musste, sondern auf ihren Partner oder vielleicht sogar Ehemann Chris zurückgreifen konnte.

Zwar war Laura schon einmal in Sheringham gewesen, konnte sich aber nur an den Strand unterhalb der gelblichen Steilküste erinnern, der ihr in ihrer Kindheit immer so endlos lang vorgekommen war. Das Hotel, ein großes rotes Backsteingebäude mit einem Hauch von verblasster Eleganz, war leicht zu finden. Chris stand bereits dort und begrüßte sie mit einem Kuss, der sehr schnell sehr leidenschaftlich wurde und der Laura ein weiteres Mal von seinen guten Absichten überzeugte. Er hatte eine Suite mit Meerblick gebucht. Als sie das riesige Bett im Schlafzimmer sah, lief es ihr kalt den Rücken runter. Es war Ewigkeiten her, dass sie das letzte Mal mit einem Mann im Bett gewesen war. Viel zu lang. Und auch wenn sie erst seit ein paar Minuten wieder vereint waren, fühlte sie sich bereit. Sie drehte sich um und griff nach dem Saum ihres Oberteils.

»Danke für dein Geschenk. Möchtest du es sehen?«

Chris' Grinsen gab ihr genau die Antwort, die sie sich erhofft hatte. Laura hatte ihr Oberteil bereits so weit gelupft, dass er ein Teil ihres Bauches sehen konnte. Und während er es sich in einem Sessel bequem machte, zog sie es Stück für Stück höher. Es fühlte sich durch und durch richtig an, sich vor diesem entspannten, dankbaren und völlig bekleideten Zuschauer nach und nach gänzlich auszuziehen. Aber erst nachdem er in ausreichendem Maße genossen hatte, wie aufreizend sie in dem neuen Bikini aussah. Und das Vergnügen, das er dabei empfand, war nur allzu deutlich auf seinem Gesicht abzulesen. Er bewunderte den Anblick, wie die winzigen Körbchen des Bikinioberteils es kaum schafften, ihre Brüste zu halten. Wenn Laura nicht aufpasste, wie sie sich bewegte, würden die Stofffetzen den beiden üppigen Bällen ganz sicher nicht mehr lange Halt bieten und sie würden heraushüpfen.

Nachdem sie ihr Top von sich geworfen hatte, legte sie ihre Hände auf die Gürtelschnalle, öffnete sie langsam und knöpfte dann ihre Jeans auf. Chris' Augen waren etwas weiter nach unten gewandert. Sie klebten förmlich an ihrem Körper, während sie sich entkleidete und das winzige, dunkelrote Dreieck entblößte, das ihre Möse bedeckte, dabei aber eigentlich doch alles zeigte. Laura hatte sich rasiert, sodass der feine Stoff jede Kontur ihrer Schamlippen erahnen ließ. Eine unmissverständliche Zurschaustellung, von der sie hoffte, dass er ihr nicht widerstehen würde. Sein anerkennendes Nicken und die Tatsache, dass ihr Zuschauer eine Hand in seinen Schritt wandern ließ, deuteten ganz darauf hin. Aber gerade als sie ihre Jeans weiter nach unten schieben wollte, hob Chris einen Finger, um ihr Einhalt zu gebieten.

»Dreh dich um.«

Laura nickte und lächelte ihn nervös über die Schulter hinweg an, während sie sich umdrehte, um ihre Rückseite zu präsentieren. Er nickte zufrieden.

»Streck deinen Po raus und zieh die Jeans dann ganz langsam runter.«

Sie gehorchte begeistert, denn seine fast grobe Anweisung war genau das, was sie hören wollte. Laura stellte sich sofort vor, wie sie wohl aussah, während sie die Jeans runterzog, um ihr volles, rundes und fast nacktes Hinterteil zu zeigen. Chris lachte mit tiefer Stimme, als das erste Stück Haut zu sehen war und gab ihr mit einem Fingerzeig zu verstehen, dass sie weitermachen sollte. Laura schlüpfte aus ihren Schuhen und zog die Jeans nun endgültig aus. Dabei war ihr die ganze Zeit durchaus bewusst, was er von hinten alles sehen konnte.

»Sehr hübsch. Sogar so hübsch, dass wir jetzt mal runter an den Strand gehen sollten.«

»An den Strand?«

»Ja, wieso nicht? Warm genug ist es doch, oder findest du nicht?«

»Ja, schon, aber … aber das hier ist nur für dich, Chris. Ich meine, das was ich hier mache.«

»Ach, ich weiß nicht. Eigentlich gefällt mir die Vorstellung, dass auch andere Leute dich so sehen könnten. Denk nur dran, wie eifersüchtig mich das machen würde.«

»Aber …«

»Na los, komm schon! Strand!«

Er war aufgestanden und hatte Laura während seiner Worte einen festen Klaps auf den Po verpasst, der ihre Haut sofort zum Kitzeln brachte. In der Hoffnung auf weitere kleine Hiebe streckte Laura ihr Hinterteil sofort raus, aber er war bereits an ihr vorbeigegangen, um aus dem Fenster zu schauen.

»Da unten sitzen ein paar ältere Herren in den Strandkörben. Die werden sicher begeistert sein, wenn sie dich so sehen. Und die Männer, die da drüben Fußball spielen, ganz sicher auch.«

»Chris, ich weiß nicht recht, ob ich …«

»Das wird dir gefallen. Und jetzt komm schon.«

Laura zögerte und hoffte noch, dass er ihr mit ein paar Schlägen auf den Hintern nachhelfen würde, wenn sie nicht gehorchte, die wiederum zu Sex führen würden. Auf der anderen Seite hatte sie allerdings auch durchaus Lust, auf seinen Vorschlag einzugehen, denn obwohl ihr das Ganze sehr wagemutig vorkam, würde er schließlich dabei sein, um für ihre Sicherheit zu sorgen. Und in der Erregung, die ihr so eine Zurschaustellung unweigerlich bescheren würde, könnte er ihr sicher auch von großer Hilfe sein. Also nickte sie. Und Chris' Grinsen wurde noch ein ganzes Stückchen breiter.

»Braves Mädchen. Ich wusste doch, dass du vernünftig sein würdest.«

Er griff nach dem Zimmerschlüssel und nahm ihre Hand.

»Willst du dich nicht umziehen?«

»Nein, ich bleibe lieber so, wie ich bin. Auf die Art ist es noch ein bisschen offensichtlicher, dass du dich mit voller Absicht zur Schau stellst.«

Laura zitterte. Sie war unglaublich nervös, gleichzeitig aber auch viel zu erregt, um jetzt noch einen Rückzieher zu machen.

»Kann ich wenigstens ein Handtuch haben? Ich meine, nur für den Weg durchs Hotel.«

»Nein.«

Er packte sie fest bei der Hand und zog die aufgeregte Frau zur Tür. Laura folgte ihm zögernd, und als sie auf dem Flur standen, war das Gefühl des Entblößtseins bereits quälend intensiv. Im Moment war zwar niemand zu sehen, aber als sie die Treppe erreichten, kamen ihnen zwei ältere Damen entgegen, die Laura äußerst missbilligend anschauten und empörte Laute von sich gaben. Chris kicherte nur und führte die mittlerweile knallrot gewordene Laura weiter die Treppe hinunter. Als sie die überaus belebte Eingangshalle sah, wollte sie sich noch losreißen, aber er hielt sie fest und führte sie mitten durchs Foyer zum Ausgang. Jedes einzelne Augenpaar folgte ihrem wackelnden und fast nackten Hinterteil.

Auf der Straße war es noch schlimmer. Die Hälfte der Bewohner schien sich dort versammelt zu haben. Lediglich die Gewissheit, dass ihr Bikinioberteil keinen weiteren Belastungen standhalten würde, hielt sie davon ab, an den Strand zu rennen und sich im Wasser zu verstecken. Ein Blick auf Chris verriet Laura, dass er sich ausgesprochen gut amüsierte, und sie lächelte ihn schwach an, während sie an der Ampel auf Grün warteten.

Als das Pärchen die Straße schließlich überquerten, hupte jemand. Laura wusste zwar nicht, ob das ihr galt, aber der schrille Ton erschreckte sie und sorgte dafür, dass sie noch mehr errötete. Am Strand angekommen, legte sich ihre Verlegenheit zwar ein wenig, aber diese Erleichterung war nur von kurzer Dauer. Die großen, runden Steine erschwerten das Gehen und schmerzten an den Füßen. Und obwohl sie sich auf Chris stützte, blieb so etwas wie ein würdevoller Gang gänzlich ausgeschlossen. Die älteren Herren in den Strandkörben starrten sie unverhohlen an und warfen sich schmutzige Bemerkungen zu. Laura verstand zwar nicht genau, worum es ging, aber sie konnte sich die Mischung aus Missbilligung und Vergnügen, Verachtung und Lust sehr gut vorstellen. Sie versuchte, schneller zu gehen, rutschte dabei aber auf einem der Steine unter ihren Füßen aus. Verzweifelt versuchte sie, das Gleichgewicht zu halten, doch ihre Bewegungen sorgten nur dafür, dass ihr Bikinioberteil endgültig nachgab und den älteren Herren und einem Dutzend anderer Passanten einen Blick auf ihre schändlich steifen Nippel gewährten.

Einen schrecklichen Moment lang geriet sie in Panik und umfasste ihre Brüste, um sie zu bedecken. Das gelang ihr durch das fehlende Gleichgewicht zwar nur bedingt, aber ein stützender Arm von Chris und ein schnelles Zurechtrücken ihres Bikinioberteils bewahrten sie dann doch vor noch größeren Peinlichkeiten. Nach ein paar weiteren vorsichtigen Schritten erreichten sie schließlich den Strand. Laura zitterte, und ihr ganzer Körper fühlte sich heiß an. Aber wenigstens war sie jetzt in der Lage, zu gehen, ohne sich vollends zur Schau zu stellen.

Niemals zuvor war Laura sich ihres Körpers so bewusst gewesen. Und noch nie zuvor hatten Männer ihm so viel Aufmerksamkeit geschenkt – ihrem Po, ihren Brüsten und dem winzigen Dreieck aus rotem Stoff, das ihre Möse nur dürftig bedeckte. Sie war nicht sicher, ob sie dieser Vorführung noch länger gewachsen war und wechselte die Richtung, um an den menschenleeren Abschnitt des Strandes direkt unter den Felsen zu gelangen. Chris machte keinerlei Anstalten, sie aufzuhalten. Und obwohl er es gewesen war, der sie überhaupt erst dazu gebracht hatte, spürte Laura eine große Dankbarkeit, dass er sie jetzt gewähren ließ. Doch je weiter der belebtere Teil des Strandes hinter ihnen lag, desto größer wurde ihr Gefühl von Enttäuschung.

»Meinst du, das ist jetzt weit genug?«

»Nicht für das, was mir vorschwebt.«

Laura schluckte. Sie war überzeugt, dass er sie mindestens dazu anhalten würde, sich nackt zu sonnen oder ohne Bikini zu schwimmen – Gedanken, die sie mit dem köstlich erregenden Gefühl erfüllten, etwas Verruchtes zu tun. Die Arbeit und der Alltag schienen Lichtjahre entfernt und völlig unwichtig zu sein. Jetzt war Chris der Mittelpunkt ihres Lebens. Ein perfekter Mann, der sie aus der Reserve locken und zu ungeahnten Höhenflügen führen würde, die jenseits ihrer Vorstellungskraft lagen.

Sie ließ sich von ihm weit den Strand entlangführen, wo in der bröckelnden Steilküste kleine Vorsprünge und Nischen entstanden waren, die jede für sich eine abgelegene Welt aus warmem goldenem Sand bildeten. Dort waren sie vor neugierigen Blicken sicher, hatten aber dennoch einen Blick auf das offene Meer. Einige dieser von der Natur geschaffenen Nischen waren besetzt, einige waren leer. Und erst als sie auch die letzte kleine Gruppe von Menschen weit hinter sich gelassen hatten, zog er sie zwischen zwei Felsvorsprünge.

»Nimm die Hände nach oben und leg sie gegen den Stein, so als wollte ich eine Leibesvisitation bei dir vornehmen«, wies er sie mit tiefer, knurrender Stimme an.

Laura beeilte sich, ihm zu gehorchen, stellte die Füße auseinander, legte die Hände gegen die Steinwand und streckte ihren Po raus. Chris grinste und sah schnell nach, ob sie nicht doch von jemandem beobachtet wurden. Dann holte er sein Handy aus der Tasche.

»Nur ein Foto für die langen, kalten Abende meines Alters. Sag *Cheese* und streck deinen hinreißenden Po raus!«

Sie lachte und warf ihm einen Luftkuss zu, während er ihre unanständige Position mit der Kamera seines Handys festhielt. Chris machte mehrere Fotos, und Laura war nur allzu gern bereit, für ihn zu posieren. Sie holte sogar ihre Brüste aus dem Bikinioberteil, bevor sie erneut die Arme hochnahm und sich gegen die Felswand lehnte. Nachdem Chris noch einmal überprüft hatte, ob sich niemand näherte, öffnete er seinen Reißverschluss und holte seinen Schwanz und die Eier aus der Hose. Während er auf Laura zuging, wichste er seinen halbsteifen Riemen weiter hoch. Mit einer schnellen Bewegung befreite sie ihre Brüste endgültig von dem Oberteil, und mit einem kurzen Handgriff zog sie ihr Höschen runter. Chris trat von hinten an sie heran und nahm ihre Brüste in die Hände, während er seinen Schwanz zwischen ihren Pobacken hin- und herrieb. Laura streckte die Hüften aus und wartete, bis er seinen Luststab etwas tiefer und direkt vor dem Eingang zu ihrem Geschlecht positioniert hatte. Dann stieß er zu – tief und hart.

Als er sie schließlich ganz ausfüllte, drang ein Stöhnen über ihre Lippen, das mit jedem seiner Stöße lauter wurde. Noch nie in ihrem Leben hatte sie sich so weiblich und so sexy gefühlt. Was für ein Kick, zum Vergnügen fremder Männer zur Schau gestellt und dann im Freien ausgezogen und genommen zu werden. Ihr fast nackter Körper war einem Mann ausgeliefert, der ihre Bedürfnisse scheinbar vollkommen verstand. Und es kam noch besser. Als seine Hand um ihren Bauch herum zu ihrer Möse wanderte, wusste sie, er würde auch dafür sorgen, dass es ihr kam. Wieder und wieder rieb er ihren Kitzler, während er sich von hinten tief in ihr versenkte. Laura war jetzt so weit, um ihren Orgasmus zu betteln. Ihre Ekstase war zu stark, um sich noch zurückzuhalten und die schmutzigen Worte sprudelten nur so über ihre Lippen. Chris lachte nur über die Hemmungslosigkeit seiner Gespielin. Doch genau dieses Lachen sorgte dafür, dass Laura jede Zurückhaltung fahren ließ.

»Besorg's mir, Chris! Mach's mir! Ich will kommen, während du mich fickst! Ja, schön tief rein! Und hau mir auf den Po, während du es mir besorgst! Bitte! Schlag mir auf den Hintern, Chris. Reib meine Muschi und schlag mir auf den Hintern!«

Er reagierte nicht auf ihre Bitten. Dazu war er zu sehr mit ihrer Möse und ihren Brüsten beschäftigt – und mit der Bemühung, sie zu ficken und ihr gleichzeitig den Kitzler zu reiben. Laura brüllte erneut ihre Bitte nach ein paar Schlägen auf den Hintern heraus, aber es war zu spät. Ihre Muskeln zogen sich bereits zusammen, während er sie mit einem geschickten Finger zum Orgasmus rieb. Einen Moment später kam es auch ihm. Erst im letzten Augenblick zog er sich aus ihr zurück und spritzte seinen Saft auf ihren nackten, aber unmisshandelten Po.

Laura sank langsam auf die Knie. Ihre Muskeln zitterten von der Macht ihres Höhepunktes, und die Ekstase wurde langsam von der Verlegenheit über ihre Worte abgelöst. Chris setzte sich neben sie, umarmte sie, gab ihr einen Kuss auf den Hals und flüsterte ihr dann etwas ins Ohr.

»Was hast du da gerade gesagt? Lässt sich hier vielleicht jemand gerne den Hintern versohlen?«

Seine Worte ließen Laura sofort dahinschmelzen. Ihr Po war noch immer ausgestreckt und bereit. Ganz langsam wanderte seine Hand über die Rundung ihres Rückens, bis sie ihr Ziel erreicht hatte. Er berührte die Kurven ihres Pos und strich sanft darüber – eine Behandlung, die sie zittern und sogar leise schluchzen ließ. Doch als plötzlich von irgendwoher Stimmen erklangen, stellte er seine Berührungen sofort ein.

»Mist!«

Chris sprang auf, wartete, bis Laura blitzschnell in ihren Bikini geschlüpft war, und wagte erst dann einen Blick aus ihrer Nische heraus. Die Männergruppe, die sie vorhin beim Fußball gesehen hatten, machte jetzt einen Dauerlauf am Strand entlang. Und es war nur den Anfeuerungsrufen des Trainers zu verdanken, dass die beiden das Herannahen der Truppe früh genug bemerkt hatten. Laura schauderte bei dem Gedanken, dass die Männer sie beinahe dabei gesehen hätten, wie sie im Sand kniete, um sich den nackten, ausgestreckten Po versohlen zu lassen. Dieses Bild hätte vielleicht in ihre düstersten Fantasien gepasst, war aber weit von dem entfernt, wozu sie in der Realität bereit war. Chris aber kicherte nur.

»Vielleicht nachher im Hotel?«

»Ja, bitte.«

Er nahm sie erneut bei der Hand. Laura war von ihren Gelüsten so benommen, dass sie die anderen Menschen am Strand nur noch als Darsteller in einer ihrer Sexfantasien sehen konnte. Ihr würde der Hintern versohlt werden. Sie wünschte sich fast, es wäre bereits geschehen, denn dann könnten alle ihre roten Pobacken sehen und sich fragen, ob Chris und sie sich wohl irgendwelchen schmutzigen Spielchen hingegeben hätten. Oder noch besser, sie würden sich fragen, ob sie wirklich so ungezogen gewesen wäre, dass er sie tatsächlich und ernsthaft geschlagen hätte.

Während Chris sie durch die Eingangshalle des Hotels führte, stellte sie sich vor, dass jedermann Bescheid wüsste.

Dass jeder Mann und jede Frau erregt oder amüsiert beobachtete, wie sie nach oben geführt wurde, um bestraft zu werden. Um verhauen zu werden, wie eine ungezogene Göre – vielleicht weil sie sich in einem unzüchtigen Bikini gezeigt hatte. Selbst wenn Chris sie vor Ort in einem der gepolsterten Sessel übers Knie legen und ihr vor aller Augen das Bikinihöschen runterziehen würde, hätte sie der Verlockung nicht widerstehen können.

Chris hatte sich da schon besser im Griff. Zumindest ein wenig, denn während sie über den Flur gingen, knetete er bereits erwartungsvoll ihre Pobacken, und als sie schließlich das Zimmer betraten, gab er ihr einen vorbereitenden Klaps. Er schloss die Tür nur halb, während er seine Gespielin zum Bett führte. Laura fühlte sich wie im Himmel, als er das kleine Ritual vollzog, das sie in den Tagen zuvor schon so oft in Gedanken durchgespielt hatte. Er setzte sich bequem aufs Bett und klopfte vielsagend auf seine Knie.

»Leg dich drüber. Ich werde dir jetzt den Hintern versohlen.«

Laura gehorchte voller Wonne und nahm den angewiesenen Platz auf seinen Knien ein. Sie stellte ihre Füße auf die Zehenspitzen, um ihre Beine so lang wie möglich zu machen und streckte dann ihren Po raus. Chris legte einen Arm um ihre Taille, um sie fest in Position zu halten, und ließ dann eine Hand zu ihrem Bikinihöschen wandern.

»Das solltest du wohl besser ausziehen, meinst du nicht auch?«

Doch alles, was Laura noch von sich geben konnte, war ein leises Schluchzen. Ihre Augen hatte sie mittlerweile geschlossen, und sie konzentrierte sich ganz auf das überwältigende Gefühl, dass der Mann, der ihr das erste Mal in ihrem Leben den Hintern versohlen würde, ihren Po freilegte. Chris führte seine Daumen unter das Bündchen und zog ihr ganz langsam das winzige Bikinihöschen runter, um ihre Pobacken und – noch viel wichtiger – das, was dazwischen lag, zu entblößen. Laura hatte längst kapituliert und stellte sich ihm jetzt in absoluter Hingabe zur Schau.

Immer weiter zog er das Höschen die Beine herunter, um sicherzustellen, dass ihr nicht das kleinste bisschen Anstand blieb. Als er schließlich auch die Körbchen ihres Bikinioberteils nach oben schob, um ihre Brüste aus ihrem Gefängnis zu befreien, war ihre Entblößung vollendet.

»Jetzt geht's los. Wenn ich zu hart zuschlage, musst du schreien.«

Er hatte eine Hand auf ihren Po gelegt und knetete das feste Fleisch. Dabei strich einer seiner Finger immer wieder kitzelnd über ihre Rosette. Doch Laura spürte eine derart verzweifelte Lust in sich, dass sie darauf nur noch mit einem schwachen Stöhnen reagieren konnte.

»Schlag fest zu! Und lass dich von nichts abhalten!«

»Na schön. Es wird mir ein Vergnügen sein, Laura. Du hast einen wunderschönen Po. Wie gemacht, um ihn dir zu versohlen. Jetzt … Scheiße!«

Als Laura ob seiner plötzlich alarmierten Stimme herumfuhr, sah sie eine große, elegante und makellos gekleidete Frau hinter sich stehen, deren nobles Gesicht wutverzerrt war: Miss Manston-Jones. Einen Moment lang regte sich keiner der drei Anwesenden, sondern alle starrten sich nur schockiert und überrascht an. Laura lag entblößt auf Chris Knien, sodass die unverhoffte Besucherin einen Blick auf jedes schmutzige Detail ihrer Rückansicht hatte. Schließlich war es Chris, der als Erster seine Stimme wiederfand.

»Nein, Hazel! Es ist nicht das, wonach es aussieht!«

Miss Manston-Jones' Stimme glich einem tiefen Knurren, als sie ihm antwortete.

»Was?! Jetzt willst du mir wohl noch erzählen, dass du das kleine Flittchen bestrafst, weil sie unanständig war, was? Das ist das letzte Mal, dass du mir das antust, Christopher Drake! Du hinterhältiger Mistkerl!«

Ihre letzten Worte waren mehr geschrien als gesprochen, bevor sie schließlich wutentbrannt auf Chris losging. Der ließ Laura sofort los, sodass sie zu Boden rutschte, während er sich nach hinten warf, um den wütenden Krallen seiner Geliebten zu entgehen. Laura stieß einen schockierten Schrei aus, als sie auf dem Teppich landete und versuchte wegzukriechen, während die spuckende, fluchende Hazel Manston-Jones an einem von Chris' Füßen zerrte, um ihn vom Bett zu ziehen. Er trat nach ihr, riss sich los und rannte schließlich zur Tür.

»Du lässt dich also gern übers Knie legen, was? Du dreckiges, kleines Luder! Dir werde ich ein paar auf den Hintern geben, du Miststück, du kleines Flittchen, du …«

»Nein!«

Lauras Flehen machte keinerlei Eindruck auf die zornige Frau – genauso wenig wie das wilde Zucken ihres Pos und ihre tretenden Beinen. Hazel ließ keinerlei Zurückhaltung walten und verpasste den Pobacken unter sich einen wütenden Schlag nach dem anderen. Es brannte wie Feuer, aber der Schmerz war nichts im Vergleich zu Lauras unglaublicher Empörung, während sie sich unter den Schlägen stöhnend aufbäumte und verzweifelt versuchte, ihnen zu entkommen.

Doch sie versagte kläglich. Hazel ließ erst von der jungen Frau ab, als ihr in den Sinn kam, Chris weiter zu verfolgen. So blieb Laura schließlich keuchend und mit brennendem Hinterteil auf dem Bett zurück. Jetzt war ihr zwar nach Strich und Faden der Po versohlt worden, aber so etwas wie Dankbarkeit wollte sich nicht so recht einstellen.

10

Irgendwie hatte sich Laura ihre erste Spanking-Session anders vorgestellt. Zum einen sollte sie eigentlich von einem Mann durchgeführt werden und zum anderen hätte sie es vorgezogen, wenn die Schläge nicht ganz so hart ausgefallen wären. Sie hatte keine Ahnung vom Ausmaß der Schmerzen gehabt, und dass sie sich im Griff einer anderen Frau so hilflos fühlen könnte. Doch das Gefühl der Hilflosigkeit verblasste neben ihrer Wut über den Betrug. Und je länger sie darüber nachdachte, dass Chris und Hazel die ganze Zeit schon ein Paar gewesen waren, desto schlimmer wurde es.

Chris war auch nicht zurückgekommen, sodass Laura sich ganz taub fühlte, als sie sich anzog und in der schwachen Hoffnung, es würde ihre tobenden Gefühle beruhigen, einen Tee kochte. Über eine Stunde lang saß sie auf der breiten Fensterbank, starrte aufs Meer und versuchte verzweifelt, das Geschehene irgendwie zu verarbeiten. Aber nichts, was sie sich selbst hätte sagen können, half. Gleichzeitig fühlte sie sich auf seltsame Weise von allem losgelöst – fast so, als wäre das Erlebnis einer anderen widerfahren. Eigentlich hätte sie in Tränen ausbrechen müssen. Doch die Tränen kamen nicht. Stattdessen verspürte sie den merkwürdigen Drang, laut loszulachen.

Es waren fast zwei Stunden vergangen, bis der Hunger Laura buchstäblich aus dem Zimmer trieb. Es schien ihr geradezu unheimlich, dass sie noch vor ein paar Stunden halbnackt durch die Eingangshalle gegangen war – so unheimlich, dass es ihr nur mittels kalter Vernunft möglich war, zu akzeptieren, dass das wirklich sie gewesen war. Auch jetzt fiel Laura durchaus einigen Anwesenden auf. Es gab Bemerkungen, und einige der Gäste lächelten still in sich hinein. Aber ihre Reaktionen reichten jetzt nicht mehr aus, um erneut den herrlichen Kitzel der Verlegenheit in ihr auszulösen.

Am Strand war es ganz ähnlich. Von außen betrachtet war alles noch genau wie zuvor. Bis hin zu den Rentnern in ihren Strandkörben. Doch für Laura fühlte es sich an, als wäre die Farbe aus der gesamten Szenerie gewaschen worden. Und die Portion Fisch, die sie sich an einem der Imbissstände gekauft hatte, schien jeden Geschmack verloren zu haben. Sie setzte sich mit ihrem Snack auf die Ablaufbahn der Rettungsboote, starrte niedergeschlagen auf die Wellen und wünschte sich, endlich mal einen Mann zu finden, der nicht jede Frau auf der Welt als Freiwild betrachtete. Tommy Fuller war ganz genauso gewesen. Aber er war wenigstens offen damit umgegangen.

Als Laura schließlich wieder ins Hotel zurückkehrte, stellte sich heraus, dass Zimmer, Abendessen und Frühstück bereits von Chris bezahlt worden waren. Obwohl er seine Reisetasche im Zimmer gelassen hatte, widerstand Laura der Versuchung, sich eine Schere zu besorgen und damit ein wenig seine Kleidung zu bearbeiten. Kreditkarte und Geld hatte er zwar mitgenommen, aber Laura machte sich trotzdem zu einem Shopping-Trip auf, um sich etwas abzulenken. Die Sache ging allerdings ganz und gar nach hinten los, denn selbst dunkelrote High Heels und mohnrote Sommerkleider erinnerten sie nur daran, wie schön es doch zu Anfang mit Chris gewesen war und wie schändlich er sie verraten hatte.

Ein großer Gin Tonic in der Hotelbar half dann endlich ein

wenig, ihre Enttäuschung zu mildern. Und der zweite half sogar noch ein bisschen mehr. Nach dem dritten schließlich schien ihre Entscheidung, seine Klamotten nicht zu ruinieren, zwar ein Akt erwachsener Zurückhaltung, gleichzeitig aber auch ziemlich jämmerlich und sogar feige zu sein. Die Läden waren bereits geschlossen, aber ihre Nagelschere tat es auch. Sie zerschnitt den Schritt von zwei Hosen und drei Unterhosen und tobte sich danach noch auf sehr kreative Weise an einem Sakko und ein paar Hemden aus.

Als Laura ihr Werk vollendet hatte, war der Speisesaal bereits geöffnet, sodass sie auf seine Kosten ein Gourmet-Mahl genießen konnte, das aus einem halben Hummer, Champagner, einem sehr süßen und klebrigen Nachtisch, sowie mehreren Tassen Kaffee mit Brandy bestand. Als sie ihr köstliches Abendessen beendet hatte, fühlte ihr Bauch sich unter dem Kleid wie ein Medizinball an und ihr war leicht schwindelig. Gleichzeitig waren Traurigkeit und Zorn zurückgekehrt, und Laura stand kurz davor, in Tränen auszubrechen.

Da sie nicht wollte, dass irgendjemand sie weinen sah, ging sie zurück auf ihr Zimmer und warf sich aufs Bett. Als sie ihrem Schmerz endlich nachgab, kamen die Tränen heiß und brennend. Doch nach und nach beruhigte sie sich schließlich und bekam langsam das Gefühl, ein bisschen albern zu sein. Ein weiterer Drink schien durchaus angezeigt, und sie öffnete eine Flasche Champagner aus der Minibar. Sie genoss das sanft perlende Luxuswasser, während sie sich auszog und wusch.

Laura hatte im Bett eigentlich ein Baby Doll tragen wollen. Doch da sie es nur zu seinem Vergnügen eingepackt hatte, wählte sie stattdessen ein weites T-Shirt mit Höschen und legte sich mit der Champagnerflasche auf dem Nachttisch und *Verschleppt in die Türkei* in der Hand schließlich ins Bett. Die

Geschichte war fast auf ihrem Höhepunkt angelangt und bestens geeignet, sie von ihren eigenen Gedanken abzulenken. Mark Frobisher drohte gerade damit, Lord Jasper Mauleverer von der alten Stadtmauer zu stürzen, wenn er ihm nicht verriet, wo sich Evangeline aufhielt.

Bisher hatte sich Laura immer Chris als den guten Helden vorgestellt. Aber jetzt sah sie ihn eher als Lord Jasper und wünschte ernsthaft, dass Mark Frobisher ihn tatsächlich von der Mauer stoßen würde. Als anständiger, sehr englisch wirkender Held zog Frobisher Lord Jasper wieder auf sicheren Boden, nachdem er herausgefunden hatte, was er wissen musste, und sich auf den Weg in den Harem von Mustafa bin Yunus gemacht. Das Tempo der Geschichte wurde immer schneller und Lauras Aufmerksamkeit immer größer. Da die Worte aber immer wieder auf äußerst anstrengende Weise vor ihren Augen verschwammen, war es durchaus schwierig, konzentriert zu bleiben. Doch Laura zwang sich dazu und ergötzte sich an der Beschreibung, wie Mark Frobisher die Krummsäbel schwingenden Wachmänner mit den bloßen Fäusten überwältigte und schließlich den schweren Vorhang zum Eingang des Harems aufriss.

… stand er unerschütterlich wie ein Racheengel aus dem Alten Testament unter dem hohen Bogen des Eingangs. Mit einem Zucken seiner Muskeln ballte er die Fäuste, die bereit waren, jeden Widersacher niederzuschlagen, der es wagte, sich ihm in den Weg zu stellen. Und doch sorgte der Anblick, dessen seine eisblauen Augen gewahr wurden, fast dafür, dass ihn der Mut verließ.

Auf der anderen Seite des Saals saß Mustafa bin Yunus, der nichts weiter als einen Lendenschurz aus türkisfarbener Seide trug. Sein großer, schwabbeliger Bauch bebte vor Lachen. In einer Hand hielt er einen Goldkelch mit schwerem Rotwein aus dem sonnenverwöhnten Anatolien, und Wein rann über sein wabbliges Doppelkinn. Die andere Hand umklammerte eine lange Peitsche aus geflochtenem Leder, deren Spitze wie eine Viperzunge zischte und schnalzte, während er sie auf dem ausladenden, dunkelhäutigen Hinterteil einer seiner unglücksseligen Konkubinen niedergehen ließ. Sie war eine von fünf Mädchen, die auf einer breiten Bank aufgereiht waren. Jede war splitternackt wie Gott sie geschaffen hatte und kniete in einer Haltung, die so obszön war und so sehr an die zügellosen Ausschweifungen des Türken erinnerte, dass Mark schon aus reinem Anstand seine Augen mit den Händen bedecken musste. Doch dann fiel ihm wieder ein, wo er war und welchen Gefahren er sich hier aussetzte.

Das Mädchen, dessen zartes, aber sehr üppiges Fleisch der Peitsche ausgesetzt wurde, war eine dunkle Schönheit aus dem indischen Dschungel. Daneben saß ein afrikanisches Mädchen so schwarz wie Ebenholz. Die Dritte erinnerte mit ihrer olivfarbenen Haut an einen Sukkubus – einen wollüstigen, weiblichen Dämon aus dem alten Griechenland. Die Vierte war eine blasse gelbhäutige Tochter aus dem fernen Osten. Und die Fünfte, ja, die Fünfte war sogar noch schöner als ihre Leidensgenossinnen. Ihr Körper war eine Symphonie weiblicher Schönheit, ihre edlen Locken so golden wie die Mittagssonne und ihre Haut so blass und zart wie Sahne – abgesehen von den drei Striemen, mit der die Peitsche diese Perfektion zunichtegemacht hatte. Und bei diesem fünften Mädchen, dessen Pose nicht weniger sündig als die der anderen Haremsdienerinnen war, handelte es sich um Evangeline Tarrington.

Laura schloss das Buch und blinzelte mit den Augen, um wieder klarer sehen zu können. Sie wusste, sie war betrunken.

Sehr betrunken. Eine ausgezeichnete Entschuldigung dafür, dass sie trotz allem, was passiert war, mittlerweile total heiß war. Eine geradezu erleichternde Entwicklung, hieß es doch, dass sie Chris Drake gar nicht brauchte. Dieser hinterhältige Mistkerl verdiente weder sie noch Hazel Manston-Jones noch irgendeine andere. Er war eine Ratte, ein Schwein, eine Schlange. Und es war gut, dass man sie unterbrochen hatte, bevor er ihr das geben konnte, was für sie zu einem ganz besonderen Bedürfnis geworden war: ein paar feste Schläge auf den Po. Dabei hatte Laura ja sogar das bekommen, was sie wollte. Man hatte ihr den Hintern versohlt. Nur, dass es eine Frau getan hatte. Eine größere, schlankere und stärkere Frau. Genau die Art Frau, die bestens geeignet war, eine wohlverdiente Strafe zu erteilen. Und vielleicht hatte Laura diese Strafe in gewisser Weise sogar verdient.

»Nein, das ist nicht wahr!«

Die verschlungenen Wege ihrer Gedanken schockierten sie so sehr, dass sie diese Worte laut ausgesprochen hatte. Blitzschnell sagte sie sich, dass sie die Strafe in keiner Weise verdient gehabt hätte und dass das Ganze sogar äußerst unfair gewesen wäre. Schließlich hatte sie keine Ahnung gehabt, dass Chris und Miss Manston, diese gemeine Ziege, ein Paar waren. Hätte sie das vorher gewusst, hätte sie sich niemals auf Chris eingelassen. Es war ungerecht, äußerst ungerecht sogar. Aber die Tatsache, dass sie trotzdem Hiebe hatte einstecken müssen, hatte auch etwas schrecklich Fesselndes. Laura wusste auch, woran das lag. Es war die zusätzliche Erniedrigung ungerechterweise bestraft worden zu sein, die diese Erfahrung so unglaublich intensiv machte. Hilflos und mit nacktem Po im festen Griff einer Frau gefangen zu sein, ja sogar geschlagen zu werden, war schon schlimm genug gewesen. Aber zu wissen, dass sie nichts getan hatte, um diese Behandlung zu verdienen, war der Tropfen, der das Fass schließlich zum Überlaufen brachte.

In Lauras Augen waren längst Tränen der Erschütterung und des Selbstmitleids aufgestiegen, doch ihre Hand lag auf dem Bauch und ihre Fingerspitzen steckten bereits unter dem Bündchen ihres Slips. Sie versuchte noch, sich zusammenzureißen, und rief sich stattdessen die eben gelesene Szene aus *Verschleppt in die Türkei* in Erinnerung. Wie Evangeline sich wohl gefühlt haben musste, als sie splitternackt neben den vier anderen Mädchen kniete und ihren Po den lüsternen Blicken des grotesken Mustafas und seinen Schlägen entgegenstreckte? Die Vorstellung war gut. Eine abschreckend demütigende Situation, die nur in die geheimsten Fantasien passte, die aber im Vergleich zu dem, was nur Stunden zuvor passiert war, geradezu harmlos war.

Laura gab nach. Sie war längst zu betrunken und zu entrückt, um sich weiter beherrschen zu können. Ihr Slip war als Erstes dran. Sie zog ihn aber nicht aus, sondern schob ihn nur bis zu den Knöcheln runter – genauso wie vorhin ihr Bikinihöschen. Allein schon der gespannte Stoff zwischen ihren Beinen erregte sie. Und als sie sich auch noch ihres Oberteils entledigt hatte, um ihre Brüste freizulegen, bäumte sie sich bereits vor Lust auf – auch wenn ihr dabei die Tränen übers Gesicht rannen. Sie spreizte ihre Schenkel, ihre Finger tauchten in die warme, zarte Spalte ihrer Möse ein, und sie begann zu masturbieren.

Ihr Po fühlte sich immer noch ein bisschen empfindlich an. Ein Gefühl, das sie seit der Spanking-Session zu ignorieren versucht hatte, was sie jetzt aber geradezu verzweifelt brauchte. Laura spürte den unwiderstehlichen Impuls ihren Hintern herauszustrecken – genauso, wie Chris es vorhin von ihr verlangt hatte. Also schob sie mit einer Bewegung die Bettdecke beiseite und drehte sich auf den Bauch, sodass ihr Po ein wenig in die Luft ragte und sie mit Gesicht und Brüsten auf den mittlerweile zerknitterten Laken dalag.

Es dauerte nicht lange, bis die Finger sich in ihre Spalte schoben und dort immer wieder spielerisch ihren Kitzler berührten. Dabei ließ sie vor ihrem geistigen Auge einen ganz bestimmten Film ablaufen: sie versucht wegzulaufen, stolpert über ihr eigenes, halb runtergezogenes Höschen, landet schließlich ausgestreckt auf dem Bett und kriegt dort den Hintern versohlt. Allein die Worte »Hintern versohlt« ließen sie fast kommen, doch Laura wollte mehr. Sie griff hinter sich und fing an, ihre Pobacken zu streicheln und ihre Form und die Beschaffenheit ihrer Rundungen zu fühlen. Miss Manston-Jones war vollständig bekleidet gewesen. Laura hingegen war für alle Absichten und alle Zwecke nackt gewesen – ihr entblößter Po, die Schamlippen, die zwischen ihren Schenkeln hervorgeschaut haben mussten, und ihre freigelegte Rosette.

Die Vorstellung, so unendlich nackt zu sein und der Gnade der grausamen, herrischen Miss Manston-Jones ausgesetzt zu sein, brachte Laura erneut an den Rand eines Höhepunktes. Und die Intensität dieses Gefühls verstärkte sich noch, als sie an ihre Bestrafung dachte und daran, wie sie dabei ausgesehen haben musste. Wie hatte sich ihr Po wohl unter der Hand ihrer Peinigerin angefühlt? Auf jeden Fall hatte sich nach der Behandlung ein herrliches Gefühl von Wärme auf ihrem gesamten Hinterteil ausgebreitet. Laura begann, sich kleine Klapse auf die Pobacken zu geben. Sie war entschlossen, das köstliche Gefühl wiederzubeleben, das auch in einer emotional weniger aufgeladenen Situation dafür gesorgt hätte, dass sie an sich selbst herumspielte.

Miss Manston-Jones – Hazel – hatte fest zugeschlagen. Fester als es Laura mit der eigenen Hand gelang. Aber eine kurze

Suche in der Schublade ihres Nachttisches löste auch dieses Problem. Ihre Haarbürste war weitaus effektiver als die Hand und ließ ihre Pobacken mit jedem Schlag hüpfen. Je fester sie zuschlug, desto mehr brannte ihre Haut. Dabei ließ sie sich wieder und wieder die Details ihrer ersten Spanking-Session durch den Kopf gehen und dachte wieder daran, wie gemein ihre Bestrafung doch gewesen war.

Das schreckliche Ausgeliefertsein, als ihr eine andere Frau den nackten Hintern versohlte, war der Schlüssel. Nackt, hilflos und zappelnd hatte sie auf dem Bett gelegen, während Schlag um Schlag auf ihre Backen niederging, bis sie rot und heiß waren. Genau wie jetzt. Nur, dass es jetzt eine Haarbürste war, die ihren Po in Brand steckte. Sie streckte ihn noch weiter raus, um sich den selbst zugefügten Hieben entgegenzuwerfen, und spielte gleichzeitig weiter an ihrem Kitzler herum. Diesmal gab es kein Zurück mehr. Laura schrie laut auf, als es ihr kam. Und obgleich ihr bereits Tränen der Scham übers Gesicht liefen, schlug sie weiter mit aller Macht auf ihr Hinterteil ein, bis ihre Muskeln sich schließlich zu einer gewaltigen Kaskade von Orgasmen anspannten.

Laura brach schluchzend und keuchend auf dem Bett zusammen, völlig überwältigt von dem, was sie da gerade getan hatte. Es ließ sich nicht leugnen – sie war gerade über einer Fantasie gekommen, auf die jede andere, normale Frau mit empörter Entrüstung reagiert hätte.

11

Als sie am Sonntagnachmittag nach King's Lynn zurückkehrte, war Laura längst zu dem Schluss gekommen, dass sie keine von diesen normalen Frauen war. Sie wollte einfach die falschen Dinge: Bestrafung, Entblößung, Demütigung, Herrschaft. Alles andere als die Dinge, die eine moderne, junge Frau eigentlich anstreben sollte. Und über eine leichte Exzentrizität ging ihr Verhalten definitiv hinaus. Ihre Bedürfnisse waren für den Großteil der Welt so abwegig, dass sie so gut wie nirgendwo Erwähnung fanden. Höchstens als Problem, das man mit professioneller Hilfe bewältigen sollte. Und doch fühlten diese Bedürfnisse sich irgendwie richtig an. Oder wenn schon nicht richtig, dann doch wenigstens gut.

Laura war noch drei Mal über der Geschichte mit Hazel Manston-Jones gekommen. Dabei hatte sie sich jedes Mal auf unterschiedliche Aspekte konzentriert. 1.: Ihre körperliche Hilflosigkeit und die Art, wie die Schläge dafür gesorgt hatten, dass sie sich klein und verletzlich vorgekommen war. 2.: Die Tatsache, dass ihr eine vollständig bekleidete Frau den Hintern versohlt hatte, während sie ganz und gar nackt war. Und 3.: Das Wissen, dass sie für etwas bestraft wurde. Der letzte Aspekt war der wirkungsvollste. Er brachte sie jedes Mal so dicht an den Rand der Auflösung, dass ihr Körper schließlich ganz wund war und vor Schweiß prickelte.

Auf der Rückfahrt hatte Laura sich allen Ernstes gefragt, ob sie vielleicht langsam verrückt wurde. Aber außer ihren seltsamen, sexuellen Bedürfnissen gab es dafür keinerlei Anzeichen. Sie hatte das Gefühl, ganz rational zu denken, und fand ihre Empfindungen – vom Sexuellen mal abgesehen – völlig normal: Wut und Ablehnung Chris gegenüber. Bedauern über das, was hätte sein können. Und schließlich Verlegenheit, dass sie ihm erlaubt hatte, so tief in ihre Seele zu blicken.

Als sie Smudge von ihrer freundlichen Nachbarin Mrs. Phipps abgeholt und mit ihm zu ihrer üblichen Runde am Fluss aufgebrochen war, kreisten ihre Gedanken noch immer um das Thema. Der Spaziergang mit ihrem Hund hatte etwas tröstlich Normales an sich. Dieser Teil ihres Alltags war äußerst beruhigend, doch er erinnerte sie auch daran, wie sie sich noch zu Beginn des Wochenendes gefühlt hatte. Besonders am Strand. Laura dachte sogar kurz daran, die Erfahrung am nächsten Wochenende zu wiederholen, wenn es denn warm und sonnig sein sollte. Aber sie wusste sofort, dass es allein sicherlich nicht dasselbe sein würde. Mit dieser Erkenntnis kehrten ihre Gedanken zum *Controller* zurück. Er schien auf genauso geheimnisvolle Weise verschwunden zu sein, wie er gekommen war. Möglicherweise weil er mit ihrer Vorführung hinter dem Schuppen der Abzugsanlage nicht zufrieden gewesen war.

Am Montagmorgen stellte Laura deprimiert fest, dass es ihr nicht sonderlich schwerfiel, sich wieder in den Arbeitsalltag einzufinden. Aber was sollte sie sonst auch tun? Die Zugfahrt verlief ereignislos, tagsüber war viel zu tun und in ihrem Mail-Account fanden sich keine seltsamen oder faszinierenden Botschaften – abgesehen vom Angebot einer nigerianische Witwe, das millionenschwere Vermögen ihres verstorbenen Mannes mit dem Empfänger zu teilen. Diese Nachricht behandelte Laura natürlich genau mit dem Maß an geringschätziger Verachtung, die diese Art von Spam-Mail verdiente.

Verschleppt in die Türkei hatte sie mittlerweile fertig gelesen. Die Geschichte hatte ein äußerst vorhersehbares Ende gefunden. Natürlich hatte Mark Frobisher Evangeline Tarrington gerettet und ihr einen Antrag gemacht, nachdem er drei mordlustige Mamelucken mit einem reich verzierten Obstmesser aus dem Harem zur Strecke gebracht hatte. Und auch wenn diese Geschichten nur ein schwacher Ersatz für das waren, was Laura verloren hatte, wollte sie doch mehr davon. In der Mittagspause fand sie in einem der örtlichen Secondhandbuchläden schließlich sogar ein Buch vom selben Autor. *Die barbarische Banditenhorde* machte zwar einen vielversprechenden Eindruck, aber der Gedanke, sich in genau derselben Routine zu verlieren, wie vor ihrem Erlebnis mit Chris, ließ ihre Laune so tief wie noch nie sinken.

Die Zugfahrt nach Hause war besonders frustrierend. Ihr üblicher Zug war vom Fahrplan genommen worden und die nächste Verbindung so überfüllt, dass sie bis Downham Market stehen musste. Als Laura schließlich endlich zu Hause ankam, hatte sie bereits auf Autopilot gestellt. Sie warf die Post auf das Sofa, machte mit Smudge die übliche Abendrunde und setzte sich dann mit einem Fertigsalat vor den Fernseher. Erst als sie ihr recht künstlich schmeckendes Abendessen beendet hatte, öffnete sie die Briefe, die heute in der Post gewesen waren. Dabei hielt sie sich an die übliche Reihenfolge: erst die Werbung, dann die Rechnungen und dann alles, was auch nur ansatzweise interessant aussah – in diesem Fall ein schlichter, brauner Umschlag mit handgeschriebener Adresse. Eigentlich ging Laura davon aus, dass es sich bei dem Brief eher um irgendetwas Langweiliges oder sicher nichts allzu Persönliches handelte. Doch als sie ihn öffnete, fiel ein Foto heraus. Ein Foto von ihr, wie sie mit hochgezogenem Rock hinter dem Schuppen der Abzugsanlage von *EAS* stand, um ihre Strümpfe, den Strumpfhalter und ihre nackte Möse zu präsentieren.

Lauras Hände zitterten, als sie in dem Briefumschlag herumfingerte. Sie war gleichzeitig erregt, ängstlich und voller Scham. Doch das Einzige, was sich in dem Umschlag noch fand, war ein kleiner Notizzettel aus exklusiv aussehendem Papier. Er war sorgfältig gefaltet und mit einer einzigen Zeile in sauberer, geschwungener Handschrift versehen: »Du bist recht akzeptabel. Wenn du weitermachen willst, dann trägst du morgen bei der Zugfahrt kein Höschen und auch keinen Büstenhalter.« Das Ganze war unterzeichnet mit *Der Controller.*

Laura las die Nachricht gleich mehrere Male, bevor sie sie zusammen mit dem Foto zurück in den Briefumschlag schob. In ihrem Kopf wetteiferten Aufregung und Angst um Aufmerksamkeit und mischten sich wohl mit einem Dutzend weiterer Gefühle. Das Foto war ganz offensichtlich mit einem starken Objektiv vom Dach des Parkhauses gemacht worden. Diese Erkenntnis und die Erwähnung ihrer täglichen Zugfahrt ließen wenig Zweifel, dass der Absender nicht in der Firma zu suchen war, sondern dass es sich bei ihm um einen ihrer Mitreisenden handeln musste.

Wer immer es auch war, er kannte ihren Namen, ihre E-Mail-Adresse, ihren Arbeitsplatz, ihre Privatadresse und wahrscheinlich sogar noch mehr. Laura ertappte sich dabei, wie sie Smudge trostsuchend den Kopf tätschelte. Wurde sie nun gestalkt oder auf köstlichste und erregendste Weise hofiert? Oder bildete sie sich vielleicht nur ein, dass es zwischen den beiden Optionen einen Unterschied gab? Einzig und allein die Tatsache beruhigte sie, dass er ihr die Wahl ließ, ob sie nun weitermachen wollte oder nicht.

Irgendetwas in ihrem Inneren, was sehr stark war, wollte

unbedingt gehorchen. Gleichzeitig hatte sie aber auch große Bedenken. Wenn sich nun herausstellte, dass es sich bei dem Absender um den Milchschokoladen-Jungen oder irgendeinen anderen pickligen Teenager handelte, der versuchte sie zu veralbern, oder noch schlimmer, darauf hoffte, etwas mit ihr anzufangen? Oder der Betreffende entpuppte sich aus einem Dutzend anderer Gründe als äußerst unattraktiv. Laura musste unbedingt herausfinden, mit wem sie es zu tun hatte, bevor sie sich auf irgendeine Art von Kommunikation einließ. Außerdem bestand später immer noch die Möglichkeit, sich trotzdem aus der Sache rauszuziehen – wie peinlich das auch werden mochte.

Schließlich nahm sie das Foto und den kleinen Brief wieder aus dem Umschlag, um sie auf eventuelle Hinweise zu untersuchen. Das Bild verriet ihr lediglich, dass der Absender Zugang zur obersten Etage des Parkhauses hatte und sich eine teure Kamera mit Teleobjektiv leisten konnte. Die Nachricht war da schon vielsagender. Die Sprache war recht förmlich und die Verwendung des Wortes »Büstenhalter« deutete auf einen älteren Mann hin. Und das wiederum passte zu allem, was sie bisher über ihn wusste.

Diese Schlussfolgerung beseitigte zwar nicht alle Zweifel und Ängste, beruhigte Laura aber trotzdem. Und doch gab es nur einen sicheren Weg, hinter die Identität des Absenders zu kommen: ihm zu gehorchen.

In der Nacht wurde Laura von äußerst lebendigen Träumen heimgesucht, in denen sich herausstellte, dass es sich bei dem *Controller* gar nicht um einen Mann, sondern um Hazel Manston-Jones handelte. Sie verabreichte ihr im Zug ein paar Schläge auf den Hintern und hielt ihr einen Vortrag darüber, wie unpassend es doch sei, sich an öffentlichen Orten irgendwelchen Männern hinzugeben. Dreimal wurde Laura zwischendurch wach, versank aber immer wieder in demselben Traum. Sie schaffte es nur, diesen Teufelskreis zu durchbrechen, indem sie darüber masturbierte, was ihr angetan worden war.

Am nächsten Morgen fühlte sie sich völlig aus dem Tritt, und ihr Kopf war mit denselben widerstreitenden Emotionen angefüllt, die sie seit der ersten Nachricht des *Controllers* immer wieder überfielen. Nachdem sie geduscht und sich abgetrocknet hatte, öffnete sie zunächst zögerlich ihre Unterwäscheschublade, traf dann aber eine blitzschnelle Entscheidung. Sie würde es tun und sich lieber den eventuellen Konsequenzen als ihrem langweiligen Arbeitsalltag stellen.

Strümpfe mit Strumpfbandhalter und kein Höschen anzuziehen war noch kein großes Ding. Aber unter ihrer Arbeitsbluse keinen BH zu tragen, erwies sich schon eher als Problem. Ihre Brüste waren einfach zu ausladend, als dass niemand es bemerken würde. Mr. Henderson würde es ganz sicher auffallen. Und einigen anderen vielleicht auch. Brian und Dave würden jedenfalls durchdrehen, wenn sie davon Wind bekämen. Es bestand also durchaus die Möglichkeit, dass ihr Arbeitstag peinlich und äußerst unangenehm werden könnte. Doch im Zug war genau diese Art von Verlegenheit unabdingbar für das köstliche Gefühl der Erregung, nach dem es sie verlangte.

Am vernünftigsten war wohl, Höschen und BH in einer Tasche bei sich zu tragen, um sie anzuziehen, bevor sie in die Firma kam. Als sie die beiden Wäschestücke einpackte, dachte sie an den feinen Unterschied zwischen Erregung und Abscheu. Der falsche Mann, der falsche Ort, die falsche Zeit und der herrliche Kitzel könnte zu einem unangenehmen Jucken werden.

Selbst als sie sich vollständig angezogen hatte, kam Laura sich noch nackt vor. Dabei war eigentlich nichts zu sehen. Abgesehen von den dunklen Knospen ihrer Nippel unter der Baumwollbluse und die Rundung ihrer rechten Brust, wenn sie sich in einem bestimmten Winkel im Spiegel betrachtete. Warm wie es draußen war, würden andere Frauen bestimmt ebenso viel, wenn nicht sogar mehr zeigen. Doch ihre Zurschaustellung geschah mit voller Absicht und diente als Signal für einen Mann, von dem sie nicht einmal wusste, ob er zu haben oder zumindest einigermaßen umgänglich war.

Das Gefühl, das Futter ihres Rockes auf der nackten Haut ihres Pos zu spüren, und die Art, wie ihre Brüste ohne den Halt eines BHs frei herumschwangen, verschaffte Laura schon auf dem Weg zum Bahnhof einen Kick. Diverse Männer, die an ihr vorbeigingen, schienen zu bemerken, dass sie praktisch keine Unterwäsche trug, und einer warf ihr sogar ein schmutziges Grinsen zu. Laura war überzeugt, dass die Männer dies alles nicht nur bemerkten, sondern auch ganz genau sahen, dass sie sich mit voller Absicht so zur Schau stellte. Und doch hatte nur ein Mann das Recht auf ihren Aufzug zu reagieren. Ein Mann, von dem sie wusste, dass er heute im Zug sitzen würde.

Ihr Herz raste wie wild, als sie durch die Sitzreihen ging. Die Haut an ihrem Hals fühlte sich ganz heiß an, und ihre Nippel waren bereits steinhart geworden. Sie musste sich also zuerst überlegen, ob sie die Jacke zugeknöpft lassen oder allen Mitreisenden ihre Brustwarzen zeigen wollte. Die Entscheidung, sie nicht zu bedecken, bescherte ihr einen Kloß im Hals – auch wenn sie auf ihrem Lieblingsplatz am Fenster saß, wo sie niemand recht sehen konnte. Laura drehte sich ein wenig, holte ihr Buch hervor und tat so, als würde sie lesen. Dabei wusste sie genau, dass jeder, der durch die Verbindungstür kam, sie genau aus dem Winkel sehen würde, in dem man in ihre Bluse gucken konnte.

Lauras Hände zitterten. Ihr Gesicht war vor Verlegenheit hochrot und ihre Erregung stärker als in vielen Momenten, in denen sie in Gegenwart eines Mannes nackt gewesen war, oder sogar dann, wenn sie jemanden in sich gehabt hatte. Als der Milchschokoladen-Junge zustieg, nahm sie sofort eine weniger freizügige Position ein, aber der Teenager ignorierte sie völlig. Ein Blick auf den Bahnsteig verriet ihr, dass gleich der große, attraktive und selbstbewusste Darcy den Zug betreten würde. Sein Auftauchen ließ ihren Puls so hochschnellen, dass sie sich kaum noch beherrschen konnte. Und sofort nahm sie ihre verräterische Position wieder ein, um ihn wissen zu lassen, dass sie ein braves Mädchen war und das getan hatte, was ihr aufgetragen worden war.

Kurz vorm Einsteigen blieb Darcy allerdings stehen, um einem der Schaffner eine Frage zu stellen. Laura setzte sich kerzengerade hin, streckte die Brust ein wenig raus und öffnete ihre Jacke etwas weiter. Jetzt war nicht nur ein ganzes Stück nackter Haut zu sehen, sondern das Durchscheinen ihrer steifen Nippel durch die Bluse hindurch verriet eindeutig den Zustand der Erregung, in dem sie sich befand. Als Darcy hereinkam, ließ er seine Augen zunächst durch die gesamte Länge des Raumes streifen. Und als er Laura erblickte, wanderte sein Blick auch tatsächlich über die stramm sitzende Bluse. Doch noch bevor Lauras Mund sich zu einem einladenden Lächeln verziehen konnte, hatte er sich schon wieder abgewandt.

Sie fluchte leise vor sich hin, während ihr Körper sich wieder einigermaßen entspannte. Er hatte sich einfach umgedreht und keinen Platz in ihrer Nähe gewählt, sondern sich für einen Doppelsitz am anderen Ende des Waggons entschieden. Lauras Enttäuschung wurde nur durch den Gedanken an seinen Ehering etwas gemildert. Und als der weitaus weniger anziehende Mr. Brown einstieg und sie nicht eines Blickes würdigte, spürte sie eine große Erleichterung. Da Miss Scarlett mit Sicherheit von den Verdächtigen ausgenommen werden konnte, fehlten jetzt nur noch drei ihrer üblichen Mitreisenden. Den Vagabunden hatte sie schon länger nicht mehr gesehen, also blieben nur noch der Graue Mann und der Teufel. Es sei denn, der *Controller* war so raffiniert, dass es ihm gelungen war, sich bis jetzt ihrer Aufmerksamkeit zu entziehen.

Als der Zug losfuhr, machte Laura sich diesmal tatsächlich daran, ihr Buch zu lesen. Sie nahm die Beschreibung der Hauptakteure nur halbherzig auf. Diesmal handelte es sich um eine wilde rothaarige Abenteurerin und um einen Mann, der sich lediglich dem Namen nach von Mark Frobisher unterschied. Doch das Buch half ihr, sich zu entspannen, und das dringende Bedürfnis, an sich herumzuspielen, nahm auch spürbar ab. Sie sah erst wieder auf, als der Zug in Downham Market einfuhr, und fragte sich dabei, ob die kühle Distanziertheit des Grauen Mannes es vielleicht erregend machen würde, höchst private Befehle von ihm entgegenzunehmen. Doch er kam durch die Verbindungstür, die weiter von ihrem Platz entfernt war, und schenkte ihr keine Aufmerksamkeit.

Jetzt blieb nur noch der Teufel übrig, der nicht nur besser zu ihrer Vorstellung vom *Controller* passte, sondern auch die größte Autorität ausstrahlte. Es war nur allzu leicht, sich vorzustellen, wie sie sich zum Zweck einer strengen, sachlichen Spanking-Session von ihm übers Knie legen ließ. Oder sie würde nackt zu seinen Füßen knien, um seinen Schwanz und seine Eier mit ihrer Zunge zu verwöhnen. Beide Szenarien sorgten dafür, dass ihre gespannte Erwartung auf dem Weg nach Ely immer größer wurde, bis sie schließlich unkontrolliert herumzuzappeln begann und sich nicht dazu aufraffen konnte, noch länger in ihrem Buch zu lesen.

Er würde nicht in ihrer Nähe sitzen können, denn die einzigen freien Plätze lagen am anderen Ende des Waggons. Trotzdem ging ihr Puls wieder schnell, und sie nahm erneut die Position ein, in der er den besten Blick auf ihre Brüste haben würde. Das hieß allerdings auch, sich dem Milchschokoladen-Jungen zu präsentieren, der mittlerweile angefangen hatte, ihr aus den Augenwinkeln in den Ausschnitt zu starren. Laura ignorierte ihn, tat ihr Bestes, um die Demütigung zu genießen, und beobachtete die Tür vor ihr.

Der Teufel war nirgendwo zu sehen, bis er den Wagen schließlich durch die zweite Verbindungstür am anderen Ende betrat. Er blickte sich um, ignorierte die zwei freien Sitze direkt neben der Tür und durchquerte dann den Waggon. Laura glaubte, ihr Herz müsste jeden Augenblick bersten, als er in ihre Nähe kam, stehen blieb und sich an einer Haltestange festhielt, während der Zug sich langsam in Bewegung setzte. Sie wusste, dass er auf sie herabblickte und drehte sich zu ihm um. Als sie ihn wie unter einem seltsamen Zwang schließlich anschaute, sah sie, dass seine strahlenden grauen Augen direkt in die ihren blickten. Doch es dauerte nur einen winzigen Moment, bis sein Blick weiter nach unten wanderte, um sich an den Rundungen ihrer Brüste unter der Bluse zu ergötzen. Er lächelte – ein kühles, selbstbewusstes und wissendes Lächeln. Laura spürte, wie ihr Körper sich sofort anspannte. Es fühlte sich fast wie ein kleiner Orgasmus an und ehe sie sich zusammenreißen konnte, kam ein leises Stöhnen über ihre Lippen. Der Teufel zog einen Mundwinkel zu dem trockenen, leicht gefährlich aussehenden Grinsen nach oben, das Laura bereits kannte. Und er sprach.

»Guten Morgen, Laura. Steh auf.«

Sie befolgte seine Anweisung ohne zu zögern und wurde für ihre Gehorsamkeit mit einem weiteren Lächeln belohnt. Der Mann neben ihr warf Laura zwar einen neugierigen Blick zu, aber das wurde kaum von ihr registriert, als sie sich an ihm vorbeizwängte, um sich zum Teufel in den Gang zu stellen. Er sah sie von oben bis unten an – anscheinend durchaus wohlwollend – und richtete dann so leise das Wort an sie, dass die anderen Passagiere es durch die Fahrgeräusche des Zuges unmöglich hören konnten.

»Du hast getan, was ich dir aufgetragen habe?«

»Ja.«

Laura hatte mit der Antwort einen kurzen Moment gezögert, denn sie fragte sich, ob er sie wohl auffordern würde, sich auszuziehen, um zu beweisen, dass sie kein Höschen trug. Das wollte sie zwar durchaus, hatte gleichzeitig aber auch große Angst vor den möglichen Konsequenzen. Er sah nach unten auf die Vorderseite ihres Rockes.

»Schön. Ich gehe davon aus, dass wir beide uns gut verstehen werden. Aber du willst natürlich vorher sicher ein bisschen mehr über mich wissen.«

»Ja.«

»Vernünftiges Mädchen. Wie wär's, wenn wir heute Abend zusammen essen gehen? Sagen wir halb acht bei *Brooke's*?«

»Das wäre wunderbar, aber mein Hund ... Nein, kein Problem, der kommt schon zurecht. Aber ich darf nicht zu spät zu Hause sein, sonst ...«

Laura verstummte, denn ihr war mit einem Mal klar geworden, dass sie sinnlos vor sich hinbrabbelte. Aber auf seinem Gesicht zeichnete sich lediglich erneut ein amüsiertes Lächeln ab, bevor er weitere Anweisungen gab.

»Zieh was Rotes an. Das steht dir gut. Ansonsten bleib so, wie du jetzt bist.«

Laura nickte, obwohl bei dem Befehl ein instinktives Bedürfnis nach Widerspruch in ihr aufflammte, den sie aber weder willens noch in der Lage war zu formulieren. Schließlich konnte sie sich in der Mittagspause schnell ein Kleid kaufen und sich dann im Büro umziehen. Und was die fehlende Unterwäsche anging, hatte sie diese Anweisung ja bereits befolgt. Der Teufel richtete erneut das Wort an sie.

»Ausgezeichnet. Ich freue mich schon sehr auf unsere gemeinsamen Stunden. Ich heiße übrigens Charles. Charles Latchley. Bei gewissen Gelegenheiten wirst du es aber vielleicht vorziehen, mich Mr. Latchley zu nennen.«

»Ja, das denke ich auch.«

»Gut. Ich hatte gehofft, dass wir uns verstehen würden.«

»Oder vielleicht … In meinen Gedanken habe ich Sie bisher immer nur Teufel genannt.« Jetzt, da sie ihn das erste Mal direkt ansprach, merkte Laura, dass sie es einfach nicht über sich brachte, ihr Gegenüber zu duzen.

Diesmal lachte er ganz offen – ein tiefer, brummender Ton, der kurz, aber ohne jedes Zögern aus ihm herausbrach.

»Das mag zu gewissen Gelegenheiten sicher auch passend sein.«

Laura schauderte.

»Woher wussten Sie …?«, begann sie, sprach die Frage dann aber doch nicht direkt aus.

»Woher ich wusste, wer du bist? Oder woher ich wusste, was du bist?«

»Eigentlich beides. Ich meine …«

»Was du bist, weiß ich schon eine ganze Weile. Da war es nur natürlich, dass ich irgendwann auch erfahren wollte, wer du bist. Und als ich dein Lesezeichen fand, war das die perfekte Gelegenheit.«

»Mein Lesezeichen?«

»Ja. Das Lesezeichen, das du seit Weihnachten benutzt hast. Als ich irgendwann abends noch mal in die Stadt reinfuhr, lag es auf dem Sitz. Eine Gelegenheit, der ich einfach nicht widerstehen konnte. Obwohl ich zugeben muss, ich hätte nie damit gerechnet, dass du so gut reagierst.«

»Oh. Sie haben mich also die ganze Zeit beobachtet?«

»Ja. Tut mir leid, wenn ich dich damit irgendwie beunruhigt habe, aber du verstehst sicher, dass ich die Lage erstmal sondieren musste. Und du magst doch Strümpfe, oder?«

»Ja … Ich meine, mein Boss … nein, beunruhigt war ich nicht. Und Strümpfe mag ich auch gern. Aber was meinen Sie eigentlich genau mit ›was ich bin‹?«

»Na, was du bist. Du wirst doch wohl sicher wissen, was du bist?«

»Nein. Ich verstehe nicht recht.«

»Du bist ein altmodisches Mädchen. Ein Mädchen, das gerne Strümpfe trägt, das sich gerne weiblich fühlt. Du bist ein Mädchen, das Romane liebt, in denen die Heldin einen Großteil der Zeit gefesselt ist, in Ketten liegt und der Gnade eines starken Mannes ausgeliefert ist. Oder auch schon mal dazu gezwungen wird, nackt rumzulaufen oder sich den Hintern versohlen zu lassen.«

Er lachte, und Laura merkte, dass das plötzliche Zusammenzucken ihrer Muskeln bei den Worten »Hintern versohlen« sie wohl verraten haben musste. Sie lief sofort dunkelrot an, aber im Gesicht des Teufels ließ sich weder Abscheu noch die derbe, jungenhafte Lust erkennen, die Chris Drake an den Tag gelegt hatte. Nein, in seinem Gesicht stand nur ruhiges Wohlwollen und noch viel wichtiger, Verständnis geschrieben. Sie spürte sofort, wie eine schwere, drückende Last von ihren Schultern genommen wurde, und ihre Stimme war voller Dankbarkeit, als sie ihm schließlich antwortete.

»Ja, stimmt, das gefällt mir. Aber ich verstehe immer noch nicht ganz.«

»Nein? Wie charmant«, antwortete er mit äußerst amüsierter Stimme. »Ich sage dir, was du bist, Laura. Du bist die geborene Sklavin.«

12

Der Tag verging wie im Schneckentempo. Lauras Bemühungen, sich auf die Arbeit zu konzentrieren, wurden immer wieder von den verwirrendsten Überlegungen vereitelt. Trotz ihrer Vorfreude war sie nicht mit allem einverstanden, was er gesagt hatte – besonders nicht damit, dass sie eine geborene Sklavin sei. Die Vorstellung schien ihr zu extrem und viel zu weit von ihren Bestrafungs-Fantasien entfernt. Außerdem brachte diese Rolle sofort eine ganz eindeutige Hierarchie in ihre Beziehung, anstatt sie rein sexuell anzugehen. Weiterhin war sie sich mittlerweile auch des Altersunterschiedes und der unausweichlichen sozialen Konsequenzen bewusst geworden. Der Mann war ungefähr so alt wie ihre Eltern. Und das würde es äußerst schwierig machen, ihnen den Mann vorzustellen – wenn es überhaupt jemals dazu kommen sollte. Außerdem konnte sie schon förmlich hören, wie Brian und Dave kichern und die anderen Mädchen bei *EAS* zickige Bemerkungen machen würden, wenn sie ihn je zu irgendwelchen Firmenfeiern mitbrachte.

Doch trotz ihrer Bedenken war Laura entschlossen, die Sache durchzuziehen – zumindest das heutige Abendessen und was immer danach noch kommen würde. Aber der Mann schien nicht nur die Antwort auf ihre dringlichsten Bedürfnisse zu sein. Nein, es würde außerdem sicher außerordentlich befriedigend sein, wenn Chris Drake dahinterkäme, dass sie nur zwei Tage, nachdem Hazel ihrer Liaison ein

Ende bereitet hatte, schon wieder mit einem neuen Partner unterwegs war.

In der Mittagspause machte sie einen kurzen Abstecher zu *Talitha Tabitha*, einem Geschäft, das sich auf Kleidung für wohlhabende Studentinnen spezialisiert hatte. Laura sprach zwei Minuten mit einer Verkäuferin, die nicht nur wie eine verarmte Herzogin aussah, sondern sich auch so benahm, und wählte dann ein wunderschönes Abendkleid aus schwerer, dunkelroter Seide. Es war perfekt geschnitten, der Preis aber so schockierend hoch, dass sie große Mühe hatte, Gleichgültigkeit vorzutäuschen, als sie der Herzogin ihre Kreditkarte reichte.

Als es schließlich fünf Uhr war, begann Laura sich umzuziehen. Es fiel ihr sehr schwer, sich für eine bestimmte Frisur zu entscheiden und das richtige Make-up zu wählen. Wie verlangt ließ sie ihr Höschen und den BH weg. Als sie das *EAS*-Gebäude verließ, fühlte sie sich so nackt wie noch nie zuvor in ihrem Leben. Garantiert würde jeder Passant merken, dass ihr Po und ihre Möse unter dem Kleid völlig unbedeckt waren, und würde sich ausmalen, was später am Abend noch mit ihr passieren würde. Doch niemand zeigte die erwartete Reaktion. Alles, was sie zu hören bekam, waren Komplimente und Fragen über die Verabredung, die sie ganz offensichtlich hatte. Laura antwortete ausweichend, versuchte aber auch nicht zu geheimnisvoll zu klingen, damit keine Gerüchte die Runde machten. Viel verraten tat sie jedenfalls nicht.

Heute kam ihr die Aufgeschlossenheit einer Universitätsstadt durchaus gelegen, denn wirklich aus dem Rahmen fiel sie in ihrem Aufzug nicht. Und im Restaurant *Brooke's* schon gar nicht. Sie kam ein wenig früh und war schrecklich nervös, aber entschlossen, sich nichts anmerken zu lassen. Laura hatte ein Glas trockenen Weißwein bestellt und sich an die Bar gesetzt, wo sie darüber nachdachte, was der Abend wohl noch bringen würde. Charles, Mr. Latchley, der Teufel, hatte sich im Zug so selbstbewusst gegeben, als wüsste er bereits alles über sie – selbst die intimsten Gedanken. Das war zwar durchaus beunruhigend, aber auch sehr erregend gewesen. Am verlockendsten war die Hoffnung, er würde ihre dunkelsten Fantasien wahrmachen, ohne dass sie vorher die Peinlichkeit über sich ergehen lassen müsste, sie ihm zu erklären. Er wusste Bescheid.

Ihre Verabredung traf um Punkt halb acht ein. Seine perfekt geschnittene Smokingjacke und die schwarze Fliege verliehen ihm noch mehr Autorität als zuvor. Laura lächelte und stand auf, als er zu ihr trat. Sie wollte ihm unbedingt gefallen, ein Bedürfnis, das ihr ganz selbstverständlich erschien. Er übernahm sofort die Führung und nannte dem Kellner seinen Namen. Dieser führte sie zu einem Tisch, der in einer Nische mit Erkerfenster lag und somit die perfekte Privatsphäre bot.

Ihr Begleiter nahm Speise- und Weinliste zur Hand, studierte sie einen Moment lang kritisch, stellte Laura ein paar Fragen über ihre persönlichen Vorlieben und bestellte schließlich für beide. Der Kellner zog sich mit einer Verbeugung zurück und kehrte wenige Augenblicke später mit einer Flasche Champagner und einem Eiskühler an den Tisch zurück. Charles kostete einen Schluck, nickte zustimmend und sah zu, wie Lauras Glas gefüllt wurde.

»Danke, Sie sind sehr großzügig.«

»Nicht der Rede wert. Das Herrliche am Champagner ist doch, dass man ihn zu jedem Essen trinken kann. Im Gegensatz zu den verschiedenen Weinen.«

»Das wusste ich gar nicht.«

»Das ist eine Tatsache, die heutzutage nicht jedem bekannt ist.«

»Sind Sie in der Branche tätig?«

»Nein, ich bin kein Spezialist, sondern reiner Amateur. Ich habe ein Antiquariat in der Sturton Street. Obwohl ich mich eigentlich schon längst ins Private zurückgezogen habe. Früher war ich im Finanzdistrikt tätig. Und du?«

»Ich arbeite bei *EAS, East Anglia Switchgear*. Wir stellen abgedichtete Schaltanlagen mit mittlerer und hoher Spannung her. Aber das ist alles sehr langweilig.«

»In keiner Weise. Obwohl unsere moderne Welt für eine Frau wie dich doch recht erdrückend sein muss.«

»Wie meinen Sie das?«

»Siehst du das nicht so? Die Notwendigkeit, sich an eine Gesellschaft anzupassen, die einer Persönlichkeit wie dir eher feindselig gegenübersteht. Eine Gesellschaft, in der die Toleranz von Individualität ein reines Lippenbekenntnis ist und in der man den Kern seines Wesens kaum offen auszudrücken wagt.«

»Was meine Sexualität betrifft? Da haben Sie ganz Recht. Und es ist fantastisch, endlich mal mit jemandem sprechen zu können, der Verständnis dafür hat. Ich meine für mein – wie ist das richtige Wort doch gleich – unterwürfiges Wesen.«

»Nein, das ist nicht das richtige Wort. Höchstens im theoretischen Sinn. Der Begriff wurde leider von Leuten übernommen, die lediglich Spielchen spielen. Doch ich glaube, bei dir geht das Ganze wesentlich tiefer. Außerdem ist es so eine kalte Bezeichnung. Sie klingt so wissenschaftlich. Ich ziehe es vor, dich als das zu bezeichnen, was du von Natur aus bist: eine Sklavin.«

»Ich weiß nicht recht, ob ich mich als Sklavin sehe. Aber ich glaube, ich verstehe, was Sie meinen.«

»Kein Sorge, mit der Zeit wirst du schon ein Verständnis dafür entwickeln. Du hast eine lange Reise vor dir, Laura.

Aber am Ende dieser Reise wirst du dich so gut kennen, wie es nur die wenigsten Menschen tun.«

»Das hoffe ich. Aber ein wenig beängstigend ist das Ganze schon.«

»Möchtest du die Reise lieber nicht antreten?«

»Doch, doch, ich will schon. Aber das kommt alles so plötzlich. Und ich verstehe meine eigenen Gefühle noch nicht so recht. Und …«

»Dazu bin ich ja da. Ich werde dein Mentor sein. Und irgendwann auch dein Meister.«

Laura reagierte mit einem nervösen Lächeln. Was er da sagte, passte durchaus zu dem, was sie schon längere Zeit von sich wusste, aber immer wieder zu unterdrücken versucht hatte. Sein ruhiges, natürliches Selbstbewusstsein übte zwar eine enorme Anziehungskraft aus, aber trotzdem wäre sie am liebsten aufgestanden und hätte ihm für die Annahme, sie sei nicht nur seine Geliebte, sondern etwas weitaus Intimeres, mitten ins Gesicht geschlagen. Er beobachtete sie, während sie an ihrem Champagner nippte. Und als er erneut das Wort an sie richtete, war es schon wieder so, als hätte er ihre Gedanken gelesen.

»Einfach wird es nicht werden. Das ist es nie. Die Gesellschaft hat dich gegen deine wahre Natur konditioniert. Und zwar so weit, dass es dir nicht mal mehr unnatürlich vorkommt, dich gegen deine eigenen Instinkte aufzulehnen. Daher auch mein kleiner Test, um zu sehen, ob du in der Lage bist, dich diesem sozialen Druck entgegenzustellen. Und diesen Test hast du wirklich mit Bravour bestanden.«

»Danke.«

Sie widerstand mit aller Macht der Versuchung, ihm von den emotionalen Opfern zu berichten, die es sie gekostet hatte, sodass ihre Antwort entsprechend kurz ausfiel. Es war so leicht, sich ihm und seinen Worten anzuschließen, ihre eigenen Bedenken beiseitezuwischen und das Versprechen anzunehmen, das in seinen Worten lag. Irgendwann trafen die Vorspeisen ein. Er hatte Wild-Carpaccio mit Apfelmus bestellt, und als das Paar seine Teller vor sich stehen hatte, wechselte er das Thema und begann, über gutes Essen zu sprechen. Laura hörte nur halb hin, denn in Gedanken stellte sie sich längst vor, wie es sich wohl anfühlen würde, wenn er sie heute Abend noch übers Knie legte. Und wieder schien der Mann ihre Gedanken zu erraten.

»Wie ich sehe, bist du mit deinen Gedanken ganz woanders. Ich nehme an, das ist unter diesen Umständen kaum überraschend. Du bist bereit, nehme ich an?«

»Ich … ich denke schon. Was werden Sie denn mit mir machen?«

Er warf ihr ein zufriedenes Lächeln zu.

»Wie perfekt du doch reagierst, Laura. Die meisten Mädchen hätten in so einer Situation gefragt, was ich gerne tun würde oder was ich tun will. Aber du nicht. Du fragst, was ich tun *werde*. Ja, was werde ich wohl mit dir anstellen?«

Seine provozierenden Worte wurden noch durch das schelmische Glitzern seiner Augen unterstrichen.

»Werden Sie mir den Hintern versohlen?«

Laura hatte die Frage leise flüsternd und voll gieriger Lüsternheit gestellt und gleichzeitig darauf geachtet, dass keiner der Gäste an den anderen Tischen etwas von ihrem schändlichen Begehren mitbekam. Ihr Gegenüber antwortete nicht sofort, sondern widmete sich zunächst mit voller Aufmerksamkeit seinem Essen. Laura wartete zappelig, bis er schließlich so weit war.

»Du sehnst dich nach Disziplinierung. Das liegt in deiner Natur. Und Disziplinierung erregt dich auch. Sowohl der

Gedanke daran als auch der Akt an sich, wie du bald feststellen wirst. Aber es ist überaus wichtig, dass du auch Sinn und Zweck der Disziplinierung begreifst. Wenn du dich schlecht benimmst, eine Aufgabe nicht erfüllst oder es nicht schaffst, dir meine Anerkennung zu sichern, dann wirst du bestraft. Und zwar jedes einzelne Mal. Aber du wirst niemals ohne Grund bestraft werden. Es kann natürlich sein, dass du ab und zu aus anderen Gründen einen Klaps einstecken musst. Und sei es auch nur, um dich zu erregen oder um meiner Unterhaltung willen. Ist das klar?«

»Ja, ich glaube, ich verstehe. Aber werden ... werden Sie es denn nun irgendwann tun?«

»Sicher. Wenn es nötig ist.«

Seine Antwort ließ sie ganz schwach werden vor Lust.

»Sie scheinen mich wirklich besser zu kennen, als ich mich selbst.«

»Das ist kaum überraschend, Laura. Ich habe über die Jahre eine ganze Reihe von Mädchen erzogen. Und obwohl jede auf ihre köstliche Weise ganz eigen war, so gibt es doch gewisse grundsätzliche Erkenntnisse. Ich nenne sie die drei Bs. Wobei das B jeweils für ein Bedürfnis steht. Und das erste B ist das Bedürfnis nach Bestrafung.«

»Und die anderen beiden?«

»Zu denen werde ich schon noch kommen. Im Moment möchte ich mich eher auf das Verständnis von Disziplinierung an sich konzentrieren und nicht auf Disziplinierung als erotische Stimulation.«

Laura dachte an die heftige Reaktion, die die Schläge von Hazel Manston-Jones in ihr ausgelöst hatten, und konnte nur nicken. Die eigentliche Bestrafung war nicht im Entferntesten erregend gewesen und sie war auch keine Lesbe, aber dennoch hatte sie es nicht nur gewollt, sie hatte es gebraucht. Und das mehrfach. Was ihr hier versprochen wurde, würde nicht nur genauso intensiv sein, sondern er würde ihre Reaktion auch verstehen. Weitaus weniger klar war, ob der Teufel ihren Zustand ausnutzen würde, denn das gehörte zu ihren Fantasien nun mal eindeutig dazu. Laura wurde knallrot bei dem Versuch, ihren Bedürfnissen Ausdruck zu verleihen.

»Aber Sie werden es schon genießen, oder?«

Er lachte.

»Ich werde dich genießen, Laura. Sehr sogar. Und das wird auch ein wichtiger Teil deiner Bestrafung sein.«

Laura rang sich ein schwaches Lächeln ab. Und auch wenn sie nicht ganz genau wusste, was er damit meinte, so verfehlten seine Worte ihre Wirkung nicht. Sie zitterte, und ihr ganzer Körper fühlte sich warm und empfindlich an. Sie wollte mehr.

»Was sollte ich sonst noch wissen?«

»Eine Menge. Aber das kommt schon mit der Zeit. Im Moment reicht deine grundsätzliche Bereitschaft, dich von mir disziplinieren zu lassen.«

»Ich bin bereit.«

»Gut. Eine Sache noch: Ich rate dir, dich nicht absichtlich schlecht zu benehmen, nur um bestraft zu werden. Du wirst bestraft werden. Aber vielleicht nicht auf die Art und Weise, wie du es erwartest.«

»Was meinen Sie damit?«

»Das wirst du schon noch herausfinden, wenn die Zeit gekommen ist. Wenn sie denn kommt …«

Laura schauderte. Zum Teil aus Furcht, aber auch weil der Gedanke, sich einer nicht näher definierten Strafaktion auszusetzen, die noch heftiger zu werden versprach, als ein paar Schläge auf den nackten Hintern, sie über alle Maßen erregte. Der Teufel nippte ein letztes Mal an seinem Champagner.

»Einer Sache kannst du dir jedenfalls absolut sicher sein: Ich betrachte dich als überaus wertvollen Besitz. Ich werde dich disziplinieren, ja, aber ich werde nichts tun, was dein Inneres verletzen oder deine Schönheit zerstören könnte. Nicht mal kurzzeitig.«

»Danke.«

»Du wirst dich noch oft bei mir bedanken.«

Zwei Stunden später war Laura so betrunken und so erregt, dass sie bereit war, sich ihm völlig hinzugeben. Sie wusste, dass sie jede Entscheidung, die er von jetzt an traf, mit Freude hinnehmen würde. Sie gehörte ihm. Das hatte sie sogar ausgesprochen. Sollte er sich jetzt also entschließen, sie einfach wieder in den Zug zu setzen, damit sie nach Hause führe, würde sie auch das akzeptieren. Und genau darauf schien es hinauszulaufen, als sie das Restaurant verlassen hatten. Doch irgendwann machte er einen Schlenker und zog sie in die Sturton Street, wo sie schnell vor dem geschlossenen Rollladen einer schwarz lackierten Tür standen, auf der in verblichener Goldfarbe ein Name angebracht war.

»Mein Laden. Tritt ein.«

Laura wartete, bis er den Rollladen hochgezogen und die Tür geöffnet hatte. Dann ließ sie sich von ihrem Begleiter in einen fast dunklen Raum führen, in dem es nach altem Leder und noch älteren Büchern roch. Nachdem er hinter ihr abgeschlossen hatte, knipste er eine Lampe an, die den Raum in ein diffuses gelbes Licht tauchte. An allen vier Wänden und auch in der Mitte des Ladens standen Bücherregale, die ein schummriges Labyrinth bildeten. Deutlich zu erkennen war nur die Stelle, die von der einzelnen Lampe beleuchtet wurde. Sie strahlte einen einfachen Tisch an, hinter dem ein mit grünem Leder bezogener Sessel stand. Er setzte sich hin und gab Laura mit einer Geste zu verstehen, sie sollte näher treten.

»Komm zu mir. Komm ins Licht.«

Sie gehorchte und stand einfach nur ängstlich da. Die Hände hatte sie hinter den Rücken gelegt, wo ihre Finger sich nervös ineinander verschränkten. Er führte eine Hand zu seinem Kinn und zupfte an seinem kleinen, akkurat geschnittenen Bärtchen. Als er schließlich erneut das Wort an sie richtete, klang seine Stimme dämonischer als je zuvor.

»Zieh dein Kleid aus.«

Lauras Hände schienen ein Eigenleben zu führen, denn sie bewegten sich wie von selbst zum Reißverschluss ihres Kleides und öffneten ihn langsam. Sie spürte, wie das Leibchen aus schwerer Seide vom eigenen Gewicht heruntergezogen wurde und so ihre Brüste bloßlegte. Als der Teufel einen Finger hob, hielt Laura kurz inne. Ihr Kleid hing auf Bauchhöhe und erlaubte ihm so eine langsame, gemächliche Inspektion ihres Oberkörpers.

»Umfass deine Brüste! Berühr deine Nippel!«

Und wieder gehorchte Laura ohne jedes Zögern. Sie umfasste ihre Brüste mit den Händen, um ihr Gewicht zu fühlen, und strich gleichzeitig mit den Fingern über die harten, gierigen Knospen ihrer Nippel. Ob er sie wohl dazu auffordern würde, vor ihm zu masturbieren? Die Aussicht ließ ihre Erregung in ungeahnte Höhen schnellen. Doch er sagte kein Wort, sondern sah sie einfach nur an, bis ihre Lust, sich weiter unten zu berühren, fast unerträglich wurde. Nach einer gefühlten Ewigkeit gab er ihr endlich ein Zeichen, das Kleid ganz auszuziehen.

Laura zitterte am ganzen Körper, als sie die Seide über Hüften und Beine schob, denn sie war sich auf erregende Weise ihrer nackten Möse und des unbedeckten Pos bewusst. Die Reaktion des Teufels auf ihre Gehorsamkeit bestand nur aus einem selbstgefälligen Nicken. Er wartete geduldig, bis sie aus ihrem Kleid herausgeschlüpft war und nur in Strümpfen, Strumpfhalter und High Heels vor ihm stand.

»Ich habe mir schon oft vorgestellt, wie du wohl nackt aussiehst. Und ich muss sagen, dass der reale Anblick mich nicht enttäuscht. Und jetzt dreh dich um und leg die Hände auf den Kopf.«

Laura tat wie ihr geheißen und blickte über ihre Schulter, während er in aller Ruhe ihr Hinterteil inspizierte. Er schwieg so lange, bis ihre Spannung einen neuen Höhepunkt erreicht hatte.

»Beug dich vor!«

Aus Lauras Mund drang ein schwaches Stöhnen, aber sie befolgte seine Anweisung. Jetzt konnte er alles von ihr sehen – die Rückansicht ihres Geschlechts mit jedem intimen Fältchen und das enge, rosafarbene Loch ihrer Rosette. Sie verbarg nichts, und er zeigte nichts. Das Ganze fühlte sich einfach perfekt an. Genau so sollte ihr Zusammensein aussehen. Zumindest so lange, bis er sich dazu durchringen würde, sie in voller Gänze zu genießen. Und wenn er damit nicht bald anfing, würde sie platzen.

»Gefällt Ihnen, was Sie da sehen?«

»Wenn du meinst, ob du eine schöne Fotze hast, dann lautet die Antwort Ja. Aber ich nehme an, das wusstest du auch schon vorher.«

Seine unflätige Wortwahl sorgte bei Laura für ein weiteres Aufstöhnen. Und ihre Erregung wurde mit jedem seiner Worte größer.

»Eine sehr schöne Fotze sogar. Und auch einen hübschen Po. So rund und feminin und doch ohne überschüssiges Fleisch. Um genau zu sein, bist du eine sehr gut gebaute, junge Frau. Aber ich nehme an, das wusstest du auch schon. Also wenn ich mich recht erinnere, gab es mindestens einen

Tag, an dem ich dich angewiesen hatte, Strümpfe zu tragen, und du hast mir nicht gehorcht. Ist das korrekt?«

»Ja, ich glaube schon, dass …«

Laura konnte ihren Satz nicht beenden, denn als der Teufel sie am Oberarm packte, stockte ihr der Atem. Er würde sie jetzt übers Knie legen. Diese Erkenntnis setzte eine ganze Flut von Emotionen frei. Angst, Verlangen, Scham und eine so starke Lust, dass sie bereits schluchzte, als er sie schließlich sachte, aber doch entschlossen auf seinen Knien platzierte. Ihr Kopf hing nach unten, und der Po war hoch in die Luft gestreckt.

Und dann schlug er ihr auf die Hinterbacken. Immer wieder landete seine Hand mit harten, entschlossenen Klapsen auf ihrem nackten Fleisch. Es brannte genug, um ihre Füße zum Treten und ihre Hüften zum Zappeln zu bringen. Doch er hielt sie so fest bei der Taille gepackt, dass jeder Fluchtversuch völlig sinnlos war. Nicht, dass sie flüchten wollte. Denn trotz des Schmerzes und der erniedrigenden Position war sie doch voller Freude über das, was er mit ihr tat. Ein starker, dominanter Mann versohlte ihr so richtig gut den nackten Hintern – und das nicht nur zum Zwecke sexueller Stimulation, sondern um sie genuin zu bestrafen.

Laura brach in Tränen aus. Aber nicht wegen des Schmerzes, sondern wegen des herrlich befreienden Gefühls, einen Schlag nach dem anderen auf ihrem Po zu spüren. Er hielt nicht einen Moment inne, sondern behielt einen regelmäßigen Rhythmus bei, während er sie gleichzeitig weiter an der Taille festhielt. Sie zuckte wie wild auf seinem Schoß. Ihre Beine waren weit gespreizt, aber es war ihr völlig egal, was er aus seiner Position sehen konnte. Es spielte keine Rolle. Und für ihn schon gar nicht. Er konnte alles sehen und alles tun – solange er sie nur disziplinierte.

Lauras Po war mittlerweile brennend heiß, und der Schmerz hatte sich in ein glückseliges Gefühl verwandelt, von dem getragen sie ihre Hüften nur noch weiter nach oben reckte. Der Teufel gab ein wissendes Lachen von sich. Er spürte, was sie wollte, und seine Hand wanderte weiter hinunter in die Nähe ihres Geschlechts. Die Schläge auf die Unterseite ihrer Pobacken ließen ihre Möse so heiß werden, dass es ihr schon bald kommen würde. Laura wurde mit Hieben auf den Po zum Höhepunkt getrieben, und es gab rein gar nichts, was das noch hätte verhindern können.

Als die Lust ihren Zenit erreicht hatte, schrie Laura laut auf. Sie stemmte sich jetzt auf ihre Zehenspitzen, und ihr Hintern war so weit wie nur möglich hochgestreckt. Die Schläge wurden immer fester und härter, bis Laura schließlich laut brüllend und mit zuckenden Gliedern kam. Der Teufel zeigte keinerlei Reaktion. Er hielt sie weiter fest und stellte seine Handgreiflichkeiten erst ein, als sie völlig erschöpft war.

Laura glitt von seinen Beinen auf den Boden, sodass sie zwischen seinen Beinen kniete. Sie zitterte hemmungslos und klammerte sich an den Mann, der ihr gerade den Hintern versohlt hatte. Noch nie hatte sie ein derartiges Glücksgefühl erlebt. Er legte den Arm um sie und hielt sie gegen seinen Körper gepresst, während sie ihren Gefühlen freien Lauf ließ und heiße, ekstatische Tränen über ihr Gesicht rannen. Erst als ihr Schluchzen nach und nach etwas schwächer wurde, entließ er sie langsam aus seiner Umarmung, drückte ihren Kopf sachte nach unten und schob ihr seinen Schwanz in den Mund.

13

Sie würden sich wieder treffen. Am Wochenende. Und diesmal richtig. Die Anweisungen, die der Teufel Laura für die Zeit bis dahin gegeben hatte, waren ganz simpel. Sie hatte das zu tun, was er ihr sagte, und durfte keine seiner Forderungen hinterfragen. Nur er durfte sich um ihre Bedürfnisse kümmern, würde aber nichts von ihr verlangen, womit sie ihren Job aufs Spiel setzen oder ihre Arbeit sonst irgendwie beeinträchtigen würde.

Was zuvor aufregend, aber auch alarmierend auf sie gewirkt hatte, war jetzt ein köstliches Spiel. Oder – wie er es ihr erklärt hatte – Teil ihrer Ausbildung. Laura sang leise vor sich hin, als sie Smudge mit neu gefundenem Schwung Gassi führte. Ihr Kopf war angefüllt mit Erinnerungen an das, was passiert war, und mit Hoffnungen, was vielleicht noch kommen würde. Das Wissen, Objekt seiner Disziplinierungsmaßnahmen zu sein, hätte eigentlich ausgereicht, um eine konstante Erregung in ihr zu erzeugen, aber an der Sache war noch weitaus mehr dran.

Laura brauchte nur entfernt daran zu denken, wie er mit ihr umgegangen war, und schon jagte ein Schauer durch ihren ganzen Körper. Und es war ihr praktisch unmöglich, sich die eigentliche Bestrafung in Erinnerung zu rufen, ohne sich selbst anfassen zu wollen. Das Gefühl, das sie nach der Spanking-Session gehabt hatte – zitternd und nackt an seinen Körper gepresst –, war mit nichts zu vergleichen, was sie jemals zuvor empfunden hatte. Allerdings war ihr von ihm erklärt worden, dass das bei einem richtig gezüchtigten Mädchen nichts Ungewöhnliches und von nun an ein ganz normaler Teil ihres Lebens sein würde.

Alles andere als normal war die Tatsache, dass sie durch die Schläge auf den Po zum Höhepunkt gekommen war. Das hatte selbst der Teufel noch nie erlebt – und das bei seiner scheinbar großen Erfahrung auf diesem Gebiet. Laura war stolz und glücklich, dass er so beeindruckt von ihr war und weitere, noch größere Freuden in Aussicht gestellt hatte. Nachdem sie mit dem letzten Zug schließlich wieder nach Hause gefahren war, hatte sie sich im Bett noch zwei Mal zum Orgasmus gerieben.

Der Teufel hatte zugegeben, schon längere Zeit von ihr fasziniert gewesen zu sein. Zunächst war es nur ihr Aussehen gewesen, aber dann hatte ihr die Buchauswahl weitere Hinweise auf ihre Natur gegeben. Doch selbst dann hatte er sich noch zurückgehalten, denn er wusste, wie wenige Frauen zu seinen Vorlieben passten und wie wenig kompromissbereit er dahingehend war. So war es bis zu dem Tag gewesen, an dem er ihr Lesezeichen gefunden und sich entschlossen hatte, sie zu testen. Er hatte befunden, dass sie überaus gut auf die Avancen reagierte, und hatte schließlich auch ihren Denkfehler korrigiert, sie kämen von einem ihrer Kollegen. Die Mail, in der er sie als braves Mädchen gelobt hatte, war nicht geschickt worden, weil er wusste, dass sie im Büro einen Strumpfgürtel trug, sondern weil er sie mit der Tüte von *Pretty Things* gesehen hatte. Aus dem Zug hatte er das nicht wissen können, denn sie hatte am entsprechenden Morgen in einem anderen Waggon gesessen als er.

Und jetzt war sie angewiesen, nur ohne Unterwäsche vor die Tür zu gehen. Ein überaus subtiles Vorgehen, das mit ihren unklaren Gefühlen spielte und den Schmerz der Schläge mit dem damit einhergehenden Lustgewinn vermischte. Die Versuchung, sich dem Teufel zu widersetzen, um sich hinterher den unausweichlichen Konsequenzen zu stellen, war groß, aber ihr Bedürfnis zu gehorchen war noch viel größer. Sie wählte genau das Kleid, das er ihr vorgeschrieben hatte, und trug unter dem Rock wie zuvor nichts weiter als Strümpfe mit Strumpfhalter.

Noch nie war Laura so aufgeregt gewesen, als sie am nächsten Morgen im Zug Platz nahm. Doch da sie wusste, dass er auch da sein würde, fühlte sie sich seltsam beschützt. Er würde sie mit Sicherheit nicht anders behandeln als vor ihrer ersten sexuellen Begegnung. Und sie wusste außerdem genau, dass dies ein wichtiger Teil ihrer »Ausbildung« war. Warum das allerdings so war, das verstand Laura immer noch nicht ganz. Die Versuchung war groß, sich ihm sofort zu präsentieren, wenn er den Zug betrat, denn sie war trotz des Gefühls von Sicherheit sehr erregt. Also zog sie ihren Rock etwas hoch, als sie in Ely einfuhren, sodass er gleich beim Einsteigen ein kleines Stückchen vom oberen Rand ihrer Strümpfe sehen konnte, während sie so tat, als würde sie *Die barbarische Banditenbande* lesen.

Allein ihn wiederzusehen, brachte ihr Herz zum Hüpfen. Genau wie das leichte Hochziehen seiner Augenbrauen, als er sah, was sie da zeigte. Die Geste deutete auf Amüsiertheit und Zustimmung hin, konnte aber auch genau das Gegenteil bedeuten. Und das erhöhte wiederum die Aussicht, am Wochenende den Hintern versohlt zu bekommen. Aber der Teufel war nicht der Einzige, dem Lauras Vorstellung auffiel. Mr. Brown wagte einen verstohlenen Blick, und der Milchschokoladen-Junge glotzte sie förmlich an, gab sich aber alle Mühe, so zu tun, als würde er gar nicht hinsehen. Doch jetzt, da Laura sich in der Sicherheit sonnen konnte, das Mädchen des Teufels zu sein, belächelte sie die Reaktionen der beiden Mitreisenden nur.

Er folgte ihr noch ein Stückchen, nachdem sie gemeinsam in Cambridge ausgestiegen waren, und forderte sie auf, mit dem Hintern zu wackeln. Laura hoffte, dass er dabei einen guten Blick auf die Umrisse ihrer nackten Pobacken unter dem Rock hatte. Als er ihr irgendwann so nahe kam, dass er sie hätte berühren können, fragte sie sich, ob er es wohl wagen würde, ihr in aller Öffentlichkeit einen Klaps zu geben. Dieser Gedanke steigerte ihre Erregung derart, dass sie erst dann wieder abklang, als die beiden sich getrennt hatten und sie im Büro eintraf.

Es fiel Laura sehr schwer, sich auf die Arbeit zu konzentrieren. Ständig wanderten ihre Gedanken zu ihm und zu den Möglichkeiten, die ihr das Leben jetzt bot. Glücklicherweise hatte sie heute keine schwierigen Aufgaben zu bewältigen, sondern musste lediglich Mr. Hendersons Ablage aktualisieren. Eine Sache, die sie quasi auf Autopilot abarbeiten konnte, während sie mit den Gedanken bei anderen, wesentlich wichtigeren Dingen war. Sie wartete auf die Anweisung, von der sie wusste, dass sie irgendwann heute von ihm kommen würde. Sie traf schließlich kurz vor der Mittagspause ein und unterschied sich sehr von dem, was sie erwartet hatte. *Geh in das Korbwarengeschäft auf der Clara Lane und kauf einen ein Meter langen Rohrstock.*

Lauras Verwirrung dauerte nur einen kurzen Moment und wurde dann sofort von einer nervösen Erregung abgelöst. Es schien höchst unwahrscheinlich, dass sie für Charles irgendwelche Korbwaren reparieren sollte, weitaus naheliegender war es, dass er sie mit dem Rohrstock züchtigen wollte. Eine Erfahrung, die sie noch nie zuvor gemacht hatte, von deren Schmerzhaftigkeit sie aber schon jetzt überzeugt war. Es gab aber auch keinen Zweifel, dass sie die Strafe akzeptieren würde, wenn er es für nötig befand – auch wenn diese Aussicht dafür sorgte, dass sie sich auf dem Weg in die Innenstadt permanent auf die Lippe biss.

Das Korbwarengeschäft entsprach so ziemlich genau dem, was sie sich vorgestellt hatte. Es handelte sich um einen kleinen Laden, der sich auf alte Weidenkörbe, Picknickkörbe, Blumenampeln und so ziemlich alles spezialisiert hatte, was man aus Peddigrohr herstellen konnte. Laura hatte sich auch vorgestellt, dass das Geschäft von einer weiblichen, mittelalten und freundlichen Frau geführt werden würde, war also sehr überrascht, als sie einen sehr attraktiven, jungen Mann hinter dem Tresen sah. Nachdem sie sich die Auslagen angeschaut, aber keinen einzigen Rohrstock entdeckt hatte, war sie gezwungen, ihn anzusprechen.

»Ich hätte gerne einen ein Meter langen Rohrstock.«

»Wofür ist er denn gedacht?«, fragte der junge Mann und stand auf.

Die Frage erwischte Laura völlig unvorbereitet und das Blut schoss ihr ins Gesicht, als sie ihre Antwort stammelte. Sie war entschlossen, ihm alles, aber nur nicht die Wahrheit zu sagen.

»Äh … wozu er gedacht ist? Ich, äh … spielt das denn eine Rolle?«

»Aber sicher. Wir haben verschiedene Stärken auf Lager. Für die unterschiedlichsten Zwecke.«

Er sah sie mit einem seltsamen Blick an. Laura war sicher, dass er sich schon gut vorstellen konnte, wie sie mit hochgezogenem Rock und runtergezogenem Höschen versuchte, mit den Fingern ihre Zehen zu erreichen und dabei wie ein ungezogenes Schulmädchen auf die Züchtigung mit dem Rohrstock wartete. Ihr Gesicht wurde immer röter.

»Ich, ich weiß auch nicht recht, äh … Er, er ist nicht für mich gedacht.«

Das leicht selbstgefällige Grinsen auf dem Gesicht des Verkäufers verriet nur allzu deutlich, dass er es besser wusste und sofort erkannte, dass der Rohrstock für ihren Hintern gedacht war. Entsprechend fiel auch seine Erwiderung aus.

»Ich verstehe. Dann nehmen wir wahrscheinlich am besten die mittlere Stärke. Der Stock wäre dann fünf Millimeter dick.«

»Äh, das könnte wohl passen. Könnten Sie ihn mir mal zeigen?«

Schon als sie den Satz ausgesprochen hatte, wurde Laura klar, wie man ihn auch hätte verstehen können. Und des Verkäufers plötzlich breiter werdendes Grinsen deutete darauf hin, dass ihre Worte bei ihm entsprechend angekommen waren. Sie musste sich sofort vorstellen, wie sie nicht nur ihre Zehen berührte, um ihren nackten Po zu präsentieren, sondern wie sie es hier, mitten im Geschäft vor den Augen neugieriger Passanten tat, während der Verkäufer ihr zeigte, was man mit dem Rohrstock alles anstellen konnte. An diesem Punkt stand sie kurz davor, die Nerven zu verlieren und den Laden fluchtartig zu verlassen. Aber der junge Mann hatte sich schon auf den Weg ins Lager gemacht und kehrte einen Moment später mit einem langen, dunkelbraunen Rohrstock zurück.

»Der hier wird wahrscheinlich genau das Richtige sein. Nur zweineunundneunzig pro Stück.«

Laura nahm den Rohrstock in die Hand. Er fühlte sich härter, kühler und auch schwerer an als erwartet. Schon allein die Berührung des Materials ließ ihre Finger zucken, und auf Gesicht und Brust machte sich eine heiße Röte breit.

»Ist gut, ich nehme ihn. Danke schön.«

Als Laura den Laden verließ, versuchte sie sich davon zu überzeugen, dass die wissende Reaktion des Verkäufers pure Einbildung gewesen sei, doch es blieb ein gewisser nagender Zweifel. Vielleicht kamen ja öfter Kunden, die einen einzelnen Rohrstock kauften, und der junge Mann hatte zwei und zwei zusammengezählt. Vielleicht hatte Charles auch schon vor ihr Mädchen in dieses Geschäft geschickt, um dieselbe Besorgung zu erledigen. Ein Gedanke, der eine gewisse Eifersucht ihn ihr aufkeimen ließ – auch wenn er behauptet hatte, Single zu sein. Es konnte natürlich auch sein, dass der Verkäufer selbst darauf stand, Mädchen mit dem Rohrstock zu züchtigen und immer auf der Suche nach möglichen Kandidatinnen war. Und wieder landete Laura bei der Vision, dazu gezwungen zu werden, sich mitten im Laden weit vorzubeugen. Ihr Po würde weit rausgestreckt und ihr Rock so hochgeschoben sein, dass man das Fehlen jeder Unterwäsche sehen konnte. Und dann würde er vor allen Leuten, die vorm Schaufenster oder auch im Laden standen, ihren Hintern mit dem Rohrstock züchtigen.

Die Versuchung war groß, einen Schlenker über die Sturton Street zu machen, um Charles ihre Neuerwerbung zu zeigen und sie vielleicht sogar gleich auszuprobieren. Vielleicht würde sie ihm auch gestehen, sich vorgestellt zu haben, damit von einem anderen Mann diszipliniert zu werden. Das würde ihr ganz sicher eine wohlverdiente Strafe einbringen. Nur das Bewusstsein, zu spät zur Arbeit zurückzukehren, hielt sie davon ab. Und schon so war es drei Minuten nach zwei, als sie die Tür zu Mr. Hendersons Büro öffnete.

»Normalerweise sind Sie aber pünktlicher, Laura.«

»Tut mir leid, Mr. Henderson. Ich musste etwas in der Innenstadt besorgen.«

Er erhaschte einen Blick auf den Rohrstock, den Laura blitzschnell neben ihren Schreibtisch gelegt hatte.

»Diese Rankhilfe da?«

»Und ein, zwei andere Sachen.«

Obwohl ihr Chef nur etwas verständnislos mit dem Kopf

schüttelte, fragte sich Laura, ob er den wirklichen Verwendungszweck des Rohrstockes nicht doch erraten hatte. Zum x-ten Mal an diesem Tag wurde sie knallrot und machte sich hastig an ihre Arbeit. Ob Charles gewusst hatte, was es für eine Qual für sie sein würde, den Rohrstock zu besorgen? Die Antwort lautete höchstwahrscheinlich Ja. Und selbst wenn weder der Verkäufer noch Mr. Henderson den wahren Verwendungszweck des Rohrstockes erraten hatten, gab es doch zweifellos viele Menschen mit schmutziger Fantasie, die sich sofort denken konnten, wozu er eingesetzt werden sollte. Brian würde ganz sicher sofort dahinterkommen. Und das hieß, im Büro würden ganz schnell die reißerischsten Gerüchte die Runde machen.

Als Laura endlich Feierabend hatte, wickelte sie den Rohrstock in braunes Papier ein, sodass der Weg zum Bahnhof nicht ganz so peinlich für sie war. Zumindest bis sie in ihren Waggon stieg und Charles dort bereits sitzen sah. Er schaute auf das Paket in ihrer Hand und warf der etwas erschrockenen Laura sein fiesestes Lächeln zu. Dann griff er in seine Tasche und reichte ihr einen Briefumschlag.

»Sie wissen wirklich, wie Sie meine Gefühle durcheinanderbringen können, was? Was ist das?«

Der Teufel hob sofort einen Finger, wedelte tadelnd damit und führte ihn dann an seine Lippen. Als Laura begriff, dass sie sich gerade eine grobe Regelverletzung erlaubt hatte, bekam sie sofort einen Kloß im Hals, und die Pobacken unter ihrem Rock spannten sich merkwürdig an. Sie hatte sich eine Tracht Prügel eingehandelt. Vielleicht sogar mit dem Rohrstock. Der Gedanke erfüllte sie mit Vorfreude und Erregung. Charles saß dicht neben ihr, sagte aber kein Wort, sondern genoss nur den Anblick ihrer Beine, bis er schließlich in Ely ausstieg.

Den Rest der Fahrt verbrachte Laura damit, an dem Briefumschlag herzumzunesteln. Aus Angst, dass irgendjemand lesen könnte, was sich vielleicht als allzu eindeutiger Inhalt herausstellen könnte, wagte sie nicht, ihn im Zug zu öffnen. Doch sobald sie ihre Wohnungstür hinter sich geschlossen hatte, riss sie den Umschlag auf. Darin fand sich eine sauber beschriebene Postkarte, auf deren Bildseite das Aquarell einer hübschen Blondine mit welliger Fünfzigerjahre-Frisur zu sehen war. Sie trug rote, hochhackige Schuhe, Strümpfe, Strumpfhalter, einen Büstenhalter und ein Paar weiße Höschen. Doch das Höschen war bis zu ihren Schenkeln heruntergezogen und legte den Blick auf ihren knackigen Po frei. Und dieser Blick wurde von einer älteren, ähnlich aussehenden Frau goutiert, die allerdings weitaus weniger freizügig gekleidet war. Diese ältere Frau hatte einen Rohrstock in der Hand – und zwar keinen einfachen Rohrstock, sondern einen mit Griff.

Laura stand lange einfach nur da und starrte auf das Bild. Abwesend versuchte sie, Smudge davon abzuhalten, ihr das Gesicht abzulecken, während sie sich vorstellte, wie verängstigt und gedemütigt sich das Mädchen auf dem Bild wohl fühlen musste. Irgendwann siegte schließlich die Neugierde, und sie drehte die Karte um.

Der Rohrstock ist für Deine Disziplinierung gedacht. Du wirst ihn Dir selbst als klassischen Schulrohrstock zurechtschnitzen, wie er vorne auf der Karte zu sehen ist. Und dann wirst Du diesen Stock an die Innenseite Deiner Schlafzimmertür hängen.

Er hatte die Karte zwar noch unterschrieben, aber weitere Anweisungen waren nicht darauf zu finden. Laura las die Worte ein zweites, ein drittes und den ersten Satz sogar ein viertes Mal. Zu erahnen, wozu der Rohrstock gedacht sein könnte, war eine Sache, aber seinen Verwendungszweck schwarz auf weiß zu lesen, schon eine ganz andere. »Der Rohrstock ist für Deine Disziplinierung gedacht« – sie kostete jedes einzelne Wort dieses Satzes voll aus. Er war betont sachlich formuliert und ließ kaum so etwas wie eine dunkle, sexuelle Dimension erahnen. Gleichzeitig fehlte den Worten aber auch jede Doppeldeutigkeit, die noch eine Ausflucht hätte bieten können. Laura hatte ihr Bedürfnis nach Disziplinierung eingestanden, und jetzt würde sie auch diszipliniert werden. Und das mit einem Instrument, das sie selbst erworben und selbst bearbeitet hatte und das sie jetzt gut sichtbar in ihrem Schlafzimmer aufhängen musste, um sie ständig daran zu erinnern, dass es auch zum Einsatz kommen würde, in gegebenem Falle.

Der Gedanke ließ sie vor Beklommenheit und Bedürftigkeit ganz schwach werden. Aber da sie sich schließlich auch noch um den ganz normalen Alltag kümmern musste, griff Laura nach Smudges Leine. Sie war gerade im Begriff, sie ihrem Hund anzulegen, als ihr wieder einfiel, dass die Disziplin auch in ihrem Alltag einen großen Raum einzunehmen hatte. Der Rohrstock würde neben ihrem Bademantel hängen. Wenn sie den Bademantel brauchte, würde sie ihn einfach anziehen. Und wenn sie den Stock brauchte, dann würde sie gezwungen sein, sich übers Bett zu beugen, und er würde auf ihrem nackten Hintern niedergehen. Ein herrlich verlockender Gedanke.

Doch erst musste sie den Rohrstock dafür bearbeiten. Charles hatte ihr dahingehend zwar keine genauen Anweisungen gegeben, aber sie ging davon aus, dass das Material erst eingeweicht werden musste, bevor man das Ende zu einem Griff biegen konnte. Laura behandelte diesen Vorgang mit voller Absicht als einen Teil ihrer normalen abendlichen Routine. Sie ließ etwas Wasser in die Badewanne laufen, legte den Stock hinein und machte sich erst dann zu ihrer Gassirunde mit Smudge auf. Draußen war sie noch immer tief in Gedanken versunken, die sowohl verstörend als auch ausgesprochen reizvoll waren. Was würde Charles wohl von ihr erwarten? Wie würde der Stock wohl aussehen, wenn sie ihn fertig bearbeitet hatte? Und was hatte das Mädchen auf der Karte wohl angestellt, dass ihr jetzt eine Strafe drohte?

Es war ihr unmöglich, sich nicht in derselben, verletzlichen Pose zu sehen, die das Mädchen auf der Karte eingenommen hatte. Vielleicht sogar mit einer anderen Frau, die sie jeden Moment bestrafen würde. Auf diese Weise hätte es auch nichts Sexuelles, sondern würde allein aus Gründen der Disziplinierung geschehen. Die Vorstellung faszinierte sie. Und da diese Variante in Lauras Augen rein gar nichts mit Untreue zu tun hatte, ließ sie ihren Gedanken freien Lauf und versuchte, sich zu überlegen, welche der Frauen, die sie kannte, wohl am besten dafür geeignet wären. Die naheliegende Antwort lautete natürlich Hazel Manston-Jones. Sie sah nicht nur besonders passend für die Rolle aus, sondern würde die Schläge sicher auch mit gnadenloser Härte auf Lauras Hinterteil niedergehen lassen. Schließlich hatte sie der jungen Frau schon einmal den Po versohlt. Da konnte sie auch noch ein paar Schläge mit dem Rohrstock nachlegen.

Wie immer, wenn Laura an Hazel Manston-Jones dachte, musste sie erst einmal ihren eigenen Stolz überwinden, bevor sie die Fantasie weiterspinnen konnte. Doch es dauerte nicht lange, und sie hatte ein Szenario vor Augen, bei dem sie mit dem brandneuen Rohrstock entdeckt und sogleich damit bestraft wurde, weil sie mit Chris Drake ausgegangen war. Die Sache würde nichts Sexuelles an sich haben – auch wenn man Laura zwingen würde, sich nackt zu zeigen, um sie zu demütigen und zu betonen, wie schmutzig und verkommen sie doch im Gegensatz zu der großen, wunderschönen Hazel wäre. Die strenge Frau würde sie nötigen, sich in eine durch und durch unanständige Position zu begeben, sodass man alles sehen konnte. Auf dem Bett würde sie knien oder sich vielleicht sogar über den Küchentisch beugen müssen. Vielleicht würde sie auch fixiert werden, damit sie nicht zu sehr zappelte oder gar zu entkommen versuchte. Hazel würde ihr einen Vortrag halten und ihr sagen, was sie doch für ein dreckiges, betrügerisches Miststück wäre. Und dann würde Laura mit dem Rohrstock bearbeitet werden. Sechs harte Schläge würden einer nach dem anderen auf ihren nackten Pobacken landen. Sie würde wie wild an ihren Fesseln zerren, bevor Hazel schließlich ein Foto von ihrem mit Striemen übersäten Po machen und es dann Chris zeigen würde.

Laura war auf ihrem Spaziergang mit Smudge bei einem Moorgebiet angekommen, wo ein kleiner Bach in die Ouse floss. Normalerweise machte sie an diesem Punkt immer kehrt, um über den Feldweg zurück in die Stadt zu laufen. Das hohe Schilf formte einen braungrünen Teppich vor ihr und hatte eine verlockende Ähnlichkeit mit dem Rohrstock, der jetzt gerade in ihrer Badewanne einweichte. Sie blieb stehen und konnte ihre eigene, schmutzige Verwegenheit kaum fassen. Doch die Gelegenheit war zu gut, um sie einfach vorübergehen zu lassen. Ein kurzer Blick zurück zeigte Laura, dass niemand in der Nähe war, und nahm ihr auch noch die letzte Chance einer Ausrede. Sie ließ Smudge von der Leine und schickte ihn los, um ein paar Möwen zu jagen, von denen sie wusste, dass er sie sowieso niemals erwischen würde. Der Hund rannte sofort voller Begeisterung los, und sie bahnte sich einen Weg zwischen den hohen Schilfstängeln hindurch, bis sie nicht mehr zu sehen war.

Lauras Finger zitterten, als sie einen der langen Schilfstiele abbrach. Er war leicht und weniger flexibel als der Rohrstock, würde seinen Zweck aber sicher erfüllen. Sie schloss die Augen und fing an, ihren Rock hochzuziehen. Dabei stellte sie sich vor, wie die grausame, rachsüchtige Hazel Manston-Jones beim Anblick von Lauras entblößtem Po laut lachen und einen schmutzigen Witz über Schlampen machen würde, die keine Höschen tragen. Der nächste Befehl würde Laura anweisen, ihre Zehenspitzen mit den Fingern zu berühren. Sie würde gehorchen und sich vorbeugen, sodass ihr blanker Hintern hochstehen und ihr Geschlecht zwischen den Schenkeln hervorlugen würde. Und das alles zu Hazels großer Belustigung.

Und dann würde sie mit sechs harten Rohrstockhieben gezüchtigt werden. Und als Laura sich vorstellte, wie sie bestraft wurde, fing sie an, sich mit dem Schilfstängel zu bearbeiten. Es brannte gerade genug, um ihre verbliebenen Vorbehalte nach drei Schlägen verschwinden zu lassen. Sie presste eine Hand zwischen die Beine und spielte an ihrer Möse herum, während sie die Bestrafungsaktion wieder und wieder vor ihrem geistigen Auge ablaufen ließ: die strengen Befehle, die Entblößung ihres Körpers vor einer anderen Frau und das Brennen des Rohrstocks auf ihren Pobacken. Als es der erregten jungen Frau langsam kam, fühlte sie sich so schwach auf den Beinen, dass sie auf der weichen schwarzen Erde fast auf die Knie gefallen wäre – eine noch schmutzigere Position, als die, die sie bereits innehatte.

Schließlich gab Laura nach und ging auf alle viere. Ihr Po war in die Höhe gereckt und bereit, von hinten genommen zu werden. Sie genoss das herrliche Gefühl von Weichheit, als sie ein wenig in der matschigen Erde einsank, während sie gleichzeitig mit dem Schilfstängel auf ihren Hintern eindrosch und sich vorstellte, wie Hazel lachend über ihr thronte.

14

Der Rest der Woche verlief für Laura nach ganz ähnlichem Muster. Sie befand sich in einem Zustand beinahe permanenter Erregung, die nur kurz befriedigt werden konnte, wenn sie so lange an sich selbst herumspielte, bis die Erinnerungen und Fantasien zu einem perfekten Bild ausgearbeitet waren.

Es war recht schwierig gewesen, den Rohrstock nach Charles Vorgaben herzustellen, und sie hatte einige Zeit mit Internetrecherchen verbringen müssen. Erst hatte sie den Griff in Form gebogen und ihn mit einer Schnur fixiert, damit er die Form auch in trockenem Zustand hielt. Dann hatte sie die Enden mit Sandpapier bearbeitet und den ganzen Stock schließlich über Nacht in eine Vase mit Olivenöl gestellt, um seine Biegsamkeit zu erhalten. Als Laura das Werkzeug für ihre Bestrafung schließlich fertiggestellt und wie befohlen an die Innenseite ihrer Schlafzimmertür gehängt hatte, schien das Ding längst ein Eigenleben angenommen zu haben. Es war böse, aber auch heilig. Angst einflößend, aber auch verlockend. Ein Instrument, das Qualen, aber auch Ekstase hervorrufen konnte. Es reichte schon aus, es einfach nur einsatzbereit dort hängen zu sehen, um den intensiven Wunsch in ihr zu wecken, an sich herumzuspielen. Und Laura wusste, wenn der Rohrstock erstmal an ihr ausprobiert worden war, würden ihre Gefühle noch viel stärker werden.

Der Teufel hatte zwar deutlich gemacht, dass er sie schlagen würde – aber nur, wenn es nötig war. Diese Ansage verwirrte ihre Gefühle noch viel mehr, als sie es ohnehin schon waren. Dass sie die Schläge verdiente, daran bestand kein Zweifel. Aber nicht etwa, weil sie wirklich irgendetwas Schlimmes getan hatte, sondern weil sie ihre erotischen Fantasien beim besten Willen nicht auf Charles Latchley beschränken konnte. Erst war es der junge Mann in dem Korbwarengeschäft gewesen, dann Hazel Manston-Jones und schließlich Tommy Fuller. Mit ihm war es in ihrer Fantasie an einem nostalgisch verklärten Abend passiert, nachdem sie eine Flasche Wein getrunken, alte Lieder aus ihrer Teenagerzeit gehört und sich gewünscht hatte, er hätte ihr die Freuden eines gut versohlten Hinterns gezeigt. Jede dieser drei Personen hatte ihr mehrere köstliche, von eigener Hand beigebrachte Höhepunkte beschert. Trotz ihrer sehr realen Angst vor den Konsequenzen war Laura entschlossen, ihre Verfehlungen zu beichten. So reagierte sie auf Charles' nächste E-Mail mit der Frage »Soll ich den Rohrstock mitbringen?«. Es kam zwar keine Antwort, aber er saß wie immer im Zug und begrüßte sie mit einem Lächeln und einer leise geflüsterten Bemerkung.

»Keine Sorge, ich habe mehrere Rohrstöcke zu Hause.«

Laura verbrachte den Rest der Fahrt und auch die gesamte Nacht in hitziger Erwartung. Die Angst und das Verlangen sorgten dafür, dass sie weder stillliegen noch richtig schlafen konnte. Jeder Blick auf das böse aussehende Instrument an der Schlafzimmertür bescherte ihr eine neue Flut an Gefühlen. Doch der Rohrstock war nicht die einzige Quelle ihrer Erregung. Sie würde zu Charles nach Hause gehen und wahrscheinlich sogar die Nacht dort verbringen. Und das legte nahe, es könnte zu einem endgültigen Vollzug ihrer Beziehung kommen. Wahrscheinlich nachdem er sie mit dem Rohrstück gezüchtigt hatte. Und es war dieser Gedanke, der dafür sorgte, dass sie ihre Hand vorm Schlafengehen noch zwei weitere Male zwischen ihre Beine steckte.

Er hatte sie aufgefordert, ihn zu überraschen. Das machte die Wahl der Kleidung zwar recht schwierig, aber nachdem sie eine Stunde damit zugebracht hatte, verschiedene Kombinationen auf dem Bett auszubreiten und sie wieder zu verwerfen, entschied Laura sich, ihrer gemeinsamen Vorliebe für die Ästhetik der Fünfzigerjahre Tribut zu zollen. Es dauerte eine weitere Stunde, bis sie ihre Haare entsprechend frisiert hatte. Und *es* war fast noch eine Stunde nötig, bis sie sich endgültig für ein Outfit entschieden hatte. Laura wählte ein weites rotes Sommerkleid mit dunkelroten High Heels, Strümpfe mit Naht und ihren Lieblingsstrumpfhalter, äußerst eng sitzende French Knickers und einen BH, der ihre vollen Brüste noch üppiger wirken ließ. Den letzten Schliff verlieh ihr ein schwarzer, breitkrempiger Hut mit einer seitlich angebrachten Feder, den sie auf einem Flohmarkt gekauft, aber bisher nie zu tragen gewagt hatte.

Laura fühlte sich in der Kombination herrlich sexy und erntete auf dem eiligen Weg zum Bahnhof vielsagende Blicke von Männern und Frauen. Wie immer war es nicht schwer, sich vorzustellen, dass jedermann Bescheid wusste. Der Blick, den Mrs. Phipps ihr zugeworfen hatte, als sie Smudge bei ihr abgab, hatte sogar auf eine gewisse Eifersucht, auf jeden Fall aber auf deutliche Missbilligung schließen lassen. Doch Laura war jetzt so stolz auf ihre Kleiderwahl und so entschlossen, kein Geheimnis aus ihrem Verhältnis zu Charles zu machen, dass ihr diese Reaktion ziemlich egal war.

Es war Samstag, und der Zug war fast leer. Es fühlte sich ausgesprochen merkwürdig an, in Ely auszusteigen, nachdem sie an der Station über Jahre hinweg immer nur vorbeigefahren war. Wie vereinbart wartete Charles schon auf sie. Er stand auf dem Parkplatz neben einem leuchtend roten Morgan, war wie immer äußerst schick gekleidet und grinste sie verführerisch an.

»Laura! Ich hätte dich fast nicht erkannt. Du siehst aus …«

»Wie ein Strandflittchen aus den 50ern? Das schien man zumindest in King's Lynn zu meinen.«

»Nun, ich würde sagen, die müssen es ja am besten wissen. Aber ernsthaft, du siehst hinreißend aus. Nähte, wie ich sehe. Sehr passend und authentisch. Steig doch ein.«

Er hielt ihr die Beifahrertür zu seinem Wagen auf, eine altmodische Höflichkeitsgeste, die perfekt zu seiner selbstverständlichen Annahme passte, sie disziplinieren zu dürfen. Laura stieg ein und versuchte, sich zu entspannen, während er den Wagen anließ und vom Parkplatz fuhr, doch es gelang ihr einfach nicht, ihre Nerven zu beruhigen. Charles wirkte ruhig und kontrolliert wie immer. Er fuhr schnell, aber nicht halsbrecherisch. Die Fahrt ging in Richtung Nordosten und führte an ebenen, offenen Feldern vorbei, die durch Pappelreihen und Dornensträuchern voneinander getrennt waren. Das Verdeck des Wagens war geöffnet, und der frische, knatternde Wind in ihrem Gesicht beschränkte die Unterhaltung auf das Nötigste. Doch das machte Laura nichts aus. Sie war zufrieden, eine Atmosphäre in sich aufsaugen zu können, die sich so sehr von dem Leben unterschied, das sie mittlerweile gewohnt war.

Eigentlich hatte sie sich immer vorgestellt, Charles würde in einem Stadthaus wohnen. Umso überraschter war sie, als er in eine kurze Gasse einbog und vor einem Gebäude anhielt, das einst eine Mühle gewesen war, der jetzt aber die Flügel fehlten. Direkt daran angeschlossen war ein zweigeschossiges Cottage aus demselben roten Backstein wie die Mühle. Das Gebäude war von einem sehr gepflegten Garten umgeben, den eine hohe Backsteinmauer umgrenzte. Das Anwesen war offensichtlich sehr alt, denn auf den roten Dachziegeln hatten sich bereits Flechtenteppiche ausgebreitet, und über Fenster und Eingangstür wucherte der Blauregen. Das Gesamtbild gab einem das Gefühl, mindestens ein halbes Jahrhundert in der Zeit zurückgewandert zu sein – wenn nicht sogar mehr. Dabei hatte das Anwesen rein gar nichts Finsteres an sich. Ganz im Gegenteil. Und doch schien es genau der richtige Ort zu sein, an dem Mädchen nicht nur eins mit dem Rohrstock oder mit der flachen Hand hinten drauf bekamen, sondern diese Bestrafung auch als völlig normal und notwendig ansahen.

»Sie mögen also altmodische Sachen?«

»In der Tat. Ich glaube allerdings nicht, dass es so etwas wie ein ›goldenes Zeitalter‹ gab. Ich bin kurz nach dem Krieg geboren und das war ehrlich gesagt ziemlich übel. Ich neige also eher dazu, das Gute in unserer Zeit zu sehen und das Schlechte zu ignorieren. Aber komm doch rein.«

Er öffnete die mehrfach abgeschlossene Vordertür, und sie traten in ein Wohnzimmer, das fast die gesamte Länge des Cottage einnahm, einen herrlichen Blick in den Garten bot und gemütlich, aber auch zweifellos nach männlichem Geschmack eingerichtet war. Auf beiden Seiten des großen Raumes befanden sich Türen. Die eine führte in die Küche und ein kleines Esszimmer und die andere in eine Art Bibliothek oder Arbeitszimmer. Von einer Ecke aus führte eine Wendeltreppe nach oben, auf die er jetzt mit einer beiläufigen Geste zeigte.

»Geh rauf!«

Laura gehorchte und fragte sich, ob sie sogar noch vorm Mittagessen gezüchtigt und gefickt werden würde. Doch Charles begnügte sich vorerst mit einem sanften, aber doch besitzergreifenden Tätscheln ihres Hinterteils, als sie den oberen Flur erreichten, von dem man ebenfalls einen schönen Blick in den Garten hatte. Eine offene Tür auf der einen Seite des Korridors führte in sein Schlafzimmer. Auch hier herrschte eine einfache, sachliche Einrichtung vor, die keinerlei Rückschlüsse auf seine ungewöhnlichen Vorlieben zuließ. Die Tür auf der anderen Seite führte in den oberen Teil des Mühlenturms. Sie war mit einem schweren Vorhängeschloss verschlossen, dessen Anblick Laura erwartungsvoll aufmerken ließ. Charles bemerkte ihre Reaktion und grinste.

»Ich glaube nicht, dass du schon bereit für das bist, was sich hinter dieser Tür verbirgt.«

»Ich denke, ich bin schon groß genug, um zu sehen, worauf ich mich einlasse. Oder nicht?!

»Da hast du eigentlich Recht. Schließlich hast du auch den Rohrstock selbst bearbeitet.«

»Ja. Und ich habe ihn an die Innenseite meiner Schlafzimmertür gehängt.«

»Ach ja? Und wie fühlt sich das an?«

»Mir wird ganz schwummrig, wenn ich ihn nur anschaue. Ängstlich und schwummrig.«

»Genau so soll es sein.«

»Wirklich unglaublich, dass Sie meine Gefühle immer so gut beurteilen können.«

»Ach, das ist ein ganz alter Trick. Aber ein guter. Es geht nichts darüber, das bestrafte Mädchen dazu zu bringen, das Instrument ihrer Bestrafung an ihre Tür zu hängen. So bleibt sie in Bereitschaft. Und dann sind da ja auch noch eventuelle Besucher. Jeder, der dein Schlafzimmer betritt, wird bei dem Anblick des Rohrstocks wissen, was du brauchst.«

»Ich hatte eigentlich nicht vor, jemand anderes in mein Schlafzimmer zu lassen! Zumindest keine Männer. Und wenn eine meiner Freundinnen vorbeikommt, werde ich den Rohrstock verstecken. Tut mir leid, aber anders geht es vorerst noch nicht.«

Charles lachte nur. Und plötzlich fiel Laura wieder ihr Versprechen ein.

»Apropos andere Männer. Und Frauen übrigens auch. Es gibt da etwas, was ich Ihnen unbedingt noch sagen muss. Die Vorstellung, von Ihnen diszipliniert zu werden, gefällt mir sehr. Aber wenn ich daran denke, kommen mir immer auch andere Leute in den Sinn, die mich züchtigen könnten. In erster Linie Frauen. Eine ganz bestimmte Frau, um genau zu sein. Es erscheint mir nämlich irgendwie reiner, wenn es bei der Bestrafung nicht um Sex geht, sondern eben nur um die Bestrafung. Das ist nicht gut, oder? Ich möchte ganz aufrichtig zu Ihnen sein, Charles. Von Anfang an. Und deshalb dachte ich, ich erzähle Ihnen lieber davon, und … und …«

Laura bemerkte, wie sie ins Plappern geriet, und rechnete fest damit, dass er sie für diese Verfehlungen jeden Moment anweisen würde, sich über das Treppengeländer zu beugen, um ihr den Hintern zu versohlen. Doch Charles schaute sie nur nachdenklich an.

»Du hast noch eine Menge zu lernen, Laura. Und dazu gehört auch, dass du begreifst, was es heißt, sich einem Mann vollends hinzugeben. Ich erwarte natürlich völlige Treue. Aber die muss von selbst kommen und darf nicht aufgezwungen sein. Möchtest du für deine Gedanken gemaßregelt werden? Denk gut nach, bevor du mir antwortest.«

Laura zögerte. Mit wem sie in den letzten Jahren auch zusammen gewesen und so sehr sie auch verliebt gewesen war, ihre extravaganteren Fantasien waren bisher immer auch von anderen Menschen bevölkert gewesen. Eine Angewohnheit, die sie mit ihrem lebhaften Vorstellungsvermögen zu erklären versuchte, die aber gar nichts mit irgendeinem Bedürfnis nach Untreue zu tun hatte. Zwar bezweifelte sie, dass Charles sie davon befreien könnte, meinte aber auch, dass sie es zumindest versuchen sollte.

»Ja, ich glaube, das wäre wohl das Richtige.«

»Nun gut. Wie oft hast du dir vorgestellt, von jemand anderem als von mir gezüchtigt zu werden?«

Laura wusste, dass sie jetzt ehrlich zu antworten hatte.

»Wie oft ich daran gedacht habe, oder wie oft ich bei dem Gedanken gekommen bin?«

Er zog die Augenbrauen hoch und fragte sie mit eisiger Stimme: »Du hast über diese Vorstellungen, von anderen Leuten gezüchtigt zu werden, masturbiert?«

Laura schaute zu Boden.

»Mit der bloßen Hand und dem Rohrstock.«

»Wie oft?«

»Äh … vielleicht achtmal.«

»Acht Mal?!«

»Vielleicht auch zehn oder elf Mal. Aber es waren nur drei verschiedene Leute, die ich mir dabei vorgestellt habe.«

Sie wollte ihn wieder direkt anschauen, war aber nicht in der Lage, seinem strengen Blick standzuhalten.

»Also um das mal klarzustellen, du hast mindestens achtmal mit der Fantasie masturbiert, von anderen Leuten bestraft zu werden? Und wie oft hast du an mich gedacht?«

»Oh, viel öfter. Seit Sie mich das erste Mal mit der Hand gezüchtigt haben, muss ich immer an Sie denken. Mein Kopf ist einfach voll von den Erinnerungen daran. Um einzuschlafen, muss ich mich normalerweise zweimal mit dem Gedanken an Sie befriedigen.«

Laura wurde knallrot, wackelte mit den Zehen und verknotete hochnotpeinlich ihre Finger. Als es ihr immerhin gelang, den Blick wieder nach oben zu richten, sah er sie mit fragender Miene an.

»Tut mir leid. Jetzt halten Sie mich bestimmt für eine Schlampe?«

»Keineswegs. Ich mag Frauen, die ihre sexuellen Gefühle akzeptieren. Und ich bewundere deine Ehrlichkeit, mir davon zu berichten. Ich gehe davon aus, dass diese Gedanken verschwinden werden, wenn du deine wahre Natur etwas besser verstehst. Aber wenn du jetzt wirklich das Bedürfnis nach einer Maßregelung hast, sollten wir vielleicht doch besser in den Turm gehen.«

Charles zog ein Schlüsselbund aus seiner Tasche und öffnete das Vorhängeschloss. Vor Lauras Augen tat sich ein heller, luftiger Raum auf, der viel größer war als erwartet. Er wirkte fast wie eine Turnhalle, denn an einer der grob verputzten Wände war eine Art Sprossenwand angebracht, und von einem Balken unter der etwa vier Meter hohen Decke des Turmzimmers hingen Seile herab. Auf dem Boden standen ein paar gepolsterte Gerätschaften, aber Springböcke oder Barren waren nirgendwo zu sehen. Es gab einen Käfig aus dicken Holzstäben, der gerade groß genug war, eine erwachsene Frau aufzunehmen, wenn sie sich wie eine Katze zusammenrollte. Direkt dahinter stand eine seltsam geformte Bank, die ebenfalls aus dunklem, poliertem Holz gefertigt, aber mit schwarzem Leder gepolstert war. Laura stellte sich vor, wie es wäre, wenn sie darauf kniete, dann würde der Po das herausragendste Körperteil sein. An den Enden der Bank waren kurze Ketten angebracht, an denen schwarze Ledermanschetten hingen.

Laura sah Charles etwas beunruhigt an und musste schlucken. Mit einem Mal wurde ihr klar, dass sie den Mann so gut wie gar nicht kannte und dass auch niemand wusste, wo sie sich heute aufhielt. Doch Charles setzte sich einfach nur auf einen weiteren der merkwürdigen Einrichtungsgegenstände – einen kleinen, ebenfalls mit schwarzem Leder bezogenen Hocker. Die Tür hinter ihm war auf beiden Seiten von zwei Reihen Haken eingerahmt, an denen Instrumente hingen, die wohl ausschließlich zur Disziplinierung gedacht waren. Für *ihre* Disziplinierung in diesem Fall.

Auf der linken Seite der Tür hingen Seile, Ketten, Manschetten für Handgelenke und Knöchel, Halsbänder, eine Auswahl Karabinerhaken und diverse Gegenstände aus Leder und Metall, deren Verwendungszweck sich nicht unbedingt auf den ersten Blick erschloss. Auf der rechten Seite – direkt neben der Tür und somit für jeden, der den Raum betrat, gut greifbar – prangte ein langer, dunkler Rohrstock, der ähnlich aussah wie der, den sie hatte anfertigen müssen. Daneben hing eine Auswahl unterschiedlichst gearbeiteter Rohrstöcke, Lederriemen, Holz- und Lederpaddel, Gerten, diverse Peitschen und anderen Dingen, die sie nicht benennen konnte. Doch eins war klar: Die Gegenstände waren alle dazu gedacht, auf einem menschlichen Hinterteil zum Einsatz zu kommen. *Ihrem* Hinterteil. Charles sah sie an. Sein Gesicht strahlte förmlich vor verruchter Belustigung, und seine Reaktion verriet Laura, dass sie die Auswahl an Züchtigungsinstrumenten mit offenem Mund begafft hatte. Irgendwann gelang es ihr dann aber doch, ihre Sprache wiederzufinden.

»Ist das hier ein Dungeon?«

»Wenn man bedenkt, dass der Begriff ein altes französisches Wort für ›Turm des Meisters‹ ist, könnte man das durchaus sagen. Ich ziehe es vor, dieses Zimmer als meinen Meditationsraum zu bezeichnen. Das passt zu meiner Philosophie und macht es leichter, in der Öffentlichkeit darüber zu sprechen.«

»Das kann ich mir gut vorstellen. Und haben Sie … haben Sie hier schon viele Mädchen drin gehabt?«

»Nein. Es ist noch alles recht neu, wie du siehst. Der Anbau ist gerade erst fertig geworden. Aber einige der Gerätschaften sind durchaus schon zum Einsatz gekommen. Dieser Peitschbock zum Beispiel.«

Er ging zu der gepolsterten Bank und lächelte versonnen, als würde er an ein hilfloses Mädchen denken, das er auf diesem Züchtigungsgerät bereits fixiert hatte. Laura rechnete schon jetzt mit einem strengen Befehl, sich zur Bestrafung in irgendeine lüsterne Position zu begeben. Sie ließ den Kopf hängen, faltete die Hände in ihrem Schoß und tat ihr Bestes, ihn reuevoll und gleichzeitig zustimmend anzublicken. Und das, obwohl ihr Herz raste und sich ein Gefühl von nackter Angst in ihrer Bauchgegend ausbreitete.

»Aber ich bin ein schrecklicher Gastgeber«, wandte er endlich wieder das Wort an sie. »Ich habe dir ja noch nicht mal einen Drink angeboten. Kaffee? Einen Saft vielleicht? Oder ein kaltes Bier?«

Laura blickte auf.

»Ich dachte, Sie würden mich jetzt bestrafen.«

»Das werde ich auch. Und ich werde dir sogar genau sagen, was ich mit dir tun werde. Du wirst noch heute Bekanntschaft mit dem Rohrstock machen. Der Gedanke daran scheint ja äußerst verlockend für dich zu sein. Sechs Schläge auf den nackten Hintern wirst du damit bekommen. Das ist die traditionelle Strafe für ungezogene Mädchen. Aber ein wenig musst du dich schon noch gedulden. Ein bisschen warteten ist immer gut, um die Einsichtigkeit eines Mädchens zu fördern.«

Laura musste das Wort runterschlucken, das ihr ungebeten über die Lippen zu kommen drohte, und es blitzschnell durch eine Erwiderung ersetzen, die weniger dazu geneigt war, ihre Strafe noch zu verschärfen.

»Ja, Mr. Latchley.«

»Braves Mädchen. Du lernst schnell. Und jetzt zieh dein Höschen aus, damit du nicht vergisst, was heute noch mit dir passieren wird.«

»Ich glaube kaum, dass ich das vergessen kann.«

»Trotzdem. Höschen runter.«

Laura hatte nicht ungehorsam oder zögerlich sein wollen und griff sofort unter ihr Kleid. Er beobachtete, wie sie ihre French Knickers auszog, sie ordentlich zusammenlegte und schließlich auf den Peitschbock legte. Doch sein Blick war nicht etwa lüstern, sondern hatte eher etwas Kühles, Amüsiertes.

»Und jetzt zeig dich«, forderte er sie schließlich auf.

Ohne einen Moment zu zögern, schob Laura ihren Rock bis zur Hüfte hoch und legte ihren nackten Po und ihre Möse zur Inspektion frei. Sie drehte sich langsam, und als sie ihm den Rücken zuwandte, kippte sie ihr Becken, um ihm einen möglichst guten Blick auf ihre Rückansicht zu gewähren. Als sie sich ihm wieder zugewandt hatte, wartete sie mit noch immer hochgeschobenem Rock auf die Erlaubnis, sich bedecken zu dürfen. Charles nickte zustimmend.

»Seht gut. Man könnte fast meinen, du hättest schon mal so etwas wie eine Ausbildung genossen.«

Seine Bemerkung war eindeutig als Frage gemeint, doch Laura zögerte mit der Antwort. Aber dann fiel ihr wieder ein, dass sie ihm absolute Ehrlichkeit versprochen hatte.

»Es gab da mal einen Jungen, Tommy Fuller hieß er. Er hat mich gelehrt, was Männer gerne sehen. Und einige meiner Freundinnen auf dem College haben nebenbei gestrippt, um Geld fürs Studium zu verdienen. Ich hab's auch mal versucht.«

»Verstehe. Einige Leute behaupten, dass sexuelle Zurschaustellung für eine Frau etwas ganz Natürliches sei. Aber ich finde es wichtig, zwischen Instinkt und dem, was man sich erst aneignen muss, zu unterscheiden. Deinen Po einladend rauszustrecken, damit jemand in dich eindringt, geschieht instinktiv. Aber deine Lippen rot anzumalen, damit sie deiner Fotze ähneln, das ist anerzogen. Ich denke, bei dir herrscht der Instinkt vor und deine Freundinnen haben dir nur geholfen, das auszudrücken, was du ohnehin schon wusstest. Du darfst deinen Rock wieder runterziehen.«

»Aber ich dachte …«

»Ich sagte doch, zu deiner Bestrafung komme ich später. Und jetzt zieh deinen Rock runter. Sonst gerate ich noch in Versuchung, ihn hinten festzustecken, bis du dran bist.«

Laura gehorchte und bedeckte ihren Unterleib mit einer gewissen Erleichterung, aber auch mit Bedauern. Jeder andere Mann, den sie kannte, hätte sich auf der Stelle über sie hergemacht. Erst mit dem Rohrstock und dann mit seinem Schwanz. Aber nicht der Teufel. Bei ihm musste sie warten.

»Wie wär's jetzt also mit einem Drink?«, wiederholte er seine Einladung. »Keine Sorge, zu deiner Züchtigung mit dem Rohrstock kommen wir schon noch. Es ist zwar ein wenig frisch, aber ich dachte, dass wir unseren Tee im Garten nehmen. Vielleicht sollte ich mich besser davor um dich kümmern. Sagen wir halb fünf?«

»Halb fünf? Das sind ja noch vier Stunden! Ich habe doch schon fünf Tage gewartet! Bitte, Charles! Ich muss das jetzt endlich hinter mich bringen.«

Aber der Teufel lachte nur.

15

Das Mittagsmahl wurde im Esszimmer eingenommen. Charles erklärte die beste Methode, Salatdressing zuzubereiten, und erging sich in Informationen über die Geschichte des Hauses, während Laura mit ihrem Besteck herumspielte und an dünne, dunkle Rohrstöcke und wunde Pobacken dachte. Ihr Gastgeber hatte eine Flasche Weißwein geöffnet, die sie im Arbeitszimmer tranken. Der mit Bücherregalen gefüllte Raum war so groß, dass er den gesamten unteren Teil des Turmes einnahm. Wie in Charles' Wohn- und Schlafzimmer herrschte auch hier eine Atmosphäre von geradezu wohliger Männlichkeit vor, nur, dass sie hier noch etwas deutlicher zu spüren war. Die großen, altmodischen, mit grünem Leder gepolsterten Sessel passten perfekt zu ihm. Genau wie das dunkle Holz des übrigen Mobiliars und die endlosen Bücherreihen. Der Raum wirkte, als wollte er mit seiner Einrichtung die Persönlichkeit von Charles nicht nur spiegeln, sondern sogar noch verstärken.

Der Wein und das überwältigende Gefühl seiner Anwesenheit machten es Laura ganz leicht, sich nicht nur als seine Geliebte, sondern als sein Spielzeug zu sehen. Selbst eine Existenz als seine Sklavin konnte sie sich inzwischen vorstellen – ganz so, wie er es bereits vorgeschlagen hatte. Das konstante Ticken einer alten Großvateruhr, die zwischen zwei Bücherregalen stand, wies sie darauf hin, dass ihre Bestrafung mit jeder Bewegung der Uhrzeiger näher rückte. Doch Charles machte inzwischen einen gleichgültigen, ja fast schläfrigen Eindruck. Er sagte zwar ab und zu etwas, trank ansonsten aber nur seinen Wein. Seine Augen beobachteten sie allerdings die ganze Zeit. Es war jetzt schon über eine Stunde her, seit er das letzte Mal das erwähnt hatte, was für Laura die Quintessenz ihrer Beziehung darstellte. Doch plötzlich griff er das Thema wieder auf.

»Um noch mal auf das zurückzukommen, was ich über das Wort Dungeon sagte – es ist das Beste, wenn man es nicht verwendet. Ich fürchte, die Klatschpresse und die Filmindustrie haben dafür gesorgt, dass dieses Wort und auch jede Praktik, bei der Frauen körperlich gezüchtigt werden, nur mit der übelsten Sorte Menschen in Verbindung gebracht wird. Du weißt sicher, was ich meine. Irgendwelche Irren mit Rugby-Masken und Kettensägen oder Kannibalen, die sich aus menschlicher Haut Kleidung anfertigen. Aber vielleicht bringe ich da auch meine Quellen ein bisschen durcheinander. Auf jeden Fall stimmt das natürlich in keiner Weise mit der Realität überein. Ich denke nur, es wäre doch am besten, wenn du es für dich behältst, dass du von mir diszipliniert wirst. Ein bisschen Exhibitionismus kann jedoch auch nicht schaden.«

»Aber Sie haben mich doch auch nach Cambridge geschickt, um einen Rohrstock zu kaufen.«

»Du hast doch niemandem erzählt, wozu er gedacht ist, oder?«

»Nein. Aber ich war mir sicher, dass es jeder erraten kann.«

»Höchst unwahrscheinlich. Es sei denn, es handelte sich dabei ebenfalls um Freunde körperlicher Züchtigung. Ich wollte dir damit auch nur sagen, wie wichtig es ist, dass du mir vertraust. Schließlich haben wir uns gerade erst kennengelernt und werden über lange Zeiträume allein miteinander sein.«

»Ich vertraue Ihnen. Und ich bin durchaus in der Lage zu erkennen, ob ich einen Irren oder einen Idioten vor mir habe.«

»Deine Instinkte trügen dich nicht. Obwohl es viele Leute gibt, die mich allein aufgrund der Tatsache, dass ich gerne Frauen züchtige, als Irren bezeichnen würden. Und da du es genießt, diese Züchtigungen hinzunehmen, bist du in deren Augen sicher auch nichts anderes. Wichtig ist nur, dass deine Familie, deine Freunde und deine Arbeitskollegen wissen sollten, dass wir eine Beziehung haben. Die intimen Details gehen niemanden etwas an.«

»Ich wollte aus der Sache sowieso kein Geheimnis machen.«

»Gut. Dann ruf jetzt jemanden an und sag ihm Bescheid, dass du hier bist. Wenn du das nicht ohnehin schon getan hast.«

Laura nickte im Bewusstsein, wie dumm sie doch gewesen war, und empfand erneut eine äußerst große Dankbarkeit für die anscheinend mühelose Kontrolle, die er über sie hatte. Sie nahm ihr Handy aus der Tasche und wählte die Nummer ihrer Eltern. Doch während des Tippens besann sie sich eines Besseren und rief stattdessen Mrs. Phipps an, um zu fragen, wie es Smudge ging und um ihr zu sagen, wo sie sich gerade aufhielt. Charles wartete geduldig, bis sie ihr Telefonat beendet hatte.

»Smudge?«

»Mein Hund. Er ist ein Mastiff. Na ja, halbwegs zumindest. Er stammt eigentlich von einem Züchter, aber ich glaube, seine Mutter war eine ziemliche Streunerin.«

»Ich hätte gedacht, dass du Katzen vorziehst.«

»Das wäre das erste Mal, dass Sie sich in mir getäuscht haben. Aber wieso Katzen?«

»Hunde sind immer nur einem Herrn treu ergeben. Und das ist eine Charaktereigenschaft, die du zwar zeigst, aber bei anderen Menschen nicht unbedingt suchst. Eine Katze hingegen lässt sich von niemandem besitzen. Und daher bevorzugen die, die sich gerne von anderen besitzen lassen, normalerweise Katzen.«

Laura zuckte mit den Schultern. Die Vorstellung, auf diese Weise jemandem zu gehören, war ihr noch immer irgendwie suspekt. Treu zu sein, war eine Sache, und sie sehnte sich auch durchaus nach Bestrafung. Aber sich als Besitz eines Mannes zu betrachten, das ging ihr dann doch einen Schritt zu weit. Charles schien das Thema nicht vertiefen zu wollen, sodass Laura gegen eine immer weiter anwachsende Frustration anzukämpfen hatte. Jeder andere Mann hätte bestimmt längst versucht, sie ins Bett zu kriegen. Und nur weil sie auf ihre Züchtigung warten musste, hieß das doch noch lange nicht, die beiden könnten sich vorher nicht anderweitig vergnügen. Da Charles keinerlei Schritte in diese Richtung unternehmen zu wollen schien, nahm sie die Gelegenheit nach ein paar Minuten und dem letzten Schluck Wein aus ihrem Glas selbst in die Hand.

»Wollen Sie mich jetzt nicht nach oben führen?«

»Es ist gerade mal kurz nach zwei.«

»Ich meine, ins Schlafzimmer.«

Charles zuckte mit den Schultern und stellte sein leeres Glas ab. Dann stand er auf und hielt Laura eine Hand hin. Sie nahm sie und ließ sich von ihm aus dem Arbeitszimmer hinaus die Treppe hinaufführen. Auf dem oberen Flur angekommen, verschaffte ihr der Blick durch die offene Tür des Meditationsraums einen stechenden Lustanfall. Doch Charles führte sie in die andere Richtung.

Sein Bett war groß, robust und aus ähnlichem polierten Holz wie der Peitschbock gearbeitet. In der Luft lag ein Hauch von maskulinem Duft.

Charles zog die junge Frau zu sich heran und gab ihr einen Kuss auf die Stirn, auf die Wange und schließlich auch auf den Mund, der sich unter dem Druck seiner Lippen öffnete, als er sie in den Arm nahm. Während sie sich küssten, fing er an, über ihr Haar und ihren Hals zu streichen, sodass ihre Lust schnell einen Siedepunkt erreichte. Laura öffnete seinen Reißverschluss und vergrub ihre Hand in seiner Hose, um Schwanz und Eier hervorzuholen. Ihre Küsse wurden immer leidenschaftlicher, während sie an ihm herumknetete und seinen Schwanz wichste, um ihn möglichst schnell steif zu kriegen und in sich zu spüren.

Charles ließ sie gewähren, behielt dabei aber die ganze Zeit die Kontrolle über die Situation. Erst öffnete er ihr Kleid, und dann drückte er sie sanft nach unten, bis sie auf der Bettkante saß. Laura begriff sofort, was er von ihr wollte, und zog ihn an seinem mittlerweile halbsteifen Riemen zu sich heran, um den in den Mund zu nehmen. Doch als sie schließlich anfing, ihn zu blasen und seine Eier zu massieren, wurde klar, dass ihre Gier sie ein wenig ungeschickt machte. Charles griff schließlich sachte, aber doch fest genug in ihr Haar, um sie so in Position zu halten, damit sie seinen Riemen zwischen ihren Lippen steif blasen konnte.

Während Laura in den Mund gefickt wurde, warf sie ihre Schuhe von sich und öffnete ihren BH, um ihre Brüste in die Hände zu nehmen. Sie strich über ihre Nippel, bis sie steif waren und erhob sich dann ein wenig, um sie an seinem geschwollenen Schwanz zu reiben. Plötzlich presste Charles seinen Riemen zwischen ihre Brüste und rieb sich solange an der zarten Haut, bis seine Erektion schließlich dick und lang zwischen ihren Bällen hervorstand.

Laura saß breitbeinig vor ihm, mit ihren Schenkeln an den seinen. Ihre Muschi war jetzt bereit, und sie rieb Gesicht und

Brüste immer wieder lüstern an seinem Schwanz. Bis er über den Moment der Penetration entschied, wollte sie so viel von ihm haben wie möglich. Und dieser Moment kam recht schnell. Charles drückte sie an den Schultern in eine liegende Position und hob ihre Beine an, um sie direkt vor sich zu spreizen. Laura nahm seinen Schwanz und fuhr damit immer wieder über ihre Möse, während seine Hände über ihre Schenkel strichen und durch die Strümpfe hindurch ihre Haut liebkosten. Schließlich wanderten seine Finger zu den empfindlichen Stellen an der Unterseite ihrer Pobacken, wo sie sich schnell an ihrer Rosette zu schaffen machten.

Als er das kleine Loch kitzelnd verwöhnte, spürte Laura, wie sich alles in ihr anspannte. Paradoxerweise musste sie darüber lachen, wie offen sie jetzt vor ihm lag. Jetzt war jeder noch so intime Teil ihres Körpers für seine Augen und für seinen Schwanz freigelegt. Sie rieb noch immer mit seinem Prügel über ihre Möse. Laura wusste genau, dass es ihr bald kommen würde, wenn dies hier noch ein paar Minuten so andauerte. Aber da ging Charles auch schon etwas in die Knie und versenkte sich mit einem einzigen Stoß tief in ihrer Mitte. Aus Lauras Kehle drang ein lüsternes Stöhnen, als er sie mit seinem Fleisch ausfüllte, und sie gab sich ganz und gar dem herrlichen Gefühl hin, einen Schwanz in sich zu spüren.

Ihre Hände wanderten erneut zu ihren Brüsten. Je geiler sie wurde, desto fester wurden das Kneten und das Ziehen an ihren Nippeln. Charles hatte sie bei den Schenkeln gepackt und benutzte sie als Stütze, um immer schneller und immer fester zuzustoßen. Laura bäumte sich auf und streckte ihm völlig benommen vor Erregung und bereit, jeden Moment zu kommen, ihren Unterleib entgegen. Als die ersten Zuckungen ihres Höhepunktes einsetzten, griff sie ekstatisch stöhnend zwischen ihre Beine, um ihren Kitzler zu stimulieren. Seine immer heftiger werdenden Stöße deuteten darauf hin, dass auch er jeden Moment so weit war. Schließlich kam es beiden gleichzeitig – ein langer Augenblick seligen Glücks, das ewig hätte andauern können und das sich erst zu verflüchtigen begann, als er völlig leer war und sich aus ihr zurückzog.

Nachdem sie sich total erschöpft auf das Bett hatten fallen lassen, kuschelte sich Laura wie in Trance an seine Brust. Ihr Spiel war zwar kurz, aber umso leidenschaftlicher gewesen und bedeutete für Laura einen köstlichen Höhepunkt ihres Verlangens nach ihm. Solange sie in seinen Armen lag, war sie zufrieden. Charles hielt sie fest umschlungen und strich immer wieder über ihren Rücken und ihren Po. Seine Berührungen waren sehr zärtlich, fühlten sich gleichzeitig aber auch so besitzergreifend intim an, dass Laura sich in ihrer immer größer werdenden Liebe sehr bestärkt fühlte.

Sie hatte mittlerweile jedes Zeitgefühl verloren. Es schien ihm völlig auszureichen, sie einfach nur zu halten – das hatte sie noch mit keinem der Männer erlebt, mit denen sie bisher zusammen gewesen war. Nach einer Weile ging sie zwar doch kurz ins Badezimmer, legte sich dann aber gleich wieder ins Bett, um sich erneut an ihn zu kuscheln. Das warme Sonnenlicht auf ihrem nackten Körper sorgte für ein Gefühl ultimativer Zufriedenheit. Doch plötzlich wurde sie von einem Schlag auf den Hintern aus ihrem schlafähnlichen Zustand geweckt. Laura schnurrte und versuchte sofort, mit der Hand an seinen Schwanz zu gelangen. Doch ihre Bemühungen wurden mit einem weiteren Schlag auf den Po quittiert.

»Kommt nicht infrage, Fräuleinchen. Es ist fast halb vier. Zeit für deine Bestrafung.«

Laura setzte sich blitzschnell auf. Ihr Bauch war voller Schmetterlinge und ihre Kehle unsagbar trocken. Sie hatte keine Ahnung gehabt, dass es schon so spät war, doch der Wecker auf dem Nachttisch bestätigte seine Worte.

»Wird es das erste Mal für dich sein? Sag die Wahrheit«, mahnte er sie und steckte seinen Schwanz in die Hose.

»Ja, es ist das erste Mal. Mit der flachen Hand habe ich zwar schon Bekanntschaft gemacht, aber noch nicht mit dem Rohrstock.«

»Dann werde ich dich ein bisschen vorwärmen. Auch wenn das normalerweise bei einer Bestrafung nicht vorgesehen ist.«

»Mich vorwärmen?«

»So etwa.«

Laura schrie überrascht und erschrocken auf, als sie mit dem Gesicht aufs Bett gedrückt wurde. Er beugte sich über sie, um sie zu fixieren, und ließ dann einige sehr feste Schläge auf ihren Pobacken niedergehen, die sie schnell zum Zappeln und Treten brachten. Vor ein paar Minuten noch hatte sie in seinen liebevollen Armen gelegen, jetzt wurde sie festgehalten, um sich den Hintern versohlen zu lassen. Dieser plötzliche Wechsel war fast zu viel für sie. Und seine Schläge taten weh. Sie keuchte und bettelte um Gnade. Aber Charles achtete gar nicht auf sie, sondern züchtigte sie so lange mit der bloßen Hand, bis ihr Hintern warm genug war, dass es sie verlangte, ihn lüstern hochstrecken zu wollen. Als er das sah, stellte Charles seine Behandlung sofort ein.

»Das dürfte reichen. Und jetzt zieh bitte die Strümpfe aus. Da dies eine offizielle Bestrafung ist, solltest du ganz nackt sein.«

Laura tat wie ihr geheißen. Sie schniefte ein wenig, als sie ihre Strümpfe runterrollte und auszog, behielt ihre Angst und ihre Beklommenheit sonst aber für sich. Schließlich tat er nur das, was sie wollte und dem sie auch zugestimmt hatte. Nicht mehr und nicht weniger. Sie konnte schon dankbar sein, dass er ihren Po zunächst vorgewärmt hatte. Außerdem war es absolut passend, dass sie splitternackt war, wenn er sie mit dem Rohrstock bearbeitete. Charles wartete geduldig, bis sie so weit war, und nahm sie dann bei der Hand, um sie in den Meditationsraum zu führen, wo sie sich sofort über den Peitschbock beugen musste.

»Akzeptierst du mein Recht, dich nach meinem eigenen Gutdünken zu bestrafen?«, fragte er mit ruhiger Stimme.

Lauras Stimme stockte, sodass ihre Antwort nur noch ein leises Flüstern war:

»Ja.«

»Du wirst jetzt sechs Hiebe mit dem Rohrstock empfangen. Ich warne dich, es wird wehtun. Möchtest du vielleicht lieber fixiert sein?«

Laura zögerte und fragte sich, ob sie die Courage aufbringen würde, ihre Bestrafung ohne Fesselung über sich ergehen zu lassen. Und sie kam schnell zu dem Entschluss, dass sie wahrscheinlich nicht so mutig sein würde. Er wartete und legte ihr zusammengefaltetes Höschen beiseite, während sie ihre Entscheidung traf.

»Ich glaube, ich sollte vielleicht besser fixiert werden.«

»Wie du willst. Knie dich auf die Bank.«

Sie gehorchte, zitterte aber am ganzen Körper, als sie die gewünschte Position einnahm. Ihre Knie ruhten jetzt auf dem etwas abgesenkten Teil der gepolsterten Fläche, und ihr Oberkörper auf dem kurzen, schräg abfallenden Stück, sodass ihre Brüste frei herumschwangen und ihr Hintern hochgereckt seinem Blick preisgegeben war. Laura hielt sich an dem Polster fest, während Charles sich nach unten beugte, um sie mit den schwarzen Ledermanschetten zu fixieren, die an der Bank befestigt waren.

Er ging mit System vor und befestigte ruhig und ohne Eile

zunächst ihre Fußknöchel. Die Manschette schnitt ein wenig in ihre Haut, und die Kette sorgte dafür, dass sie nicht zu heftig in ihren Fesseln zappeln konnte. Schon das Befestigen der ersten Manschette ließ das Gefühl hilflosen Ausgeliefertseins in ungeahnte Höhen schnellen. Und ihre Erregung wurde mit jeder Fixierung eines neuen Körperteils an der schweren Bank größer, denn jetzt war sie völlig unfähig, sich irgendwie zu schützen. Als Letztes kam der Bauchgurt – ein breiter, gepolsterter Gurt, der ihre Taille fest gegen den oberen Teil der Bank presste und dafür sorgte, dass ihr Hintern mit gespreizten Pobacken hochstand. Laura spürte die kühle Luft auf ihrer Rosette und ihrer Möse. Ihr Zittern war mittlerweile so schlimm geworden, dass sie sich kurz vor einer Panik glaubte. Doch jetzt war sie stramm gefesselt. Und selbst wenn sie versuchen sollte, sich zu wehren, so konnte sie dem, was sie ersehnte und gleichzeitig fürchtete, jetzt nicht mehr entkommen. Charles' Stimme klang sachlich und nüchtern, als er erneut das Wort an sie richtete.

»Willst du einen Knebel? Es ist deine Entscheidung.«

Laura nickte eindringlich. Wie sehr die sechs Schläge auch schmerzen würden, sie wollte es aushalten. Gleichzeitig war sie sicher, dass sie ihn sonst schon nach dem ersten Hieb um Gnade anflehen und das Erlebnis damit eindeutig verderben würde. Charles ging hinüber zu den Haken neben der Tür und nahm einen merkwürdigen Gegenstand zur Hand. Es handelte sich um einen kleinen roten Ball, an dessen Seiten zwei Lederriemen angebracht waren und der dazu gedacht war, sie zu knebeln. Doch er hängte das Utensil wieder zurück und wählte stattdessen ein kurzes Seil.

»Der Ball würde dir zwar ganz sicher den Mund stopfen, aber da du ein altmodisches Mädchen bist, werde ich auch eine altmodische Methode anwenden. Mach den Mund weit auf!«

Charles nahm ihr Höschen wieder zur Hand und knüllte es in seiner Faust zusammen. Laura bemerkte zu spät, was er vorhatte, sodass sie nur noch unterdrückt schluchzen konnte, als er ihr die teuren French Knickers fest zwischen die Lippen stopfte. Das Gefühl von Demütigung war jetzt so groß, dass sie es kaum ertrug, wurde aber noch einmal verstärkt, als er das kurze Seil hinter ihrem Kopf zusammenband, um die French Knickers an ihrem Platz zu halten. Der Geschmack des eigenen Höschens im Mund erinnerte Laura an ihre wahnsinnige Geilheit, und sie ließ voller Scham und Bußbereitschaft ihren Kopf hängen. Sie war jetzt bereit für den Rohrstock.

Charles war mittlerweile wieder zu der Hakenreihe an der Tür zurückgekehrt, und Laura beobachtete mit immer größerer Angst und Bestürzung, wie er den Rohrstock mit dem krummen Griff auswählte – wohl eines seiner Lieblingsinstrumente. Als er wieder zu ihr trat, spannten sich ihre Pobacken intensiv an. Und diese Anspannung wurde noch größer, als Charles mit der dünnen, kalten Rute gegen die zarte Haut ihres Hinterns klopfte. Dann hob er den Rohrstock hoch und hielt ihn über seinem nackten, schutzlosen Ziel in Position, während sie mit flauem Magen und zuckenden Muskeln auf ihre Bestrafung wartete.

»Eins.«

Der Rohrstock sauste über ihr nieder und landete direkt auf Lauras Po. Es war ein heftiger Schlag, dem unmittelbar ein stechender Schmerz folgte, der kaum zu ertragen war. Ihre Beine rissen an den Fesseln, und ihre Hüften zuckten in einem wilden, sinnlosen Versuch, zu entkommen. Laura fragte sich ernsthaft, wie sie jemals so dumm gewesen sein konnte, solch eine Qual über sich ergehen lassen zu wollen. Sie versuchte, durch die Seide ihres Höschens hindurch einen

Widerspruch von sich zu geben. Er sollte aufhören oder wenigstens eine Pause machen. Doch Charles holte bereits zum zweiten Schlag aus.

»Zwei.«

Lauras ganzer Körper zuckte, als das Schlaginstrument ein zweites Mal niederging und einen weiteren brennendheißen Striemen auf ihrer Haut hinterließ. Ihre Tritte und ihre Zuckungen wurden immer heftiger.

»Drei.«

Und wieder sauste der Rohrstock auf ihren Po nieder. Sie schluchzte jetzt durch die Knebelung hindurch und ihre Fußknöchel rissen wie wild an den Manschetten.

»Vier.«

Jetzt gab Laura sich endgültig hin. Ihr Körper zuckte, und sie dachte nur noch an den Schmerz ihrer Bestrafung.

»Fünf.«

Der vorletzte Schlag. Und selbst als ihre Muskeln praktisch versteinerten, war sie sich nur bewusst, dass nur noch ein Hieb folgen würde.

»Sechs.«

Der letzte Schlag landete so gezielt, dass ihre Knie mehrere Sekunden lang einen kleinen Tanz der Qual aufführten, bevor endlich eine andere Empfindung einsetzte als reiner Schmerz. Sie spürte Schuldgefühle wegen ihres Benehmens, Freude über ihr Reuegefühl und eine große Dankbarkeit dem Mann gegenüber, der sie geschlagen hatte. Zwar zitterte sie noch immer unkontrolliert, und ihr Hinterteil schien förmlich zu lodern, aber als er sich nach vorn beugte, um den Knoten zu lösen, der ihr Höschen festhielt, und sie von dem durchnässten Knäuel zu befreien, konnte sie nur drei Worte stammeln:

»Bitte halt mich.« Die extreme Intimität der Situation sorgte dafür, dass Laura das erste Mal wagte, ihren Gefährten mit einem vertraulichen Du anzusprechen.

Charles gab ihr einen Kuss, löste ihre übrigen Fesseln und nahm sie dann in seine Arme. Sie klammerte sich zitternd an ihn. Laura war völlig überwältigt von einem Gefühl der Reinigung, das so viel stärker war als ihre Empfindungen, nachdem sie mit der bloßen Hand gezüchtigt worden war. Charles strich ihr beruhigend übers Haar und gab ihr flüsternd zu verstehen, wie sehr er ihren Mut bewunderte und dass sie ihren Gefühlen ruhig freien Lauf lassen konnte. Das musste er Laura nicht zweimal sagen, denn die Tränen liefen ihr schon jetzt übers Gesicht. Und als die Schmerzen ihrer Striemen zu einem dumpfen Hitzegefühl geworden waren, kehrte auch ihre lüsterne Gier zurück. Sie gab dem Gefühl sofort nach, griff mit einer Hand nach hinten, um die empfindlichen Striemen zu berühren und ließ die andere zwischen ihre Beine wandern. Sie spürte nicht die geringste Scham ob seiner Anwesenheit oder ihrer eigenen Offenherzigkeit und rieb sich hemmungslos zum Höhepunkt.

16

Lauras Hinterteil war mit fünf parallel verlaufenden, gleichmäßig gesetzten Linien dekoriert. Der sechste, diagonal über den fünf anderen verlaufende Striemen, bildete ein Muster, das Charles als das »Magische Gitter« bezeichnete und das sein persönliches Markenzeichen war. Als Laura sich im Badezimmerspiegel betrachtete, während Charles sich um den Tee kümmerte, fühlte sie sich glücklicher als jemals zuvor. Außerdem war sie unglaublich stolz auf sich und ihren gestreiften Po.

Die Züchtigung selbst war eine schmerzhafte Qual gewesen, und sie wusste, dass sie diese Behandlung niemals hätte ertragen können, wenn sie nicht gefesselt und geknebelt gewesen wäre. Aber die Nachwirkungen waren eine ganz andere Sache. Und der Orgasmus, den sie sich in seinen Armen liegend beigebracht hatte, gehörte zu den besten, die sie bisher in ihrem Leben gehabt hatte. Danach war sie endlos geschwächt, aber auch endlos befriedigt gewesen.

Als sie nach draußen trat, wiegte sie mit voller Absicht ihre immer noch unbedeckten Hüften. Und als sie Charles erblickte, drehte sie sich sogar einmal, um ihm ihr Hinterteil zu zeigen. Er hatte ein paar schmiedeeiserne Stühle und einen Tisch mit weißem Tischtuch aufgestellt, auf dem feines Porzellan, Silberbesteck und ein Teller mit Keksen und kleinen, gelben Kuchen standen. Als sie die Teetafel erreichte, deutete Charles auf einen Stuhl mit einem kleinen Kissen.

»Ich schätze, das wirst du sicher brauchen.«

Laura erwiderte sein Grinsen und setzte sich langsam auf das Kissen. Ihre Striemen schmerzten schon im Stehen, aber im Sitzen waren sie noch viel empfindlicher. Doch das erinnerte sie nur auf köstliche Weise daran, was man mit ihr gemacht hatte.

»Soll ich die Mutti machen?«, fragte sie und griff beherzt nach der Teekanne.

»Ich bitte darum.«

»Das war einfach unglaublich. Ich danke dir.« Wie schön es doch war, dass er ihr die Erlaubnis erteilt hatte, ihn ständig zu duzen.

»Fühlst du dich jetzt besser?«

»Ja, viel besser. Ich brauchte die Strafe wirklich dringend. Aber um ehrlich zu sein, brauchte ich auch den Orgasmus sehr dringend. Und jetzt habe ich das Gefühl, als würde ich schweben.«

»Die Behandlung kann süchtig machen, ich warne dich.«

»Das ist mir egal. Ich will mehr.«

»Einmal die Woche ist die maximale empfohlene Dosis. Wir müssen deinen hübschen Popo doch schließlich gut in Schuss halten. Aber in der Zwischenzeit kann ich gerne auf andere Weise Hand an ihn legen – wenn du verstehst, was ich meine.«

»Ja, bitte.«

Laura lächelte glücklich, als sie den Tee eingeschenkt hatte. Alles war perfekt. Sie saß im Garten ihres Geliebten auf ihrem gezüchtigten Po und genoss die warme, englische Sonne. Nackt, aber vor neugierigen Blicken geschützt, nippte sie an ihrem Tee und lauschte dem Zwitschern der Vögel. Irgendwo in der Ferne war das Brummen eines Traktors zu hören. Die Arbeit kam ihr jetzt nur noch wie eine entfernte Erinnerung vor. Ihr restliches Leben aber war jetzt genau so, wie sie es sich in ihren Fantasien immer vorgestellt hatte – mit Charles als Mark Frobisher oder als irgendein anderer der starken, männlichen Helden, die sie so anbetete. Laura seufzte, als sie sich auf dem Stuhl nach hinten lehnte. Plötzlich erhob Charles seine Teetasse, um einen Toast auszubringen.

»Ich bin ein echter Glückspilz. Es ist nicht leicht, so eine Frau wie dich zu finden. Wie wär's, wenn wir heute zum Essen ins *Eel Net* gehen? Der Laden ist zwar ein bisschen rustikal, aber das Essen ist sehr gut.«

Bei Charles untergehakt marschierte Laura mit schnellen Schritten durch die hereinbrechende Dunkelheit. Sie gingen auf die Lichter eines strohgedeckten Pubs zu, der aussah, als wäre er dort gewachsen und nicht etwa irgendwann gebaut worden. Laura war nackt unter ihrem Kleid und immer noch so zufrieden mit sich selbst, dass sie ihren Po am liebsten jedem gezeigt hätte, der an ihnen vorbeiging. Und dieses Bedürfnis wiederum versetzte sie in so gute Stimmung, dass sie ein Lachen unterdrücken musste. Charles genoss ihre Stimmung und drohte ihr scherzhaft mit der Anweisung, den Rock vor den einheimischen Gästen im Pub anheben zu müssen, wenn sie nicht aufhörte zu kichern. Doch seine Warnung verhallte ungehört, denn der Gedanke war für Laura durchaus verlockend. Erst als sie die Tür erreichten, legte er ihr einen warnenden Finger auf die Lippen.

»Denk dran, kein Wort. Man kennt mich hier zwar, weiß aber nicht, was ich für Vorlieben habe. Und so soll es möglichst auch bleiben.«

»Ach, nur mal kurz hochheben, bitte.«

»Benimm dich.«

Er klopfte ihr auf den Hintern, und sie betraten einen niedrigen, gelblich beleuchteten Raum, in dem es sehr warm und sehr laut war. Laura verzog die Nase, als sie den Biergeruch einatmete, bekam aber sofort Hunger, als sie merkte, dass es hier nicht nur nach Alkohol, sondern auch nach Steaks mit gebratenen Zwiebeln roch. Charles führte sie zur Bar, nickte dabei einigen Gästen zu, und stellte Laura zwei Anwesenden vor, die er beim Namen kannte. Sie lächelte schüchtern und war sich nur allzu bewusst, dass ihre Brüste sich unter dem Kleid sehr deutlich abzeichneten. Den männlichen Kunden schien der Anblick zu gefallen. Sie warfen ganz offene oder auch verhohlene Blicke auf ihre Brust, doch Laura empfand dabei nichts von dem üblichen Groll, die derartig ungebetene Aufmerksamkeit normalerweise bei ihr ausgelöst hätte. Nein, sie stand unter Charles' Schutz und fühlte sich ganz sicher. Er holte Getränke und führte Laura in eine Nische, wo sie ganz und gar ungestört waren und die Speisekarte studierten. Laura nahm einen Schluck von ihrem Wein.

»Die würden mich gerne nackt sehen, hab ich Recht?«

»Das schätze ich auch. Und wieso auch nicht?«

»Ich gehöre jetzt dir. Und zwar dir ganz allein.«

»Wirklich?«

»Ja! Ich glaube nicht … ich glaube nicht, dass ich mich jemals wieder mit dem Gedanken an andere Menschen berühren werde. Nicht nach dem Rohrstock.«

»Da bin ich ganz sicher. Aber was wäre denn, wenn hier heute Abend ein – sagen wir – Striptease-Wettbewerb stattfände und ich dich auffordern würde, daran teilzunehmen.«

»Dann würde ich es tun. Aber nur für dich.«

»Das ist eine sehr gute Antwort, Laura. Wie schon erwähnt, mag die Gesellschaft körperlicher Züchtigung zwar missbilligend gegenüberstehen, aber das trifft keineswegs auf Exhibitionismus zu. Oder zumindest nicht im selben Maße. Wenn ich dich jetzt zum Beispiel übers Knie legen würde, kämen dir sicher diverse dieser Typen zur Hilfe geeilt. Und Jack, unser Wirt, würde vielleicht sogar damit drohen, die Polizei zu rufen. Wenn ich dich allerdings dazu bringen würde, dein Abendessen mit bloßen Brüsten einzunehmen, würde er es als Scherz verstehen. Obwohl er dich natürlich früher oder später bestimmt bitten würde, deine Blöße zu bedecken.«

»Soll ich es tun?«

»Nein. Im Moment nicht. Obwohl es durchaus sein kann, dass ich Ähnliches irgendwann von dir verlangen werde. Das ist das zweite der drei großen Bs: das Bedürfnis, mir deine rückhaltlose Hingabe zu beweisen. Und ich nehme an, diesen Wunsch spürst du doch wohl in dir?!«

»Auf jeden Fall. Ich würde alles tun, was du von mir verlangst. Im vernünftigen Rahmen.«

»Nein, Laura. Du musst alles tun, was ich von dir verlange, und dich somit völlig deiner Eigenverantwortung entziehen. Du musst so viel Vertrauen in mich haben, dass du mir die Entscheidung überlässt, was der vernünftige Rahmen ist.«

»Und wenn du nun von mir verlangst, von irgendeinem Dach zu springen?«

»Das wäre nicht vernünftig.«

»Na gut, ich glaube, ich verstehe. Aber ich glaube, daran muss ich mich erst noch ein wenig gewöhnen. Was ist denn das dritte B?«

»Dein Bedürfnis, mein Besitz zu sein.«

»Oh …«

»Du hast es in dir, Laura. Auch wenn es dir selbst noch nicht ganz klar ist und vielleicht noch eine Weile dauern wird, bis du dein eigenes Begehren akzeptieren kannst. Aber wenn es so weit ist, dann werde ich dich eine Vereinbarung unterzeichnen lassen, die dich an mich bindet und dir ein Halsband anlegen.«

Das reichte, um Laura voller Zweifel zunächst das Thema wechseln zu lassen.

»Was soll ich denn nun tun, um mich dir zu beweisen?«

»Wir werden sehen. Wie schon gesagt, werde ich nichts von dir verlangen, was deine Existenzgrundlage gefährden könnte. Schließlich bin ich verantwortlich für dich. Ich werde dir Montag eine Anweisung per E-Mail schicken, damit du wachsam bleibst. Vielleicht auch erst Dienstag.«

»Darf diese E-Mail mich auch erregen?«

»Sie *soll* dich sogar erregen. Aber wie bei deiner Disziplinierung tritt das Vergnügen vielleicht auch erst später ein.«

Seine Worte sorgten bei Laura für einen elektrisierenden Kick aus Angst und Verlangen. Wenn diese Erfahrung auch nur ansatzweise so heftig sein würde wie die Züchtigung mit dem Rohrstock, dann könnte sie die ganze Woche davon zehren. Charles quittierte ihre Reaktion mit seinem teuflischen Grinsen und wandte sich dann wieder der Speisekarte zu.

»Aber jetzt lass uns endlich was essen. Das Steak ist gut. Das Fleisch kommt hier aus der Gegend und ist meistens gut abgehangen. Das ist heutzutage ja eine echte Seltenheit.«

»Ich werde bestimmt zunehmen, wenn wir uns öfter treffen.«

»Ich habe da eine Methode, das Gewicht eines Mädchens nötigenfalls unter Kontrolle zu halten.

»Das kann ich mir vorstellen.«

»Zum Beispiel, dich auf der Stelle auf- und abhüpfen zu lassen, während ich mit einer Gerte daneben stehe, falls du langsamer werden solltest.«

»Autsch! Ich glaube, ich nehme den Salat.«

»Nein, Unsinn. Nimm das Steak. Und das ist ein Befehl.«

Nach dem Essen lehnte Laura sich bequem auf ihrem Stuhl zurück. Eine ihrer Hände lag locker auf ihrem etwas aufgeblähtem Bauch, und die andere hielt ihr immer noch halbvolles Glas mit dem köstlich süßen Wein, den Charles zusammen mit dem Nachtisch bestellt hatte. Es sah zwar ganz danach aus, als müsste sie wirklich auf Charles' ganz spezielle Diät gesetzt werden, aber im Moment konnte sie sich kaum rühren. Doch das schien Charles nicht sonderlich zu beeindrucken.

»Das war köstlich. Vielleicht noch einen Kaffee und dann nach Hause«, sagt er, nachdem er sich den Mund mit einer Serviette abgetupft hatte.

Laura gab keine Antwort, sondern genoss das köstliche Gefühl, sich einfach seiner Führung anzuvertrauen. Er zahlte auch wie selbstverständlich, ohne ein Wort darüber zu verlieren, und als die beiden ihren Kaffee ausgetrunken hatten, reichte er ihr seine Hand. Laura nahm sie gerne an und ließ sich von ihm aufhelfen und schließlich aus dem Pub geleiten. Dabei war sie sicher, bei den Gute-Nacht-Wünschen des Wirtes und diverser Gäste durchaus etwas Neid, aber auch schweinische Belustigung herauszuhören.

Es war kühl und windstill, und die Straße wirkte wie ein metallgraues Band zwischen den Silhouetten der hohen, schwarzen Hecken und Bäume, die sich vor dem sternenklaren Himmel abzeichneten. Charles legte seinen Arm um ihre Taille und führte sie auf dem Weg zurück, den sie gekommen waren. Irgendwann passierten sie ein Gatter, hinter dem ein vom Mondlicht silbrig wirkendes Feld lag.

»Wir nehmen den Feldweg. Der Mond ist hell genug und dort geht es sich wesentlich angenehmer.«

Nachdem es Laura gelungen war, mit hochgezogenem Kleid über das Gatter zu klettern, dauerte es noch einige

Sekunden, bis ihre Augen sich an das schwache Licht gewöhnt hatten. Vorsichtig begann sie, sich nach vorne zu tasten. Charles war ein paar Schritte vorgegangen, blieb aber stehen, um ihr einen Kuss zu geben.

»Eine kleine Veränderung der Garderobe vielleicht.«

Er packte das Oberteil ihres Kleides und zog es herunter, bis ihre nackten Brüste herausquollen. Charles rückte die beiden Bälle so zurecht, dass sie aufrecht und stolz in einem Nest aus Stoff thronten. Es war zwar zu dunkel, um die Farbe ihres Kleides zu erkennen, aber ihre Brüste waren ganz deutlich auszumachen. Blass und nackt wären sie für jeden zufällig vorbeikommenden Spaziergänger gut sichtbar gewesen.

»Wenn uns nun jemand sieht?«

»Das ist zwar höchst unwahrscheinlich, aber das Risiko gehört nun mal zum Spiel dazu.«

»Soll ich mich ganz ausziehen? Ich tu's, wenn du willst.«

»Lieber nicht. Ein nackter Po ist eine Sache, aber ein Po, der mit einem Rohrstock behandelt wurde, eine ganz andere.«

Er nahm erneut ihre Hand und führte sie zurück zum Cottage. Dabei war Laura sich die ganze Zeit ihrer nackten Brüste bewusst und genoss den Kick ihrer Entblößung. Es war sogar besser als im Zug, denn hier hatte sie rein gar nichts, womit sie sich bedecken konnte. Jeder, der ihnen begegnete, würde freie Sicht auf ihre nackten Titten haben, und Laura hatte keinerlei Einfluss mehr darauf, wer sie sehen durfte oder was diese Menschen von ihr dachten. Sie stellte sich vor, wie Jack, der Wirt, ihnen folgte, weil sie vielleicht irgendetwas im Pub vergessen hatten. Und wenn er sie eingeholt hätte, würde er sie vielleicht anfassen wollen. Doch plötzlich fiel Laura wieder ein, weshalb sie heute Nachmittag mit dem Rohrstock gezüchtigt worden war, und sie unterbrach ihren Gedankenfluss.

Auf der anderen Seite des Feldes war ein weiteres Gatter, hinter dem ein Pappelhain lag, an dessen Ende eine schmale Holzbrücke über einen Bach führte. Der von den Bäumen verdeckte Mond erzeugte ein verwirrendes Muster aus Schatten, sodass Laura die Anwesenheit eines herannahenden Passanten erst dann bemerkte, als leise Schritte auf dem feuchten Boden zu hören waren. Der Mann grüßte und gab beim Anblick ihrer nackten, weißen Brüste ein unterdrücktes Lachen von sich. Laura blieb schockiert stehen und wollte sich wenigstens mit den Händen irgendwie bedecken. Doch Charles schien ihr Verlangen zu spüren und verstärkte seinen Griff.

»Das lässt du schön bleiben. Du bleibst so, bis wir zu Hause sind.«

»Okay. Ich meine, ja, Mr. Latchley.«

»Schon besser. Und jetzt stell dich vor mich und leg die Hände über den Kopf.«

Laura warf einen nervösen Blick in die Richtung, aus der sie gerade gekommen waren, aber der Fremde ließ sich mittlerweile nur noch als schwarzer Fleck auf dem Feld ausmachen, also würde sie durch die Bäume hindurch nicht mehr zu sehen sein. Sie lehnte sich gegen das Geländer der kleinen Brücke und legte die Hände über den Kopf. Charles kam auf sie zu und gab ihr zunächst Küsse auf Wangen, Mund und Brüste. Dann nahm er ihre beiden Brüste in jeweils eine Hand. Laura schloss die Augen und begann heftig zu zittern, als er ihre Nippel mit Lippen und Zähnen in zwei harte Kerne verwandelte. Es dauerte nicht lange und ihre Gefühle wurden so heftig, dass sie fast wünschte, er würde sie über das Geländer drücken und von hinten nehmen.

»Schlaf mit mir.«

»Nein.«

Charles war ein kleines Stück zurückgewichen, doch seine Hände hielten noch immer ihre Brüste umfasst, und er rieb mit seinen Daumen weiter über ihre Nippel.

»Bitte!«

»Nein! Und jetzt dreh dich um!«

Laura gehorchte voller Unsicherheit, was er jetzt wohl mit ihr anstellen würde. Das Geländer schnitt in ihre Taille, als er sie darüber drückte, und es dauerte auch nicht lange, bis er ihr den Rock hochgeschoben hatte. Jetzt baumelten ihre Brüste frei über der obersten Geländerstange und ihr nackter Po streckte sich ihrem Begleiter einladend entgegen.

»Halt still!«

Charles verschwand, und Laura fragte sich einen bangen Moment lang, ob er sie für den nächsten Spaziergänger einfach entblößt hier stehen lassen wollte. Doch nach ein paar Sekunden kehrte er zurück.

»Die Luft ist rein. Bleib so, wie du bist.«

Sie hörte nur das leise Geräusch seines sich öffnenden Reißverschlusses und spürte dann, wie sich etwas Warmes zwischen ihre Pobacken schob – sein Schwanz. Charles' Hände glitten über ihren Körper, während er abwechselnd seinen Schwanz wichste und ihr immer wieder kleine Klapse auf den Po verpasste.

»Sagtest du nicht eben, dass du nicht mit mir schlafen willst?«

»Werde ich auch nicht. Es gibt einen Unterschied zwischen miteinander schlafen und ficken. Miteinander schlafen tun wir gemeinsam, aber ficken tue nur ich. Und jetzt werde ich dich ficken.«

Lauras Körper wurde von einem intensiven Schauer erfasst. Seine Worte entsprachen exakt einer ihrer Lieblingsfantasien. Die Hände immer noch über dem Kopf streckte sie ihren

Hintern raus. Charles rieb seinen Schwanz zwischen ihren Pobacken, befummelte ihre Brüste und vergnügte sich auch sonst ganz nach seinem Belieben an ihrem Körper. Die Striemen vom Rohrstock schmerzten bei der Berührung mit seinem Fleisch, sodass Laura auf erregende Weise an ihre Bestrafung erinnert wurde: die Angst, die schreckliche Qual und dann das unvergleichliche Glücksgefühl.

»Rein damit.«

Charles hielt noch immer eine ihrer Brüste in der Hand, war aber mittlerweile ein Stück in die Knie gegangen, um mit einer flüssigen Bewegung tief in sie eindringen zu können. Sie spürte, wie seine Eier sich gegen ihre Möse pressten, während er sie bei den Hüften packte und ihr einen tiefen Stoß nach dem andern verpasste. Bei dem Gedanken an das, was er da gerade tat und was er zuvor gesagt hatte, wurde Lauras Stöhnen immer lauter. Erst geschlagen und jetzt durchgefickt. Bestraft und dann benutzt, als wäre sie sein Eigentum, mit dem er machen konnte, was er wollte. Genau danach verlangte es ihn. Er wollte, dass sie ganz ihm gehörte. Und zwar nicht durch ein Treueversprechen, wie es die meisten anderen Menschen wollten, sondern indem er sie zu seinem Spielzeug, seiner Sklavin machte.

Diese Vorstellung ließ Laura vor Lust laut aufschreien und sie hatte große Mühe, die Hände über dem Kopf zu behalten, während seine Fickstöße immer schneller und härter wurden. Wie sehr war sie versucht, ihre Brüste und ihre Möse anzufassen. Aber er hatte ihr nun mal befohlen, die Hände über den Kopf zu legen und sie dort zu lassen, bis er die Erlaubnis gab, sie runterzunehmen. Nicht, dass er das tun würde. Dazu hatte er viel zu viel Spaß mit ihr, was ihre Frustration und ihre Versagung nur noch befriedigender werden ließen, während sie an den Rand des Orgasmus gebracht wurde, bevor er tief in ihr kam. Sie blieb die ganze Zeit still stehen, bis er mit ihr fertig war. Und sogar darüber hinaus. Denn auch während er seine Kleidung richtete, verharrte sie in derselben lüstern bereiten Haltung. Doch irgendwann ertrug Laura es einfach nicht mehr.

»Darf ich … darf ich mich bitte selbst befriedigen?«

Charles lachte leise.

»Du möchtest masturbieren?«

»Ja, bitte.«

»Sag es!«

Trotz ihrer Erregung spürte Laura, wie seine Forderung sie rot anlaufen ließ. Doch sie sprach es trotzdem aus.

»Ich möchte masturbieren.«

Er verpasste ihr einen Schlag auf den Hintern.

»Sag es richtig, Laura!«

»Bitte, Mr. Latchley. Ich möchte masturbieren.«

»Tja. Ich bin nicht ganz sicher. Du bist doch sehr empfänglich für eine gewisse Art von Sprache, nicht wahr?«

»Ja … Ich meine, ja, Mr. Latchley.«

»Okay. Dann bitte mich um Erlaubnis, deine Fotze reiben zu dürfen.«

»Oh Gott. Okay … Gut … Ich würde gern meine Fotze reiben. Bitte, Mr. Latchley.«

Ihre Worte gingen in ein Schluchzen über, aber Charles lachte nur. Dabei klang er so böse, dass Laura sich leicht vorstellen konnte, wirklich von einem Teufel gequält zu werden.

»Noch mal.«

»Ich würde gern meine Fotze reiben. Bitte, Mr. Latchley.«

»Nein. Das werde ich für dich tun.«

Noch während seiner Worte hatte er sie gepackt und seine Hände zwischen ihre Beine geschoben. Laura keuchte, als er zwei Finger in ihre Möse steckte und sein Daumen gleichzeitig über ihre Rosette strich.

»Sag mir, was ich hier gerade tue!«

»Oh Gott … Bitte, Charles … du … du fingerst mich. Du hast deine Finger in mir. Deine Finger stecken in meiner Fotze.«

»Und?«

»Und … und … keine Ahnung. Doch, ich weiß es. Du befummelst mein Poloch und … und jetzt reibst du mich richtig. Du reibst meine Fotze und meinen Kitzler. Oh Gott, Charles, dein Daumen steckt in meinem Poloch, du schmutziger Kerl. Du reibst mich zum Höhepunkt. Du reibst meine Fotze, während dein Daumen in meinem Arsch steckt, du versautes Tier. Oh, ich komme gleich!«

Laura brüllte beim Einsetzen ihres Höhepunktes so laut, dass ihre Schreie sogar die Vögel von den Bäumen verscheuchten. Und Charles lachte wieder.

17

Laura erwachte mit dem Kopf in Charles' Armbeuge gekuschelt. Sie war noch immer angefüllt mit bittersüßen Erinnerungen an die vergangene Nacht. Die beiden waren lange aufgeblieben, hatten geredet und eine Flasche Wein getrunken, bevor sie schließlich zu Bett gingen. Dort hatte er mit derselben innigen Zuneigung mit ihr geschlafen wie bei ihrem ersten Mal, nur dass er sich diesmal viel mehr Zeit ließ.

Charles schlief noch, und auch Laura hatte keine Lust, aufzustehen. Stattdessen ließ sie die Dinge Revue passieren, die sie während ihrer kurzen gemeinsamen Zeit bisher erlebt und gelernt hatte. So viele ihrer Fantasien waren ihr erst jetzt richtig bewusst geworden. Und noch viel wichtiger, erst jetzt verstand sie ihr Verlangen und ihre Sehnsucht und konnte sie als Teil von sich selbst akzeptieren. Außerdem war es einfach wunderbar, Dinge, die sie vor kurzem noch schamhaft geheim gehalten hatte, mit einem Mann zu besprechen, der Verständnis dafür aufbrachte. Und auch wenn sie von diesem Mann so ganz unter seine Fittiche genommen worden war, so hatte Laura sich doch nie zuvor in ihrem Leben so frei gefühlt.

Als sie endlich aufstand, machte sie sich gar nicht erst die Mühe, den mitgebrachten Pyjama anzuziehen, sondern ging einfach nackt ins Badezimmer. Das Rot der Striemen war bereits ein wenig verblasst. Aber um die Spuren des Rohrstocks herum hatten sich kleine, unregelmäßige Blutergüsse gebildet, die der Eleganz der Markierung, die sie als sein Eigentum kennzeichneten, einen gewissen Abbruch taten. Die Stellen waren noch sehr empfindlich. Doch gerade diese Empfindlichkeit machte den Sex noch aufregender und erinnerte sie permanent an ihre Rolle als Frau, die sich von ihrem Liebhaber disziplinieren ließ.

Nachdem sie sich gewaschen hatte, ging sie nach unten, um Kaffee zu kochen und ihm eine Tasse ans Bett zu bringen. Doch die Küche war derart sauber und aufgeräumt, dass Laura es nicht wagte, irgendetwas anzurühren. Sie war sowieso sicher, dass jeder Versuch, die höchst kompliziert aussehende Kaffeemaschine zu bedienen, in einem Fiasko enden würde. Glücklicherweise fand sich im Kühlschrank eine Flasche Orangensaft, von dem Laura sich ein Glas einschenkte, bevor sie hinaus auf den Rasen trat, um die warme Morgensonne auf ihrer nackten Haut zu genießen. Es war schon nach elf Uhr, und die Erkenntnis, dass sie in ein paar Stunden nach Hause fahren musste, sorgte dafür, dass sich zum ersten Mal an diesem Wochenende so etwas wie Bedauern einstellte.

Trotzdem unternahm Laura erstmal eine kleine Erkundungstour durch den Garten und bewunderte wie geschickt Charles ihn so angelegt hatte, dass der Rasen von allen Seiten uneinsehbar und windgeschützt war, aber dennoch von der Sonne beschienen war. Es war ganz offensichtlich, dass er alles genau geplant hatte, denn die Hecken waren gerade hoch genug, um genau diese Wirkung herzustellen. Am Ende des Gartens verjüngte sich die Rasenfläche zu einem spitzen Dreieck und bildete so den Eingang zu einem wild bewachsenen Areal voller Büsche und Sträucher.

Laura schritt unter dem von Kletterrosen umrankten Torbogen hindurch und betrat einen kühlen, recht dunklen Weg, der nur von ein paar eindringenden Sonnenflecken erhellt wurde. Als sie dem Pfad ein paar Meter gefolgt war, entdeckte sie eine kleine verborgene Lichtung, in deren Mitte eine mannshohe Konstruktion aus Schmiedeeisen stand. Sie sah aus wie eine Art Voliere, aber die Größe der Tür und das schwere Vorhängeschloss deuteten darauf hin, dass dieser Käfig nicht für Vögel gedacht war. Laura streckte eine Hand aus, um das kühle Metall zu berühren. Sie war sicher, dass das Gebilde ein Strafkäfig war und fragte sich gleichzeitig, wie es sich wohl anfühlen mochte, darin eingesperrt zu sein.

Als sie ihn aus dem Haus rufen hörte, lief sie in Windeseile zurück, denn sie wusste nicht, ob es ihr überhaupt erlaubt war, die entlegeneren Winkel des Gartens zu erforschen. Charles stand in der Küche und bereitete das Frühstück zu. Als er sie sah, zog er eine Augenbraue hoch, doch Laura lachte nur.

»Tut mir leid. Ich hätte fast vergessen, dass ich nackt bin. Es kommt mir so natürlich vor.«

»Du kannst rausgehen, wie du willst. Der Garten ist so angelegt, dass man dort völlig unbeobachtet ist.«

»Das habe ich gemerkt.«

»Hast du mein *Oubliette* gesehen?«

»Du meinst, den Käfig? Was war das eben für ein Wort?«

»*Oubliette*. Wörtlich übersetzt ›ein kleiner, vergessener Ort‹. Obwohl es in diesem Fall wohl besser wäre, das Wort mit ›ein kleiner Ort, um vergessen zu werden‹ zu übersetzen. Es kommt aus dem Französischen und beschreibt eigentlich ein unterirdisches Verlies, in dem sich nur in der Decke eine Luke befindet, durch die der Gefangene runtergelassen und dann dort unten vergessen wird. Alles sehr unangenehm, aber es amüsiert mich, Namen zu verwenden, die mit echtem Grauen in Verbindung stehen. Doch meine Absichten sind natürlich ganz andere.«

»Könnte es sein, dass du mich als Strafe irgendwann dort einsperren wirst?«

»Nein. Ich würde dich dort einsperren, um dir Gelegenheit zu geben, dich selbst zu vergessen.«

»Ich verstehe nicht ganz.«

»Nach ein paar Stunden würdest du es verstehen. Es ist wirklich nicht einfach, es zu erklären, solange man es nicht ausprobiert hat. Es ist außerdem der perfekte Ort für ein Mädchen, über ihr Verhalten nachzudenken. Und auch für mich, um dich jederzeit verfügbar und in greifbarer Nähe zu halten. Aber nicht heute. Heute will ich dich bei mir haben.«

»Das würde ich sehr gerne mal ausprobieren. Aber du hast schon Recht, die Zeit, die uns noch bleibt, ist dafür zu kostbar.«

»Allerdings. Aber ich hoffe, wir werden noch viel Zeit füreinander haben.«

»So viel ich entbehren kann. Ich muss um acht Uhr zu Hause sein, spätestens um neun.«

»Dann schlage ich vor, wir frühstücken jetzt erstmal und machen dann einen Spaziergang am Fluss entlang. Wie willst du deine Eier?«

»Wieso liebe ich ausgerechnet das, was ich eigentlich hassen müsste?«

Laura stellte die Frage genau in dem Moment, als sie den Rand der langen, geraden Uferböschung erreichten. Vor ihnen lag ein gemächlich dahinfließender, künstlich angelegter Wasserlauf, der in seinem völlig gerade verlaufenden Bett irgendwo in der Ferne im Nebel verschwand. Die beiden schienen dort weit und breit die einzigen Ausflügler zu sein, auf ihrem kilometerlangen Spaziergang am Ufer war ihnen nicht eine Menschenseele begegnet. Laura und Charles hatten sich über dieses und jenes unterhalten und hatten nur ab und zu Halt gemacht, um sich zu küssen. An einem Punkt hatte

Charles ihr das Kleid bis zum Hals hochgezogen, um sie zu entblößen, und irgendwann hatte sie schließlich auch seinen Schwanz in den Mund genommen. Kurz gesagt, die beiden waren wie Teenager, die das erste Mal den Körper des anderen erkunden. Zweimal wären sie fast erwischt worden, aber das hatte Lauras Lust auf spielerisch verschmutzte Hingabe nur noch verstärkt. Doch je länger sie unterwegs waren, desto ernster wurde ihr Gespräch. Charles hatte Lauras Frage bisher noch nicht beantwortet.

»Irgendwie ergibt das doch keinen Sinn, oder? Ich mag keine Schmerzen, aber ich lasse mir gern mit der flachen Hand den Hintern versohlen. Und was den Rohrstock angeht – ich war fassungslos, wie weh die Schläge damit tun. Aber hinterher, war es einfach herrlich. Eine wirklich wunderschöne Erfahrung.«

Er lächelte sie an, bevor er antwortete.

»Die wissenschaftliche Antwort lautet: Der Schmerz sorgt dafür, dass dein Körper Endorphine ausschüttet, die Wohlgefühle und sogar Hochstimmungen erzeugen können. Und in diesem Fall ist die Hochstimmung sexueller Natur, denn die Schläge auf den Hintern sorgen dafür, dass Blut in deine Genitalien gepumpt wird und genau die Nerven stimuliert werden, die mit diesen Körperteilen verbunden sind. Ich nehme außerdem an, die Schläge fühlen sich ähnlich an, als würde ein Mann mit den Hüften gegen deine Pobacken klatschen, während er dich von hinten nimmt. Schließlich war das Millionen Jahre lang die normale Position für Sex – bevor wir dann anfingen, es im Liegen zu tun.«

»Ja, aber wieso ich? Die meisten Mädchen würden dir ein Knie in die Weichteile rammen, wenn du ihnen eins hinten draufgibst. Oder sie würden dich sofort anzeigen.«

»Wahrscheinlich sogar beides. Du hast natürlich Recht, das

meiste spielt sich im Kopf ab. Aber ich sehe das so, dass du eben näher an deiner primitiven Sexualität dran bist als die meisten anderen Frauen. Sie haben sich ihre natürlichen Bedürfnisse von gesellschaftlichen Zwängen austreiben lassen.«

»Wohl wahr. Du meinst also, jede Frau sollte es zu schätzen wissen, wenn man sie übers Knie legt?«

»Ich sage nur, dass jede Frau in der Lage ist, ein paar Hiebe auf den Po genießen zu können. Ob sie das allerdings vom Intellekt her akzeptieren kann, ist eine völlig andere Frage.«

»Und der Rohrstock?«

»Wie du gestern am eigenen Leib erfahren hast, ist der Rohrstock weitaus schmerzhafter. Das Prinzip ist dasselbe, aber es gibt nur wenige Frauen, die die Phase des Schmerzes aushalten können.«

»Ohne die Fesseln und den Knebel hätte ich es auch niemals ertragen.«

»Da hast du's. Die meisten Frauen, wenn nicht alle, genießen es, wenn man ihnen beim Vorspiel den Hintern tätschelt. Spanking geht ein bisschen weiter, und der Rohrstock treibt es auf die Spitze. Aber jede Frau hat nun mal ihre eigenen Grenzen.«

»So soll es ja wohl auch sein, nehme ich an. Aber was ist mit diesem unglaublichen Gefühl von Verlegenheit? Ich meine, eigentlich müsste ich es doch furchtbar peinlich finden, mir das Höschen runterziehen zu lassen, um mich dann entblößt bestrafen zu lassen, oder? Aber stattdessen finde ich es einfach nur zutiefst befriedigend.«

»Das ist eine schwierige Frage. Entblößung hat sehr viel mit sozialer Konditionierung zu tun. Es ist für Frauen ganz natürlich, sich sexuell zur Schau zu stellen. Das ist Teil des Bedürfnisses nach Fortpflanzung. Aber da wir normalerweise fast immer Kleidung tragen, wird schon die Nacktheit selbst zur sexuellen Demonstration. Außerdem wird uns im Laufe unseres Lebens von einigen Institutionen beigebracht, es sei peinlich oder sogar demütigend, sich zur Schau zu stellen. Ich weiß auch nicht genau, wieso du diese Verlegenheit so erregend findest. Vielleicht ist es so: Wenn Nacktheit peinlich ist, kann das erregend wirken, und dieser Zustand wiederum verbessert die Chancen, sich zu reproduzieren.«

»Wieso?«

»Also, um es mal ganz grob zu sagen, die Mädchen, die verlegen sind und geil davon werden, die werden auch gefickt. Die Mädchen, die verlegen, aber nicht geil davon werden, die werden nicht gefickt. Kein Fick, keine Babys. Aber das ist nur eine Theorie.«

»Aber eine Theorie, die durchaus einleuchtend ist, würde ich sagen. Und was ist mit der Hilflosigkeit?«

»Vielleicht gilt ein Mann, der dir körperlich überlegen ist als besserer Beschützer und Versorger.«

»Es liegt also alles in den Genen?«

»Das nehme ich an. Obwohl deine unmittelbare Umgebung sicher auch eine Rolle dabei spielt. Du hast mir doch erzählt, dass du erst nach diesem Erotikroman das Bedürfnis nach Schlägen auf den Hintern entwickelt hast.«

»So ziemlich. Das Ganze kommt mir zwar immer noch irgendwie inakzeptabel vor, aber jetzt weiß ich zumindest, dass es genau das war, was ich brauchte. Oder zumindest ein großer Teil von dem, was ich brauchte. Ich mochte es schon immer, wenn meine Männer das Sagen haben.«

»Du hast einen langen Weg hinter dir. Und du bist ihn schneller gegangen als die meisten anderen.«

»Ich bin nun mal ziemlich impulsiv. Aber was ist mit dir? Hast du schon immer gerne das Kommando übernommen? Und wann hast du gemerkt, dass es dich aufgeilt, Mädchen den Hintern zu versohlen?«

»Seit ich mich erinnern kann, habe ich schon immer gerne das Sagen gehabt. Und ich nehme an, meine Partnerin zu disziplinieren, gehört wohl dazu. Und was das Aufgeilen angeht, zeig mir mal einen Mann, den es nicht anmacht, wenn er ein zappelndes Mädchen mit nacktem Po auf seinem Schoß liegen hat.«

»Den meisten Männern würde es nicht mal im Traum einfallen, ihrer Freundin den Hintern zu versohlen.«

»Narren wird es immer geben. Aber vom Hinternversohlen habe ich auch gar nicht gesprochen, sondern nur davon, den nackten Po eines Mädchens zu bewundern. Das Machtgefühl spielt dabei natürlich auch eine große Rolle. So wie du deine Hilflosigkeit genießt, so genieße ich es, dich hilflos vor mir zu haben. Ob ich dich nun festhalte, dich gefesselt habe, oder einfach weil du zu erregt bist, um der Versuchung zu widerstehen – so wie gestern Abend.«

»Das war schön.«

»Oh ja. Ich dachte mir schon, dass du gerne gezwungen wirst, schmutzige Worte zu verwenden.«

»Normalerweise nicht. Aber gestern hat es mich wirklich heißgemacht.«

»Genau. So wie es mit der Entblößung ist, so ist es auch mit den schmutzigen Worten. Du findest es eben einfach erregend, deine soziale Konditionierung aufzubrechen. Es gibt übrigens auch noch andere Methoden, das zu tun.«

»Zum Beispiel?«

»Das wirst du schon noch erfahren.«

»Du scheinst so viel zu wissen. Das gefällt mir zwar, aber ich komme mir dabei auch ein bisschen dumm vor.«

»Ich habe Erfahrung, das stimmt. Aber wenn ich wirklich dein Mentor sein werde, dann kannst du davon nur profitieren.«

»Stimmt auch wieder. Wie viele Mädchen hast du denn schon ausgebildet, wenn ich fragen darf?«

»Von Grund auf? Nur zwei. Aber ich habe schon viele andere auf den richtigen Weg gebracht und dabei auch selbst eine Menge gelernt.«

»Und wie lernst du die richtigen Mädchen kennen?«

»Mittlerweile habe ich ein recht gutes Auge für die Symptome. So wie bei dir. Aber es gibt auch diverse Internetseiten. Und Clubs natürlich. Die meisten sind in London, aber es gibt auch einen in Peterborough.«

»Nimmst du mich dorthin mit?«

»Ja, aber erst wenn ich dir ein Halsband angelegt habe. In der Zwischenzeit gibt es etwas anderes, was meiner Aufmerksamkeit bedarf.«

»Was denn?«

Charles machte sich nicht die Mühe, ihr zu antworten, sondern nahm stattdessen ihre Hand. Sie hatten eine Schleuse erreicht. Sie war geschlossen und das Betonbett des künstlichen Flusses lag trocken vor ihnen. Laura begriff sofort, was er vorhatte, und ließ sich von ihrem neuen Lehrer nach unten führen, wo sie niemand mehr sehen konnte. Das Flussufer war menschenleer gewesen, also waren sie mindestens ein paar Minuten unbeobachtet – wenn nicht sogar viel länger. Sie protestierte nicht, als er ihr das Kleid auszog, bis sie in nichts weiter als ihren Schuhen dastand und wehrte sich auch dann nicht, als er sie so hindrehte, dass ihr Gesicht zum geschlossenen Schleusentor gewandt war.

»Halt dich an den Stangen des Tores fest und streck deinen Hintern raus!«

Laura gehorchte, stellte ihre Füße etwas auseinander und krümmte den Rücken, um ihm den bestmöglichen Blick auf ihr Hinterteil zu gewähren. Charles nickte zufrieden und versetzte ihr dann einen harten Schlag auf die Pobacken.

»Au! Sagtest du nicht, dass mir nur der Hintern versohlt wird, wenn ich es auch verdiene?«

»Nein. Ich sagte, du wirst nur bestraft, wenn du es auch verdienst. Aber glaubst du wirklich, es ist akzeptabel, mich einen schmutzigen Kerl zu nennen?«

»Du hast mir den Daumen in den Hintern gesteckt!«

»Das ist keine Entschuldigung! Bleib so!«

»Ja, Mr. Latchley.«

Laura ließ den Kopf hängen und hielt sich an den Eisenstangen des Schleusentors fest, während er ihr fest und systematisch den Hintern versohlte, sodass ihre bereits malträtierte Haut noch mehr schmerzte und brannte. Nach nur zwanzig Schlägen hielt er inne, befahl ihr, auf die Knie zu gehen, und schob dann seinen Schwanz in ihren Mund. Laura saugte begierig und mit geschlossenen Augen an seinem Riemen, während sie sich eine Hand zwischen die Beine schob, um die Wärme ihrer Pobacken zu genießen. Dabei tat sie ihr Bestes, den immer kühler werdenden Wind zu ignorieren, der das Herannahen des Abends und damit auch den Abschied von ihrem Liebhaber verhieß.

18

Als sie am Montagmorgen erwachte, galt Lauras erster Gedanke dem festen Vorhaben, Charles am nächsten Wochenende wieder zu besuchen. Und schon der zweite Gedanke, dass sie ihn in ein paar Stunden ohnehin im Zug sehen würde, erzeugte eine geradezu stechende Erregung in ihrem Körper. Sie sprang aus dem Bett und widmete sich mit einer Energie ihrer morgendlichen Routine wie seit Jahren nicht mehr. Die Dusche schien erfrischender und der Kaffee belebender als sonst. Und ihr Enthusiasmus steckte Smudge derartig an, dass er sich wie ein junger Welpe aufführte.

Ihr war bis auf weiteres verboten worden, Unterwäsche zu tragen – eine Anweisung, die sie auch auf dem Weg zum Bahnhof ständig an ihre Verpflichtung erinnerte, Charles zu gehorchen. Er stand jetzt noch vor der Arbeit und vor ihrem Privatleben an erster Stelle. Ihre Gefühle für ihn waren so stark, dass sie meinte, bisher nie begriffen zu haben, was Liebe wirklich bedeutete. Und alle unangenehmen Aspekte ihres Lebens, die sie in letzter Zeit zu verdrängen versucht hatte, erschienen ihr jetzt völlig trivial.

Der Zug war zwar wieder mal voll besetzt, aber Laura warf dem Milchschokoladen-Jungen und Mr. Brown trotzdem ihr strahlendstes Lächeln zu. Darcys Blick wich sie allerdings entschieden aus, um ihn nicht auf irgendwelche dummen Gedanken zu bringen. Als Charles zustieg, umarmte und küsste sie ihn sofort. Sie musste jetzt nicht mehr so tun, als würde sie ihn nicht kennen, und wollte unbedingt zeigen, dass sie mit ihm zusammen war. Er erwiderte ihre Zuneigungsbekundungen nicht nur, sondern klopfte ihr sogar sanft auf den Hintern und schob ihren Rock hoch genug, dass er überprüfen konnte, ob sie auch wirklich kein Höschen trug.

Nachdem der Zug in Cambridge eingefahren war, begleitete sie ihn noch ein Stückchen, verabschiedete sich mit einem Kuss und eilte dann schnellen Schrittes ins Büro. Selbst dort spürte sie eine neu gewonnene Begeisterung und machte sich derart motiviert an die Organisation einer Präsentation für einen spanischen Kunden, dass Mr. Henderson ihr ein Kompliment für ihre Arbeit machte. In der Mittagspause kam sie dazu, einigen Kollegen eine sorgfältig entschärfte Beschreibung ihres Wochenendes zu liefern, die sowohl Begeisterung als auch Neid auf ihre Erfahrungen auslöste. Ihr Mitteilungsbedürfnis hatte nicht nur zum Ergebnis, dass am Ende des Tages die gesamte Belegschaft von ihrer neuen Beziehung wusste, sondern auch, dass sie Brian und Dave mit neuem Selbstbewusstsein gegenübertreten konnte.

Der Dienstag verlief sogar noch besser, denn nachdem sie ihre Wohnung auf Vordermann gebracht hatte, konnte sie endlich Charles dorthin einladen. Es war herrlich, einfach nur mit ihm zusammen zu sein. Sie führten Smudge Gassi, aßen, redeten und weihten dann ihren Rohrstock mit zwei mittelharten Schlägen auf den Po ein, während sie auf dem Bett kniete. Zweimal liebten sie sich in dieser Nacht, sodass Laura den gesamten nächsten Morgen mit einem satten Glühen im Körper, aber auch noch ein wenig müde verbrachte. Es war schon nach zwei Uhr gewesen, als sie endlich zum Schlafen gekommen waren, und Laura war nur aufgewacht, weil sie spürte, wie Charles ihre Hand zu seiner Morgenerektion führte.

Sie lächelte verschlafen, als sie sich an ihren Schreibtisch setzte, und hoffte inständig, dass Mr. Henderson heute nichts von ihr verlangte, was ihre volle Konzentration erforderte. Und das tat er glücklicherweise auch nicht. Stattdessen teilte er ihr mit, dass er mit dem Einkäufer von *Barrington Barnes* essen gehen und ihr solange die Verantwortung für die Abteilung überlassen würde.

So verging der Tag genauso müßig, wie sie gehofft hatte – abgesehen von einem merkwürdigen Vorfall. Eine E-Mail mit der Bitte um eine Auftragsbestätigung war eingetroffen, und Laura war verpflichtet, diesen Vorgang mit Mr. Bannerjee zu besprechen. Wie immer nahm sie eine besonders aufrechte Haltung an, als sie die Buchhaltung betrat, doch heute war sie entschlossen, jedweden Kommentar von Brian und Dave mit schweigender Verachtung zu strafen. Dieses Mal hatten sie mitten im Gang einen Papierkorb aufgestellt, sodass Laura gezwungen war, darüber hinwegzusteigen. Doch seltsamerweise zollte Brian ihr keinerlei Aufmerksamkeit, sondern starrte nur auf seinen Computerbildschirm. Dave hingegen gab ein leises, aber eindeutig schmutziges Kichern von sich. Und genauso war es auch auf dem Rückweg von Mr. Bannerjees Büro, nur dass Laura sich diesmal erlaubte, die beiden als unreife Idioten zu beschimpfen, während sie über den Papierkorb hinwegstieg. Die beiden kicherten nur.

Das Verhalten von Brian und Dave ging ihr auch dann nicht aus dem Kopf, als sie längst auf dem Weg zum Bahnhof war. Welch eine Freude, Charles bereits im Waggon sitzen zu sehen. Er hatte seine Aktentasche auf ihren Lieblingsplatz am Fenster gestellt, um ihn für sie zu reservieren. Und er hörte Laura auch teilnahmsvoll zu, als sie ihm erklärte, was passiert war, und aufgrund seines Verständnisses für die menschliche Natur um eine Einschätzung der Situation bat.

»Du hast meine Gedanken oft genug gelesen, um dich zu einem Experten zu machen. Was hältst du also davon?«

Charles zog nachdenklich die Stirn in Falten, bevor er ihr mit leiser Stimme antwortete, um nicht von den anderen Fahrgästen gehört zu werden.

»Ich glaube, die beiden sind einfach zwei schmutzige, kleine Bengel, und du tätest gut daran, sie zu ignorieren.«

»Ich ignoriere sie schon seit Jahren. Aber eigentlich sind sie nur schlimmer geworden. Besonders Brian. Dabei habe ich ihm noch nie etwas getan. Selbst als er mich auf der ersten Weihnachtsfeier im Büro angemacht hat, habe ich ihm ganz sanft einen Korb gegeben. Aber er scheint mich durch und durch abzulehnen.«

»Da hast du's doch. Du hast ihn abblitzen lassen, und statt zu akzeptieren, dass ihr einfach nicht zusammenpasst, hat er einen Groll auf dich entwickelt. Typisch für einen Beta-Mann.«

»Beta-Mann? Wohl eher Zeta-Mann.«

»Der letzte Buchstabe im griechischen Alphabet lautet Omega.«

»Dann eben Omega-Mann. Aber meine Version klingt besser.«

»Sie klingt auf jeden Fall rhythmischer. Sag mal, Laura, wie würdest du es finden, wenn einer von ihnen oder beide dich nackt sehen oder vielleicht sonst irgendeinen intimen Blick auf deinen Körper werfen könnten?«

»Mir würde schlecht werden. Und ich wäre stinksauer.«

»Dabei hast du es letztes Wochenende doch sehr genossen, als ein völlig Fremder dich mit nackten Brüsten erwischte.«

»Das war was anderes. Die beiden sind richtige Mistkerle. Nein, irgendwie begreifen Männer das einfach nicht. Es … es ist schwer zu erklären. Natürlich habe ich gerne das Gefühl, für Männer attraktiv zu sein, aber bei Brian und Dave ist das irgendwie anders.«

»Weil sie für dich nicht attraktiv sind?«

»Nein, das ist es nicht. Der Mann, der uns neulich Abend entgegenkam, sah ja auch aus wie Quasimodo, aber es hat mich trotzdem erregt. Aber wäre uns stattdessen Brian entgegengekommen, dann wäre ich im Erdboden versunken.«

»Ich verstehe. Liegt es vielleicht daran, dass du die beiden gar nicht als Männer im sexuellen Sinne betrachtest, weil du glaubst, dass sie ihrer Männerrolle nicht gerecht werden?«

»Ja, das könnte wohl hinkommen. So in etwa zumindest.«

»Wenn ich das richtig deute, dann rate ich dir umso dringender, sie zu ignorieren – um deines Seelenfriedens willen.«

»Das kann ich nicht. Du schaffst das vielleicht, weil du dich so unter Kontrolle hast. Aber ich will wissen, was die beiden im Schilde führen. Und ich habe das Gefühl, dass du irgendwas darüber weißt. Hab ich Recht?«

»Nein. Aber ich vermute etwas. Was war in dem Papierkorb?«

»Keine Ahnung. Müll. Wieso sollte ich in einen Papierkorb schauen?«

»Genau. Du würdest nie auf die Idee kommen, den Inhalt eines Papierkorbes zu untersuchen. Und das macht ihn zu einem perfekten Versteck.«

»Wofür?«

»Für eine Kamera.«

Es dauerte nur den Bruchteil einer Sekunde, bis die Bedeutung von Charles' Worten bei ihr ankam.

»Aber ich habe kein Höschen an!«

Lauras Gesicht wurde knallrot, als sie sich bewusst wurde, dass Darcy, der Graue Mann, Mr. Brown, Miss Scarlett, der

Milchschokoladen-Junge und noch einige andere Fahrgäste sich bei ihren Worten sofort zu ihr umgedreht hatten.

Charles hatte zwar gesagt, dass es sich nur um eine Vermutung handelte, aber Laura war überzeugt, dass er damit absolut richtig lag. Seine Theorie passte nicht nur perfekt zu den Anhaltspunkten, sondern es fiel ihr auch nicht weiter schwer, sich vorzustellen, wie Brian und Dave irgendwo eine Kamera platzierten, um einem Mädchen unter den Rock schauen zu können. Ihr erster Gedanke – zumindest nachdem sie über die erste, schmerzliche Verlegenheit hinweggekommen war, einem ganzen Waggon voll Pendler offenbart zu haben, dass sie kein Höschen trug – war, die beiden wegen sexueller Belästigung zu melden. Doch leider hatte Laura keinerlei Beweise, denn Dave und Brian waren viel zu raffiniert, um irgendetwas Belastendes zu hinterlassen.

Doch allein der Gedanke, dass die beiden sich an Bildern von ihrem nackten Hintern und ihrer Möse aufgeilten, reichte aus, um Laura vor Zorn mit den Zähnen knirschen zu lassen. Und sie würden die Fotos ganz sicher nicht nur angucken. Wenn Brian und Dave erstmal allein wären, würden sie garantiert ihre schmutzigen, kleinen Schwänze rausholen und sich zweifellos vorstellen, wie sie ihre eigene Lust an ihr ausließen. Es musste etwas unternommen werden.

Charles hatte vorgeschlagen, dass sie über den Dingen stehen sollte, ihr aber leider nicht den Befehl dazu erteilt. Ansonsten hätte sie bestimmt versucht, ihm zu gehorchen. Und so begann Laura in dem Moment, indem sie in Ely ausstieg, einen Plan zu schmieden. Es musste doch irgendwie möglich sein, die beiden auf frischer Tat zu ertappen oder das Bild zu finden und es Mrs. Jeffries, der Leiterin der Personalabteilung, zu übergeben. Sollten sie denselben Trick noch einmal probieren, würde die Sache ganz leicht sein. Sie würde einfach den Papierkorb hochheben und dem Rest der Buchhaltung die Kamera zeigen. Wenn Brian und Dave sich allerdings eine andere Methode überlegt haben sollten, dann würde es schwierig werden.

Am nächsten Tag packte sie ein Höschen in ihre Tasche und zog es im Büro an – nur für den Fall. Es war ganz leicht, eine Ausrede für einen Besuch in der Buchhaltung zu finden. Und auch wenn Brian ihr einen Blick zuwarf, der sie sofort knallrot werden ließ, so stand der Papierkorb doch genau da, wo er hingehörte: unter dem Schreibtisch. Der Ausdruck in seinen Augen verfolgte sie allerdings auch dann noch, als sie frustriert und peinlich berührt in ihr Büro zurückkehrte. Es war kein spitzbübischer, lüsterner Blick wie sonst gewesen, sondern er hatte sie voll von verkommenem, schmutzigem Verlangen angestarrt. Und Daves Kichern hatte verstörend bedeutungsvoll geklungen. Anscheinend hatten sie das zu sehen bekommen, was sie sehen wollten, und würden nicht so leicht zu überführen sein.

Doch Lauras Gedanken kehrten schnell zu ihrem Plan zurück. Sie war sicher, dass Brian der Anstifter bei dieser Sache war. Und er hatte bestimmt auch das Foto versteckt, denn sowohl sie als auch Charles glaubten, dass es nicht vernichtet worden war. Die Kamera musste schon recht modern sein, um sie aus der Entfernung bedienen zu können, und es handelte sich so gut wie sicher um eine Digitalkamera. Das hieß, das Bild musste mindestens auf einem Gerät gesichert worden sein, auch wenn es sich bei diesem Gerät ganz bestimmt nicht um einen Firmencomputer handelte. Sie hatte gesehen, wie Brian in der Kantine einen Laptop benutzte, und es bestand die Chance, dass das Foto darauf gespeichert worden war. Es war natürlich verlockend, ihn einfach zu beschuldigen und

Einblick in die Dateien auf diesem Laptop zu verlangen, aber wenn das Foto doch nicht auf seinem Privatrechner sein sollte, dann würde sie ausgesprochen dumm dastehen. Als Erstes musste sie also herausfinden, wo das Foto abgespeichert war.

Laura zog sogar in Erwägung, den Feueralarm auszulösen und den Laptop in der Aufregung, die darauf folgen würde, zu stehlen. Doch sie verwarf diesen Plan sehr schnell als nicht praktikabel. Außerdem konnte es durchaus passieren, dass sie gefeuert werden würde, wenn das Ganze herauskäme. Als sie sich in der Bahn mit Charles darüber unterhielt, stimmte er ihr zu und riet ihr erneut, über den Dingen zu stehen. Doch am Abend war Laura bereits eine bessere Methode eingefallen, möglichst ohne Risiko an den Laptop von Brian zu kommen.

Am Freitagmorgen schickte sie Brian und einigen anderen über den Computer im Kopierraum eine anonyme E-Mail mit der Ankündigung, dass man eine der Praktikantinnen dazu überredet hätte, nur mit Höschen und BH bekleidet über den Hinterhof zu laufen. Ein Plan, der übel nach hinten hätte losgehen können, aber offensichtlich doch funktionierte, denn in der Mittagspause war das Büro der Buchhaltung genauso leer, wie sie gehofft hatte. Und Brians Laptop stand auf seinem Tisch.

Laura stellte ihn an, wurde aber sofort mit der Bitte um ein Passwort in die Schranken gewiesen. Die Hinweisfrage lautete »Laura Beinfein geht ohne?« und hinterließ trotz eines gewissen Triumphgefühls auch einen sehr schalen Beigeschmack. Lauras Hände zitterten so stark, dass sie kaum in der Lage war, die Tasten zu treffen, als sie das Wort eintippte, das sie für das richtige hielt: »Höschen«. Doch es wurde abgelehnt.

Ein kurzer, nervöser Blick auf die Tür und sie versuchte es erneut. »Unterwäsche«. Abgelehnt. Sie fluchte und hämmerte wie wild auf die Tastatur ein, um verschiedene Worte für

Damenunterwäsche auszuprobieren: »Schlüpfer«, »Schlüpfer«, »Slip« …

Bingo! Die Farben auf dem Bildschirm veränderten sich in einer Pixelorgie, bis schließlich das Bild eines schnellen Sportwagens erschien, auf dessen Motorhaube eine Silikon-Blondine in einem Bikini posierte. Laura ging sofort dazu über, den Bilderordner zu durchsuchen, stellte aber schnell fest, dass dort Tausende Pornobilder abgelegt waren, die sie auch in mehreren Stunden nicht durchforsten konnte. Sie stand kurz davor, in Panik auszubrechen, startete dann aber eine Suche mit dem Wort »Laura«. Sie biss sich nervös auf die Lippen, als der Computer sich daran machte, die Dateien abzugleichen.

Es dauerte nicht lange, bis eine Datei mit dem Namen *LauraBeinfeinUntenOhne.jpg* auf dem Bildschirm erschien, die Laura sofort öffnete. Obwohl der jungen Frau vor Aufregung mittlerweile speiübel war, verspürte sie doch so etwas wie ein triumphales Glücksgefühl, als das Foto sich vor ihren Augen öffnete. Die Kamera war genau in dem Moment ausgelöst worden, in dem ein Blick direkt unter ihren Rock möglich gewesen war. Man sah Lauras bestrumpfte Beine, das nackte Fleisch darüber, ihre Schenkel, die Unterseite ihrer Pobacken und ihre Muschi. Jedes der intimen Fältchen war in schockierender Detailgenauigkeit festgehalten worden. Und um das Ganze noch schlimmer zu machen, war eindeutig zu sehen, wie feucht Laura in diesem Moment war – zweifellos aufgrund der Erinnerungen an ihr Wochenende.

»Dieser kleine, dreckige Mistkerl! Jetzt reicht's!«

Laura stand auf. Sie war entschlossen, mit dem Laptop sofort zu Mrs. Jeffries zu gehen, zögerte dann aber doch. Schließlich war dies nicht gerade die Sorte Bild, die sie herumzeigen wollte. Und schon gar nicht der prüden, pingeligen Leiterin der Personalabteilung. Außerdem könnte es durchaus sein, dass Brian schlichtweg abstritt, dass es sich um ein Foto von Laura handelte. Der schlichte graue Rock und die Strümpfe mit Strumpfhalter bewiesen rein gar nichts. Genauso wenig wie der kleine Bildausschnitt, auf dem die weiße Decke und der unscharfe Rand des Papierkorbs zu sehen waren. Die einzige Möglichkeit zu beweisen, dass das Bild Laura zeigte, bestand darin, ihren Rock hochzuschieben, ihr Höschen runterzuziehen und Mrs. Jeffries so zu gestatten, ihre Muschi mit der auf dem Foto zu vergleichen. Daran war natürlich nicht zu denken. Die Personalchefin würde Brian zwar aus dem Raum schicken, bevor sie Laura inspizierte, aber er würde dennoch wissen, was da vor sich ging. Und selbst wenn er und Dave danach die Kündigung bekämen, würde die Geschichte sich doch in Windeseile im Büro verbreiten. Das käme einer unerträglichen Demütigung gleich – und zwar nicht der Art von Demütigung, die Laura mittlerweile zu schätzen gelernt hatte.

Sie fluchte erneut und wog dann ihren Wunsch nach Gerechtigkeit und Rache gegen die schrecklichen Kosten ab, die eine Offenlegung ihrer unfreiwilligen Fotomodell-Aktivitäten mit sich bringen würde. Schließlich entschied sie, dass Charles Recht hatte. Sie würde das Bild löschen, aber ansonsten nichts unternehmen. Oder noch besser, sie würde gleich die ganze Festplatte löschen. Ihr Mund war nur ein dünner Strich, als sie die Kommandos eintippte, um den gesamten Inhalt des Rechners zu vernichten: Brians riesige Sammlung an Schmutz, die schrecklichen Fotos von ihr, alle anderen, die er vielleicht schon vorher gemacht hatte, und natürlich die Kopien.

Der Laptop arbeitete noch immer, als sie ihn zurück in die Schublade legte. Es konnte nicht mehr lange dauern, bis zumindest einer der Kollegen ins Büro zurückkehrte – auch wenn Brian selbst in der Kantine blieb, um einer Entblößung beizuwohnen, zu der es niemals kommen würde. Er würde sich sowieso denken können, was passiert war, würde aber auch nichts mehr dagegen unternehmen können, als Laura gegen ihn. Das fühlte sich zwar ganz gut an, reichte Laura aber trotzdem nicht. So spürte sie schon auf dem Rückweg in ihr Büro eine Enttäuschung in sich aufkeimen, die mit der Zeit immer größer wurde. Er hatte sie ausspioniert, war auf widerwärtigste Art und Weise in ihr Privatleben eingedrungen und würde höchstwahrscheinlich auch noch damit durchkommen.

Laura versuchte, ihre Gefühle zu unterdrücken und wünschte sich, sie wäre so stark und selbstbewusst wie Charles. Doch es funktionierte nicht. Je mehr sie es versuchte, desto deutlicher spürte sie ihre Verletzung. Lediglich die Tatsache, dass sie viel zu tun hatte, hielt sie davon ab, zurück in die Buchhaltung zu stürmen und Brian ihre Vorwürfe direkt ins Gesicht zu schleudern. Das Ganze war schon schlimm genug gewesen, als sie lediglich eine Vermutung gehabt hatte. Aber tatsächlich ein Foto von ihren intimsten Körperteilen zu sehen, das aufgrund der Details eigentlich eher für einen Gynäkologen dienlich gewesen wäre, quälte sie noch viel schlimmer. Hinzu kam die Vorstellung, dass Brian und Dave sich an ihr aufgegeilt, ja, sich an ihrem Bild wahrscheinlich sogar einen runtergeholt hatten. Aber irgendwann wurden ihre zornigen Gedanken von Mr. Hendersons ruhiger, gebieterischer Stimme unterbrochen.

»Ist alles in Ordnung, Laura?«

»Ich habe nur ein wenig Kopfweh, Sir. Ich glaube, ich brauche ein wenig frische Luft.«

»Gehen Sie ruhig ein paar Minuten vor die Tür. Aber wären Sie so gut, vorher noch diese Papiere rüber zu Mr. Gallagher in die Produktion zu bringen?«

»Natürlich, Mr. Henderson«, versicherte Laura und nahm ihrem Chef die Akte aus der Hand.

Sie war zwar überaus dankbar für die Ablenkung, aber nicht gerade begeistert, dass sie den gesamten Galeriegang über der Produktionshalle hinter sich bringen musste, um zu Mr. Gallaghers Büro zu gelangen. Schließlich bedeutete das einen regelrechten Spießrutenlauf vor den Arbeitern unter ihr. Doch als sie den Treppenabsatz erreichte, der auf die Galerie führte, sah Laura, dass es noch viel schlimmer war, als sie erwartet hatte. Brian selbst stand unten in der Werkstatt und unterhielt sich gerade mit zwei Männern, die sie nicht erkannte. Die Dreiergruppe befand sich in der perfekten Position, um ihr unter den Rock schauen zu können. Sie zögerte und zog in Erwägung solange zu warten, bis Brian wieder gegangen wäre. Andererseits unterhielten sich die drei Männer sehr angeregt und würden sie vielleicht gar nicht bemerken.

Laura lief so schnell sie konnte über die Galerie, doch das metallische Klicken ihrer Absätze schien laut genug, um selbst das Dröhnen der Maschinen zu übertönen. Eine der Lagertüren an der Innenseite des Galeriegangs stand offen, und sie war gezwungen, genau in dem Moment am Geländer stehen zu bleiben, als sie sich direkt über Brian befand. Laura hielt den Atem an, eilte dann aber schnell weiter. Doch plötzlich erklang von unten seine hohnerfüllte Stimme.

»Na, das nenn ich mal einen Anblick, was, Jungs? Ich kann bis hoch in den Himmel sehen.«

Einer der Arbeiter lachte, und der andere pfiff ihr nach, während Laura mit mittlerweile knallrotem Gesicht weitereilte. Es würde sicher mehrere Minuten dauern, Mr. Gallagher ausführlich zu erklären, was der Kunde wollte, und sie betete, dass Brian in dieser Zeit an seinen Arbeitsplatz zurückgekehrt sein würde. Dem war nicht so. Stattdessen hatten sich mittlerweile Dave und noch ein weiterer Arbeiter zu ihm gesellt, und die kleine Gruppe grinste sie ganz offen an. Laura starrte auf den langen Gang aus perforiertem Stahl und beschritt mit winzigen, aber schnellen Schritten den Weg zur vermeintlichen Sicherheit der Ausgangstür. Sie kniff die Schenkel zusammen, so gut es eben ging, aber als sie sich den Männern näherte, setzte ein kleiner Sprechgesang ein.

»Schenkelschau! Schenkelschau! Schenkelschau!«

Laura versuchte, mit stolz erhobenem Kinn, ihr Tempo noch ein wenig zu erhöhen, doch ihr Trotz sorgte nur dafür, die Männer noch weiter anzustacheln.

»Scharfe Beine, Süße.«

»Na komm, zeig mal ein bisschen was. Sind doch nur die Beine.«

»Ich will nicht ihre Beine sehen, ich will ihr Fötzchen sehen.«

Laura blieb abrupt stehen. Ihr Gesicht brannte, und sie war so wütend, dass sie sich einfach nicht länger beherrschen konnte. Die Tür zum Lagerraum stand noch immer offen, und sie sah, dass dahinter reihenweise Fünfliterkanister von der metallblauen Farbe standen, die das Markenzeichen der *EAS*-Schaltanlagen waren. Die Farbe zeichnete sich dadurch aus, dass sie garantiert zehn Jahre lang jedem Wetter standhalten konnte. Wie auf Autopilot betrat Laura den Lagerraum, nahm einen Kanister, öffnete ihn mit ihrem Schlüssel und beugte sich dann damit über die Galerie.

»Hey, Jungs! Ich hab hier was für euch! Damit ihr mich nicht vergesst!«

Brian sah nach oben, Dave sah nach oben, und die drei Arbeiter sahen nach oben. Und genau in diesem Moment kippte Laura den gesamten Inhalt des Farbkanisters über ihren Köpfen aus.

19

Der Anblick von Brians und Daves geschorenen Köpfen und ihrer immer noch leicht azurblauen Haut reichte fast aus, um Laura dafür zu entschädigen, dass man sie vor den Disziplinarauschuss bestellte. Es gelang ihr sogar, sich ein wenig in einen Tagtraum zu flüchten, als die Mitglieder des Ausschusses mit ihr sprachen. Sie stellte sich vor, wie die Männer aus dem Raum geschickt würden und wie Mrs. Jeffries und die anderen beiden Frauen ihr dann für dies Vergehen sechs Schläge mit dem Rohrstock auf den nackten Hintern verabreichen würden. Mrs. Jeffries sah auch tatsächlich so aus, als wäre sie dazu in der Lage, doch ihre Sympathie schien eindeutig bei Laura zu liegen.

Es war nicht mal nötig, dass Brian den Vorfall mit der Kamera eingestand, denn Laura hatte mehr als ein Dutzend Zeugen, die sein Verhalten der letzten vier Jahre belegen konnten. Und für Mrs. Jeffries waren seine Taten ebenfalls provozierend genug, um Lauras Racheakt zu rechtfertigen. Nach fast einer Stunde stellte man Brian und die anderen Männer vor die Wahl, ihre Beschwerde entweder zurückzuziehen oder eine Gegenbeschwerde wegen sexueller Belästigung zu riskieren. Beide Parteien stimmten zu, und Laura kam statt mit einer Kündigung mit einer Abmahnung davon.

Dennoch war sie nicht gerade zufrieden, als sie das Sitzungszimmer verließ, in dem die Anhörung stattgefunden hatte. Es war zwar recht angenehm, von allen weiblichen und auch ein paar männlichen Angestellten von *EAS* als Heldin angesehen zu werden, aber Brian hatte den Ruf, ausgesprochen nachtragend zu sein, und würde das Ganze sicher vollkommen unfair finden. Es war nur eine Frage der Zeit, bis Laura und er sich begegnen würden. Und selbst wenn er seine Kommentare in Zukunft für sich behielt, würde das ganz sicher kein angenehmes Zusammentreffen werden. Daher war Laura ausgesprochen froh, als es endlich fünf Uhr war und sie nach Hause fahren konnte. Charles saß bereits im Zug, sodass trotz ihrer aufgebrachten Gefühle ein Lächeln über Lauras Lippen kam. Sie war so froh, endlich offen mit jemandem über die Sache sprechen zu können.

»Ich fürchte, ich bin ein ungezogenes Mädchen gewesen.«

»Du hast etwas zu beichten?«

»Ja. Ich habe jemandem fünf Liter Farbe über den Kopf gekippt. Und zwar Brian. Der Typ, von dem ich dir neulich erzählt habe.«

»Dann hatte ich also Recht?«

»Allerdings. Er hatte die Kamera genauso versteckt, wie du vermutet hattest, und er hatte auch das Bild auf seinem Laptop. Ich habe die Festplatte gelöscht, aber ich wusste nicht, ob er nicht irgendwo noch eine Kopie von dem Foto hat. Und überhaupt er hat mich so gesehen, das ist ja der Punkt. Und dann haben er und ein paar andere Männer mich provoziert, und da stand dieser Farbeimer, und …«

»Und du hast ihnen die Farbe über die Köpfe gekippt?«

»Ja. Von einer Galerie etwa vier Meter über ihnen. Das hättest du sehen sollen!«

Charles' lautes Lachen bescherte Laura ein angenehm warmes Gefühl in der Bauchgegend, und sie legte ungeachtet der anderen Mitreisenden ihren Kopf an seine Schulter. Er strich stumm über ihr Haar, sodass Laura sich entspannen und ihre

Sorgen nach und nach vergessen konnte. Als Charles in Ely im Zug sitzen blieb, wusste sie, dass sie die Nacht zusammen verbringen würden, ohne eine weitere Einladung aussprechen zu müssen.

In King's Lynn schloss er sich Lauras abendlicher Routine an, drehte mit ihr Smudges Gassirunde am Fluss entlang und bereitete dann ein köstliches Pastagericht zu, dessen Zutaten sie gemeinsam in dem Laden an der Ecke besorgt hatten. Als sie mit dem Abendessen fertig waren und zusammen auf dem Sofa Lauras letzte Flasche Rotwein leerten, kam sie langsam in die Stimmung, sich den Konsequenzen für ihr Verhalten zu stellen.

»Ich nehme an, ich muss wohl für das bestraft werden, was ich mit Brian gemacht habe.«

Charles schaute sie überrascht an.

»Auf gar keinen Fall. Ich finde deine Reaktion voll und ganz gerechtfertigt. Und außerdem hat die Sache gar nichts mit mir zu tun.«

»Oh. Ich dachte, dass du dich auch ganz allgemein um mich kümmern wolltest – wenn du verstehst, was ich meine?«

»Das will ich natürlich. Und wenn du möchtest, nehme ich diese Verantwortung gerne auf mich.«

»Ja, das fände ich schön.«

»Nun gut. In einer Beziehung wie der unseren sind formale Grenzen überaus wichtig. Grenzen, die wir beide schriftlich festlegen.«

»Das klingt … okay.«

»Wenn du dich mir völlig hingeben willst, ist es sogar von essenzieller Wichtigkeit.«

»Das will ich.«

»Wirklich?«

»Äh … Na gut, was dieses Besitz-Ding angeht, bin ich mir

nicht ganz sicher. Es klingt so einseitig. Aber irgendwie fühlt es sich auch richtig an.«

»Ich nehme an, du brauchst ein bisschen mehr Zeit. Und du hast auch noch einiges zu lernen.«

»Mag sein. Aber du behandelst mich sehr gut. Du nimmst mich in den Arm, wenn ich es brauche …«

»Versohle dir den Hintern, wenn du es brauchst.«

»Ja, das auch. Und ich spüre schon Schmetterlinge im Bauch, wenn du das nur sagst. Wäre es genauso, wenn ich dein Besitz wäre?«

»Natürlich. Wenn nicht sogar besser. Ich würde dich so schätzen, wie jeder Mann seine Partnerin schätzen sollte. Für mich – und ich nehme an, auch für dich – hat die ideale Beziehung große Ähnlichkeit mit einer christlichen Ehe. Zumindest im historischen Sinne. Heutzutage scheinen wir ja eine sehr verwässerte Vorstellung davon zu haben.«

»Ich dachte, du glaubst nicht an Gott.«

»Tu ich auch nicht. Und genau deshalb kann ich mir aus den etablierten Religionen genau die Dinge aussuchen, mit denen ich einverstanden bin, und das ganze Brimborium drum herum vergessen.«

»Wenn ich mir meiner doch auch nur so sicher wäre wie du.«

»Du bist ja noch jung. Aber wenn du dein Glas abstellst, dann zeige ich dir etwas, was dir bestimmt gefallen wird.«

Laura schnurrte voller Erwartung, in seine Arme genommen zu werden, fand sich aber sehr schnell in Spanking-Position über seine Knie gebeugt wieder.

»Ich dachte, du würdest mich nicht bestrafen.«

»Werde ich auch nicht. Ein paar Schläge auf den Po können auch einen anderen Sinn haben. In diesem Fall einen therapeutischen.«

Laura kicherte.

»Das klingt einfach nur nach einer Ausrede, damit du mir das Höschen ausziehen kannst.«

»In keiner Weise. Obwohl dein Höschen natürlich wirklich runterkommt.«

»Aber ich dachte, eine Bestrafung sollte nichts weiter als eine Bestrafung sein.«

»Dies ist keine Bestrafung. Ganz im Gegenteil. Und jetzt sei still, sonst wird es vielleicht doch noch eine.«

Laura verzog ihr Gesicht und bereitete sich auf die Schmerzen ihrer Behandlung vor, während Charles ihren Rock hochrollte und das Höschen bis zum Ansatz ihrer Strümpfe herunterzog. Er legte eine Hand auf ihr Hinterteil, hob sie kurz an und ließ sie dann mit einem sanften Klaps auf ihr niedergehen. Der erste Schlag war immerhin fest genug, um ihre Haut leicht zum Kitzeln zu bringen. Der zweite Hieb war nicht anders, landete aber auf der anderen Pobacke. Und der dritte Schlag war etwas tiefer gesetzt und galt dem unteren Rand ihres Pos. Nachdem Charles einen gewissen Rhythmus gefunden hatte, ließ nach und nach auch Lauras Anspannung nach.

»Als würde man eine Massage bekommen.«

»Vielleicht. Aber das hier ist weitaus angenehmer für den Masseur.«

Sie seufzte und schloss die Augen, während er ihren Hintern weiter bearbeitete. Allein entblößt auf seinen Beinen zu liegen, fühlte sich schon herrlich an. Doch die mittlerweile immer fester werdenden Schläge sorgten auch dafür, dass das Blut in Lauras Muschi schoss. Sie wurde immer geiler, und es dauerte nicht lange, da streckte sie ihren Po weit heraus, entspannte die Muskulatur ihrer Pobacken und bot ihre Möse seinen Fingern dar. Doch Charles zog lediglich ihr Höschen so weit runter, dass ihre Muschi gut zu sehen war und setzte seine Schläge fort.

»Das fühlt sich toll an. Du kannst gerne ein bisschen fester zuschlagen, wenn du möchtest.«

Er änderte seinen Rhythmus und setzte irgendwann nur seine Fingerspitzen ein, um ihre Haut zum Brennen zu bringen. Auf ihrem Po hatte sich längst die köstliche Wärme ausgebreitet, die sie schon von der Strafaktion mit dem Rohrstock kannte. Gleichzeitig spürte sie, wie sein steif werdender Schwanz sich gegen ihre Seite presste, und ihre Lust durch das angenehme Gefühl, begehrt zu werden, noch verstärkt wurde. Sie spreizte die Beine, bis ihr Höschen straff zwischen ihren Schenkeln spannte und ihr Geschlecht offen dalag. Charles zögerte nicht und ließ sofort eine Hand zwischen ihre Beine wandern. Er umfasste ihre Möse und drückte sanft zu, während er ihr mit der anderen Hand weiter den Hintern versohlte.

Laura stöhnte und streckte ihren Po immer weiter heraus, während er sie mit den Fingern befriedigte. Die Schläge waren jetzt so hart, dass sie ein Echo im Raum erzeugten und ihre Pobacken zum Hüpfen gebracht wurden. Sie wusste, wie sie mit hochgeschobenem Rock und heruntergezogenem Höschen aussehen musste und wie rot ihr Hinterteil sein musste. Die Strümpfe und der Strumpfhalter bildeten sicher einen perfekten Rahmen für ihren heiß geschlagenen Hintern, und Charles würde die kleine, enge Rosette zwischen ihren Pobacken sehen können. Alles war genauso, wie es sein sollte, als es ihr schließlich in einem langen, bebenden Orgasmus kam, der sie im selben Maße entspannte, wie er sie befriedigte.

Nach einer Nacht voll gieriger Liebe erwachte Laura, als Charles gerade Anstalten machte aufzustehen. Sie drehte sich mit roten, verschlafenen Augen auf die Seite, doch er zog ihr die Bettdecke weg, sodass sie völlig nackt dalag.

»Zeit aufzustehen.«

Laura gab ein schwaches Stöhnen von sich. Doch da war Charles schon dabei, die Vorhänge aufzuziehen, um die helle Frühlingssonne ins Schlafzimmer zu lassen. Sie fühlte sich herrlich warm auf der bloßen Haut an, aber Laura hielt sich nur die Augen zu, um sie vor der grellen Helligkeit zu schützen. Charles öffnete das Fenster und streckte sich in der frischen Luft.

»Welch ein wunderschöner Tag. Ich glaube, du brauchst heute gar kein Kleid, Laura.«

»Irgendwas muss ich aber anziehen, sonst werde ich verhaftet«, antwortete sie schläfrig.

»Schuhe, ja. Und ich würde sagen, einen Mantel ziehst du vielleicht auch über, um die prüde Nachbarschaft nicht zu schocken. Aber ansonsten bleibst du nackt. Na los, Schlafmütze, steh schon auf!«

Charles war ans Bett herangetreten und schlug ihr einmal kräftig auf den Hintern, bevor er ins Badezimmer ging. Laura zog die Decke wieder über ihren Körper und nahm sich einen Moment Zeit, richtig wach zu werden, während sie dem Spritzen und Plätschern aus dem Bad lauschte. Plötzlich kam Smudge um die Ecke und schaute sie mit Augen voller Selbstmitleid an, denn er war die Nacht über aus dem Schlafzimmer verbannt worden. Laura strich ihm kurz übers Fell, bevor sie endlich die Beine aus dem Bett schwang.

Die Arbeit war schon jetzt nur noch wie eine unwirkliche Erinnerung. Und auch der Vorfall mit Brian und ihrer Abmahnung kam ihr jetzt nicht mehr so schlimm vor. Im Vergleich mit der unglaublichen Nacht und den Möglichkeiten, die sich für Laura auftaten, verblasste jeder andere Aspekt ihres Lebens. Nachdem Charles im Bad fertig war, ging sie unter die Dusche und ließ sich danach viel Zeit mit ihrer üblichen Morgentoilette, bevor sie zu ihm ins Schlafzimmer zurückkehrte. Er war schon angezogen und hatte ihr ein paar rote High Heels und den dreiviertellangen Ledermantel rausgelegt, den sie sich zu ihrem letzten Geburtstag gegönnt hatte. Sonst nichts.

»Es ist also wirklich dein Ernst? Du willst, dass ich nackt rausgehe?«

»Nackt unter deinem Mantel, ja. Sieh es doch einfach als Chance, dich selbst beweisen zu können. Oder auch einfach als ein wenig Exhibitionismus.«

»Aber in dem Aufzug kann ich Smudge doch nicht zu Mrs. Phipps bringen. Sie wird sofort kapieren, was los ist. Und wenn sie es weiß, dann wissen es bald alle.«

»Dann bringe ich ihn eben zu ihr, solange du dich zurechtmachst.«

»Ich glaube nicht unbedingt, dass er mit dir gehen wird. Er sieht ein bisschen eifersüchtig aus.«

»Unsinn. Smudge mag mich. Hab ich Recht, Kumpel?«

Er streckte seine Hand nach dem Hund aus, und zu Lauras Überraschung leckte Smudge ihm die Finger ab. Sie gab nach.

»Wenn du darauf bestehst, dass ich wie ein Strandflittchen vor die Tür gehe, dann muss ich meine anderen Sachen aber in meiner roten Reisetasche mitnehmen.«

»Ich muss zugeben, das Bild mit dem Strandflittchen gefällt mir ganz gut.«

Laura erwiderte nichts, sondern verzog nur das Gesicht, als Charles einmal mehr sein teuflisches Lachen von sich gab. Er führte Smudge aus dem Zimmer, während sie ihre Sachen zusammenpackte. Als er zurückkam, war sie immer noch nicht ganz fertig und trug nichts weiter als ihre roten High Heels. Mantel und Tasche hatte sie unter den Arm geklemmt.

»Wenn du es so vorziehst – dieser Look gefällt mir auch sehr gut.«

»Ich würde niemals wagen, so rauszugehen. Jedenfalls nicht in dieser Gegend. Vielleicht irgendwo, wo es ein wenig abgeschiedener ist.«

»Es könnte gut sein, dass ich auf das Angebot zurückkomme.«

Laura lächelte ihn nervös an, bevor sie in ihren Mantel schlüpfte. Doch selbst mit geschlossenen Knöpfen kam sie sich noch sehr nackt vor. Und als sie vor die Tür trat, war dieses Gefühl um ein vielfaches intensiver, als wäre sie unter einem ganz normalen Kleid nackt. Aber die Wucht des Gefühls wurde durch die Sicherheit ausgeglichen, Charles an ihrer Seite zu wissen. Mehrere Passanten musterten sie interessiert, und Laura war sicher, man hielt sie für ein Callgirl, das nach einer aufregenden Nacht mit ihrem Kunden noch einen kleinen Spaziergang machte – eine Vorstellung, die zwar erregend war, ihr aber auch ein kribbelndes Gefühl von Verlegenheit bescherte.

Im Bahnhof und im Zug war es noch viel schlimmer. Auf dem Bahnsteig wurde sie von zwei Schaffnern erkannt und im Abteil des Zuges hatten ihre Mitreisenden ausreichend Gelegenheit, sie genauestens zu betrachten. Der Mantel bedeckte ihren Körper zwar bis knapp über die Knie und war am Hals geschlossen, doch der enge Gürtel presste das Leder so eng an ihre Brüste, ihre Hüften und ihren Po, dass sich bestimmt jeder im Abteil denken konnte, dass sie darunter nackt war. Am allerschlimmsten jedoch war die Tatsache, dass auch der Milchschokoladen-Junge in der Nähe saß und sein Blick wiederholt über ihre Beine wanderte. Charles bemerkte schnell, dass sie die Aufmerksamkeit des jungen Mannes erregt hatte, und beugte sich flüsternd zu Laura.

»Er ist sehr interessiert. Vielleicht solltest du ihm mal ein bisschen Haut zeigen.«

»Nein, Charles!«

»Wieso nicht? Das wäre der Höhepunkt seines Tages – wenn nicht sogar der Höhepunkt seines ganzen Jahres.«

»Ich kann nicht. Nicht mit ihm!«

»Wieso denn nicht mit ihm? Aus demselben Grund wie bei Brian?«

»Ja … Nein, eigentlich nicht. Er ist einfach nicht mein Typ. Zu jung, zu verpickelt.«

»Würde es sich also um einen attraktiven, jungen Mann handeln, würdest du ihm einen Blick gewähren?«

»Nein! Ich meine … es ist nur so … Ich weiß auch nicht. Vor ihm ist es mir einfach zu peinlich.«

»Hat er dir denn einen besonderen Grund gegeben, ihn nicht zu mögen?«

»Nein, aber …«

»Dann treffen wir jetzt eine Abmachung. Wenn wir Littleport verlassen und dann niemand mehr außer ihm in der Nähe sitzt, dann zeigst du dich ihm, wenn wir in Ely einfahren. Wenn dort noch jemand zu sehen ist, dann flüchtest du. Aber wenn du einen Rückzieher machst oder versagst, dann stelle ich dir eine neue Aufgabe.«

Laura nickte, noch bevor sie richtig über seinen Vorschlag nachgedacht hatte. Die Idee war einfach zu erregend, um sie abzulehnen, und damit war sie das Risiko definitiv wert. Außer Charles, Laura und dem Milchschokoladen-Jungen saßen nur noch fünf weitere Fahrgäste im Wagen. Und zwei von ihnen sahen aus wie Studenten, sie würden wahrscheinlich den ganzen Weg bis nach Cambridge mitfahren. Charles grinste.

»Braves Mädchen. Obwohl ein richtig braves Mädchen ohne irgendwelche Nachfragen gehorcht hätte.«

»Ich bitte um Verzeihung, Mr. Latchley.«

»Schon besser. Na, dann wollen wir mal sehen …«

Als der Zug Watlington erreichte, stiegen zwei Passagiere aus, aber dafür stieg ein weiterer zu. In Downham Market verließen zu Lauras Missfallen die beiden angeblichen Studenten das Abteil, aber die beiden anderen Fahrgäste blieben sitzen. Charles genoss das Spektakel sichtlich. Seine Augen glitzerten, während er Lauras Reaktionen beobachtete. Ihr Körper zitterte mittlerweile ein wenig, und ihre Nippel unter dem Mantel waren schmerzhaft steif. Als der Zug kurz vor Littleport das Tempo drosselte, klopfte ihr Herz so laut, dass Laura überzeugt war, Charles würde es hören können.

Als der Zug schließlich anhielt, stand einer der beiden noch störenden Passagiere auf. Der andere aber blieb auf seinem Platz sitzen, erhob sich dann aber auch und drückte sich im letzten Moment durch die Tür. Zugestiegen war an dieser Station niemand, sodass Lauras Mund sich zu einem schockierten, aber stummen »oh« öffnete, als der Zug wieder anfuhr. Charles rieb sich die Hände.

»Dann kann es ja losgehen. Ich bin gespannt, ob du den Mut hast, die Sache durchzuziehen.«

Laura schüttelte zunächst den Kopf, nickte dann aber doch entschlossen, ihn nicht zu enttäuschen oder ihr Wort zu brechen. Außerdem war sie inzwischen selbst über alle Maßen erregt. Ihre Finger glitten zum obersten Knopf des Mantels. Sie öffnete ihn so weit, dass ein kleiner Ausschnitt ihres Dekolletees zu sehen war. Doch als die Gürtelschnalle an der Reihe war, gingen dann doch die Nerven mit ihr durch.

»Ich kann nicht!«

Charles zögerte nicht lange, sondern öffnete für sie den

zweiten Knopf. Laura ließ es geschehen. Sie konnte der Versuchung einfach nicht widerstehen, zitterte gleichzeitig aber am ganzen Körper, als es ans Öffnen des dritten Knopfes ging. Jetzt wurde der Mantel über ihrem nackten Körper nur noch von dem Gürtel gehalten. Der Milchschokoladen-Jungen hatte durchaus bemerkt, was da vor sich ging, gab sich aber alle Mühe, nicht direkt hinzuschauen. Seine Augen waren starr geradeaus gerichtet, doch ab und zu wagte er einen kurzen Blick in Richtung Charles und Laura. Sie hatte große Mühe, sich eine Rechtfertigung für ihr Tun zurechtzulegen. Dann fiel ihr plötzlich der alte Trick ein, den anderen als den Schmutzfinken dastehen zu lassen und nicht sie selbst.

Als der Zug immer langsamer wurde, war sie schließlich bereit. Ihre Gürtelschnalle war geöffnet, und ihre Finger krallten sich in das weiche Leder des Mantels. Charles beobachtete sie amüsiert, als der Bahnsteig von Ely in Sicht kam. Lauras Herz schlug bis zum Hals. Sie drehte sich auf dem Absatz um und öffnete ihren Mantel so weit es ging, um sich zu präsentieren – ihre Brüste, ihren Bauch, ihre langen Beine und dazwischen das getrimmte V ihrer Möse.

»Hier, bitte, du kleiner Perversling! Ist es das, was du sehen wolltest? Schau gut hin!«

Der Kiefer des Milchschokoladen-Jungen klappte nach unten, und der Anblick von Lauras nacktem Körper sorgte dafür, dass ihm fast die Augen aus dem Kopf quollen und seine Brotdose zu Boden fiel. Sie blieb in dieser Pose, bis sie beim Anblick eines Schaffners auf dem Bahnsteig endgültig die Nerven verlor. In Windeseile schloss sie ihren Mantel wieder und sprang sofort aus dem Zug, als die Türen sich öffneten. Dann rannte sie so schnell es ihre High Heels zuließen über den Bahnsteig – dicht gefolgt von Charles.

»Wunderbar! Ganz großartig! Ich hätte nicht gedacht, dass du es durchziehst.«

»Ich auch nicht.«

Trotz ihrer panischen Reaktion schien sonst niemand etwas bemerkt zu haben, und sie erreichten Charles' Auto ohne irgendwelche weiteren Zwischenfälle. Erst als der Wagen fuhr, fing sie langsam an, sich zu entspannen. Den Mantel aber hielt sie so lange fest geschlossen, bis sie von der Hauptstraße abgefahren waren. Je mehr sie sich beruhigte, desto größer wurde ihre Erregung. Wie immer bemerkte Charles sofort, was los war und bog schnell in eine unasphaltierte Pappelallee ein.

Laura seufzte voller Dankbarkeit, dass sie ihren Mantel öffnen konnte, und Charles griff nach ihren Brüsten, um sie zwischen den Falten des Mantels hervorzuholen. Endlich konnte Laura die Schenkel spreizen und sich eine Hand zwischen die Beine schieben.

20

Mit Charles auf dem Land zu sein und nichts weiter, als ihren Mantel, ihre Schuhe und ein paar unverzichtbare Dinge in der Reisetasche bei sich zu haben, löste bei Laura dieselben gemischten Gefühle aus, die sie auch bei Charles' Verhalten ihr gegenüber empfand. Sein Eigentum zu sein, bedeutete, nichts zurückzuhalten – das hatte er ihr erklärt. Also blieb sie in Haus und Garten nackt, sodass er ihren Körper jederzeit und ohne Einschränkung betrachten und benutzen konnte.

Als sie am Samstagmorgen einen Spaziergang über stille Wanderwege und durch Wälder machten, durfte Laura nur einen Knopf ihres Mantels geschlossen halten. Eine Einschränkung, die ständig für eine leichte Erregung sorgte. Zweimal führte er sie in die Büsche und wies sie an, den Mantel von den Schultern gleiten zu lassen, sodass sie splitternackt dastand. Beim ersten Mal wollte er sie nur in dem strahlenden Sonnenlicht bewundern, doch beim zweiten Mal wurde Laura in eine Hütte am Rand eines kleinen Wäldchens geführt, wo sie sich hinknien und seinen Schwanz steif lutschen musste. Begierig, ihn zum Orgasmus zu bringen, wichste sie seinen Riemen und massierte seine Eier. Doch plötzlich schob er sie mit sanftem Druck von sich.

»Noch nicht. Mir schwebt da noch etwas vor, was ich mit dir machen will.«

»Was denn?«

»Sagen wir einfach, ich möchte, dass du bereit bist. Also fass dich an und zeig es mir.«

Laura setzte sich mit gespreizten Schenkeln auf die Fersen. Sie brauchte sich nicht mal zu berühren, denn sich so offen vor ihm zu zeigen, erregte sie derartig, dass sie immer heißer wurde. Charles betrachtete sie von oben und wichste dabei seinen Schwanz. Anscheinend hatte er aber nicht vor, den Zustand ihrer Erregung auszunützen. Es dauerte eine ganze Weile, bis er wieder das Wort an sie richtete.

»Das reicht erstmal.«

»Aber ich bin kurz davor.«

»Ich sagte, das reicht!«

Sie gehorchte widerwillig, und sie setzten ihren Spaziergang fort. Laura lechzte nach einem Orgasmus, aber Charles war sofort so locker, wie er immer war. Hinter dem kleinen Wäldchen kamen sie an eine Weggabelung. Der erste Weg war breit und eindeutig als Wanderweg ausgewiesen, der andere aber führte durch eine mit viel Buschwerk bewachsene Gegend. Charles wählte den schmaleren Pfad, der sie schnell in ein dichtes Holundergebüsch führte, in dem die Luft heiß und stickig war. Der eben noch sichtbare Weg war jetzt fast völlig verschwunden, und es schien höchst unwahrscheinlich, hier von jemandem gesehen zu werden.

»Soll ich mich ausziehen?«

»Wieso nicht? Dieses Land gehört den Wasserwerken. Wir sind also recht sicher.«

Als Laura sich blitzschnell ihres Mantels entledigte, spürte sie sofort die kitzelnde Erregung, die sie mittlerweile so sehr genoss. Charles nahm ihr das Kleidungsstück ab, sodass sie den Weg in nichts weiter als ihren Schuhen fortsetzen musste. Laura war sicher, dass er ihre Situation jeden Moment ausnutzen würde und freute sich schon darauf, splitternackt und im Freien gefickt oder geliebt zu werden – je nachdem welcher Stimmung ihr Lehrmeister gerade war. Doch Charles machte keinerlei Anstalten, über sie herzufallen, sondern beschränkte sich darauf, sie zu betrachten. Als sie die Holunderbüsche schließlich hinter sich gelassen hatten, kamen sie auf eine langgestreckte Weide zwischen zwei kleinen Erhebungen. Charles blieb stehen und lauschte.

»Jetzt wäre es vielleicht doch klüger, du würdest dich bedecken. Es sei denn, du willst ein paar Technikern von den Wasserwerken unbedingt den Atem rauben.«

»Ganz nackt will ich mich nicht zeigen. Höchstens ein bisschen Haut, wenn es nicht zu riskant ist. Warte kurz, ich muss mal eben in die Büsche gehen.«

»Wozu?«

»Um zu pinkeln.«

»Was habe ich dir zum Thema ›verstecken‹ gesagt?«

»Ja, aber … Na ja, von mir aus. Wenn du es für so wichtig hältst.«

»Es ist nur dann wichtig, wenn du das Gefühl hast, dass eigentlich ich es bin, der dich dabei nicht sehen soll.«

»Nein, so ist es natürlich nicht, aber … Ich weiß auch nicht. Ist das nicht schrecklich …«

»Unanständig?«

»Ja. Aber nicht nur das. Ich meine da mal einen Artikel gelesen zu haben, dass Frauen niemals zulassen sollten, dass ein Mann sie beim Pinkeln sieht. Das zerstört den Zauber.«

»Wenn du eine Beziehung mit dem Milchschokoladen-Jungen hättest, könnte das ja zutreffen. Aber dem ist nun mal nicht so. Und jetzt mach schon.«

Laura war knallrot, tat aber dennoch, wie ihr geheißen. Trotz ihrer Zweifel hockte sie sich auf eine Seite des Weges und öffnete ihre Schenkel so weit, dass nicht das kleinste

Detail ihrer Verrichtung verborgen blieb. Charles beobachtete sie mit ruhigem Blick und zeigte nichts von der Scham oder der Lust, mit der sie eigentlich gerechnet hatte. Das machte es ihr natürlich weitaus leichter, ihr Geschäft zu verrichten. Und während sie vor ihm pinkelte, wurde ihr klar, dass sie eine weitere der Grenzen überschritten hatte, die sie von der völligen Intimität trennte, nach der sie sich so sehnte. Charles wartete geduldig, bis seine Schülerin ein Taschentuch hervorgeholt und sich die Muschi abgetupft hatte.

»Fühlst du dich jetzt besser?«

»Ja. Du meinst aber nicht, weil ich jetzt nicht mehr muss, oder?«

»Nein.«

»Und du wusstest auch, wie ich mich dabei fühlen würde, nicht wahr?«

»Natürlich.«

Laura schlüpfte wieder in ihren Mantel und schloss den Gürtel. Die Knöpfe jedoch blieben offen, als sie weitergingen. Sie nahm seine Hand, denn sie sehnte sich danach, von ihm geführt zu werden. Und das nicht nur als seine Geliebte oder sein Spielzeug, sondern als Schülerin, die von ihrem Meister beherrscht wird. Charles ging wie selbstverständlich einen Schritt voraus, bis das Paar schließlich an eine Brücke mit Metallgeländer gelangte, die über einen kleinen Kanal führte. Von der Brücke hatte man einen guten Blick über die flachen Felder, die sie überquert hatten, und zwischen den Bäumen war in einiger Entfernung sogar der Turm von Charles' Mühle auszumachen.

Zwanzig Minuten später waren sie bereits wieder zu Hause. Laura schlüpfte sofort aus Mantel und High Heels und massierte erstmal einen Moment lang ihre Füße, bevor sie sich zu Charles in die Küche gesellte. Er stand vor der Anrichte und nahm gerade eine blaue Porzellanschale aus einem der Schränke, in der ein längliches tiefgelbes Stück Butter lag. In der Butter steckte ein abgerundetes Messer.

»Essen wir schon?«

»Später. Wenn ich mit dir fertig bin.«

»Ja, bitte.«

»Knie dich auf einen Stuhl.«

Laura befolgte seinen Befehl, zog einen Küchenstuhl unter dem Tisch hervor und kniete sich auf die Sitzfläche. Ihre Arme ruhten auf der Lehne, und sie machte ein Hohlkreuz, um ihren Po so weit wie möglich rauszustrecken. Charles nickte anerkennend.

»Du hast eine natürliche Begabung, dich zur Schau zu stellen, Laura.«

»Danke.«

Sie fühlte sich bereit. Wenn er sie bestrafen wollte, hätte Charles sie wahrscheinlich hinauf in den Meditationsraum geführt, aber er schien noch immer mit den Vorbereitungen fürs Essen beschäftigt zu sein. Mit einem Messer schnitt er ein Stück Butter ab, das für eine gigantische Folienkartoffel gereicht hätte. Dann wanderte sein Blick zu ihrem Po, und er kam auf sie zu.

»Halt still!«

Lauras Mund öffnete sich voller Überraschung, als sie spürte, dass die Butter zwischen ihre Pobacken geschmiert wurde, sodass die noch feste Spitze des Butterstücks in ihren Anus drängte.

»Charles!«

»Pst!«

»Aber …«

»Ich sagte, pst!«

»Oh Gott!«

Laura ließ den Kopf hängen und gab ihr Bestes, sich ihrem Schicksal so zu ergeben, wie er es von ihr verlangte, und so, wie sie es für richtig hielt. Das Butterstück in ihrer Rosette war bereits sehr weich geworden. Das Gefühl war äußerst unanständig und beängstigend, hatte gleichzeitig aber auch etwas sehr Verheißungsvolles. Charles packte sie bei der Hüfte und hielt sie so fest, während er die Butter mit sanften, kreisenden Bewegungen einmassierte. Laura war überrascht, dass sie keinerlei Schmerzen empfand, als dabei ab und zu auch einer seiner Finger in ihre Rosette rutschte. Sie hatte längst angefangen zu zittern, denn sie wusste genau, was er jetzt mit ihr machen würde. Und noch immer schwankten ihre Gefühle zwischen Angst und gespannter Erwartung. Als Charles sie schließlich ansprach, klang seine Stimme zwar durchaus einfühlsam, hatte aber auch etwas sehr Strenges an sich.

»Bist du hinten rum noch Jungfrau?«

»Nein. Tut mir leid.«

»Du musst dich nicht entschuldigen. Ich ziehe es vor, wenn meine Partnerinnen ein bisschen Erfahrung damit haben. Und außerdem sind es nur die schwächsten Männer, die die vorherigen Freunde der Partnerin ablehnen. Du kannst mir sogar von ihnen erzählen, wenn du möchtest.«

Charles hatte seine Finger mittlerweile tief in ihrem Poloch versenkt und benutzte seinen Daumen, um ihre Möse zu reiben. Laura konnte nur noch keuchen und stöhnen und hatte große Mühe, auf seine Worte einzugehen.

»Es … es war Tommy Fuller. Wir haben damals oft Karten gespielt … Na ja, eigentlich waren es eher Pfänderspiele. Ich habe grundsätzlich verloren und … und musste dann splitternackt die schmutzigsten Dinge mit ihm tun. Eines Abends wollte er mich dann in den Po ficken und … und ich habe es zugelassen.«

»Nur das eine Mal?«

»Nein.«

»Ich wette, du hast gern gemogelt. Und ich wette, du hast auch oft mit Absicht verloren. Hab ich Recht?«

»Ja.«

Charles stieß ein leises Lachen aus.

»Klingt nach einem umtriebigen jungen Mann, dieser Tommy Fuller. Und was Frauen angeht, hatte er offensichtlich einen guten Geschmack. Hat er dich in der Hündchenstellung bestiegen oder hast du dich einfach auf seinen Schwanz draufgesetzt? Oder hat er dich von der Seite genommen?«

»Er hat mich immer vornübergebeugt. Weil er so am besten sehen konnte, wie sein Schwanz reingleitet.«

Charles lachte schallend.

»Das ist mal ein Mann nach meinem Geschmack. Und dafür muss ich jetzt auch bereit sein.«

Lauras Wangen glühten, als sie zusah, wie ihr Meister seinen Schwanz und seine Eier aus der Hose holte, und sie war mindestens genauso erregt wie neulich, als sie sich im Wald selbst befriedigen musste. Ihr Mund öffnete sich reflexhaft, als Charles ihr seinen Riemen zum Lutschen hinhielt, und Laura nahm ihn so tief in sich auf, wie es nur ging. Der Gedanke an das, was er gleich mit ihr tun würde, ließ ihr Saugen umso begieriger werden. Und die Tatsache, dass sie einen Mann in ihrem Mund steif blies, damit er sie danach in den Po ficken konnte, erregte sie über alle Maßen.

Charles packte sie bei den Haaren, während er seinen Schwanz in gleichmäßigem Rhythmus zwischen ihre Lippen stieß. Laura spürte, wie die warme Butter über ihre Muschi rann. Das Gefühl einer hilflos offen gelegten Rückseite kannte sie schon von Tommy, dessen Gemächt sogar noch größer als das von Charles gewesen war. Das tat ihrer aufgeheizten

Erregung aber keinerlei Abbruch. Irgendwann zog Charles seinen mittlerweile steinharten Schwanz wieder aus ihrem Mund.

»Sei bitte sanft, Charles. Und nicht zu schnell. Und hör bitte auf, wenn ich halt sage.«

»Ich weiß schon, wie man ein Mädchen gut in den Arsch fickt, Laura. Und jetzt entspann dich.«

Sie ließ erneut unterwürfig den Kopf hängen, während er hinter sie trat und ihre Pobacken spreizte. Lauras Mund öffnete sich zu einem stummen Laut, als Charles anfing, ihr Poloch zu stopfen, doch es dauerte nicht lange, da wurde aus dem stummen Laut ein aufgeheiztes Keuchen. Ganz langsam und behutsam führte er seinen Schwanz in voller Länge ein, bis sie seine Eier an ihrer unausgefüllten Möse spürte.

»Ist das gut?«

»Ja.«

»Sag es, Laura.«

»Ja. Ja, und wie. Es fühlt sich einfach herrlich an, Ihren Schwanz in meinem Po zu spüren, Mr. Latchley. Danke.«

»Braves Mädchen. Ich nehme an, du hättest sicher auch gern ein bisschen Spaß.«

Laura war nicht sicher, was er meinte, wurde aber schnell aufgeklärt, als eine seiner Hände unter ihren Bauch zu ihrer Möse glitt. Er würde sie also zum Höhepunkt reiben, während er sie in den Arsch fickte. Seine Stöße wurden immer entschlossener und ließen das Gefühl ihrer Hingabe und Lust in ungeahnte Höhen schnellen. Schon nach ein paar Sekunden zogen ihre Muskeln sich zusammen, und während er noch tiefer in sie eindrang, explodierte ein Orgasmus in ihr, der so stark war, dass sie laut aufschrie und kurz darauf in sich zusammensackte. Charles packte erneut nach ihren Hüften, um sie mit seinem stützenden Griff aufzufangen, und um seine letzten Stöße möglichst tief und hart setzen zu können. Lauras Körper zuckte hilflos, als es ihm kam und er sich zu seiner endgültigen Befriedigung ein letztes Mal tief in ihrem Hintern versenkte.

Laura lag auf dem Bauch auf Charles' Bett. Sie war nackt, glücklich und bis über beide Ohren verliebt. Ihr ganzes Leben lang hatte sie sich nach einem Mann gesehnt, der ihr nicht nur das Gefühl gab, begehrt, sondern auch beschützt zu sein. Oder wie Charles es ausdrückte: »wertgeschätzt zu werden«. Mit Tommy war das völlig anders gewesen. Der Gespiele ihrer Jugend war zwar sowohl von Sex als auch von ihrem Körper besessen gewesen und hatte ihre weiblichen Reaktionen auf seine schon fast übertriebene Männlichkeit immer sehr genossen, aber beschützt hatte sie sich bei ihm nie gefühlt. Er hatte allerdings auch nie Treue von ihr erwartet und sie ihr im Gegenzuge auch nicht versprochen. Nein, keiner der Männer vor Charles hätte ihm das Wasser reichen können.

Er hatte darauf bestanden, das Mittagessen vorzubereiten, und war unten in der Küche. Laura war erleichtert, dass er sich darum kümmerte. Eine ihrer größten Sorgen bezüglich seiner Philosophie war es gewesen, dass er von ihr als seinem Eigentum nicht nur sexuelle Dienste erwartete, sondern dass sie auch Dienstmagd, Köchin und Putzfrau für ihn zu spielen hätte und er ihr auch durchaus mal eine Ohrfeige verpassen könnte, wenn er mit ihrer Arbeit nicht zufrieden wäre. Aber das hatte er ganz offensichtlich nicht vor. Sie fragte sich allerdings, ob er lediglich aus Gründen der Fairness so handelte, oder ob er einfach zu sehr Kontrollfreak war, um irgendjemand anderen Entscheidungen in derlei Angelegenheiten treffen zu lassen. Seine Einstellung zum Kochen deutete eher auf Letzteres hin. Jedes Gerät in der Küche glänzte makellos und hatte seinen ganz bestimmten Platz. Die Dosen im Gewürzregal waren sogar alphabetisch sortiert.

Je weiter Laura ihre Gedanken schweifen ließ, desto klarer wurde ihr, dass er sie gar nicht unbedingt als Freundin oder Sklavin, sondern vielmehr als Haustier wollte. Und diese Vorstellung fand sie durchaus reizvoll. Er würde sie behandeln, wie sie Smudge behandelte. Er würde ihr Nahrung, Unterkunft und Gesellschaft bieten und sich auch um ihre Gesundheit kümmern. Der einzige Unterschied bestand darin, dass Smudge Laura gehörte, während es bei Charles und ihr genau umgekehrt sein würde. Sie würde sein Besitz sein – und zwar auf eine Weise, die sie mit jeder Stunde mehr erregte.

Voller Begeisterung über ihre Haustier-Idee sprang Laura aus dem Bett und rannte hinunter in die Küche. Charles schnitt gerade ein Stück Blauschimmelkäse in äußerst akkurate Würfel.

»Wir haben's gleich. Der Wein steht im Kühlschrank. Wärst du so gut, ihn aufzumachen?«

»Gern. Ich habe übrigens eine Entscheidung getroffen. Ich will nicht deine Sklavin sein – sondern ich will dein Haustier sein.«

»Mein Haustier? Was denn für eine Art von Haustier?«

»Na ja, ein Haustier eben. So wie Smudge. Aber ich bleibe dabei natürlich Frau und werde nicht zum Hund.«

Charles reagierte nicht sofort auf ihren Vorschlag, sondern ließ sie erst die Flasche Wein aus dem Kühlschrank holen.

»Eine interessante Vorstellung. Aber ein paar Regeln müssten wir dazu schon aufstellen«, antwortete er schließlich langsam.

»Unbedingt. Und wenn ich die Regeln breche, gibt's was hinten drauf.«

»Das ist ja ganz klar. Aber es müsste auch so etwas wie Hausregeln geben. Zum Beispiel bezüglich deiner Kleidung.«

»Ich würde die ganze Zeit nackt sein.«

»Ich mag dich lieber in Strümpfen. Außerdem müssten wir auch ein paar absolut unumstößliche Regeln einführen. Zum Beispiel, dass nicht auf den Teppich gepinkelt werden darf.«

»Natürlich!«

»Und deine Rolle wäre auch keine Ausrede für Faulheit und ungebührliches Betragen.«

»Nicht mal ein kleines bisschen ungebührliches Betragen?«

Er schwieg nachdenklich.

»Darüber muss ich erstmal nachdenken, Laura. Und du auch, nehme ich an. Wenn wir zusammen sein wollen, müssen wir zu einer gemeinsamen Übereinkunft kommen und die auch schriftlich festhalten.«

»Du meinst eine Art Vertrag?«

»Ganz genau. In einer idealen Welt würde es kein Problem für dich darstellen, dich einfach zu meinem Eigentum zu erklären, mit dem ich tun kann, was ich will. Meiner Wertschätzung könntest du dir auf jeden Fall immer sicher sein.«

»Das klingt vernünftig.«

»Allerdings. Und deshalb wird das auch die Basis für unseren Vertrag werden. Aber da wir nicht in einer idealen, sondern in der realen Welt leben, müssen wir das Ganze schon etwas detaillierter aufsetzen. Mir wird langsam klar, dass du zwar eine natürliche Weiblichkeit besitzt und auch weißt, wie Männer und Frauen miteinander umgehen sollten, als Sklavin bist du aber wahrscheinlich nicht besonders geeignet.«

Laura spürte eine plötzliche Leere in sich aufsteigen.

»Ist das ein Problem?«

Er trat auf sie zu und gab ihr einen Kuss.

»Mit jeder anderen Frau wäre es ein Problem. Aber mit dir nicht. Bei dir bin ich kompromissbereit. Aber nur solange absolut klar ist, wer hier das Sagen hat.«

»Du hast das Sagen.«

In seiner Stimme hatte eine gewisse Amüsiertheit mitgeschwungen, aber Laura fühlte sich trotzdem ein wenig unwohl. Sie wollte zwar unbedingt gefallen, bei der Verteidigung ihrer Bedürfnisse aber auch keine Abstriche machen. Charles war mittlerweile dazu übergegangen, die Blauschimmelkäsewürfel unter den grünen Salat zu mischen.

»Ich hatte eigentlich erwartet, dass dein größtes Bedürfnis darin bestehen würde, mir zu dienen, Laura. Aber obwohl deine Gehorsamkeit oder dein Bedürfnis zu gefallen eigentlich typisch für eine Sklavin sind, möchtest du doch in erster Linie nur beschützt werden. Schließlich hast du mich nicht einmal gefragt, was du anziehen sollst, du hast nicht vorgeschlagen, dich für mich auszuziehen und du hast mir auch nicht von selbst deinen Hintern angeboten. Ich könnte dich zwar darauf trainieren, derlei Dinge zu tun, aber ich ziehe es vor, wenn sie von selbst kommen.«

»Ich ziehe es vor, Befehle entgegenzunehmen. Und wenn ich gewusst hätte, dass du diese Dinge so magst, dann hätte ich mich dafür auch angeboten.«

»Man müsste schon ein Heiliger sein, um dich nicht in den Hintern zu ficken, wenn du ihn so einladend hinhältst.«

»Da bin ich aber nicht so sicher. Es gibt nicht viele Männer, die so schmutzig sind.«

»Schmutzig? Du findest mich also schmutzig?«

»Oh! Entschuldige, tut mir leid.«

»Das wird dir ganz sicher noch leidtun. Aber dazu später. Jetzt schenkst du uns erstmal den Wein ein, damit wir essen können.«

Der Tisch war bereits gedeckt, und Laura goss den Wein in die Gläser, während er den Salat auffüllte. Die Vorspeise war genauso köstlich, wie sie erwartet hatte, und Laura musste erstmal ein paar Happen davon genießen, bevor sie das Gespräch fortsetzen konnte.

»Jetzt wird mir der Hintern versohlt, hab ich Recht?«

»Ja. Nach dem Mittagessen.«

»Tut mir leid, wenn ich nicht deiner Idealvorstellung von einer Sklavin entspreche. Du darfst mich dafür auch strenger bestrafen, wenn du willst. Von mir aus kannst du auch den Rohrstock benutzen. Oder eine dieser fies aussehenden Lederpeitschen.«

»Ich entscheide, wann und wie du bestraft wirst. Und mach dir keine Gedanken über meine Idealvorstellungen von einer Sklavin. Die Arbeit an deiner Haltung und deiner Einstellung ist ein wesentlicher Bestandteil deiner Erziehung.«

»Oh.«

»Und so etwas wie ein Ideal gibt es auch gar nicht. Ich liebe das dunkle Braun deiner Haare, hätte aber auch nichts dagegen, wenn du blond oder rothaarig wärst oder einen turmhohen Irokesen tragen würdest. Ich wäre auch zufrieden, wenn du schwarz wärst. Oder ein bisschen kleiner. Auch eine vollere Brust würde mich nicht stören. Von mir aus kannst du auch riesengroß sein und winzige Brüste haben. Und genau dasselbe trifft auch auf deine Persönlichkeit zu. Es gibt natürlich Grenzen – sowohl körperlicher Natur als auch, was deinen Charakter betrifft. Aber innerhalb dieser Grenzen bist du genau die Richtige für mich. Und ich nehme an, ich bin genau der Richtige für dich?«

»Oh, ja, auf jeden Fall. Und du hast absolut Recht, ich möchte beschützt werden. Aber es ist mehr als das, denn ich mag es auch sehr, wenn du ein bisschen fies zu mir bist. Man könnte wohl sagen, dass du dich irgendwo zwischen meinem idealen Helden und meinem idealen Bösewicht bewegst.«

Charles lachte.

»Du bist sehr romantisch, Laura. Und zwar ganz im althergebrachten Sinne.«

»Ja. Nur, dass bei mir der Held immer erst ein bisschen spät eintrifft.«

»Oder gar nicht – wenn er gleichzeitig auch der Bösewicht ist. Du sagtest doch, dass die Vorstellung von Gefangenschaft dir schon zusagte, bevor du an Spanking überhaupt nur gedacht hast.«

»Ja. Das war jahrelang meine Lieblingsfantasie.«

»Gut. Denn du wirst den heutigen Nachmittag im Käfig verbringen.«

21

»Dies ist keine Bestrafung, sondern vielmehr das, was die Amerikaner *Time-Out* nennen – also eine Gelegenheit, ein wenig zur Ruhe zu kommen und nachzudenken.«

Während dieser Worte schloss Charles das schwere Vorhängeschloss und ließ Laura eingesperrt in dem großen metallenen Vogelkäfig zurück. Sie war nackt, doch auch wenn das Sonnenlicht nur in kleinen Flecken auf den Betonfußboden ihres Gefängnisses fiel, fror sie nicht.

»Wie lange werde ich denn hier drin sein?«

»Das wirst du nicht erfahren, denn ab einem gewissen Punkt verliert man jedes Zeitgefühl. Wenn du rauswillst, musst du rufen. Aber ich erwarte von dir, dass du es mindestens eine Stunde lang aushältst. Solltest du versagen, bekommst du für jede Minute, die du früher aufgegeben hast, einen Schlag mit dem Lederriemen. Und zwar nachdem ich dir den Hintern dafür versohlt habe, dass du mich ›schmutzig‹ genannt hast. Ist das klar?«

»Jawohl.«

»Gut.«

Noch ein lässiges Winken, und Charles war verschwunden. Jetzt war Laura allein mit ihren Gedanken. Sie wusste, eigentlich sollte sie über ihre Einstellung zu ihm nachdenken, ihre Rolle in ihrer Beziehung und was es bedeutete, völlig unter seiner Kontrolle zu stehen. Das war ja auch alles gut und schön, aber sie war eingesperrt und völlig hilflos. Wie oft hatte sie sich diesen Zustand in Fantasien schon vorgestellt. Und noch erregender war die Aussicht, nach ihrer Befreiung den Hintern versohlt zu bekommen.

Da war es schon viel einfacher, daran zu denken, wie Evangeline Tarrington in dem Harem eingesperrt gewesen war. Wie sie mit ihren runtergezogenen, durchsichtigen Pantalons und nach hinten gebundenen Händen auf einer Bank gekniet und neben den vier anderen Mädchen mit blankem Po gewartet hatte. Doch diese Situation war völlig anders gewesen als ihre jetzige Lage. Evangelines Bestrafung war viel öffentlicher gewesen und die eigentliche Beschränkung waren nicht ihre gefesselten Handgelenke, sondern die Haremswächter mit ihren Krummsäbeln gewesen. Laura hatte schon andere, weitaus passendere Geschichten gelesen. Aber schließlich sollte sie ja auch an Charles denken und sich nicht irgendwelchen anderen erotischen Fantasien hingeben.

Laura setzte sich. Der Betonboden des Käfigs fühlte sich kalt und hart an. Sie umfasste die Gitterstangen und ließ den Blick zum Vorhängeschloss wandern. Es sah äußerst robust aus und wäre selbst mit entsprechendem Werkzeug wohl nicht zu knacken gewesen. Und auch der Käfig schien ganz und gar ausbruchsicher. Sie war Charles und seiner Gnade tatsächlich hilflos ausgeliefert. Das fühlte sich zwar gut an, aber das Gefühl von bedingungsloser Hingabe, das sich laut Charles irgendwann einstellen sollte, wollte einfach nicht kommen.

Laura gab sich alle Mühe, sich selbst als seine Sklavin zu sehen, die nur zu dem Zweck in den Käfig gesperrt worden war, wirklich zu begreifen, was es hieß, das Eigentum eines Mannes zu sein. Sie sagte sich, dass er nicht nur älter und klüger als sie war, sondern dass er ihr Wesen auch besser verstand als sie selbst. Charles hatte allerdings selbst schon zugegeben, dass sie anders war. Außerdem schien er bei ihrer Fantasie von der Gefangenschaft einen Aspekt übersehen zu haben: Auflehnung.

Eine Heldin, die aufgab und ihr Schicksal akzeptierte, war einfach nicht spannend. Evangeline Tarrington hatte sich auch dann ihren Stolz und ihren Hang zur Auflehnung bewahrt, als man ihr vor lachenden Mädchen und lüsternen Wachmännern den nackten Hintern versohlte. Und genau das wollte Laura auch. Sie wollte nicht eingesperrt werden, um über das nachzudenken, was Charles für ihre wahre Natur hielt. Nein, in ihrer Vorstellung war sie eingesperrt, um ihren Willen zu brechen, bevor man sie schließlich aus dem Käfig rausholte, irgendwo fesselte, ihr ein paar feste Hiebe auf den Po gab und sie dann schließlich fickte.

Die Bestrafung war eine Sache. Sie würde wehtun, und Laura verdiente sie auch. Sich disziplinieren zu lassen, lag durchaus in ihrer Natur. Genau wie das Bedürfnis, sich auf einen Mann als ihren Beschützer und Helden einzulassen. Aber er musste eben auch die Art Mann sein, die es amüsant fand, sie nackt auf die Straße zu schicken oder ihr ein Stück Butter in den Po zu schieben. Ein Mann also, der auch etwas Böses an sich hatte. Und genau dieser Mann war Charles zweifellos. Mit diesem Gedanken kam Laura zu einer Erkenntnis, die sehr bildlich in ihrem Kopf entstand. Um glücklich zu sein, musste sie einfach zu bestimmten Dingen gezwungen werden. Das machte sie zu einem perfekten Ziel für seine natürliche Grausamkeit und würde ganz sicher nicht funktionieren, wenn sie völlig unterwürfig war und jede Aufgabe, die er ihr stellte, sofort erfüllte.

Sie hätte fast nach ihm gerufen, doch in letzter Sekunde fiel ihr ein, dass sie wahrscheinlich noch nicht mal zehn Minuten in dem Käfig gesessen hatte. Und das würde fünfzig Schläge mit dem Lederriemen bedeuten. Wenn diese Bestrafung auch nur ansatzweise den Hieben mit dem Rohrstock glich, wäre die Prozedur kaum zu ertragen. Aber mit Knebel und Augenbinde über dem Peitschbock fixiert würde ihr gar keine andere Wahl bleiben, als sie über sich ergehen zu lassen. Doch auch wenn der Gedanke einen scharfen Stich der Erregung durch ihren Körper fahren ließ, so behielt doch die Vernunft die Oberhand, und sie hing weiter ihren Fantasien nach. Sie dachte an eine Szene, die sie oft in der Dunkelheit ihres Schlafzimmers durchgespielt hatte und die ihrer augenblicklichen Notlage weitaus näher kam, als jedes Kapitel von *Verschleppt in die Türkei.* In *Der Marquis von Montauch* hatte das brillante, aber wahnsinnige Menschliche Chamäleon die Heldin Eloise de la Tour in einer Art Schaukäfig in seinem Keller gehalten und sie jeden Tag für jede Mahlzeit zum Ausziehen eines Kleidungsstückes gezwungen.

Zu Lauras großer Enttäuschung hatte Hugo de Montvilliers Eloise gerettet, noch bevor sie mit ihrem Leibchen auch noch das letzte Stück hergeben musste, was ihre Tugend bedeckte. Aber es war ein Leichtes, die Fantasie auszuweiten und sich vorzustellen, sie selbst säße in jenem Käfig. Splitternackt würde sie sein, und ihr Entführer würde sie zwingen, sich vor seinen lüsternen Augen anzufassen und ihm durch die Gitterstäbe hindurch den Schwanz zu lutschen.

Laura schauderte, und sie stellte sich vor, wie Charles zurückkäme, um ihr mitzuteilen, dass er sie erst dann rauslassen würde, wenn sie ihn mit dem Mund befriedigt hätte. Er würde seinen bereits steifen Schwanz einfach durch die Gitterstäbe schieben, und Laura würde gar keine andere Wahl bleiben, als auf dem harten Betonfußboden kniend daran zu lutschen. Oder noch besser: Wenn es ihm erstmal gekommen wäre, würde er einfach weggehen und sie in hilfloser Bestürzung im Käfig zurücklassen. Ausgenutzt und um ihre Befriedigung gebracht würde sie gar nicht anders können, als mit den Fingern zwischen ihre Beine zu fahren, um sich das zu verschaffen, was ihr verwehrt worden war.

Laura stand auf und umfasste die Gitterstäbe ihres Gefängnisses. Ob er sich ihrer Fantasie wohl anschließen oder sie gleich für die Behandlung mit dem Lederriemen in den Meditationsraum schleifen würde? Es fiel ihr nicht weiter schwer, diese Frage zu beantworten. Schließlich hatte sie es hier mit Charles Latchley zu tun, dem Teufel. Und der würde sich das unter keinen Umständen gefallen lassen. Er würde ihr für jede Minute, die zur vollen Stunde fehlte, einen Schlag mit dem Lederriemen verpassen – genau wie versprochen. Und dieser Gedanke rief eine neue, noch mächtigere Erregung in ihr hervor. Charles war kein Mann, den man manipulieren konnte, und sie konnte nur hoffen, dass es ihr gelänge, sich seinen Maßstäben entsprechend zu verhalten.

Laura war jetzt nicht nur erregt, sondern auch schrecklich verwirrt. Sie begann den Käfig abzuschreiten, musste aber ob des begrenzten Platzes bei jedem zweiten Schritt die Richtung wechseln. Sie wollte nach ihm rufen, wagte es aber nicht. Sie wollte versuchen, ihm die Gefühle zu erklären, die sie selbst nicht recht verstand. Und sie wollte die Strafe entgegennehmen, die sie so sehr fürchtete, um sich hinterher mit ausgestrecktem Po an seine Brust zu kuscheln, während er mit seinen Fingern zwischen ihren Beinen spielte.

Sie musste sich auf die Lippen beißen, um ihre Frustration nicht durch lautes Stöhnen zu zeigen. Das würde Charles sicher hören, es als Bitte um Befreiung auffassen und sie dann mit dem Lederriemen bearbeiten. Was das Zeitgefühl anging, hatte er wirklich Recht gehabt, denn Laura war sich längst nicht mehr sicher, wie lange sie schon in dem Käfig steckte. Waren es nun zehn Minuten, wie sie vorhin vermutet hatte?

Oder war es schon zwei- oder vielleicht sogar dreimal so lange. Eine ganze Stunde war aber bestimmt noch nicht verstrichen, dessen war Laura absolut sicher.

Also setzte sie sich wieder auf den Fußboden und war entschlossener denn je, irgendwann den Zustand ruhiger Gelassenheit zu erreichen, von dem Charles gesprochen hatte. Laura schloss die Augen und sang leise ein Mantra, das sie sich einst selbst beigebracht hatte, um der Aufregung vor irgendwelchen Prüfungen entgegenzuwirken. Doch in diesem Fall wollte es nicht recht gelingen, denn ihr Kopf war einfach zu angefüllt mit aufwühlenden Gedanken. Sie dachte an ihren momentanen Zustand, an ihre Fantasien, an Charles und den Lederriemen und schließlich an seine Reaktion auf ihren Vorschlag, sie als sein Haustier zu halten.

In gewissem Sinne war sie schon jetzt sein Haustier, denn jeder, der jetzt in den Käfig sah, hatte einen ungehinderten Blick auf sie. Sie war nackt und saß mit angewinkelten Beinen da, sodass jeder ihre Schamlippen sehen konnte. Sie war jetzt auch nicht geschützter als irgendein eingesperrtes Tier, für das Sittsamkeit und Intimsphäre keinerlei Bedeutung hatten. Der Gedanke gefiel ihr, und sie stellte sich sofort vor, wie sie nicht in dem abgelegenen Teil des Gartens herumlief, wo nur Charles sie sehen konnte, sondern dass sie sich in einem öffentlichen Zoo zur Schau stellen musste. Nackt müsste sie in ihrem Käfig auf und ab stolzieren, sodass jeder sie sehen und jeder über sie lachen konnte, während man ihr durch die Gitterstäbe hindurch Bananen zusteckte. Die anwesenden Männer würden statt der Bananen natürlich ihre Schwänze ins Innere des Käfigs schieben.

Lauras Körper bebte, und sie war kurz davor, sich völlig in ihre Fantasie fallenzulassen. Aber dann schien ihr die Vorstellung doch ein wenig lächerlich. Viel besser wäre es, wenn

Charles sie in einem Schaukäfig ausstellte und sie nur dann rausließe, wenn er sich an und mit ihr vergnügen wollte. Den ganzen Tag lang würde sie nackt und hilflos in dem Käfig im Meditationsraum sitzen, bis er nach der Arbeit schließlich nach Hause käme. Und dann würde sie ihm durch die Gitterstäbe hindurch den Schwanz lutschen müssen, um sich ihr Abendessen zu verdienen.

Diese Fantasie war viel zu gut, um sie einfach so fahren zu lassen. Während Laura sich bereits leise stöhnend vorstellte, wie diese Art der Gefangenschaft sich wohl anfühlen würde, wanderte ihre Hand verstohlen zwischen ihre Beine, und sie fing an zu masturbieren. Acht Stunden lang gäbe es kein Entkommen für sie. Sie wäre sicher weggesperrt, denn er hätte den Schlüssel zu ihrem Gefängnis in der Tasche. Nackt wie Gott sie schuf würde sie auf dem Boden des niedrigen Käfigs herumkriechen oder mit gedankenlos gespreizten Schenkeln auf dem Rücken liegen – eingesperrt und doch sicher.

Als Laura plötzlich ein Räuspern hörte, fuhr sie erschrocken hoch und bedeckte instinktiv Möse und Brüste mit den Händen. Da trat auch schon Charles aus dem Gestrüpp hervor.

»Du solltest hier eigentlich meditieren, Laura, und nicht masturbieren!«

»Tut mir leid.«

»Das braucht es nicht. Ich hätte wissen müssen, dass so etwas passiert, wenn man eine deiner Lieblingsfantasien verwirklicht. Du bist unverbesserlich und kannst einen wirklich sehr ablenken.«

Er schaute auf, und seine Augen wanderten in eine ganz bestimmte Richtung. Als Laura seinem Blick folgte, sah sie in ungefähr sechs Metern Höhe eine Kamera in den Ästen eines Baumes hängen. Charles grinste und ihr schoss sofort die Schamesröte ins Gesicht.

»Ich habe versucht, unseren Vertrag aufzusetzen. Das ist nie ganz leicht, aber mit dir ist es besonders schwierig.«

»Entschuldige. Ich habe an dich gedacht und daran, wie es sich wohl anfühlen würde, den ganzen Tag in dem Käfig im Meditationsraum zu sitzen, während du bei der Arbeit bist. Und dann habe ich mir vorgestellt, wie du mich dazu zwingen würdest, deinen Schwanz durch die Gitterstäbe hindurch zu lutschen, um mir mein Abendessen zu verdienen.«

»Eine sehr einfallsreiche Vorstellung. Vielleicht werde ich das eines Tages sogar tatsächlich tun. Wer weiß? Doch im Moment …«

Charles verstummte, öffnete seinen Reißverschluss und kam dann langsam auf den Käfig zu. Laura gab ein gieriges Schnurren von sich, ging auf allen vieren und presste ihr Gesicht gegen die Gitterstäbe, damit er ihr seinen Schwanz zwischen die Lippen schieben konnte. Ohne jede Hemmung spielte sie wieder an sich herum und streichelte ihre Muschi, während er in ihrem Mund langsam steif wurde. Wieder und wieder stellte sie sich dabei vor, was hier gerade mit ihr passierte: Sie saß gefangen und nackt in einem Stahlkäfig und lutschte durch die Gitterstäbe den Schwanz des Mannes, der sie eingesperrt hatte.

Es kam Laura zwar, noch bevor der Schwanz ihres Meisters richtig steif war, doch sie setzte ihr Tun unbeirrt fort, bis er schließlich in ihrem Mund abspritzte. Danach öffnete Charles völlig erschöpft die Käfigtür und erlaubte Laura, aus ihrem Gefängnis herauszuklettern.

»42 Minuten – das heißt 18 Schläge mit dem Lederriemen.«

»Aber das ist ungerecht!«

»Ich bin immer gerecht. Du bist nach zweiundvierzig Minuten aus dem Käfig gestiegen. Und das heißt, du bekommst achtzehn Schläge mit dem Lederriemen. Oder willst du etwa, dass ich mich nicht an mein Wort halte?«

»Doch, doch, aber … Ich dachte, du wärst fertig mit mir. Schließlich hast du den Käfig doch aufgesperrt!«

»Das war nur ein Test. Ein Test, den du nicht bestanden hast. Und jetzt halt gefälligst still!«

Laura gab nach und versuchte, nicht zu schmollen, während ihre Fußgelenke mit den Ledermanschetten am Peitschbock fixiert wurden. Als sie wieder im Haus gewesen waren, hatte Charles sie bereits übers Knie gelegt und ihr eine Strafpredigt bezüglich ihrer Wortwahl gehalten, während ein Schlag nach dem anderen auf ihrem Hinterteil niederging. Die Hiebe waren so hart gewesen, dass an sexuelle Erregung kaum zu denken gewesen war. Doch als er sie jetzt nach oben führte, spürte Laura bereits, wie die Hitze auf ihren Pobacken auch zwischen ihre Beine fuhr. So wuchs ihre gespannte Erregung trotz der Angst vor dem Lederriemen zwar um einiges, aber es reichte noch nicht aus, um ihre Proteste zu unterdrücken.

»Jawohl, Mr. Latchley! Aber ich dachte wirklich, meine Strafe wäre beendet!«

»Wenn eine Bestrafungsaktion erstmal entschieden ist, darf sie nicht widerrufen werden.«

»Ja, aber …«

»Sssh.«

Seine Ermahnung klang sanft und beruhigend, sodass Lauras Widerspruch verstummte, während er sie festband. Und wieder war ihr Po der Körperteil, der am höchsten in die Luft ragte. Sie war in derselben würdelosen Haltung wie zuvor fixiert. Dabei wäre es durchaus möglich gewesen, sie so auf dem Peitschbock zu positionieren, dass sie ihre intimsten Stellen nicht derart offen vor ihm zur Schau stellen musste.

Laura versuchte, noch einen Scherz über ihre Haltung zu machen, doch in ihrer Stimme klang bereits ein Hauch von Panik mit.

»Hochgereckt gefällt mein Po dir scheinbar am allerbesten.«

»Selbstverständlich. Außerdem sind Entblößung und Scham ein wichtiger Teil der Strafe. Es gibt zwar durchaus Puristen, die der Meinung sind, dass ein Meister keine Freude dabei empfinden sollte, wenn er seine Mädchen bestraft, aber ich fand das immer äußerst engstirnig. Oder auch unnötig steif, wenn du den Begriff bevorzugst. Willst du einen Knebel?«

»Äh … Nein, diesmal nicht. Außerdem habe ich sowieso kein Höschen an, das du mir in den Mund stopfen könntest.

»Nein. Es gibt zwar noch viele Alternativen, aber wenn du meinst, dass du ohne auskommst, dann bitte.«

»Sicher bin ich nicht. Wie weh tut es denn? So stark wie der Rohrstock? Der ist nämlich … ich meine …«

Laura verstummte, denn sie bemerkte, wie sie panisch zu brabbeln begonnen hatte, um ihre Bestrafung irgendwie hinauszuzögern. Aber Charles lachte nur.

»Ich wette, beim Zahnarzt bist du genauso. Statt wie ein braves Mädchen den Mund aufzusperren, erzählst du lieber vom letzten Urlaub oder sprichst übers Wetter. Hab ich Recht?«

»Ja.«

»Rede so viel du willst, wenn es dir hilft. Schließlich werde ich deinen Po bearbeiten und nicht deinen Mund. Eigentlich könntest du die Schläge sogar selbst zählen.«

Charles ging zu der Reihe mit Haken, an denen die diversen Bestrafungsinstrumente hingen. Er schien sich nicht recht entscheiden zu können, denn er berührte mehrere der verschiedenen Lederriemen. Einige waren länger, einige waren kürzer. Einige waren braun, andere wiederum schwarz. Und einige bestanden aus zwei oder sogar drei Lederstreifen. Er entschied sich schließlich für einen Riemen mit drei Lederschwänzen, mit dem er versuchsweise in die Innenfläche seiner Hand schlug. Laura winselte, als sie hörte, was für ein Geräusch das Instrument beim Schlagen erzeugte.

»Ein dreischwänziger Lederriemen. Das traditionelle Werkzeug, mit dem früher in schottischen Schulen körperliche Züchtigungen vorgenommen wurden. Und zwar äußerst effektiv.«

»Oh Gott!«

Schon als Charles langsam auf sie zukam, sträubte sich Laura in ihren Fesseln. Die Panik überkam sie diesmal früher als noch bei der Behandlung mit dem Rohrstock. Neulich hatte sie allerdings auch noch keine Ahnung gehabt, wie sehr die Prügel mit dem Stock wirklich schmerzen würden, und hatte auch nur sechs Hiebe über sich ergehen lassen müssen. Aber jetzt wusste sie Bescheid und war außerdem mit einer Strafe von achtzehn Schlägen bedacht worden. Gleichzeitig war sie jedoch entschlossen, ihre bittere Pille zu schlucken. Trotz ihres unkontrolliert zitternden Körpers und der immer größer werdenden Panik griff sie nach den Beinen des Peitschbockes, während Charles den Riemen über ihrem Po positionierte.

»Ich werde die Schläge kontrolliert und in gleichmäßigem Tempo setzen. Und ich werde erst aufhören, wenn du fertig bist. Vergiss das Zählen nicht.«

»Ja, aber warte doch, Charles …«

Doch da ging der Riemen schon auf ihren Pobacken nieder und brachte sie zum Zucken und zum Keuchen. Der zweite Schlag ließ nicht lange auf sich warten. Genau so wenig der dritte.

»Zählen!«

»Vier! Ich meine, drei … Au! Vier! Fünf!«

»Braves Mädchen!«

Der Lederriemen sauste in exaktem Rhythmus auf ihr Hinterteil. Die hart und präzise gesetzten Schläge ließen ihr keine Zeit, sich zu erholen oder sich gar vor dem nächsten Hieb zu fürchten. Nein, Laura konnte nichts anderes mehr tun, als zwischen jedem Klatschen des Leders auf ihrer Haut die Anzahl der Schläge herauszukeuchen. Doch noch bevor sie beim zehnten Hieb angelangt war, verlor sie völlig die Kontrolle. Sie zuckte und trat in ihren Fesseln, bäumte sich mit ihrem Po auf und flehte um Gnade. Umsonst. Die Manschetten hielten sie fest in Position, während ein Schlag nach dem anderen auf ihrem Hintern niederging. Erst danach fand sie ihre Stimme wieder.

»Zwölf! Dreizehn! Vierzehn, Du Mistkerl! Du Schwein, du Schwein, du Schwein! Au! Fünfzehn! Und sechzehn!«

Nachdem Charles auch die letzten zwei Schläge platziert hatte, hielt er inne.

»Du hast mich einmal Mistkerl und dreimal Schwein genannt! Was hab ich dir über deine Wortwahl gesagt, Laura?«

»Es tut mir leid.«

»Das gibt vier weitere Schläge.«

»Oh, Gott!«

Laura verfiel wieder in Panik. Sie zerrte mit aller Macht an ihrer Fesselung, und als das Strafwerkzeug schließlich wieder auf ihr niederging, wünschte sie ernsthaft, ihren Züchtiger nicht so beschimpft zu haben. Doch die Pause hatte auch dafür gesorgt, dass die Hitze ihrer Pobacken langsam zwischen ihre Beine kroch. Charles setzte seine Schläge jetzt in genau dem richtigen Timing, um ihre Erregung weiter zu steigern. Als er schließlich bei den letzten zwei Hieben angelangt war, ging sie sogar dazu über, sich der schmerzhaften Behandlung entgegenzuwerfen. Ihre Gier schien Charles zu belustigen, denn er lachte leise auf, während sie zählte.

»Zweiundzwanzig! Oh, mein armer Hintern! Zweiundzwanzig!«

Endlich legte er den Lederriemen nieder. Laura wurde von einem Gefühl großer Erleichterung gepackt und war überaus stolz, dass sie die Strafe ertragen hatte. Sie blickte über ihre Schulter und grinste ihn aus ihrer niedergezwungenen Position mit einem schiefen Lächeln an.

»Danke, Mr. Latchley. Würdest du mich jetzt bitte in den Arm nehmen?«

»Natürlich! Aber erst wenn ich dich gefickt habe.«

»Aber du bist doch gerade erst gekommen!«

»Ich weiß. Aber du holst es einfach aus mir raus, Laura. Vielleicht ist es dein Körper oder vielleicht auch die Art, wie du auf mich reagierst. So oder so, du wirst jetzt richtig gut durchgefickt.«

Noch während dieser Worte hatte Charles seinen Reißverschluss geöffnet und ihr blitzschnell seinen Schwanz in den Mund geschoben. Laura saugte gierig an seinem Prügel. Und während er in ihrem Mund immer größer wurde, gab sie sich völlig ihren Gefühlen hin. Angefangen von der köstlichen Hitze ihrer Pobacken bis hin zu der erregenden Scham, den Mann, der sie geschlagen hatte, jetzt steif lutschen zu müssen. Die ganze Aktion hatte etwas unglaublich Schockierendes und Ungehöriges, war aber letzten Endes genau das, was sie wollte.

Als Charles so weit war, rammte er der auf dem Peitschbock gefesselten Laura schließlich von hinten den Schwanz in die Möse. Sie spürte, wie seine Bauchmuskeln sich gegen ihren schmerzenden Po pressten. Ihr Kopf war voller Bilder ihrer Strafaktion. Hunderte von Malen hatte sie sich vorgestellt, gefesselt, geschlagen und dann wie beiläufig benutzt zu werden. Was für ein herrliches Gefühl, diese Fantasie endlich in die Tat umgesetzt zu spüren. Schon bald warf sie sich seinen Stößen lüstern entgegen. Laura war kurz davor, doch nachdem es Charles gekommen war, machte er keinerlei Anstalten, sich auch um ihren Spaß zu kümmern.

Ihr Verlangen nach einem Orgasmus war jetzt so groß, dass sie ihren Meister anflehte, sein Werk doch bitte zu vollenden. Doch der griff nur nach dem Lederriemen und ließ ihn erneut in gleichmäßigen Rhythmus auf ihrem Hinterteil niedergehen. Da die Schläge diesmal etwas tiefer gesetzt waren, dauerte es nicht lange, bis ein mächtiger Schock durch ihre Möse fuhr. Laura streckte ihren Hintern noch weiter raus und aalte sich im Schmerz und in der Demütigung, gefesselt und unter den festen Hieben endlich zum Höhepunkt gebracht zu werden.

Der Sonntag war ein fauler Tag. Laura lief den ganzen Tag lang völlig unbefangen nackt herum, während Charles sich entweder mit Kochen beschäftigte oder weiter an ihrem Vertrag arbeitete. Allein der Gedanke, das Schriftstück zu unterschreiben, löste einen scharfen Stich der Erregung in Laura aus, und sie war entschlossen, aus der Unterzeichnung ein feierliches Ritual zu machen. Eigentlich hatte sie sich so immer ihren Hochzeitstag vorgestellt – nur, dass sie jetzt statt eines Hochzeitskleides nichts weiter als ein Halsband tragen würde.

Um die Mittagszeit hatte sie in Gedanken bereits eine ganze Zeremonie um das Ereignis herum gebaut, die ebenso aufwendig wie eigentlich auch undurchführbar war. So sah ihre Fantasie tatsächlich eine Art Tempel und ein großes Publikum vor, das ihrer Anerkennung seines Willens beiwohnen sollte. Etwas realistischer waren da schon der Anblick und das Gefühl der Striemen auf ihrem Po, und Laura hoffte, dass die Vertragsunterzeichnung auch irgendeine Form von Strafe mit sich bringen würde. Denn nur so konnte sie ihren Namen im Zustand völliger Hingabe unter das Schriftstück setzen.

Nach dem Essen machte Charles sich wieder an die Arbeit, während Laura die ihr anvertraute Aufgabe des Abwaschens erledigte, um sich danach draußen auf den Rasen zu legen. Bald war sie unter den warmen Sonnenstrahlen eingeschlafen und wachte erst auf, als sie aus dem Haus hörte, wie Charles das Geschirr und das Besteck neu einsortierte, das sie gerade erst weggeräumt hatte – und zwar ganz offensichtlich nicht richtig weggeräumt hatte. Als er ein paar Minuten später in den Garten trat, drehte sie sich instinktiv auf den Bauch und bot ihm ihren Po feil. Doch ihr Meister beschränkte sich auf eine kurze Erklärung.

»Ich gebe ja zu, dass ich mit meinen Sachen etwas pingelig bin, aber nachdem ich mitgekriegt habe, wie du das Geschirr weggeräumt hast, ziehe ich es doch vor, dein Angebot anzunehmen und dich als Haustier zu halten.«

»Wau, wau.«

»Vorsicht! Sonst wirst du das ganze nächste Wochenende ein paar Schlappohren und einen Schwanz tragen. Hör zu, in diesem Umschlag steckt ein Entwurf unseres Vertrages. Ich möchte nicht, dass du ihn hier liest, sondern erst zu Hause. Und zwar nüchtern. Und es ist dir verboten, dich dazu irgendwelchen Fantasien hinzugeben oder an dir herumzuspielen. Ist das klar?«

»Ja, Mr. Latchley.«

»Das bezweifle ich zwar irgendwie, aber ich weiß immerhin, dass du ehrlich genug bist, einen eventuellen Fehltritt zuzugeben. Aber mal ernsthaft. Du musst den Vertrag aufmerksam lesen, denn wenn du ihn erstmal unterschrieben hast, ist er Gesetz.«

»Ist er denn rechtsverbindlich?«

»Nach dem normalen Recht vielleicht nicht, aber nach unserem Recht. Sieh es einfach als geschäftlichen Vertrag, gültig nur innerhalb des üblichen rechtlichen Rahmens, aber du hast dabei den Status einer Verkaufsware.«

»Mh … das ist sexy. In *Die barbarische Banditenhorde* wird die Heldin für drei Kamele und eine Ziege verkauft …Au! Du hast mir auf den Schenkel geschlagen!«

»Mädchen mit versohltem Hintern kriegen eins auf die Schenkel. Und auf den Schenkeln tut es noch viel mehr weh. Das wirst du schon noch mitkriegen. Würdest du mir jetzt bitte mal zuhören?«

»Ja, Mr. Latchley. Tut mir leid, Mr. Latchley. Au!«

»Sarkasmus würde ich mir an deiner Stelle verkneifen, Laura.«

»Verzeihung.«

»Das klang schon ein bisschen aufrichtiger. Nein, der Vertrag ist nicht rechtsverbindlich. Er ist lediglich eine private Übereinkunft zwischen dir und mir. Da du noch jung und auch nicht sehr erfahren bist, werden wir nach einem Monat neu verhandeln. Und diese Neuverhandlungen werden in regelmäßigen Abständen immer wieder stattfinden. Aber bis dahin regelt der Vertrag dein Verhalten. Kannst du das akzeptieren?«

»Ja. Solange ich mit den einzelnen Punkten des Vertrags einverstanden bin.«

»Natürlich.«

Er legte den Umschlag neben Laura ins Gras. Sie stützte ihr Kinn auf die Hände und spürte, wie ihr Glück langsam von der Aussicht getrübt wurde, bald nach Hause zu fahren und wieder arbeiten zu müssen. Doch noch bestand keine Eile, und die Nachricht, die das leichte Kitzeln auf ihren geschlagenen Schenkeln an ihre Körpermitte sandte, war einfach kaum zu ignorieren.

»Ich gehöre ganz dir, wenn du mich haben willst.«

22

Nachdem Laura in ihre Wohnung zurückgekehrt war, begann sie nach einer wilden Begrüßung durch Smudge noch am selben Abend den Vertrag zu studieren. Sie lag auf dem Bauch auf ihrem Bett, während ihr alter Freund sich mit einer gelben Plastikente vergnügte, die er irgendwo bei Mrs. Phipps gefunden hatte.

Wie sie es von Charles erwartet hatte, war der Vertrag lang, überaus detailliert und überließ keine Eventualität dem Zufall. Die Quintessenz des Ganzen war, dass sie ihm gehörte. Und das hieß, sie hatte Disziplinierungen hinzunehmen, hatte seinen Befehlen zu gehorchen und durfte keinerlei Geheimnisse vor ihm haben. Die Paragrafen sicherten ihm vollständige Verfügbarkeit ihres Körpers, beinhalteten aber auch einige sehr praktische und vernünftige Ansätze. So hatte sie sich zum Beispiel so zu kleiden, wie es ihm beliebte, doch wenn er irgendwelche ausgefallenen Kleider an ihr sehen wollte, lag es auch in seiner Verantwortung, diese Kleidungsstücke zu bezahlen. Natürlich blieb ihr bei all diesen Vereinbarungen immer noch die Alternative, völlig nackt herumzulaufen.

Als Laura bei der Beschreibung angelangt war, welchen Aufzug er eventuell von ihr erwarten würde, konnte sie nur schwer widerstehen, sich selbst zu streicheln. Doch schon der nächste Absatz war eine recht trockene Versicherung, dass er sie weder finanziell ausnutzen würde, indem er ihren Lohn einziehen, noch sie dazu zwingen würde, ihm ihren Besitz zu überschreiben. An derlei Dinge hatte Laura bisher überhaupt nicht gedacht, sah aber schnell ein, dass diese Abmachung durchaus etwas Vernünftiges hatte. Schließlich kam sie einer Versicherung gleich, dass sein Begehren aufrichtig und nicht etwa eine Möglichkeit für ihn war, sie nur auszunutzen.

Der Vertrag sah noch vielerlei andere Dinge vor, die Laura aber alle sofort abnicken konnte. Charles war ein überaus gründlicher Mensch – eine Eigenschaft, die Laura nur dann an den Tag legen konnte, wenn sie sich die größte Mühe gab. Am Wichtigsten war aber, dass ihre Bedürfnisse ebenso berücksichtigt wurden wie die seinen. Es fanden sich sogar Einschränkungen bezüglich seiner Strafaktionen, die er aus Gründen der körperlichen Unversehrtheit hatte einfließen lassen. Darauf wäre Laura selbst nie gekommen. Und schon gar nicht, wenn sie erstmal in die seltsame, ekstatische Welt eingetaucht war, in die sie bei jeder seiner Bestrafungsaktionen katapultiert wurde.

Was den reinen Sex anging, so würde sie ihm gehören. Und zwar ihm ganz allein. An diesen Punkt hatte Laura sich als Zeichen ihrer Liebe in jedem Fall zu halten. Zu ihrer Erleichterung stellte sie fest, dass er ihr im Gegenzug völlige Treue garantierte. Es gab allerdings eine Ausnahme dieser Regel, die prompt für Schmetterlinge in ihrem Bauch sorgte. Solange es nicht offen um Sex ging, durfte er auch andere Frauen bestrafen. Und noch viel bedeutsamer, wenn er es für nötig befand, musste auch Laura sich von anderen Frauen bestrafen lassen.

Der bloße Gedanke daran brachte die junge Frau zum Zittern, denn die Bedeutung dieses Passus ließ ihre Gedanken sofort zu Hazel Manston-Jones schweifen. Schon die Vorstellung, sich von irgendeiner eingebildeten, höhnisch lachenden

Ziege den Hintern versohlen zu lassen, war fast zu viel. Und als Laura sich ganz bewusst vorstellte, dass es sich bei dieser Frau um Hazel selbst handelte, gab sie dem Unausweichlichen schließlich nach.

Sie setzte sich auf die Knie, streckte den Po nach hinten und schob dann ganz langsam ihre Pyjamahose nach unten. Dann ließ sie ihrer Fantasie freien Lauf. Hazel würde in das Cottage kommen – der Grund war egal – und sie und Charles würden sich überaus gut verstehen. Zu gut. Nach einem sehr alkoholgetränkten Mittagessen würden die beiden sich ausgelassen darüber ergehen, was Laura doch für einen Wirbel um ihre Spanking-Sessions machte. Und dann würde Charles irgendwann vorschlagen, dass Hazel die Bestrafung vornehmen sollte, die Laura sich in jener Woche eingehandelt hätte.

Sie würde protestieren, doch es würde zu spät sein. Der Vertrag wäre unterschrieben und ihr würde keine andere Wahl bleiben. Laura würde sich auf dem großen Ledersofa in Charles' Arbeitszimmer über Hazels Knie legen und den Po genauso freizügig in die Luft recken müssen, wie sie es jetzt auf ihrem Bett tat. Blitzschnell zog sie die Pyjamahose wieder hoch. Aber nur, um sie erneut langsam herunterzuschieben und sich dabei die schreckliche Scham vorzustellen, auf Hazels Schoß liegen und sich von ihr das Höschen herunterziehen lassen zu müssen.

Dieses Bild reichte aus, um sie an den Rand eines Orgasmus zu bringen. Und trotz des enervierenden Quietschens von Smudges Ente spulte sie die Szene wieder und wieder in ihrem Kopf ab und rieb sich dabei die Möse. Charles würde voller Belustigung zuschauen und nicht nur ihre Scham, sondern auch den Anblick ihres nackten Hinterns genießen. Er würde seinen Schwanz herausholen und ihn steif wichsen, während Hazel ihr eine ordentliche Tracht Prügel verabreichte.

Laura würde kreischen und zucken, ihr Hinterteil würde immer röter werden, und zwischen den Pobacken würde jedes intime Detail zu sehen sein. Oder noch schlimmer: Sie würde ihre Würde komplett preisgeben, indem sie Charles anflehte, sie zu ficken, während Hazel sie in Position hielt. Mit diesem Gedanken kam es Laura schließlich, und aus ihrem Mund drang ein Strom von schmutzigen Worten:

»Ja, bitte … Fick mich! Fick meinen gezüchtigten Hintern, Charles! Fick mich, während sie mich festhält! Fick mich!«

Genau wie sie erwartet hatte, schrie Laura laut auf, als es endlich so weit war. Ihr Kopf quoll förmlich über vor Bildern, wie sie wohl aussähe, wenn ihre Möse gestopft würde. Wie er sie mit heruntergezogener Pyjamahose und ausgestrecktem nackten Po besteigen würde. Wie sein dicker Schwanz sich tief in ihrer Körpermitte versenken und er sie ungestüm nehmen würde. Ihr Höhepunkt schien gar kein Ende nehmen zu wollen. Und selbst als sie fertig war, behielt sie ihre lüsterne Position bei. Lauras Mund verzog sich zu einem kleinen, glückseligen Lächeln. Wirklich ein herrliches Gefühl, so benutzt zu werden. Wie Charles wohl reagieren würde, wenn sie ihm nächsten Morgen beichtete, dass sich noch eine andere Person in ihre Fantasie geschlichen hatte.

Die nächsten Tage verliefen in angenehmer Alltäglichkeit, und als sie Charles ihr Vergehen gestand, gab dieser ihr zu verstehen, dass er sich so etwas bereits gedacht hatte. Aber aufgrund ihrer Ehrlichkeit hätte sie diesmal keine Strafe zu erwarten. Laura war erleichtert, dass die Sache jetzt ausgesprochen war und freute sich sehr über seine Reaktion. Sie saßen in einem Pub in der Nähe des Bahnhofs von Cambridge und sprachen über den Vertrag. Laura bat darum, aus der Unterzeichnung ein kleines Ereignis machen zu dürfen, und

Charles stimmte zu, dass das übernächste Wochenende wohl am besten dafür geeignet wäre.

Auch am Dienstagmorgen noch hätte sie kaum glücklicher sein können. Nachdem sie sich am Bahnhof mit einem Kuss von Charles verabschiedet hatte, spazierte sie voller erotischer und romantischer Fantasien in das *EAS*-Gebäude. Selbst der Anblick von Brian und Dave in der Eingangshalle konnte ihre Laune nicht verderben, und sie begrüßte ihren Chef, Mr. Henderson, mit einem fröhlichen »Guten Morgen«. Als sie allerdings eine gelbe Akte auf seinem Schreibtisch liegen sah – die Farbe, die für Disziplinarverfahren vorgesehen war – merkte sie, dass sein Gesichtsausdruck nicht unbedingt Gutes verhieß.

»Stimmt irgendwas nicht?«

»Das kann man wohl sagen. Ich muss Ihnen leider mitteilen, dass Christopher Drake von *Maxwell-Boyce* Beschwerde gegen sie eingereicht hat. Und zwar eine sehr ernstzunehmende. Er behauptet, Sie hätten angeboten, ihm sexuell gefällig zu sein, um einen besseren Preis für unsere Sechsunddreißigtausend-Volt-Einheiten zu erzielen.«

»Das habe ich nicht getan!«

»Er behauptet es aber!«

»Aber das ist nicht wahr!«

»Er sagt etwas anderes. Sie hätten ihn ermutigt, sich im *Horsehoes* in Abbots Ripton zu betrinken und ihm sehr deutlich zu verstehen gegeben, dass sie mit ihm ins Bett gehen würden, wenn er unseren Bedingungen zustimmt.«

»Nein!«

»Denken Sie gut nach, Laura!«

»Das ist nicht wahr!«

Mr. Henderson gab ein schwaches Seufzen von sich.

»Er hat schon damit gerechnet, dass sie es abstreiten würden, und hat daher gleich das hier mitgeschickt. Unnötig zu sagen, dass ich seiner Reaktion zustimme, aber ich glaube, das eine oder andere werden Sie doch erklären müssen.«

Während seiner Worte nahm er etwas aus der gelben Akte und schob es über den Schreibtisch. Es handelte sich um eines der Fotos, die in Sheringham entstanden waren – und zwar eines der schmutzigsten, das Laura zeigte, wie sie gegen das Kliff gelehnt posierte. Ihr Hinterteil war herausgestreckt und die Pobacken quollen an den Seiten ihres mehr als knappen Bikinihöschens hervor. Der Hügel ihres Geschlechts war auf das Notdürftigste von einem winzigen Dreieck dunkelroten Stoffs bedeckt, und das Oberteil war hochgeschoben, um ihre Brüste zu zeigen. Lauras Nippel waren steinhart, und sie hatte den Mund zu einem frechen Küsschen gespitzt.

»Dieser verdammte Mistkerl!«

Mr. Henderson gab ihr einen Moment Zeit, die ganzen schrecklichen Ausmaße der Situation zu begreifen. Dann fuhr er fort.

»Streiten Sie immer noch ab, intim mit ihm gewesen zu sein?«

»Nein, aber … Okay, ich hatte eine Affäre mit ihm, aber ich habe nicht versucht, ihn zu bestechen. Außerdem wurde dieses Foto am Strand von Sheringham aufgenommen und nicht in Abbots Ripton.«

»Antworten Sie mir ganz ehrlich, Laura. Haben Sie Christopher Drake angeboten, mit ihm zu schlafen, als sie ihn im *Horseshoes* trafen?«

Laura ließ den Kopf hängen.

»Ja, wir hatten Sex, aber es war keine Bestechung.«

»Aber Sie hatten Sex mit einem Kunden? Während der Arbeitszeit?«

»Ja.«

»Selbst wenn wir das Thema Bestechung außen vor lassen, Laura, wäre das Grund genug für eine Kündigung. Und ich muss Sie ja wohl nicht daran erinnern, dass Sie gerade erst eine Abmahnung bekommen haben. Es tut mir leid, Laura, aber ich werde Sie entlassen müssen. Sie können natürlich Widerspruch einlegen, aber Mrs. Jeffries unterstützt meine Entscheidung. Von daher bezweifle ich, dass Sie vor Gericht eine Chance hätten.«

»Aber … jetzt warten Sie doch mal. Er kann doch nicht … Und was ist überhaupt mit ihm?«

»Das soll nicht unsere Sorge sein. Außerdem hat er angedeutet, dass die Sache vergessen sein würde, wenn wir Sie entließen.«

»Das kann er nicht tun! Das ist doch total ungerecht!«

»Das ist leider keine Frage der Gerechtigkeit, Laura. Hören Sie zu, ganz unter uns hat die Angelegenheit eher mit Firmenpolitik zu tun. Der *Maxwell-Boyce*-Auftrag ist eine Menge Geld wert, und Christopher Drake ist bei denen so etwas wie der Goldjunge, der nichts falsch machen kann. Abgesehen davon ist er auch noch der Neffe des Geschäftsführers. Sie waren eine ausgezeichnete Assistentin, aber mir bleibt leider keine andere Wahl. Denn wenn wir Sie weiter beschäftigten, wären wir gezwungen, seine Anschuldigungen zu bestreiten. Und das hieße, wir würden den Auftrag und einen kostspieligen Prozess verlieren. Ganz zu schweigen davon, dass wir uns in der gesamten Branche lächerlich machten. Daher muss ich Ihnen leider kündigen. Ich bin sicher, wären Sie nicht persönlich involviert, würden Sie unsere Entscheidung verstehen. Wenn Sie die Sache privat weiterverfolgen wollen, ist das natürlich Ihre Entscheidung. Aber ich rate dringend davon ab. Ich weiß nicht, wieso Drake sich entschlossen hat, diese Behauptungen aufzustellen oder warum er sich damit so lange Zeit gelassen hat, aber …«

»Aber ich weiß es. Das ist seine Ausrede, um seine hinterhältige Freundin zu halten, dieses Luder!«

»Wie bitte?«

»Hazel Manston-Jones. Sie hat uns in Sheringham erwischt, und jetzt sieht es so aus, als wäre ich es gewesen, die die Sache eingeleitet hat. Wenn sie ihm das glaubt, dann ist sie allerdings wirklich eine blöde Kuh.«

»Jetzt beruhigen Sie sich mal, Laura.«

»Aber verstehen Sie denn nicht, was da vor sich geht? Er hat versucht, sie zu bequatschen, ihn nicht zu verlassen. Und sie hat garantiert auch dafür gesorgt, dass er auf meiner Kündigung besteht.«

»Können Sie das beweisen?«

»Nein, natürlich nicht.«

Mr. Henderson lehnte sich in seinem Bürostuhl zurück und hob seine Hände zu einer hilflosen Geste.

»Man hat mich gefeuert.«

Charles antwortete nicht und nahm sie ungeachtet der vorbeieilenden Passagiere in seine Arme. Laura brach in Tränen aus. Sie ließ allen Emotionen freien Lauf, die sie bei dem Gespräch mit Mr. Henderson zurückgehalten hatte. Und auch den Rest des Tages hatte sie sich zusammengerissen. Sie hatte ihre letzten Arbeiten erledigt, dann ihren Schreibtisch leergeräumt und schließlich sogar noch eine Aushilfe aus derselben Agentur eingestellt, die ihr vor vier Jahren diesen Job besorgt hatte.

Erst als der Zug anfuhr, drückte Charles sie schließlich sanft auf einen der Plätze. Direkt ihr gegenüber saß Darcy, dessen Anwesenheit ausreichte, um sie noch verlegener zu machen, was sie mit dem Suchen eines Taschentuchs in ihrer Handtasche zu überspielen versuchte. Charles wartete, bis sie sich einigermaßen beruhigt hatte, bevor er das Wort an sie richtete.

»Musst du morgen noch mal ins Büro?«

»Nein.«

»Dann komm doch mit zu mir.«

»Das geht nicht. Smudge …«

»Dann komme ich eben mit zu dir.«

»Das wäre schön. Danke.«

Laura verstummte, legte ihren Kopf an Charles' Schulter und starrte traurig auf die vorbeirasende Landschaft. Da so viele Menschen anwesend waren, konnte man sich nicht recht austauschen. Und während der Zug immer schneller wurde, wünschte sich Laura ernsthaft, sie könnte durch irgendeine Zauberei dafür sorgen, dass Christopher Drake irgendwo auf den Schienen läge. Es war schon schlimm genug, dass er sie hinter dem Rücken seiner Freundin verführt hatte. Doch statt sie feuern zu lassen, um eine Beziehung zu retten, die er für ein bisschen Abwechslung im Bett so willentlich aufs Spiel gesetzt hatte, wäre es doch wohl anständiger gewesen, die Sache auf sich beruhen zu lassen. Der Gedanke wollte Laura gar nicht mehr loslassen. Doch erst als sie zurück in King's Lynn waren und mit Smudge am Fluss spazieren gingen, fand sie langsam die Sprache wieder. Ihre Wut hatte mittlerweile einer gewissen Verbitterung Platz gemacht, als sie Charles erzählte, was an jenem Morgen passiert war.

»Umbringen könnte ich dieses Schwein! Na ja, nicht wirklich umbringen, aber du weißt schon, was ich meine.«

»Ich kann dir nur raten, drüberzustehen.«

»Das hast du auch bei Brian besagt. Aber es hat mir viel mehr Spaß gemacht, ihm die Farbe über den Kopf zu kippen. Ich habe zwar sehr schöne Erinnerungen an die Sache mit Chris, aber wenn ich ihm das jetzt durchgehen lasse, werde ich es auf immer bereuen. Ich bin nicht so stark wie du, Charles. Und böse Dinge einfach so zu vergessen, darin bin ich ganz besonders schlecht. Verdammt, ich bin heute noch sauer auf Charlotte West, weil sie mich nicht zu ihrem fünften Geburtstag eingeladen hat.«

»Du bist ein sehr sensibles Mädchen, Laura, aber ich bitte dich, hör auf mich. Sei stolz und steh über den Dingen.«

»Das kann ich einfach nicht. Und ich sag dir, was noch schlimmer ist: Ich hab dir doch erzählt, dass Hazel Manston-Jones mir den Hintern versohlt hat und wie oft ich bei dieser Erinnerung gekommen bin? Was meinst du, wie sich das anfühlt, jetzt, nachdem sie dafür gesorgt hat, dass ich gefeuert werde?«

»Ist es denn sicher, dass sie das in die Wege geleitet hat? Ich würde viel eher denken, die Verantwortung dafür läge ganz und gar bei Mr. Drake. Er hat ja nicht nur sie angelogen, sondern auch dich.«

»Meinst du wirklich? Ich nahm eigentlich an, dass sie ihn angestachelt hat, um sich an mir zu rächen.«

»Das könnte durchaus möglich sein, aber für wahrscheinlich halte ich es nicht. Ich nehme viel eher an, dass er sich für deine Entlassung ausgesprochen hat, um sie mit der angeblichen Wahrheit zu beeindrucken.«

»Aber betrogen hat er sie doch trotzdem.«

»Ja, aber da ihr auf frischer Tat ertappt wurdet, kann er das ja schlecht abstreiten. Da ist es doch viel leichter, dir die Schuld zu geben. Wahrscheinlich ist er mit seinen Anschuldigungen so weit gegangen, dass es einem Gesichtsverlust gleichgekommen wäre, wenn er sich nicht offiziell beschwert hätte. Eine Lüge zieht meistens weitere Lügen nach sich.«

»Das ist wohl wahr. Na ja, vielleicht glaubt sie ihm ja trotzdem nicht.«

»Das ist immer möglich. Oder aber sie glaubt ihm und serviert ihn trotzdem ab.«

»Oder sie nimmt ihn zurück, benutzt seinen Vertrauensbruch aber dazu, ihn im Zaum zu halten. Das würde ihm ganz sicher gar nicht gefallen.«

»In jedem Fall ist ihre Beziehung jetzt zum Scheitern verurteilt.«

»Gut.«

23

Am nächsten Morgen fuhr Charles mit demselben Zug nach Hause, den Laura so lange Zeit jeden Tag genommen hatte. In all den Jahren hatte sie ihn so gut wie nie verpasst und war auch nur dann zu Hause geblieben, wenn sie ausnahmsweise mal ernsthaft krank war. Merkwürdig, jetzt einfach nur auf dem Bett zu liegen und sich die Sonne ins Gesicht scheinen zu lassen. Smudge saß mit seiner Leine im Maul in einer Ecke und blickte sie hoffnungsvoll an – ein Bild, das sich ihr sonst eigentlich nur am Wochenende bot. Trotz eines ab und zu einsetzenden Panikgefühls, dass es Freitag war und sie im Bett lag, statt bei der Arbeit zu sein, fühlte Laura sich seltsam taub.

Irgendwann stand sie schließlich auf, konnte sich aber nur zu ein paar unnützen Verrichtungen aufraffen. Wieder und wieder dachte sie an Christopher Drake. Sie verfluchte ihn und fragte sich gleichzeitig, was sie wohl für Chancen hatte, jetzt noch einen Job zu bekommen. Selbst wenn sie eine andere Firma einstellen sollte, so war die Schaltanlagen-Branche doch so klein, dass sie überall als das Mädchen gelten würde, das sexuelle Gefälligkeiten für eine Unterschrift angeboten hatte. Und in anderen Branchen würde sie ohne Fachwissen oder entsprechende Referenzen auch große Schwierigkeiten haben.

Charles hatte vorgeschlagen, sie solle ihre Wohnung aufgeben und bei ihm einziehen. Er hatte die Idee so beiläufig geäußert, dass es eigentlich die naheliegendste Lösung zu sein schien. Und Laura fand die Vorstellung auch durchaus reizvoll. Aber während es sowohl erstrebenswert als auch erregend war, ihre sexuelle Unabhängigkeit aufzugeben, so war es doch weitaus schwerer, auf ihre finanzielle Unabhängigkeit zu verzichten. Wenn sie das täte und ihren Vertrag unterschriebe, würde sie voll und ganz ihm gehören und die Preisgabe ihrer Unabhängigkeit würde sofort zur Realität werden.

Laura hatte Charles mitgeteilt, dass sie Zeit zum Nachdenken brauchte, bevor sie ihm eine endgültige Antwort geben konnte, und ihr Meister hatte diese Bitte mit derselben vernünftigen Ruhe hingenommen, mit der er auch alles andere anging. Doch jetzt, da sie nichts weiter zu tun hatte, außer nachzudenken, stellte Laura schnell fest, dass sie ihre emotionalen Bedürfnisse unmöglich von der unbarmherzigen Realität ihrer Situation trennen konnte. Zwar würde der Verkauf der Wohnung ihr eine Zeit lang über die Runden helfen, aber das spielte genauso wenig eine Rolle wie die Klausel, dass sie ihre geschäftlichen Angelegenheiten selbst in die Hand nehmen durfte. Laura wusste genau, wenn sie den Vertrag erstmal unterschrieben hatte, wäre ein Job das Letzte, was sie wollte. Ganz zu schweigen davon, irgendeinem anderen Mann außer Charles zu unterstehen.

Um sich ein wenig aufzuheitern, versuchte sie an das kommende Wochenende zu denken. Doch bevor sie nicht irgendwie über die Aktion von Christopher Drake hinweggekommen war, würde es ihr ganz sicher nicht gelingen, das Zusammensein mit Charles zu genießen oder das Gefühl absoluter Freiheit wiederzubeleben, das ihr so sehr gefallen hatte. Außerdem würde sie diesmal Smudge mitnehmen müssen. Mrs. Phipps hatte recht vehement darauf hingewiesen, dass es eindeutig über gute Nachbarschaft hinausginge, vier Wochenenden hintereinander die Hundesitterin zu spielen.

Charles war sehr tierlieb, doch er würde ihr sicher nicht den Hintern versohlen können, ohne dass es lautstarke Konsequenzen nach sich ziehen würde.

Die Vorstellung, dass Smudge sich in ihre Sessions einmischen könnte, zauberte für kurze Zeit ein Lächeln auf ihr Gesicht. Doch schon bald war sie wieder am Grübeln und wandte sich schließlich ihrem Buch *Die barbarische Banditenbande* zu, um sich mit der Wildnis Nordafrikas und den Abenteuern der Heldin, Olivia Silverthorn, abzulenken. Olivia war ein bisschen lebhafter als Evangeline Tarrington, denn statt voller Stolz und Groll auf den Helden zu warten, wurde sie selbst aktiv. Auf der anderen Seite schien der Held, Daniel Lock, ein ziemlicher Versager zu sein. Denn trotz nicht gerade unerheblicher Provokationen durch Olivia, hatte er sie auf fast hundert Seiten bisher noch nicht einmal übers Knie gelegt. Und die arabischen Sklavenhändler waren auch nicht viel besser gewesen. Sie schienen mehr an der Zartheit ihrer Haut und der Gesundheit ihrer Zähne interessiert gewesen zu sein, anstatt wenigstens vorsorglich zu versuchen, der Heldin den Hintern zu versohlen. Aber jetzt, da Olivia für drei Kamele und eine Ziege verkauft worden war, würde ihr neuer Besitzer, Hasan Hasan, ja vielleicht wissen, wie man mit der Heldin eines abenteuerlichen Liebesromans umzugehen hatte.

… und neben seiner letzten Ziege stand Hasan Hasan. Allein der Anblick seiner körperlichen Erscheinung zwang Olivia, eine ihrer zarten Hände zur Rosenknospe ihres Mundes zu führen. Mürrisch und hager stand der zwei Meter große Mann da. Sein Körper war von den Entbehrungen des Wüstenlebens ausgemergelt und von den Messerstichen alter, längst gefallener Feinde gezeichnet. Seine dünnen Schenkel waren nur von einem kleinen Lendenschurz bedeckt, der abgesehen von Sandalen, zwei gekreuzten Dolchen im Gürtel und einem pfauenblauen Umhang seine einzige Kleidung darstellte. Wahrscheinlich hatte er all das irgendeinem glücklosen Händler abgenommen, den er vorher getötet hatte. Das Gesicht des Mannes war noch viel schockierender. Seine Nase sah aus wie der Schnabel eines monströsen Habichts, seine Augen wie die einer herumschleichenden Raubkatze und sein Mund wie der Eingang zu einer alles verzehrenden Hölle – von Zähnen versperrt, die wie zerbrochene Grabsteine aussahen. Aber am erschreckendsten war sein anzügliches Grinsen, als er schließlich das Wort an Olivia richtete.

»Also, mein zartes Rosenblatt aus dem kalten Norden«, sprach er sie mit schmutziger Stimme, aber in überraschend gutem Englisch an, »was hat meine Neuerwerbung mir wohl zu bieten? Komm, ich will die Blöße deines Körpers sehen.«

Bei dem Gedanken, sich für diesen widerlichen Kerl entkleiden zu müssen, schrie Olivia Silverthorn entsetzt auf und ohne nachzudenken, trat sie mit dem zarten Fuß ihres langen Tänzerinnenbeins aus. Hasan Hasan wurde wie von einem Windstoß erfasst und verschwand mitsamt seiner Ziege im Abgrund.

Laura spitzte leicht genervt die Lippen. Eigentlich hatte sie darauf gehofft, dass Hasan Hasan und seine Ziege eine größere Rolle in der Geschichte spielen würden. Aber nachdem er über den Rand eines Abgrunds stürzen musste, der als »eine Wand aus nacktem Fels, die höher war, als die höchste Spitze eines mächtigen Turms« beschrieben war, schien der Mann nicht mehr allzu viel zu melden zu haben. Olivia war jetzt allein im Atlas-Gebirge, war niemandes Gnade ausgesetzt und lief auch keinerlei Gefahr, sich den Po züchtigen lassen zu müssen. Nichtsdestotrotz hatte die Szene durchaus etwas Befriedigendes und Erhellendes.

Olivia hätte sich ganz bestimmt nicht damit abgefunden, von irgendeinem verlogenen Mistkerl aus ihrem Job gedrängt zu werden. Wäre Christopher Drake in die *Die barbarische Banditenbande* aufgetaucht, hätte er ganz sicher die Rolle eines prinzipienlosen Windhundes und Verführers innegehabt, der mit etwas Glück zusammen mit Hasan Hasan und seiner Ziege am Boden der Schlucht gelandet wäre. Schade, dass die Realität einem immer wieder in die Quere kam, sonst hätte Laura sich vielleicht sogar eine Scheibe von diesem Wagemut abgeschnitten.

Doch stattdessen ließ sie das Buch sinken und gab sich erneut den Grübeleien über Christopher Drake hin. Je mehr sie über ihn nachdachte, desto weniger konnte sie die Aussicht auf das Wochenende genießen. Um sich Charles sexuell hingeben zu können, brauchte sie einfach ein gutes Grundgefühl. Sie musste sich sicher und weiblich fühlen und nicht so am Boden zerstört, wie sie es jetzt war. Der Gedanke, dass Christoper Drake für ihre Entlassung gesorgt hatte und sogar ihre Beziehung zu Charles zerstören konnte, war einfach unerträglich. Sie musste etwas unternehmen. Und wenn sie dem Mistkerl nur unmissverständlich ins Gesicht sagte, was sie von ihm hielt.

Voller Entschlossenheit, ihn mit ihren Vorwürfen zu konfrontieren, schwang Laura die Beine vom Sofa. Die Adresse der *Maxwell-Boyce*-Werke kannte sie auswendig. Und wenn sie schnell genug fuhr, würde sie ihn noch vor der Mittagspause oder noch besser in der Kantine erwischen, wo sie ihm vor seinen Kollegen die Leviten lesen konnte. Laura musste handeln, bevor die Vernunft einsetzte, sie griff wie auf Autopilot nach ihrer Tasche und verließ die Wohnung.

Um ihre Entschlossenheit nicht zu verlieren, raste sie mit laut aufgedrehtem Radio in Richtung Peterborough. Während der Fahrt dachte sie an all die Dinge, die sie ihm sagen wollte. Und als sie das Werk schließlich erreichte, war die Liste lang genug für eine ziemlich abendfüllende Rede. Auf dem Parkplatz gingen die Nerven noch nicht mit ihr durch. Als sie aber die Eingangshalle betrat und ihr klar wurde, dass sie eben nicht einfach so hereinmarschieren und irgendeinen Angestellten nach dem Weg zu seinem Büro fragen konnte, setzten doch langsam gewisse Zweifel an ihrem Vorhaben ein. Am Empfang saß eine schick gekleidete, schrecklich tüchtig aussehende Blondine, und die eigentliche Eingangstür wurde von zwei großen Wachmännern bewacht. Doch es war zu spät, jetzt noch einen Rückzieher zu machen, denn man hatte sie bereits gesehen. Laura ging so geschäftsmäßig wie möglich auf den Empfangstresen zu.

»Guten Morgen. Mein Name ist Silverthorn. Ich würde gern Mr. Drake vom Einkauf sprechen.«

»Guten Morgen, Miss Silverthorn. Mr. Drake ist im Moment nicht in seinem Büro. Haben Sie einen Termin?«

Laura zögerte. Ihre sture Entschlossenheit war wie weggeblasen.

»Äh … nein, eigentlich nicht … ich …«

»Ach, da kommt gerade seine Assistentin. Vielleicht kann sie Ihnen ja weiterhelfen.«

Laura fuhr herum und sah Hazel Manston-Jones nur ein paar Meter entfernt aus dem Aufzug steigen – kühl und elegant wie immer. Es war zu spät, Blickkontakt zu vermeiden, und die Empfangsdame hatte auch bereits mit der Vorstellung begonnen.

»Das ist Miss Silverthorn, Hazel. Sie hatte gehofft, mit Mr. Drake sprechen zu können.«

Hazel blieb stehen und schaute Laura zu ihrer Überraschung weder mit zornigen noch mit kalten Augen an. Und als sie auf die Worte der Empfangsdame reagierte, schwang sogar eine gewisse Panik in ihrer Stimme mit.

»Ja, ich kümmere mich darum. Vielen Dank, Amanda. Laura, ich glaube, ich … Hören Sie, wollen wir nicht einen Moment nach draußen gehen?«

Laura nickte voller Vorsicht, doch das Verhalten der anderen Frau wies in keiner Weise auf irgendwelche feindseligen Absichten hin. Draußen vor der Tür fuhr sich Hazel mit einem Finger über die Augenbraue. Sie sprach schnell und mit fast flüsternder Stimme.

»Ich muss mich bei Ihnen entschuldigen, ich weiß. Ich war wütend, und ich hätte das nicht tun sollen. Ich weiß, dass Chris Ihnen nichts von uns erzählt hatte, aber … Egal. Ich habe es getan und möchte Sie jetzt gerne um Verzeihung bitten.«

»Ich verstehe nicht recht.«

Hazel wollte gerade fortfahren, verstummte dann aber doch. Ihr offensichtlicher Schreck über das Auftauchen der Rivalin sorgte dafür, dass Lauras Selbstbewusstsein sofort in die Höhe schnellte.

»Um Verzeihung wofür? Dass Sie mich übers Knie gelegt oder dass Sie für meine Entlassung gesorgt haben?«

»Für Ihre Entlassung?«

»Ja, für meine Entlassung. Was glauben Sie denn, ist passiert, als mein Boss die Beschwerde von Ihrem ätzenden Freund bekam?«

»Die hat er doch nicht wirklich abgeschickt, oder?«

»Allerdings. Und ich wurde gefeuert.«

»Oh, verdammt! Das tut mir leid, Laura. Ich hatte ihn gebeten, es nicht zu tun, aber … Hören Sie, können wir uns nicht irgendwo anders unterhalten? Hier gibt es zu viele ungebetene Zuhörer.«

Laura nippte an ihrem Gin Tonic, während Hazel versuchte, ihre Situation zu erklären. Sie saßen im Hinterzimmer eines kleinen Pubs, der früher sehr einsam gelegen hatte, jetzt aber in das Industriegebiet integriert war, in dem auch das *Maxwell-Boyce*-Werk stand. Da die allgemeine Mittagszeit noch nicht angebrochen war, hatten sie den winzigen Raum ganz für sich allein.

»Aber so einfach ist das nicht. Sein Onkel ist unser Geschäftsführer, und mein Vater ist im Vorstand. Die beiden sind seit der Schule befreundet, halten Chris für ein Wunderkind und glauben, dass wir das perfekte Paar wären. Eigentlich sollen wir im Juni heiraten. Und zwar mit allen Schikanen. Kirche, ein halbes Dutzend Brautjungfern und Blumenmädchen, Priester und … na ja, Sie wissen schon. Dagegen hätte ich ja nichts einzuwenden. Ich wollte immer richtig groß heiraten. Aber eben nicht Chris Drake.«

»Wieso sind Sie dann noch zusammen?«

»Sind wir gar nicht. Das habe ich ja versucht, Ihnen zu erklären. Nach dem, was da neulich in Sheringham passierte, hab ich ihm gesagt, dass er mich mal kann. Aber er wollte nichts davon wissen. Der Mann ist unglaublich arrogant und meint, er müsste nur warten, bis ich mich wieder beruhigt hätte. Daddy wollte mir die Absage der Hochzeit natürlich ausreden und hat mir gesagt, dass Männer nun mal so wären. Er hat Chris sogar übers Wochenende zu uns eingeladen, um ihm ins Gewissen zu reden. Und um sein Gesicht zu wahren, kam Chris dann damit an, Sie hätten ihm sexuelle Gefälligkeiten angeboten, um den Vertrag zu Ihrem Vorteil unter Dach und Fach zu bringen. Daddy ist sehr altmodisch, was solche Dinge angeht. Na ja, und den Rest kennen Sie ja. Ich habe versucht, es ihm auszureden, Laura. Und es tut mir aufrichtig leid, was da passiert ist.«

»Danke. Und was werden Sie jetzt tun?«

»Noch einen trinken. Soll ich Ihnen auch noch was mitbringen?«

Laura hatte nichts dagegen, und Hazel kehrte nach kurzer Zeit mit zwei weiteren Gin Tonic an den Tisch zurück – nur waren es diesmal doppelte.

»Ich muss noch fahren.«

»Ich nicht.«

Hazel nahm einen großen Schluck von ihrem Drink und setzte sich dann hin.

»Das ist also die Geschichte. Ich kann noch mal versuchen, mit ihm zu reden, wenn Sie wollen.«

»Nein. Dazu ist es zu spät. Es gab sowieso Probleme bei der Arbeit. Und was den Rest angeht, ich bin jetzt sowieso mit jemand anders zusammen. Ich habe ihn ein paar Tage nach unserem Zusammentreffen kennengelernt und er ist … einfach wundervoll.«

»Gut. Das ist ja immerhin etwas.« Hazel nahm einen weiteren Schluck und lachte.

»Ich dachte schon, Sie wollten mir eins überziehen, als ich Sie in der Empfangshalle sah. Sie sahen aus, als wären Sie bereit gewesen, zu töten.«

»Das war ich auch. Aber ich hatte es nicht auf Sie abgesehen. Ich wollte Chris nur sagen, was ich von ihm halte.«

»Das hätte ich sehr gut gefunden. Aber er ist auf einer Konferenz in Lille.«

»Schlechtes Timing – genau wie in Sheringham«, sagte Laura und wagte ein vorsichtiges Lächeln.

Hazel zuckte verlegen mit den Schultern.

»Es tut mir wirklich leid.«

»Das muss es nicht.«

Es entstand eine verlegene Stille, die schließlich von Hazel gebrochen wurde.

»Dies war auch nicht das erste Mal, dass er mich betrogen hat.«

»Nein?«

»Nein. Es war zwar das erste Mal, dass ich ihn auf frischer Tat ertappte, aber ich bin sicher, er hatte mindestens noch eine weitere Affäre. Es war ohnehin die meiste Zeit … schwierig mit ihm.«

»Wie meinen Sie das?«

Hazel antwortete nicht sofort, sondern starrte gedankenverloren aus dem Fenster, bevor sie schließlich antwortete.

»Sie wirken recht aufgeschlossen.«

»Das will ich hoffen.«

Hazel verstummte erneut, sprach dann aber umso schneller weiter.

»Chris ist besessen davon, dass wir uns noch ein anderes Mädchen zum Sex suchen.«

»Darauf stehen die Männer, nicht wahr?«

»Er versucht ständig, mich dazu zu bringen, andere Frauen anzumachen oder ihm zu erlauben, im Internet eine Anzeige aufzugeben. Das Problem ist, dass das zumindest teilweise meine eigene Schuld ist.«

»Wieso? Sie sind doch nicht verantwortlich für seine Fantasien.«

»Das nicht, aber … Ich war in einer reinen Mädchenschule und habe dort mit meinen Freundinnen gerne ein bisschen rumgemacht. Nichts Ernstes, aber die Sache macht Chris ganz verrückt, und er liebt es, wenn ich davon erzähle. Das habe ich dann auch getan. Das meiste habe ich allerdings erfunden, um ihn in Fahrt zu bringen. Außerdem gingen mir die realen Geschichten ziemlich schnell aus.«

Hazels wachsende Verlegenheit war bei ihren Worten deutlich spürbar, und sie trank den Rest ihres Gin Tonic aus, bevor sie ihre Erklärungen fortsetzte.

»Zu Anfang habe ich mir noch nicht viel dabei gedacht. Aber irgendwann fragte er mich dann, ob nicht eine meiner Schulfreundinnen über Nacht zu uns kommen könnte. Er hatte natürlich eindeutige Absichten. Ich hab dann versucht, ihm zu erklären, nur weil mit achtzehn Jahren unsere Hormone ein bisschen mit uns durchgingen und die einzigen männlichen Wesen, die wir zu Gesicht bekamen, Hufe und Geweihe hatten …«

»Wie bitte?«

»Hirsche. Ich war auf der *Klibreck*-Mädchenschule in Sutherland – eine total abgelegene und trostlose Gegend in Schottland. Und glauben Sie mir, in Winternächten brauchte man einfach jemanden, den man mal in den Arm nehmen konnte. Chris sah das natürlich anders. Für ihn war das alles ein einziger Porno. Er wollte mir einfach nicht glauben, dass selbst wenn meine Freundinnen Lust auf eine Zugabe unserer Teenager-Spiele hätten, sie ganz bestimmt nicht erpicht darauf wären, wenn er dabei zusähe oder seinen Schwanz irgendwo reinsteckte, wo er definitiv nicht gefragt sei. Noch einen?«

»Nein, lieber nicht.«

»Ich hol mir noch einen.«

Hazel ging wieder an die Bar, kehrte schnell mit einem weiteren doppelten Gin Tonic zurück und setzte ihre Erzählung fort.

»Dann wollte er unbedingt Swinger-Clubs ausprobieren. Wir waren auch in ein paar Läden drin … und auch in anderen Clubs. Aber der Gedanke, dass ich Sex mit einem anderen Mann haben könnte, hat ihn total fertiggemacht.«

»Mich anderen Männern zu präsentieren, schien ihm aber nichts auszumachen. Verzeihung.«

»Schon gut. Ja, er präsentiert mich auch gerne. Aber das ist nicht dasselbe. In den Clubs gab es durchaus Frauen, die bereit waren, mit mir zu spielen. Aber eben nur, wenn ihre Partner dabei waren. Wenn er also zugreifen wollte, musste er auch erlauben, dass andere Männer bei mir zugreifen. Und genau das hat er nicht hingekriegt. Ich wollte es auf diese Weise aber auch nicht haben. Oh nein, er präsentiert mich lieber als eine Art Pokal. Außerdem stellt er auch ständig irgendwelche intimen Fotos von mir ins Netz.«

»Autsch! Er hat mich im Bikini fotografiert, den ich nur halbwegs trug.«

Hazel lächelte.

»Sie sahen lustig darin aus.«

Laura streckte ihrem Gegenüber die Zunge raus.

»Hat er noch irgendwas zu seiner kaputten Kleidung gesagt?«

»Oh ja. Darüber ist er total ausgerastet!«

»Wie gern wäre ich dabei gewesen.«

»Ich auch. Ich hab's nämlich nur am Telefon mitgekriegt, als er versuchte, Sie schlechtzumachen, damit ich mich besser fühle. Ich hab ihm dann gesagt, dass ich an Ihrer Stelle dasselbe getan hätte.«

»Kann ich verstehen. Also das mit den Swinger-Clubs hat nicht funktioniert?«

»Nein. Danach waren es Internet-Kontakte, und ich habe sogar eingewilligt, es zu versuchen, nur um ihm einen Gefallen zu tun. Na ja, und dann hab ich ihn mit Ihnen erwischt. Eine seiner Ausreden war, dass er nur hinter Ihnen her wäre, um Sie zu überreden, sich einem Dreier mit uns anzuschließen.«

»Dieser Fiesling! Und was werden Sie jetzt tun?«

»Keine Ahnung. Der Druck von außen, ihn zu heiraten ist

wahnsinnig groß. Und ich liebe ihn tatsächlich immer noch – auch wenn das für viele Menschen sicher völlig idiotisch ist. Im Moment möchte ich ihm aber am allerliebsten erst mal dieses selbstgerechte Grinsen aus dem Gesicht wischen.«

Hazel verstummte. Und auch Laura sagte nichts. Doch plötzlich kam der jungen Frau eine herrlich gemeine Idee.

»Sie sollten ihm ein Foto von sich mit einem anderen Mädchen schicken und ihm mitteilen, dass er das niemals miterleben wird.«

Hazel grinste. Aber nur einen kurzen Moment lang.

»Das würde ihn nur anspornen. Er denkt nämlich von sich, dass er jede rumkriegen kann. Außerdem glaubt er nicht an lesbische Lesben.«

»Lesbische Lesben?«

»Im Gegensatz zu Lesben, die nur mit Frauen schlafen, weil sie keinen Mann abkriegen, sind das Lesben, die nur mit Frauen schlafen, um Männer geil zu machen. Ich sagte doch, er ist total arrogant.«

»Das ist nicht übertrieben!«

»Allerdings nicht. Wenn ich ihm so ein Foto schicke, wird er nur annehmen, dass sie auf jeden Fall bei einem Dreier mitmachen würde. Es sei denn natürlich, Sie wären die andere Frau.«

»Ich?!«

»Wieso nicht? Das würde ihn richtig ärgern.«

»Da könnte was dran sein.«

»Kommen Sie, tun wir's doch einfach. Ich hab mein Foto-Handy dabei.«

»Ja, aber …«

»Na los, Laura. Das wird lustig. Und ich verlange ja nicht, dass Sie sich dafür ausziehen. Wir sitzen schließlich in einem Pub.«

»Aber wie sollen wir denn posieren?«

»Ich weiß auch nicht. Knutschend und knuddelnd, würde ich sagen. Sie haben doch sicher schon mal ein Mädchen geküsst, oder?«

»Nein, noch nie.«

»Ach! Na gut, wenn Sie nicht wollen …«

»Warten Sie doch mal …«

Laura verstummte. Sie musste schon allen Mut zusammennehmen, um ihre plötzliche Eingebung in Worte zu fassen, doch Hazels völlige Offenheit bezüglich ihrer eigenen Sexualität spornte sie durchaus an.

»Vielleicht könnte ich mich ja über Ihre Knie legen, so als wollten Sie mir den Hintern versohlen …«

Hazel lachte.

»Sie sind ja krass drauf! Okay. Aber schnell, bevor der Barkeeper oder sonst jemand hier reinkommt.«

Laura lachte, als sie sich auf Hazels Knien platzierte. Doch die Erinnerung daran, wie oft sie schon auf Fantasien gekommen war, die dieser weiß Gott nicht unähnlich waren, brachte sie auch zum Zittern. Die beiden Frauen saßen auf einer langen Bank, sodass Hazel das Foto-Handy auf Armlänge halten konnte, während Laura ihren Hintern rausstreckte, als wartete sie nur darauf, gezüchtigt zu werden.

»Los geht's. Strecken Sie die Zunge raus.«

Hazel legte ihre Handfläche auf Lauras Po – eine elektrisierende Berührung – und drückte auf den Auslöser.

»Noch mal!«

Hazels Hand erhob sich und ging genau in dem Moment mit einem sanften Schlag auf Lauras Pobacken nieder, als das Klicken des Foto-Handys ertönte.

»Und noch mal!«

»Oh Gott! Tu es, Hazel! Versohl mir den Hintern!«

»Laura!« Hazels Erstaunen galt nicht nur dem plötzlich vertrauten Du, sondern auch der Tatsache, dass die Behandlung der neuen Bekannten durchaus zu gefallen schien. Sie lachte und verpasste Laura einen zweiten Schlag auf den Po, der schon weitaus fester als der erste ausfiel. Das Foto-Handy klickte, doch Laura war bereits völlig in ein glückseliges Schamgefühl abgetaucht, weil sie von einer anderen Frau übers Knie gelegt und gespankt wurde. In diesem Moment waren auf einmal Stimmen zu hören, und Hazel kreischte kurz erschrocken auf.

»Aufstehen, schnell, schnell!«

Es gelang Laura gerade noch rechtzeitig, auf die Beine zu kommen, bevor ein älteres Ehepaar mit einem kleinen, braunen Hund das Hinterzimmer betrat. Ihr Gesicht war knallrot, und Hazel konnte gar nicht mehr aufhören zu kichern. Doch die einzige Reaktion der Neuankömmlinge bestand aus einem missbilligenden Lächeln der älteren Dame. Laura nahm den letzten Schluck von ihrem Drink und setzte sich dann wieder auf ihren Platz. Hazel beugte sich zu ihr herüber, nahm aber abgesehen von einer leicht gesenkten Stimme keinerlei Rücksicht darauf, dass sie jetzt nicht mehr allein waren.

»Okay. Die Bilder sind nicht gerade ausstellungsreif, aber er wird schon erkennen, worum's geht. Was soll ich dazu texten? ›Für Jungs verboten‹? Oder wie wär's mit: ›Das war erst der Anfang – aber nicht für dich‹?«

»Ich würd's ganz simpel und eindeutig halten: ›So etwas werden wir für dich nicht tun! Und zwar niemals!‹«

»Sie haben Recht. Er soll nicht denken, dass ich ihn nur provozieren will. Welches Foto wollen wir denn nehmen?«

Laura beugte sich zu Hazel, während sie die Optionen durchscrollte. Auf dem ersten lag sie mit hochgerecktem Hintern auf Hazels Knien, und sie hatten beide die Zunge rausgestreckt. Hazel schüttelte den Kopf.

»Ganz gut, aber irgendwie noch zu niedlich, um zu der Nachricht zu passen.«

Auf dem zweiten Bild blickte Hazel sehr streng drein, und Laura sah sehr erschrocken aus. Hazel schnalzte mit der Zunge.

»Das sieht einfach nur aus, als wären Sie ein böses Mädchen, das bestraft wird.«

Die Worte reichten aus, um Laura ein gewisses Kopfsausen zu bescheren. Sie wollte ihrer neuen Bekannten gerade gestehen, dass das durchaus ihren Vorstellungen entsprach, als das dritte Foto sie kurz aufstöhnen ließ. Hazel schien auf dem Bild eindeutig ihren Spaß zu haben, denn ihr Mund war zu einem breiten, fast grausamen Grinsen verzogen. Und Laura hob nur ihren Po nicht den Schlägen entgegen, sondern sah aus, als würde es ihr jeden Moment kommen.

»Das da!«

»Nein, Hazel! Das können Sie ihm nicht schicken!«

»Wieso denn nicht? Der rastet aus vor Frust. Ich schick's ihm sofort.«

»Nein, Hazel, bitte! Schicken Sie das erste. Er wird schon verstehen, was Sie meinen.«

»Nein, es muss einfach dies hier sein. Außerdem hat es etwas Echtes an sich. Was haben Sie eben noch gesagt? ›Tu es, Hazel! Versohl mir den Hintern!‹«?

»Hazel!«

Laura griff nach dem Telefon, aber Hazel hatte keinerlei Mühe sie im Zaum zu halten, während sie gleichzeitig versuchte, die SMS einzutippen. Erst als Laura zu betteln begann, gab sie schließlich nach.

»Na gut, dann schicke ich ihm eben das erste. Das wird

schon reichen. Aber ich kann nichts dafür, wenn es Sie anmacht, sich Ihren kleinen Hintern versohlen zu lassen.«

Laura versuchte blitzschnell, sich irgendeine Erwiderung zu überlegen, aber ihr fehlten die Worte. Mit schamrotem Gesicht sah sie zu, wie Hazel die SMS eintippte und abschickte. Doch Lauras Reaktion hatte herzlich wenig mit Christopher Drake zu tun. Sie hatte auf dem Schoß dieser Frau gelegen, und Hazel Manston-Jones wusste genau, dass sie dabei erregt gewesen war. Und zu allem Überfluss schien Hazel das einfach nur komisch zu finden. Als es Laura endlich gelang, etwas zu sagen, kamen die Worte nur noch in einem heiseren Krächzen heraus.

»Könntest du mir die Bilder bitte auch schicken? Und wenn … und wenn du Lust hast, können wir das gerne noch mal wiederholen. Und zwar richtig, meine ich.«

Und wieder war es nicht nur das vertraute Du, das dafür sorgte, dass Hazel erst eine Augenbraue hochzog und dann versonnen lächelte.

24

»Ich habe etwas zu beichten.«

Charles sah von seinem Küchentisch auf, wo er gerade dabei war, eine rote Paprika zu zerkleinern. Er blickte sie ruhig und beherrscht wie immer an.

»Ja?«

»Ich hab's nicht hingekriegt, über dieser Sache zu stehen. Die Sache mit Christopher Drake, meine ich.«

»Ja?«

»Nein. Ich bin in seine Firma gefahren, um ihm zu sagen, was ich von ihm halte.

»Ja?«

»Er war nicht da. Aber ich habe mich dann mit Hazel Manston-Jones unterhalten. Sie hat mir den Hintern versohlt.«

»Sie hat dir den Hintern versohlt?«

»Ich dachte mir schon, dass dich das auf den Plan rufen würde. Eigentlich war es nur so zum Spaß, nur um Chris zu ärgern. Aber es fühlte sich irgendwie … richtig an. Und sie hat gesagt, sie würde es gerne wieder tun.«

»Etwas, das dir ganz offensichtlich auch gefallen würde?«

»Ja, bitte. Sehr sogar.«

»Und würden diese Züchtigungen in meiner Gegenwart stattfinden?«

»Äh … so weit haben wir die Sache noch nicht besprochen. Sie hat die Nase voll, weil Chris ständig versucht, irgendwelche Dreier anzuleiern. Da schien es mir keine gute Idee, so etwas in der Art vorzuschlagen. Mir wäre es natürlich lieber, wenn es vor deinen Augen passieren würde. Sie müsste sich dazu ja nicht mal ausziehen. Von daher könnte sie sich ja vielleicht mit der Idee anfreunden. Wäre das in Ordnung? Ich meine, weil es in dem Vertrag ja heißt, dass ich …«

»Dass es dir erlaubt ist, dich von anderen Frauen disziplinieren zu lassen, ja. Ich weiß, dass du das brauchst, bin aber davon ausgegangen, dass ich dabei sein würde. Alles andere würde meine Autorität und meine Position infrage stellen.«

»Tut mir leid.«

»Das muss es nicht. Nur Narren lehnen es ab, sich auch mal infrage stellen zu lassen. Unsichere Narren, um genau zu sein. Ein wahrhaft dominanter Mann bleibt flexibel, ist bereit, zu lernen und sich den Umständen anzupassen. Meine Grundregeln habe ich mir über viele Jahre hinweg erarbeitet. Und obwohl ich sie für angemessen halte, wäre ich nie so arrogant, sie als das einzig Wahre hinzustellen. Trotzdem bin ich mir bei dieser Sache nicht ganz sicher. Hast du ihr von mir erzählt?«

»Oh ja. Natürlich nicht alles. In erster Linie, dass ich das Gefühl brauche, beschützt zu werden. Und dass ich mich gerne disziplinieren lasse.«

»Und wie hat sie reagiert?«

»Ich glaube, sie hatte Verständnis dafür.«

Charles runzelte nachdenklich die Stirn, und Laura sprach weiter.

»Jedenfalls hat sie es nicht gleich rundheraus abgelehnt. Es macht ihr Spaß, es mir zu besorgen. Sie ist bisexuell.«

»Ich verstehe. Also darüber muss ich erstmal gründlich nachdenken. Wenn ich nicht dabei bin, fände ich es ehrlich gesagt nicht gerade passend. Hast du die Fotos hier, die Ihr gemacht habt?«

»Ja.«

Laura holte blitzschnell ihr Foto-Handy aus der Handtasche, rief die drei Bilder auf und zeigte sie Charles. Eine Ecke seines Mundes verzog sich bereits zu dem altbekannten Grinsen, doch plötzlich nahm sein Gesicht einen überaus merkwürdigen Ausdruck an.

»Ich verstehe. Bring Smudge raus, Laura.«

»Was ist denn los?«

»Tu, was ich dir sage, Laura.«

»Ja, Mr. Latchley.«

Etwas verwirrt brachte Laura Smudge in den Garten, kehrte in die Küche zurück und stellte sich vor ihren Meister. Charles nickte zufrieden, schob seinen Stuhl zurück und zog sie mit einer flüssigen Bewegung auf seine Knie. Laura quietschte, als sie erst in Bauchlage positioniert und dann ihre Kleidung gerichtet wurde, sodass der Rock bis zu den Hüften hoch- und das Höschen bis zu den Knien runtergezogen war. Und dann begann die Züchtigung. Charles hielt sie mit einem Arm fest, während er mehrere Dutzend harter Schläge auf ihren Pobacken niedergehen ließ. Als er damit fertig war, ließ er sein Opfer los. Laura stand auf, trat zappelig von einem Bein auf das andere und rieb sich ihren brennenden Hintern. Charles wartete geduldig, bis sie sich wieder einigermaßen erholt hatte, nahm dann ihre Hand und führte sie von der Küche nach oben. Laura spürte deutlich, wie sich ihr Magen vor Aufregung zusammenzog.

»Der Meditationsraum?«

»Ja.«

»Oh, Gott! Welche Strafe kriege ich denn? Und wofür? Wieso hast du mich gezüchtigt?«

»Ich hatte das Gefühl, du brauchst es jetzt. Und um deine Frage zu beantworten, welche Strafe du bekommst: Das wirst du schon sehen.«

Charles ließ ihre Hand los, um die Tür aufzuschließen und sie hineinzuführen. Beim Anblick des Peitschbockes begann Lauras Körper sofort zu beben, und sie warf einen ängstlichen Blick zu den aufgereihten Schlaginstrumenten. Sie war sicher, dass er mit einem davon ihren Po bearbeiten würde, doch Charles ging zu dem Käfig, entriegelte ihn und hielt die Tür auf.

»Rein da!«

Laura ging auf die Knie, und nachdem sie in den Käfig gekrochen war, schloss Charles sofort die Tür. Sie war gefangen.

»Wie lange werde ich denn hier drinsitzen?«

»Vielleicht ein paar Minuten. Vielleicht aber auch ein bisschen länger.«

Er machte bereits Anstalten, den Raum zu verlassen, als Laura ihm nachrief.

»Warte mal, Charles! Was passiert denn, wenn ich nach dir rufe?«

»Das beschert dir dann nicht nur einen brennenden, sondern einen wunden Po. Warte gefälligst, bis ich wiederkomme.«

»Ja, aber … wenn ich nun mal pinkeln muss?«

»Der Boden des Käfigs ist mit PVC ausgelegt. Den kannst du ganz leicht saubermachen, wenn ich wiederkomme.«

»Charles!«

Doch er war fort. Die Tür fiel hinter ihm zu, und einen Moment später hörte sie das Vorhängeschloss klicken.

Laura hatte jedes Zeitgefühl verloren, als sie irgendwann die Klingel der Haustür gehen hörte. Sie saß schon recht lange in dem Käfig, denn die Sonne war bereits auf die andere Seite des Hauses gewandert, sodass der Raum jetzt in warmes, gelbes Licht getaucht war. Charles hatte sich ganz sicher an der Mahlzeit gütlich getan, die er vorhin zubereitet hatte, doch

Laura selbst war ohne etwas zu essen in den Käfig gesperrt worden. Das mulmige Gefühl in ihrem Bauch wurde allerdings nicht allein von dem Hunger erzeugt, den sie mittlerweile zweifellos hatte. Nein, am schlimmsten war die Tatsache, dass sie keine Ahnung hatte, weshalb Charles sie in den Käfig gesperrt hatte und wie er auf ihre Erlebnis mit Hazel reagieren würde. Die Züchtigung sagte nicht viel aus, denn diese Art der Bestrafung teilte er auch dann gerne aus, wenn es sich nur um ein kleines Vergehen handelte, oder auch einfach nur, um sie in ständiger Bereitschaft zu halten. Da musste noch etwas anderes sein. Doch Laura hatte nicht die geringste Ahnung, worum es sich dabei handeln könnte.

Sie hatte sich auf dem gepolsterten Boden des Käfigs zusammengerollt und war fast eingeschlafen, als die Türglocke sie wieder in die Realität zurückholte. Sie kniete sich hin und lauschte. Doch die dicken Wände und die massiven Türen des Cottage machten es ihr unmöglich, etwas von dem Gespräch zwischen Charles und seinem Besuch zu verstehen. Wahrscheinlich handelte es sich um einen Freund aus dem Ort. Laura war ziemlich sicher, ein Auto gehört zu haben, und fragte sich schon jetzt, wie lange der Gast Charles wohl davon abhalten würde, zu ihr zu kommen. Vielleicht so lange, bis sie sich ins Höschen gemacht hatte? Wenn er sich ihrer nicht bald erbarmte, würde es ganz gewiss dazu kommen.

Nach einer Weile verstummten die Stimmen, und Laura legte sich wieder zusammengerollt auf den Boden und umfasste ihre Knie. Ihr Po war herrlich warm gewesen, als er sie hier weggeschlossen hatte, sodass sie sofort damit angefangen hatte, sich mit hochgeschobenem Rock und runtergezogenem Höschen selbst zu befriedigen – und das in vollem Bewusstsein der eingeschalteten Überwachungskamera. Sie wusste nicht, ob Charles ihr dabei zugesehen oder ob er sie einfach nur ignoriert hatte, aber da keinerlei Reaktion kam, hatte sie sich irgendwann wieder angezogen, um weiter auf ihn zu warten.

Die Zeit verging, und Laura zog schon in Erwägung, weiter an sich herumzuspielen – und sei es auch nur, um sich irgendwie die Langeweile zu vertreiben. Doch gerade, als sie die Schenkel spreizte und begann, durch das Höschen hindurch ihren Hügel zu reiben, hörte sie Schritte auf dem Treppenabsatz. Sie ging blitzschnell auf alle viere und wartete, bis Charles den Schlüssel im Vorhängeschloss herumgedreht hatte. Er sah sie grinsend an, als er den Raum betrat.

»Braves Mädchen. Welch eine schöne Begrüßung.«

Erst jetzt wurde Laura klar, dass sie genau wie Smudge reagiert hatte, wenn sie nach der Arbeit wieder in die Wohnung kam. Sie wurde rot, lächelte aber, während Charles den Käfig aufsperrte. Er wuschelte ihr durchs Haar, als sie aus dem Käfig kroch.

»Vielleicht komme ich doch noch auf deine Idee zurück, dich als Haustier zu halten, Liebling. Aber im Moment schwebt mir noch etwas anderes vor. Also ab ins Schlafzimmer mit dir. Richte dich ein bisschen her. Aber lass dir Zeit, ich will, dass du dich in deinem besten Licht zeigst.«

»Ja, Sir!«

Charles schickte sie mit einem Klaps auf den Po ins Schlafzimmer, wo der Koffer stand, den sie für das Wochenende gepackt hatte. Dann ging er grinsend nach unten. Und während Laura ihr Haar bürstete und das Make-up auffrischte, fragte sie sich, was er wohl mit ihr vorhatte. Sie war so gut wie sicher, dass sie einen Ausflug nach draußen machen würden und er sie dort zwingen würde, sich zu präsentieren. Nach einem kurzen Abstecher ins Badezimmer zog sie ein frisches Höschen über und entledigte sich nach kurzem Zögern ihres

BHs. In vollem Bewusstsein, dass sie damit nur noch mehr Möglichkeiten für höchst peinliche und entblößende Moment geschaffen hatte, ging sie schließlich nach unten.

Charles saß an seinem Schreibtisch im Arbeitszimmer. Er hatte den Stuhl so gedreht, dass er die offene Tür im Blick hatte. Laura war ein wenig unsicher, als sie den Raum betrat und sich vor ihn stellte. Doch er sah sie nur von oben bis unten an und nickte dann zufrieden.

»Sehr hübsch. Und auch schick – genau wie eine junge Frau aussehen sollte. Finden Sie nicht auch, Hazel?«

Laura fiel fast das Kinn herunter, als sie begriff, dass sie nicht allein mit ihrem Meister war, und sie fuhr blitzschnell herum. Direkt neben der Tür saß Hazel Manston-Jones in einem grünen Ledersessel mit auffällig hoher Lehne. Sie sah makellos wie immer aus. Das Haar war zu einem engen Knoten hochgebunden, und ihr Körper wirkte in dem hellroten Rock unglaublich schlank und elegant. Sie hatte die Beine übereinandergeschlagen und ihre Füße steckten in schicken, schwarzen High Heels.

»Was zum … Wie bist du denn hierhergekommen, Hazel?«

»Im Auto, du dummes Ding! Charles hat mich eingeladen.«

»Aber ihr kennt euch doch gar nicht.«

»Jetzt schon. Ich muss zugeben, zunächst war ich ein wenig erstaunt, aber er ist sehr charmant und überzeugend. Er hat mich von deinem Handy aus angerufen.«

»Und …«

Laura verstummte und blickte erst Charles und dann wieder Hazel an. In ihrem Kopf machte sich eine ungestüme, Furcht einflößende Fantasie breit. Charles lächelte – fast als könnte er ihre Gedanken lesen.

»Ja. Ich dachte, unter diesen Umständen wäre es nur vernünftig, Hazel anzurufen. Obwohl ich eigentlich nur vorhatte, dich irgendwann später mit einem Besuch von ihr zu überraschen. Aber wie sich herausstellt, ist sie charakterstark genug, um eigene Entscheidungen treffen zu können. Ich musste sie also nicht groß überreden, schnell herzufahren. Wir haben uns schon ein bisschen unterhalten, und ich freue mich, dir mitteilen zu können, dass wir zu einer Übereinkunft gekommen sind.«

»Tatsächlich?«

»Ja. Als ich sie auf den Fotos erkannte, hatte ich so etwas schon im Gefühl. Du musst wissen, sie war nicht ganz ehrlich zu dir, was die Art von Clubs angeht, die sie und ihr Ex-Freund besucht haben. Einige davon waren Swinger-Clubs, aber die anderen Etablissements, in denen sie waren, hatten einen ganz anderen Hintergrund. Und das macht sie zur Idealbesetzung für unser Vorhaben. Ich habe hier übrigens noch ein paar kleine Änderungen vorgenommen.«

Mit diesen Worten griff er nach ihrem Vertrag, der auf seinem Schreibtisch lag.

»Hazel hat sich freundlicherweise angeboten, der Unterzeichnung als Zeugin beizuwohnen. Außerdem wird sie mir hier und da bei deiner Disziplinierung zur Seite stehen. Hazel wird dir den Hintern versohlen, Laura. Und zwar einmal die Woche. Und wenn die Umstände es zulassen, gibt's die Schläge vor meinen Augen auf den nackten Hintern.«

Lauras Beine schienen sich während Charles' Ausführungen in Wackelpudding zu verwandeln. Immerhin gelang es ihr noch, den Vertrag mit zitternden Händen entgegenzunehmen, aber die Worte konnte sie schon nicht mehr so genau erkennen. Am untersten Rand der Seite waren drei gestrichelte Linien. Die erste für Charles' Signatur, die zweite für ihre und die dritte für Hazels Unterschrift als Zeugin.

»Ansonsten hat sich nicht viel verändert. Aber vielleicht möchtest du ihn ja trotzdem noch mal lesen?«

»Nein, ich …«

»Lies ihn, Laura.«

Sie versuchte es, doch die Worte sahen immer noch so verschwommen aus wie zuvor, und sie stellte ihre Bemühungen ein, noch bevor sie das untere Drittel der Seite erreicht hatte. Charles hielt ihr einen Stift hin, und sie ging zum Schreibtisch, um eine möglichst lesbare Unterschrift hinzubekommen. Dann nahm Charles ihr das Schriftstück wieder ab und setzte schwungvoll seine eigene Signatur unter die Vereinbarung. Als er ihr den Vertrag zurückgab, hatte Laura das untrügliche Gefühl, dass sich in ihrem Inneren schon jetzt etwas verändert hatte. Und als sie ihn schließlich an Hazel weiterreichte, hätte sie das am liebsten mit einer kleinen, unterwürfigen Verbeugung getan. Voller Spannung sah die junge Frau zu, wie Hazel das Schriftstück als Zeugin unterzeichnete und es wieder auf den Schreibtisch legte. Dann meldete sich Charles erneut zu Wort, und Laura lauschte seinen Ausführungen voll gespannter Erwartung, aber auch ein wenig ängstlich.

»Du sagtest doch, dass du die Unterzeichnung des Vertrages zu einem ganz besonderen Ereignis machen wolltest, nicht wahr? Und so soll es auch sein.«

Er öffnete die Schublade seines Schreibtisches und förderte ein dünnes und gut zwei Zentimeter breites Halsband zutage, das aus fünf Reihen polierter Stahlglieder bestand. Charles öffnete das kleine Vorhängeschloss, das am vorderen Ende angebracht war, und stand auf.

»Halsbänder gibt es in den unterschiedlichsten Ausführungen. Einige sind aus Samt, andere wiederum bestehen aus Stahlringen. Aber für dich habe ich extra einen kleinen Ausflug in eine Tierhandlung unternommen. Heb dein Kinn an.«

Laura gehorchte und hielt ihren Kopf hoch, damit er ihr das Metallband um den Hals legen konnte. Es fühlte sich kühl und schwer an, aber ihre Gefühle bewegten sich weit jenseits der simplen Tatsache, dass sie eine Art Kette um den Hals trug. Sie gehörte jetzt ihm, und er konnte mit ihr tun, was er wollte. Für einen langen, glückseligen Moment konnte sie an nichts anderes mehr denken, wurde aber von einem kurzen Händeklatschen von Hazel schnell wieder in die Realität zurückgeholt.

»Das war ja wirklich sehr hübsch. Aber kann ich sie jetzt endlich übers Knie legen?«

»Aber sicher, meine Liebe«, erwiderte Charles mit zuvorkommender Geste. »Laura, leg dich auf das Knie der Dame.«

»Ja, Sir.«

Charles' Antwort hätte nicht beiläufiger ausfallen können, und er lächelte zufrieden, als er seinen Stuhl so hindrehte, dass er den bestmöglichen Blick auf das Geschehen hatte. Laura hingegen war alles andere als ruhig. Trotz einer unglaublich starken Erregung, brachten Angst und Verlegenheit sie doch an den Rand der Panik. Hazel stellte ihre Beine so hin, dass Laura sich bequem darüberlegen konnte und klopfte einladend auf ihren Schoß.

»Das wird ein Riesenspaß. Komm schon, Laura, übers Knie mit dir!«

Laura trat einen Schritt nach vorn. Das eigene Tun kam ihr so merkwürdig vor, dass sie gewisse Schwierigkeiten hatte, sich ohne weiteres Nachdenken auf den Beinen einer anderen Frau in die Spanking-Position zu begeben. Und Hazel verschwendete auch keine Zeit. Sie packte Laura mit festem Griff und legte ihre Hand vorbereitend auf den Po der hilflosen Frau.

»Nackt, natürlich«, schaltete Charles sich ein.

»Ja, natürlich. Aber ich lege die Hinterteile gerne nach und nach frei«, erwiderte Hazel, während sie Lauras Pobacken bereits durch das Kleid hindurch knetete.

Charles gab ein leises Lachen von sich, und Laura schoss das Blut ins Gesicht. Aber nicht wegen der Verlegenheit, sich den Po von einer anderen Frau betatschen zu lassen, sondern wegen der Erkenntnis, dass sie offensichtlich nicht die Erste war, die Hazel so behandelte. Doch auch als die Berührungen der Frau immer intimer wurden und die Pobacken so umfassten, als wollte sie gleich einen Finger dazwischenschieben, schaffte Laura es nicht, sich zu widersetzen, denn sie konnte der Verlockung einfach nicht widerstehen. Dann hörten die Liebkosungen plötzlich auf, und ihr Rock wurde hochgeschoben.

Laura schloss die Augen und konzentrierte sich mit ihrem ganzen Wesen auf die Entblößung. Sie stellte sich vor, wie sie wohl aussah, während ihr Kleid hochgeschoben wurde, um erst den unteren Rand ihrer Nahtstrümpfe, das zarte weiße Fleisch darüber, die Strapse und schließlich ihre Pobacken freizulegen, die jetzt nur noch von ihrem recht engen Spitzenhöschen bedeckt waren.

»Süßes Höschen. Und ein wunderbar runder, kleiner Hintern. Und wie ich sehe, trägt sie Strümpfe und Strapse. Sie ist sehr gut trainiert, Charles.«

»Sie war schon immer ein Strumpf-Mädchen. In der Regel halterlose Strümpfe, aber immer mit Naht. Das war das Erste, was mir an ihr auffiel.«

»Als ich sie das erste Mal traf, hielt ich sie für ein völliges Unschuldslamm.«

»Oh nein. Ein bisschen naiv vielleicht. Aber unschuldig ganz sicher nicht.«

»In der Tat? Was bist du nur für ein ungezogenes Mädchen, Laura?«

Das Gespräch der beiden schockierte Laura ein wenig, und sie wollte gerade etwas sagen. Aber Hazel war längst wieder dazu übergegangen, über ihre Pobacken zu streichen, um ihnen dann völlig unvermittelt den ersten, scharfen Hieb zu verpassen.

»Ungezogen und verkommen! Du hast die Schläge wirklich verdient. Hab ich Recht, Laura?«

»Ich weiß nicht! Ich ...«

Hazel hatte begonnen, sie zu züchtigen. Schlag um Schlag ging auf Lauras Hintern nieder, während sie gleichzeitig von ihrer Peinigerin getadelt wurde.

»Eine echte Schande bist du. Eins der schmutzigsten Mädchen, das mir jemals untergekommen ist. Und glaub mir, ich habe schon welche erlebt, die jeden Tag eins hinten drauf brauchten. Aber du, Laura, du brauchst es stündlich.«

Laura konnte nicht mehr antworten. Ihre Beine traten wild aus, während der stechende Schmerz der Schläge langsam dafür sorgte, dass sie jede Kontrolle verlor. Ihr Mund stand weit auf, und ihre Hüften wanden sich in der aussichtslosen Bemühung, Hazels strenger Hand auszuweichen. Charles beobachtete die Szene mit unverhohlenem Vergnügen. Sein Gesichtsausdruck war nicht einfach nur grausam, sondern hatte in dem scharlachroten Licht der Nachmittagssonne etwas wirklich Teuflisches an sich. Als Hazel ihre Behandlung kurz unterbrach, platzte es förmlich aus Laura heraus.

»So böse bin ich doch gar nicht gewesen, oder, Charles?«

Er kicherte.

»Ich glaube, Hazel meint deine kleinen Hemmungslosigkeiten, die du dir in der letzten Woche geleistet hast.«

Laura brauchte einen Moment Zeit, um zu begreifen, was er damit meinte.

»Das hast du ihr doch nicht etwa erzählt?!«

Es war Hazel, die diese Frage beantwortete, während sie gleichzeitig Lauras Behandlung fortsetzte.

»O doch, das hat er. Aber keine Sorge, das stört mich nicht. Ich halte dich zwar für eine Schlampe und ein dreckiges Flittchen, aber solange ich mich an deinem knackigen, kleinen Po gütlich tun kann, habe ich nichts dagegen.«

»O Gott!«

Lauras Gesicht brannte und fühlte sich bereits so heiß an wie ihr Po. Ihre unglaubliche Verlegenheit wuchs durch Hazels offenes Gelächter und die hohnerfüllten Bemerkungen ins Unermessliche.

»O ja, du weißt genau, dass du das hier verdienst. Hab ich Recht, Laura? Jede Stunde einmal den Rock hoch und das Höschen runter. Apropos …«

Hazel stellte die Schläge ein. Sie steckte eine Hand unter den Bund von Lauras Höschen, hob es an und schob den spitzenbesetzten, schwarzen Slip langsam hinunter, um Luft an die in Flammen stehenden Pobacken zu lassen. Doch das war nicht der einzige Zweck der Übung. Nein, die Entblößung diente auch dem Zweck, ihren Peinigern einen guten Blick auf ihren nackten Hintern, die enge, pinkfarbene Rosette und die geschwollenen Schamlippen ihrer Möse zu gewähren. Jetzt, da sie unten endlich nackt war, wurde Laura von ihren Gefühlen überwältigt und begann zu schluchzen. Während Hazel ihr das Höschen bis zu den Knien runterzog, ließ Laura den Kopf hängen und ergab sich völlig ihrem Schicksal.

»Das ist besser, was, Laura? Alles nackt und bloß – ganz so, wie du sein solltest.«

Mit diesen Worten wurde Hazels Griff wieder fester, und die Schläge begannen erneut. Diesmal fielen sie allerdings härter aus als noch eben zuvor und brachten Laura förmlich zur Raserei. Sie trat so wild zappelnd um sich, dass schließlich Charles einschreiten musste.

»Man könnte sie auch mit ihrem Höschen knebeln.«

»Ich möchte sie gern hören können. Aber später vielleicht.«

»Nun gut. Aber man könnte ihr vielleicht das Kleid noch weiter hochschieben. Es ist so herrlich unnötig, bei einer Spanking-Session auch die Brüste zu entblößen. Ihr Hintern muss natürlich unbedeckt sein, aber nackte Brüste sind pure Ausschweifung.«

»Und äußerst unwürdig. Komm schon, Laura, zieh es hoch. Wir wollen deine Titten sehen.«

Unfähig sich der Aufforderung zu widersetzen, gehorchte Laura, hob ihren Körper etwas an und ließ sich das Kleid bis zum Hals hochschieben. Jetzt waren ihre Brüste nicht nur Charles' Blick, sondern auch Hazels Berührungen ausgesetzt, die einen der schwingenden Bälle sofort umfasste, als wollte sie Form und Gewicht prüfen.

»Sie hat einen ganz schönen Vorbau, was?«

Charles antwortete nicht, sondern beobachtete nur interessiert, wie Hazel sich wieder über Lauras Pobacken hermachte. Die Schläge waren jetzt nicht mehr so hart und wurden in voller Absicht etwas tiefer in die Nähe ihrer Möse gesetzt – eine Praxis, die Laura äußerst eindringlich an Hazels Vorliebe für andere Frauen erinnerte. Laura wusste, dass sie klitschnass war. Der Duft ihrer Erregung war so stark, sie brauchte gar nicht erst so zu tun, als dienten die Schläge nur ihrer Disziplinierung oder allein Charles' Vergnügen. Schon jetzt hätte Laura am liebsten vor den beiden masturbiert und dieses Bedürfnis ließ ihr Leid mit jedem Schlag noch demütigender und schamvoller werden.

»Gib dich deinen Gefühlen hin, Laura«, forderte Charles

sie mit heiserer Stimme auf. Jetzt war auch er nicht mehr in der Lage, seine Erregung zu verbergen.

Seine Worte reichten aus, um Laura zur völligen Selbstaufgabe zu bringen. Sie hielt ihren Po den Schlägen entgegen und brach völlig schicksalsergeben in Tränen aus. Sie wusste genau, dass die beiden das alles geplant hatten und dass die Bestrafung Hazel überaus erregte. Aber das spielte keine Rolle. Sie gehörte jetzt Charles. Und was Charles wollte, war gut und richtig. Hazel gab ein leises Schnurren, ja fast ein Brummen von sich, als sie spürte, wie Lauras letzter Widerstand brach.

»Und jetzt besorgen wir's dir richtig.«

Laura wusste genau, was gemeint war, machte aber weder Anstalten, sich zu wehren, als ihr das Höschen über die Füße gezogen und in den Mund gestopft wurde, noch als Hazel sich anschickte, sie erneut anzufassen. Und diesmal ließ die strenge Besucherin nicht im Mindesten Rücksicht walten. Lauras Brüste wurden gedrückt und geschlagen, ihre Nippel wurden steif gezwirbelt und die Haut mit kratzenden Fingernägeln bearbeitet. Gleichzeitig sauste ein Hieb nach dem anderen auf ihr hochgerecktes Hinterteil nieder, sodass ihr Mund sich schockiert um den Stofffetzen herum öffnete. Laura konnte nicht mehr anders und musste eine Hand zu ihrer Möse führen. Doch diese Hand wurde sofort weggeschlagen.

»Das ist ja wohl eher meine Aufgabe, Laura.«

Hazel griff unter den Bauch von Laura, um ihr die Muschi zu reiben. Gleichzeitig setzte sie die Schläge auf den Hintern und das Kneifen an den Brustwarzen fort, befummelte Lauras Poloch und stopfte ihre Möse immer wieder mit den Fingern. So dauerte es nicht lange, bis Laura den absoluten Gipfel der Ekstase erreichte und einen zuckenden, keuchenden Orgasmus erlebte, der erst abebbte, als Hazel ihren Griff löste. Laura purzelte zu Boden und landete mit gespreizten Beinen vor den Füßen ihrer beiden Peiniger. Charles sah auf sie hinab, und nachdem Laura blitzschnell den Slip ausgespuckt hatte, bot sie ihm ihren offenen Mund feil. Doch Charles schüttelte nur den Kopf und zeigte auf Hazel.

Als Laura sich umdrehte, sah sie, dass Hazel gerade ihren Rock hochschob. Sie trug nichts darunter und war rasiert. Ihre herrliche Möse war bereits ganz feucht vor Erregung. Laura schluckte, als Hazel sie mit einem ausgestreckten Finger zu sich heranwinkte. Laura blickte zu Charles hinüber. Der stand auf, packte sie fest am Genick und zog sie zu ihrem Gast. Hazel schnurrte, als sie ihre Beine spreizte und damit ihre Möse und auch das kleine Fältchen ihres Polochs zur Schau stellte.

»Leck sie, Laura«, forderte Charles sie in einem Ton auf, der keinerlei Widerspruch duldete.

»Aber, Charles …«

»Wenn du einen Meister willst, bekommst du genau das! Tu, was man dir sagt, Laura!«

Und mit diesen Worten presste er ihren Kopf fest zwischen die Schenkel von Hazel.